Die Autorin:
Sabine Bode, Jahrgang 1947, begann als Redakteurin beim »Kölner Stadt-Anzeiger«. Seit 1978 arbeitet sie freiberuflich als Journalistin und Buchautorin und lebt in Köln. Sie ist eine renommierte Expertin auf dem Gebiet seelischer Kriegsfolgen. Ihre Sachbücher »Die vergessene Generation«, »Kriegsenkel«, »Nachkriegskinder« und »Kriegsspuren« sind Bestseller und wurden in mehrere Sprachen übersetzt.

SABINE
BODE

DAS
MÄDCHEN
IM
STROM

Roman

Klett-Cotta

Klett-Cotta
www.klett-cotta.de
© 2017, 2018 by J.G. Cotta'sche Buchhandlung
Nachfolger GmbH, gegr. 1659, Stuttgart
Alle Rechte vorbehalten
Printed in Germany
Cover: ANZINGER UND RASP Kommunikation GmbH, München
unter Verwendung eines Fotos von United Archives/Lämmel/
Bridgeman Images
Gesetzt von Fotosatz Amann, Memmingen
Gedruckt und gebunden von CPI – Clausen & Bosse, Leck
ISBN 978-3-608-96329-8

Vierte Auflage, 2018

*In Erinnerung an
Gertrude Meyer-Jörgensen, geb. Salomon,
von deren Überlebensgeschichte
dieser Roman in großen Teilen erzählt*

GUDRUN

1 Als Gudrun noch sehr klein war, hatte sie den Hüten ihrer Mutter Namen gegeben. Sie hießen Liesel, Marga oder Ivo und konnten viel bewirken. Liesel sorgte bei Mama für gute Laune, Marga gab ihr etwas Verträumtes und Ivo machte sie unnachgiebig. Doch im Lauf der Jahre verloren die Hüte ihren Einfluss auf Mutters Stimmung. Etwas jedoch blieb. Nie ließ sie es sich entgehen, wenn Mama sich zum Ausgehen zurechtmachte, und so kam es, dass ein elfjähriges Mädchen mit dunklem Pagenkopf seine Turnübungen auf dem Hotelbett unterbrach. In ihrer Schulklasse gehörte Gudrun Samuel zu den Besten in Turnen, ihr Lieblingsfach, sie war besonders gut in Akrobatik und wollte im Zirkus auftreten. Gudrun war ein dickes Kind mit runden Armen und Doppelkinn und dabei so gelenkig wie jedes kleine Mädchen, das sich immerfort bewegt und Stillsitzen hasst.

Helene Samuel zögerte nie bei der Wahl ihrer Garderobe. Das war ein Ritual voller Ruhe und Selbstgewissheit: die prüfenden Blicke in den Spiegel, das Geradeziehen der Strumpfnähte, das Hantieren mit Kamm und Puderdose und der Duft, Mamas Duft, den sie nach ihrem Abschiedskuss zurückließ. Sie war eine schmale, hochgewachsene Frau mit dunklem Teint und geschwungenen Augenbrauen. Manchmal sagte der Vater: Meine persische Königin, darf ich bitten? Dann reichte er ihr den Arm und sie verließen die Wohnung, um in die Oper zu gehen.

Aber an diesem Vormittag in Zürich war alles anders. Unruhig ging Helene vor dem Spiegel auf und ab, probierte den schwarzen Hut aus, dann den grauen, griff wieder zum ersten, seufzte laut. So hatte Gudrun ihre Mutter noch nie erlebt. Aufgeregt wie ein Huhn, Lippenstift auf den Zähnen.

Mama? Geht es dir nicht gut, Mama?

Helene reagierte nicht. Stattdessen ging sie zum Gepäck, das neben der Zimmertür zur Abreise bereitstand, und öffnete eine dritte Hutschachtel. Sie enthielt ein dunkelgrünes Samtgebilde, flach und steif, in der Form eines übergroßen Baretts, das schräg zu tragen war und auffällig über den Kopf hinausragte. Wenn die Mutter es aufsetzte, hatte sie Ähnlichkeit mit der Reiterin auf dem Ölgemälde in Vaters Arbeitszimmer, einer edlen Dame, die einem Fuchs hinterherjagte. Diesmal nicht. Mama sah furchtbar unglücklich aus. Sie ließ die Schultern hängen. Was war nur los? Das Mädchen erhob sich vom Bett, und als es seine Mutter von der Seite ansah, machte es eine Entdeckung: Sie war plötzlich dick geworden. Das Kleid spannte über einer unförmigen Taille. Das konnte nicht sein. Gudrun sah genauer hin. Doch, so war es.

Was es bedeutete, war ihr bekannt, so ungefähr jedenfalls. Eine Elfjährige hat ihre Augen und Ohren überall. Wenn sie auf dem Schulhof mit den älteren Mädchen zusammenstand, sprachen die häufig darüber, was Mann und Frau im Bett miteinander machten. Es hatte mit Kinderkriegen zu tun, so viel stand fest. Dann bekam die Frau einen dicken Bauch.

Zwei Stunden später befanden sich Mutter und Tochter auf der Heimfahrt, nachdem ein Hotelboy Koffer und Hutschachteln in einem überheizten Zugabteil verstaut hatte. Es roch nach Dampf und Zigarrenrauch. Jedes Mal, wenn die Eisenbahn hielt, wünschte sich Gudrun, es möge noch ein anderer Erwachsener mit Kind dazukommen, vergeblich. Bevor sie zu der kurzen Reise in die Schweiz aufgebrochen waren, hatte Mama ihr einen Besuch im Züricher Zoo versprochen, aber dazu war es wegen Dauerregen nicht gekommen. Nun hatte sie ihr ein Buch hingelegt und gesagt, darin gehe es um eine Leni oder Lilli, die Geschichte sei gewiss eine schöne Abwechslung. Doch Gudrun reichte schon der Buchdeckel: Ein Mädchen steif wie eine Puppe war darauf zu sehen, es trug eine Schürze mit Rosenmuster und eine riesige Schleife im blondgelockten Haar. Bücherlesen passte nicht zu ihr, wie Gudrun fand. Das taten nur Kinder, die blass und unsportlich waren oder die niemand in der Klasse mochte.

Helene war eingenickt, selbst im Schlaf noch aufrecht, die Hände im Schoß gefaltet. Der kleine schwarze Hut, für den sie sich letztlich entschieden hatte, saß noch immer vorbildlich auf der hochgesteckten Frisur. Das Kind schüttelte den Kopf. Bei Mama und Papa konnte es sich solche Ferkeleien nicht vorstellen, wie die Heftchen sie zeigten, die während des Unterrichts heimlich weitergereicht wurden. Es musste also einen anderen Grund geben für den dicken Bauch. Vielleicht wusste Ralphie mehr.

Gudrun schaute sich um. Eine mit rotem Plüsch bezogene Sitzbank reichte vom Fenster bis zur Tür, die Vorhänge zum Gang zugezogen. Eine gute Gelegenheit. Sie zog ihre Schuhe aus, danach ihr Kleid – ein Hängerchen, von der Mutter befürwortet, weil es die Fettröllchen kaschierte. Die Bank bot genug Platz für Purzelbäume hin und zurück. Damit konnte man sich schon eine Weile beschäftigen. Hin und zurück. Sie steigerte ihr Tempo, kam richtig in Fahrt. Hin und zurück. Irgendwann knallte sie mit den Füßen gegen den Aschenbecher, das scheppernde Geräusch weckte die Mutter auf.

Lass das mal, Gudrunsche, dafür bist du wirklich schon zu groß. Zieh dich wieder an.

Als der Zug sich der deutschen Grenze näherte, erwachte Helenes Unruhe. Sie stand auf, öffnete das Fenster, schnappte nach Luft.

Ist dir schlecht, Mama?

Ein bisschen, Kind, aber mach dir keine Sorgen. Es geht bald vorüber.

Ein Pfiff, dann drosselte der Zug sein Tempo. Dampfwolken zogen am Fenster vorbei. Helene Samuel hüllte sich in ihren Mantel mit Fuchskragen. Die Eisenbahn hielt. Zwei Grenzbeamte gingen auf dem Bahnsteig vorbei, dann kamen sie zur Passkontrolle ins Abteil. Sie stellten ein paar Fragen und wünschten der gnädigen Frau und dem Fräulein Tochter eine gute Weiterreise. Vor einem Westhimmel, der sich aufgehellt hatte, flatterte eine schwarz-rot-goldene Fahne.

Nach dem Abendessen im Speisewagen wurde Gudrun müde. In den folgenden Stunden schlief sie. Spät in der Nacht erreichten sie Mainz. Wilhelm Samuel holte sie ab. Benommen stolperte das Mädchen durch den menschenleeren Bahnhof. Später saß es auf der Rückbank von Vaters Limousine, roch die Ledersitze und seine Orientzigarette, verstand nicht, was die Eltern sprachen, hörte nur ihre leisen, gereizten Stimmen.

Beim Frühstück ging der Streit zwischen Vater und Mutter weiter. Helene Samuel, wie immer beherrscht in Ton und Haltung, hielt ihrem Mann vor, er hätte sie nicht auf diese Reise schicken dürfen. Gudrun verstand noch immer nicht, worum es ging. Vielleicht würde ihr Ralphie später alles erklären. Sie schaute zu ihm hinüber. Der vier Jahre ältere Bruder saß geistesabwesend dabei, ihn schien das alles nicht zu interessieren.

Einmal mit den Vorwürfen angefangen, konnte Helene nicht mehr aufhören. An der Grenze habe sie ein furchtbarer Schrecken überkommen. Wenn jemand ihr Übles gewollt hätte. Wenn sie überfallen worden wäre …

Wenn, wenn, wenn. Wilhelm widersprach laut und bissig. Was willst du denn noch? Ist doch alles famos gelaufen. Schade nur, dass man die Geschichte niemandem erzählen kann: die Coupons, um den Bauch meiner Frau gewickelt … Er lachte auf. Seine

Laune konnte von jetzt auf gleich umschlagen zum Schlechten oder zum Guten. Ich muss dich loben, Helene. Alles hat jetzt seine Ordnung. Wir können uns glücklich schätzen, in diesen schweren Zeiten einen Mann wie Brüning zu haben.

Den Reichskanzler zu unterstützen hielt Wilhelm Samuel, der im Krieg einfacher Soldat gewesen war, für seine patriotische Pflicht. Aus keinem anderen Grund hatte er Helene dazu überredet, sein Vermögen heimlich aus der Schweiz zurück nach Deutschland zu holen. Daher wiederholte er am Frühstückstisch den Satz, der seit einigen Monaten sein Lieblingsspruch war: Ein anständiger Deutscher lässt sein Geld im Land.

Helene lächelte. Je nun, Wilhelm, was lässt dich heute denken, dass dein Geld in Deutschland sicher ist? Als deine Mutter noch die Geschäfte führte, hatte sie mehr Vertrauen zu Schweizer Banken …

Schluss jetzt! Lass die alte Hexe aus dem Spiel! Er sprang hoch, warf seine Serviette auf den Teller und rannte aus dem Raum. Seine Frau folgte ihm ohne Hast. Gudrun hörte, wie sie im Flur beschwichtigend auf ihn einredete. Sie war plötzlich wieder schlank geworden.

2   Der Glücksfall in Gudruns Kindheit hieß Annemarie Holl. Die kleine Frau mit Kurzhaarfrisur und Brille kam in das Haus der Samuels, als Gudrun noch nicht zur Schule ging. Vier Jahre blieb sie. Fräulein Holl, die sich nie anders als in Grau- oder Brauntöne kleidete, besaß eine Ausbildung als Lehrerin und außerdem natürliche Autorität. Ganz gleich, was sie sagte, ihre Stimme klang stets entspannt. Ihre größte pädagogische Tat bestand darin, dass sie Helene Samuel beibrachte, Gudruns Widerborstigkeit nicht als Trotz zu sehen, sondern als Ausdruck von Charakterstärke. Nach der festen Überzeugung des Kinderfräu-

leins hatten die Eltern allen Grund, auf ihre Tochter stolz zu sein.

Keine Mutter lässt sich gern von einer Kinderfrau etwas sagen – doch nach der Geschichte mit dem Mohrenkopf änderte sich etwas in dieser Haltung. Sie ereignete sich, als Gudrun fünf Jahre alt war. Helene Samuel hatte zum Damenkränzchen eingeladen. Sie empfing die Gäste in einem hellblauen Wollkleid, zu dem sie eine dreifache Perlenkette trug. Die meisten Frauen, die im Salon Platz nahmen, kannten sich. Ihre Stimmen und ihr Lachen drangen durch die geschlossene Flügeltür. Irgendwann trat Helene Samuel in den Korridor.

Fräulein Holl, Sie können jetzt kommen.

In Begleitung seiner Kinderfrau näherte sich das Mädchen der Kaffeetafel, wobei es den einzigen Mohrenkopf auf der Kuchenplatte nicht aus den Augen ließ.

Gudrunsche, komm her, du darfst dir etwas aussuchen. Aber vorher lasse ich die Platte noch einmal bei den Damen herumgehen.

Das Drama wurde ausgelöst durch die Gattin des Hausarztes, die sich ahnungslos den Mohrenkopf auf den Teller lud. Gudrun packte vor Wut das Tischtuch mit beiden Händen und zog es – zack – nach unten. Kannen, Vasen, Tassen purzelten über die Tafel. Die Damen stießen kleine Schreie aus. Gudrun stand da, starr vor Schreck.

Du schlimmes Kind!, stöhnte die Mutter.

Das Mädchen rannte heulend fort. Helene Samuel ging hinterher, wieder vollkommen beherrscht, ihrem Gesicht war nichts anzumerken. Sie ignorierte den Kaffee, der auf ihrem Kleid einen hässlichen, großen Fleck hinterlassen hatte. Plötzlich stand die Kinderfrau vor ihr.

Gnädige Frau, das war nicht korrekt.

Nein?

Sie können dem Kind nicht zuerst die freie Auswahl versprechen und unmittelbar danach andere vorziehen.

Kann ich nicht?

Ich werde nicht zulassen, dass Sie Ihre Tochter bestrafen.

Was bildete dieses Kinderfräulein sich ein? Was für eine Anmaßung ihr, der Mutter gegenüber, der Hausherrin? Helene Samuel suchte nach einer passenden Zurechtweisung, da erblickte sie ihre Tochter, die todunglücklich um die Ecke schaute. Sie haben recht, Fräulein Holl, sagte sie unvermittelt. Bitte waschen Sie dem Kind das Gesicht und gehen Sie mit ihm zum Konditor.

Annemarie Holl nickte. Kurz darauf stand sie mit ihrem kleinen braunen Hut bereit. Als die Mutter nach letzten Ermahnungen und Zurechtzupfen des Kleidchens die Wohnungstür langsam hinter ihnen geschlossen hatte, begann Gudrun zu hüpfen und streckte der Kinderfrau ihre Ärmchen entgegen. Fräulein Holl hielt den Zeigefinger über ihre Lippen. Sie musste erst die Lage sondieren. Für das, was nun kam, durfte sich niemand sonst im Treppenhaus aufhalten. Alles in Ordnung, auf geht's! Sie setzte das Mädchen auf das Geländer, drückte es fest an sich und rannte die Stufen hinunter, von der dritten Etage zum Absatz der zweiten, von der zweiten zur ersten, von der ersten bis ganz unten. Gudruns Augen strahlten, sie zappelte mit den Beinen, aber kein Jubelschrei verriet sie, weil sie fest die Hände auf den Mund presste. Als beide die Straße betraten, brannten ihre Gesichter.

Fräulein Holl hatte den Status eines bezahlten Familienmitglieds. Im Unterschied zur Köchin und zum Hausmädchen nahm sie ihre Mahlzeiten nicht in der Küche ein, sondern saß mit bei Tisch im Speisezimmer. Für die Hausherrin, die als Schülerin in einem Schweizer Pensionat französische Sprachkenntnisse erworben hatte, war sie »la bonne«. Wenn ihr Mann

Interna aus seinem Geschäft oder dem Liebesleben einer entfernten Verwandten preisgab, versuchte sie ihn mit den Worten zu mäßigen: *Pas devant la bonne.* Eigentlich sollte »Nicht vor dem Kindermädchen« heißen »Nicht vor den Kindern!« – für Gudrun das entscheidende Stichwort: Die Situation versprach interessant zu werden. Ein vertrautes Spiel mit verteilten Rollen: Wenn seine Frau ihn zu bremsen versuchte, legte Wilhelm Samuel erst recht los, weshalb sie ihn erneut ermahnte … Manchmal hörte er dann auf, ein anderes Mal konnte ein cholerischer Anfall folgen, und wenn ihm dabei der Löffel in die Suppe fiel, dass es nur so spritzte, prustete Gudrun vor Lachen los. Die Mutter dagegen und *la bonne* ließen sich nicht das Geringste anmerken. Sie saßen da in untadeliger Haltung, was Helene in solchen Momenten etwas Selbstgerechtes gab. Ralphie starrte mit gesenktem Kopf auf seinen Teller. Er hatte Angst vor dem Vater.

Wenn Wilhelm Samuel sich aufregte, fuhr er sich mit den Fingern durch die semmelblonden Haare, die sich aufrichteten wie kleine Hörner. Helene hatte deshalb überall in der Wohnung Wandspiegel anbringen lassen. Wenn ihr Mann aus dem Esszimmer stürzte, rannte er im Korridor direkt in sein Spiegelbild. Die am Esstisch Zurückgebliebenen hörten ihn fluchen und wussten, dass er umgehend seine Frisur in Ordnung brachte. Er war ein Gentleman, was sein Äußeres betraf, am liebsten trug er englische Wollsakkos aus kleinkariertem Tweed, die er während gelegentlicher Geschäftsreisen in London erwarb.

Gudrun nahm die Wutausbrüche des Vaters nicht ernst, sie richteten sich auch nie gegen sie selbst. Offenbar brauchte er dramatische Auftritte. Hin und wieder brachte er seine Zyankalikapseln ins Spiel. Dann drohte er, wenn sich nichts ändere, wenn sich nicht sehr bald etwas ändere, werde er Schluss machen, einfach Schluss …

Mon cher, sagte Helene daraufhin und tätschelte seine Hand. *Pas devant la bonne.*

Lass mich. Davon verstehst du nichts, fauchte Wilhelm. Bei einem großen Vorhaben muss man auf Nummer Sicher gehen. Darum nicht eine, sondern zwei Kapseln. Sie liegen bereit. Sicher ist sicher.

Gudrun hatte das Gift nie gesehen und glaubte nicht daran. Wenn er von Selbstmord sprach, war es für Gudrun Theater. Einmal hatte sie arglos gefragt, was genau sich denn ändern solle, und der Vater hatte nur geschnaubt. Alles. Alles sollte sich ändern.

Gleichwohl galt Wilhelm Samuel als geselliger, liebenswürdiger Mensch. Er hatte nur seine guten und seine schlechten Tage. An schlechten Tagen fuhr er schnell aus der Haut, besonders wenn seiner Meinung nach Geld verschwendet worden war.

Sich selbst hielt er für die Bescheidenheit in Person. Obwohl steinreich, wäre er nie im allerfeinsten Hotel abgestiegen, und nie hätte er in der Eisenbahn die erste Klasse benutzt. Die zweite, fand er, sei allemal gut genug. Zwar leistete er sich einen Ford Coupé, zu Hause aber gab es Streit über den Verbrauch von heißem Wasser. In seinen Augen konnte man gar nicht sparsam genug damit umgehen. Wie in allen gutbürgerlichen Haushalten der zwanziger Jahre wurde nur einmal in der Woche gebadet. Am Sonntagmorgen stieg Wilhelm in die Wanne. Wenn er fertig war, kam seine Frau an die Reihe, danach die Kinder.

Jeden Morgen kam Friseur Schnauder in die Mainzer Kaiserstraße, um den Hausherrn zu rasieren. Er stammte aus Schwaben, damit war er, der Protestant, im katholischen Mainz ein Außenseiter. Dies sei der Grund, warum er in die SA eingetreten sei, teilte er Herrn Samuel beiläufig mit. Er, Schnauder, sei nun mal ein Rudeltier.

3   Gudrun erfand für ihre Kinderfrau einen Namen – Hollunder. Sie war noch zu klein, um seine Bedeutung zu kennen. Irgendwo hatte sie das Wort aufgeschnappt und sein weicher, schmeichelnder Klang hatte sich mit ihrer Zuneigung verbunden. Anders als die Köchin und das Hausmädchen, die eine Etage höher in winzigen, nicht zu heizenden Kammern wohnten, hatte Annemarie Holl keinen Ort, an den sie sich zurückziehen konnte. Ihr Bett stand im Kinderzimmer unter einem Regal, auf dem sechs Puppen in Rüschenkleidern herumsaßen, mit denen Gudrun nie spielte. Deren Lieblingspuppe war die Herta, ein über die Jahre zerzaustes, fleckiges und schielendes Wesen, das Fräulein Holl heimlich aus dem Abfall gerettet und dem verheulten Mädchen wieder in den Arm gedrückt hatte. Es musste versprechen, Herta künftig vor den Eltern versteckt zu halten.

Regelmäßig nahm Hollunder das Kind mit in den Mainzer Dom. Vor Beginn der Messe verschwand sie im Beichtstuhl. Was erzählte sie da? Eines Tages stellte sich Gudrun neben das Holzhäuschen, aber das Gemurmel war nicht zu verstehen.

Wie aus dem Nichts stand Hollunder plötzlich neben ihr. Na, so was, ein Kind, das lauscht! Gudrun lief puterrot an und wollte fortrennen, doch die Kinderfrau lächelte und schob sie in eine Kirchenbank. Ich mache dir einen Vorschlag, sagte sie. Wenn du etwas wissen willst, kannst du mich fragen. Ich werde es dir dann erklären, so gut ich kann.

An diesem Tag versuchte Hollunder ihr den Begriff Sünde nahezubringen, und was beichten bedeutete. Gudrun hielt es für ausgeschlossen, dass es im Leben ihres Kinderfräuleins so etwas wie Sünde gab.

Sie tun nichts Böses, Frau Hollunder. Sie tun nur Gutes. Immer.

Nein, Gudrunsche, ich bin auch nur ein Mensch. Und wie jeder Mensch tue auch ich nicht nur Gutes.

Sie sind gut! Immer, immer, immer!, rief das Kind.

Gudrun hatte von Hollunder ein Gesangbuch geschenkt bekommen, und so kannte sie bald zahlreiche Lieder. Es war die einzige religiöse Erziehung, die sie genoss. Sie verband sich mit der Erinnerung an die prunkvollen Gewänder der Geistlichen, den Geruch von Weihrauch und das Orgelspiel.

Die Eltern waren assimilierte Juden. Unser Sohn ist beschnitten, das reicht doch wohl, pflegte Wilhelm Samuel zu sagen, wenn Helene meinte, er möge sich wenigstens an den hohen Feiertagen in der Synagoge zeigen. An Ralphies Bar Mitzwa hatte er sie besucht, danach nie wieder. Dass er Jude war, empfand er als eine eher zufällige Zugehörigkeit, die sein Herz nicht berührte. Er war Deutscher. Ein einziges Mal hatte er sich näher mit seinem Stammbaum beschäftigt. Als darin im sechzehnten Jahrhundert Vorfahren aus Polen auftauchten, war er so entsetzt, dass er die Unterlagen wegpackte und nie wieder anschaute. Mit Schtetl-Juden, sagte er seiner Frau, wolle er nichts zu tun haben.

Von keiner anderen gesellschaftlichen Gruppe grenzte sich Wilhelm Samuel auch nur annähernd so radikal ab. Die langen schwarzen Mäntel, die Schläfenlöckchen, die Perücken der Frauen, die strengen religiösen Riten, die Musik, all das kollidierte mit seinem guten Geschmack und seinen Überzeugungen. Sollte ich dich jemals Jiddisch reden hören, schärfte er seiner Tochter ein, wirst du enterbt!

Seine größte Sorge ging dahin, in seiner Stadt könnten Berliner Verhältnisse entstehen, was bedeutete: ganze Viertel mit polnischen Juden. In Mainz tauchten allerdings nur vereinzelt Händlerfamilien auf, und auch in der Synagogengemeinde war man froh, wenn sie weiterzogen. Man schämte sich der Kaftan-Juden, wie man sie dort nannte, mit ihnen wollte man nicht in einen Topf geworfen werden.

Der Sabbat existierte nicht bei Samuels, der Freitag war für sie ein ganz normaler Wochentag. Gudrun freute sich auf Weihnachten mit einem Christbaum, unter dem Geschenke lagen, und auf Ostern mit Eiersuchen. Ihre Eltern hatten jüdische und katholische Freunde, doch gab es eine feine Trennungslinie. Die Juden lud man zu sich nach Hause ein, mit den Christen traf man sich im Kurhaus von Wiesbaden zum Abendessen. Die Samuels kannten keine Benachteiligung, nur Unterschiede: Bei den Juden aß man sonntags Roastbeef, bei den Christen Schweinebraten.

4   Hollunder sah die Dinge des Lebens realistisch und ließ Gudruns Neigungen freien Lauf. Den Mainzerischen Dialekt trieb man ihr nicht aus, obwohl ihre Eltern Hochdeutsch sprachen. Auch dass sie am Daumen lutschte, nahm sie hin. Genau besehen knabberte das Mädchen daran, und so hatte sich unterhalb des Nagels Hornhaut gebildet.

Das Einzige, was Gudrun an Hollunders Erziehung missfiel, war die Sache mit den Büchern. Nicht, weil sie zum Lesen gezwungen wurde, sondern weil sie beim Essen Bücher unter die Arme klemmen musste. Zwei quälend lange Wochen hindurch wurden ihr auf diese Weise Tischmanieren andressiert. Alle Erwachsenen lobten fortan die mustergültige Haltung des Kindes beim Essen, vor allem, wie schön es die Arme am Körper hielt. Zum Ausgleich fiel Gudrun heimlich über die riesige Porzellanschüssel her, die im Salon hinter einem gelben Vorhang stand. Wenn sie es geschafft hatte, den schweren Deckel beiseitezustellen, war das gefräßige Kind nicht mehr zu bremsen. Händeweise stopfte es Gebäck und Pralinen in sich hinein. Ähnlich erging es kaltem Geflügel und Würstchen, die ihm Hilde, die dicke Köchin, als Verbündete überließ, denn natürlich war es verboten, außerhalb der Mahlzeiten zu essen.

Gudrun liebte Deftiges, Brot mit Fleischwurst und Schinken, auch das Schweinefleisch beim zweiten Frühstück des Hausmeisters. Schnell hatte sie herausgefunden, wann es sich lohnte, den gutmütigen alten Mann in seiner ungelüfteten Wohnung unter dem Dach zu besuchen. Er lebte allein, seine Frau war gestorben, er freute sich über Gesellschaft. Wenn seine gelben Nikotinfinger mit einem Messer das Fleisch vom Knochen schälten, erhielt auch sein kleiner Gast eine Portion.

Mit sechs Jahren kam die Tochter der Samuels in eine Privatschule, nach wenigen Tagen verbat sie sich, von der Kinderfrau dort hingebracht und wieder abgeholt zu werden. An einem Mittag im Sommer wartete der Vater in seinem neuen Cabriolet vor der Schule. Der offene Wagen und die enganliegende Lederkappe seines Fahrers erregten Aufsehen. Gudrun aber ging einfach daran vorbei auf die andere Straßenseite.

Mach doch nicht solche Zicken, Kind, sagte Wilhelm Samuel, während er im Schritttempo neben ihr her fuhr. Und nach einer Weile: Ich warne dich, Tochter, steig ein! Als das Drohen nicht half, verlegte er sich aufs Bitten: Sag mir wenigstens, warum du nicht mitkommen willst!

Endlich blieb das Mädchen stehen, die Hände in die Seiten gestemmt. Ich steig nicht ein, weil sonst alle sagen, da fährt die reiche Gudrun Samuel aus der Kaiserstraße!

Schon nach wenigen Wochen wusste sie Bescheid: Schule lag ihr nicht. Sie verschwendete dort ihre Zeit. Gudrun langweilte sich. Fast jede Unterrichtsstunde dehnte sich endlos   eine Qual für ein Kind, das nicht gern still saß. Warum konnte sie nicht jede Stunde Turnen haben? Oder wenigstens Singen, vielleicht noch Rechnen? Mehr interessierte sie einfach nicht. Doch einen Vorteil gab es: Sie fühlte sich nicht mehr allein. Die meisten Mädchen drängten sich darum, mit ihr spielen zu können. Hollunder hatte sie gut beraten: Eine wie du wird schnell beneidet. *Guck genau hin.* Pass auf, dass sie dich nicht eingebildet finden.

5   Wilhelm Samuels Vermögen stammte von seiner Mutter Hannah, einer überaus tüchtigen Geschäftsfrau, die nach und nach fünfzehn Schuhgeschäfte eröffnet und schließlich ihren Ehemann zum Teufel gejagt hatte. Gudrun erfuhr nie, was die Großmutter dazu veranlasst hatte und wie ihr Großvater mit Vornamen hieß.

Wilhelms Mutter galt als reich, hässlich und klug. Ihr Sohn hasste sie und weigerte sich, sie zu besuchen. Sie lebte im benachbarten Wiesbaden, dort wohnte man vornehmer als in Mainz. In den guten Einkaufsstraßen Wiesbadens hing Eau de Cologne in der Luft, nie sah man Hundekot auf den Bürgersteigen. Die Bewohner der Stadt empfanden sich als Angehörige einer Elite, allen voran die preußischen Generalswitwen mit ihrem Erkennungszeichen: einer Gemme am Hals über der hochgeschlossenen Bluse.

Wilhelm Samuel wurde nicht müde, den protzigen Lebensstil seiner Mutter bissig zu kommentieren. Es würde ihn nicht wundern, meinte er, wenn bei der alten Hexe auch noch die Klobürste aus Gold wäre. Sie residierte in einer Achtzimmerwohnung und beschäftigte drei Personen zu ihrer Bedienung. Selbst wenn sie ganz allein speiste, ließ sie sich das Essen auf einer silbernen Platte mit Haube servieren. An ihren Enkeln zeigte sie keinerlei Interesse. Dennoch bestand Helene, die diplomatische Schwiegertochter, auf einem Mindestmaß an Kontakt. Gelegentlich brachte sie die Tochter samt Kinderfräulein mit in das Reich der alten Dame, die diese so schnell wie möglich wieder loszuwerden versuchte. Großmutter drückte Fräulein Holl Geld in die Hand und schob das Kind zur Tür.

Fahrt Kutsche, sagte sie, geht in den Kurpark oder macht, was ihr wollt. Lasst mich einfach in Ruhe.

Den Sommer verbrachte Hannah Samuel in Meran, den Winter in St. Moritz, wo sie in den teuersten Hotels abstieg, die ihren Ansprüchen gleichwohl nie genügten. Im Herbst und Frühjahr erschien die Seniorchefin in Mainz und den Filialen der Umgebung zu gelegentlichen Überraschungsauftritten. Im Stammhaus inspizierte sie die Verkaufsräume sowie Lager und Büro und sah ringsum nichts als Unzulänglichkeiten. Obwohl sie die Geschäftsführung abgetreten hatte, tat sie so, als sei der Vertrag Luft für sie. Ganz Patriarchin, forderte sie den Sohn auf, ihr die Bücher zu zeigen, aber diesen Kampf verlor sie. Wilhelm Samuel war noch sturer als seine Mutter, deren Übergriffe ihn zur Weißglut brachten.

Als er die Mutter endlich im Grab wusste, konnte jeder sehen, wie groß seine Erleichterung war. Beim Beerdigungskaffee erzählte er die lustigsten Witze. Vom Begräbnis blieb Gudrun nur die Urne in Erinnerung, ein kupferfarbenes Gefäß mit einer schwarz-weiß-roten Schleife.

Ende der zwanziger Jahre ließ Wilhelm Samuel im Hinterhof einen elektrischen Außenaufzug anbringen. Vielleicht spürte er schon sein schwaches Herz, wenn er die Stufen zur dritten Etage hochstieg. Offiziell war es der Kohlenaufzug. Es gehörte zu den Gewohnheiten der Eltern, dass Helene ihren Mann mittags vom Geschäft am Gutenbergplatz abholte und sie nach einem kleinen Spaziergang am Rhein zum Essen heimkehrten. Während sich der Fahrstuhl nach oben bewegte, stand der blonde, kurzsichtige Ralphie oft wie ein Häuflein Elend in der Balkontür und rief seinen Eltern zu: Ich hab schon wieder einen Fünfer.

Vergeblich hatte die Mutter ihn gebeten, derlei Nachrichten zurückzuhalten, bis sie in Ruhe zu Mittag gegessen hatten, doch ihr Sohn hielt den Druck einfach nicht aus. Ralphie war ein miserabler Schüler, wie seine Schwester. Doch während der Vater Gudruns schlechte Zeugnisse achselzuckend hinnahm – bei Frauen gibt es Wichtigeres als gute Noten –, kannte er bei Ralphie keine Gnade.

Sag mir, Herr Sohn, bist du zu faul oder zu blöd? Was ist dir lieber? Na, sag's schon. Trau dich. Ach so, feige bist du auch noch.

Der Junge stammelte dann etwas Unverständliches, was seinen Vater nur noch mehr reizte.

Was hast du gesagt? Ich versteh dich nicht! Was hat der Herr Sohn nur für ein zartes Stimmchen! Eins ist mal sicher: Aus dir wird nie etwas. Nie!

Zwar war er das Lieblingskind seiner Mutter, vor den Attacken des Vaters schützte sie ihn jedoch nicht. Hinterher spendete sie Trost und Geld, so war ihr Sohn immer gut bei Kasse. Im Kreis seiner Freunde galt Ralphie als überaus großzügig. Manchmal, wenn die Eltern verreist waren, brachte er sie gleich im Dutzend mit nach Hause. Die jungen Leute lümmelten sich im Salon in den weinrot bezogenen Clubsesseln, sie rutschten auf der Couch eng zusammen oder hockten sich auf die Perserteppiche. Man rauchte Herrn Samuels flache Orientzigaretten, trank seinen Wein, krümelte mit dem Gebäck aus der großen Porzellanschüssel und kommentierte die mal selbstbewussten, mal verkniffenen Gesichtszüge irgendwelcher Vorfahren, die aus schweren Goldrahmen auf sie herabschauten. Bei angeheiterter Stimmung spielte jemand auf Helenes Bechsteinflügel, während sich das ein oder andere Pärchen zum Knutschen hinter die gerafften Portieren zurückzog. Am nächsten Morgen würde der Sohn des Hauses dem Personal eine großzügige Summe in die Hand drücken, damit es die Spuren des Festes beseitigte.

Das angrenzende Herrenzimmer war für Ralphie und seine

Freunde tabu. Wilhelm Samuel hatte sein Reich mit viel Sorg-
falt eingerichtet. Es war ein Eckzimmer, dessen Fenster sowohl
zur Kaiserstraße wie auch zum Hindenburgplatz hinausgingen.
Gudrun fühlte sich von Vaters Schreibtisch magisch angezogen,
denn auf ihm stand das Merkwürdigste, was man sich vorstellen
konnte: ein mittelalterlicher Bischof zum Aufklappen. Wenn
man einen kleinen Riegel beiseiteschob, öffnete sich sein Bauch
und im Innern der Holzstatue wurden drei Miniaturaltäre aus
Elfenbein sichtbar.

Was ist das, Papa?

Das siehst du doch.

Und was macht man damit?

Man betrachtet es und freut sich. Wehe, du fasst es an!

Samuel war ein Kunstkenner und Sammler, er kaufte gern auf
Reisen. Auch besuchte er gelegentlich Ausstellungen zeitgenös-
sischer Kunst, war sich aber hier seines Urteils nicht sicher. Aus
Frankreich stammte die Holzbüste einer Nonne aus dem Mittel-
alter, angeblich eine Heilige. Sie hatte ihren Platz auf dem
Bücherschrank. Gudrun nannte sie »die Madonna«, was für sie
so ähnlich klang wie Nonne.

Dem Bücherschrank gegenüber hing ein großer Gobelin.
Dass er eine Kostbarkeit sein sollte, kam Gudrun sonderbar vor,
denn er war an mehreren Stellen ausgebessert oder morsch. Er
zeigte eine mittelalterliche Szene vor der Wartburg: ein deutscher Kaiser oder König, vor dem zwei Männer ehrfürchtig
knien. Sie merkte sich keine Einzelheiten, denn ihrem Vater
fehlte die Geduld, ihr Kultur und Kunst nahezubringen. Ihm
genügte es, wenn seine Tochter den Umgang mit Zahlen und
Maßeinheiten beherrschte. Der Wandteppich, das vergaß sie nie
mehr, war dreieinhalb Meter breit und zweieinhalb Meter hoch.

Vaters Lieblingsplatz war der Erker. Er hatte die Fenster mit
eingebauten Bücherregalen verdeckt. Wilhelm Samuel saß in

seiner Lesehöhle, den Kneifer auf der Nase, vor sich einen großen gotischen Tisch, auf dem er seine kostbaren Bücher ausbreitete, darunter handgeschriebene Folianten, die er bei Auktionen erworben hatte. Manchmal kam Gudrun ihn dort besuchen. Dann spielten sie Streitpatience, regten sich auf, gerieten sich in die Haare und waren ganz in ihrem Element.

Als sie acht Jahre alt war, kündigte Fräulein Holl ihre Stelle bei den Samuels, sie wollte in ihre elsässische Heimat zurückkehren. An einen Abschied, den es gewiss gegeben hatte, konnte sich Gudrun im späteren Leben nicht erinnern. Das Kinderfräulein schickte noch Grußkarten zum Geburtstag und zu Weihnachten. Gudrun nahm sich jedes Mal vor, umgehend zu antworten, und vergaß es. Wenn ihr die Post nach Monaten zufällig in die Hände fiel, schämte sie sich. Dann war es zu spät für eine Antwort, und irgendwann hörten die Lebenszeichen von Hollunder auf.

MARTIN

1   Ein schönes, waghalsiges Mädchen machte in Mainz von
sich reden. Die Leute fragten sich, ob das wirklich die Tochter
der Samuels sei, das dicke, verfressene Kind. Mit dreizehn Jahren
war Gudrun schlank, ihre langen Beine erregten im Strandbad
Aufsehen. Das dichte, krause Haar trug sie kurz und aus der
Stirn gebürstet. Stolz zeigte sie sich in ihrem ersten Damenbade-
anzug, weiß, mit tiefem Rückenausschnitt, der durch gekreuzte
schmale Stoffstreifen noch betont wurde. Sie fand nichts dabei,
in der Öffentlichkeit zu rauchen und sich auf ihrem Badetuch zu
rekeln, genauso, wie sie es im Kino gesehen hatte.

Dann und wann erhob sich Gudrun, schlenderte mit Zigarette zum Rheinufer, rauchte an einen Baum gelehnt, warf den
Stummel ins Wasser und zog die Badekappe über. Anschließend
kletterte sie über eine Leiter auf das Dach des Kiosks und sprang
kopfüber in den Fluss. Ihr Ziel war ein kleiner Rheinschlepper.
Sie zog sich an ihm hoch, hockte sich mit anmutig gekreuzten
Beinen aufs Deck und ließ sich eine Strecke mitnehmen.

Die Tochter der Samuels, so redeten die Leute, sei eigensinnig,
nicht zu bändigen, schlecht erzogen. Gudruns beste Freundin,
mit der sie häufig ins Schwimmbad ging, war genau das Gegenteil. Margot Weißkamp, ein braves Kind mit heller Haut, blauen
Augen und roten Haaren, errötete schnell. Dass Margot klug
und fleißig war, fand Gudrun günstig, weil sie ihr alle Hausauf-
gaben zum Abschreiben überließ, ohne beleidigt zu sein, wenn
ihre Banknachbarin selbst dafür noch zu faul war.

Die schüchterne Neue in ihrer Klasse hatte Gudrun auf Anhieb gemocht. Sie beteiligte sich nicht an Witzen über Margots bayerischen Akzent, fand aber, sie müsse ein wenig aus der Reserve gelockt werden. Im Grunde ging es ganz leicht, denn die neue Freundin war eine leidenschaftliche Briefschreiberin. Post aus München beantwortete sie umgehend. Also fing Gudrun an, ihr während des Unterrichts Zettelchen zuzustecken.

Was kannst du an dir nicht leiden?

Margot las es, lief rot an und schickte sofort eine Antwort.

Meinen Vornamen.

Warum?

Er klingt so streng. Man kann ihn nicht verkleinern. Da wo ich herkomme geht das nicht.

In Mainz geht das. Hier bist du das Margotsche.

Das Mädchen war zu Beginn des neuen Schuljahres in Gudruns Klasse gekommen. In München ließen nationalsozialistische Studenten jüdische Professoren tagtäglich spüren, dass sie besser verschwinden sollten, und so war ihr Vater, Gustav Weißkamp, Professor der Germanistik, einem Ruf an die Universität Mainz gefolgt. Hier wehte noch ein anderer Wind, ein katholischer. Zwar fuhr die NSDAP auch in Mainz bei jeder Wahl beachtliche Stimmenzuwächse ein, doch beim Gottesdienst im Dom waren Mitglieder der NSDAP von den Sakramenten ausgeschlossen. Für sie gab es auch keine kirchlichen Beerdigungen, mit der Begründung, die Kulturpolitik des Nationalsozialismus stehe mit dem Christentum in Widerspruch.

Margot, ein Einzelkind, litt sehr unter dem Verlust der vertrauten Umgebung, der Verwandten und der Freundinnen, der süddeutschen Lebensart. Am meisten aber fehlten ihr die Besuche bei ihrer Großmutter auf dem Land, wo die Alpen zum Greifen nah waren und Kühe vor der Tür grasten. Sie vermisste das kleine Haus, in dem ihre Großmutter wohnte, die Wiesen, die es umgaben, die Blumen, wenn sich auf den Wiesen so weit das Auge reichte der Frühling ausbreitete.

Damit beeindruckte sie Gudrun.

Man kann Blumen vermissen?

Und wie!

Als Trost bekam Margot von ihren Eltern einen Rauhaardackel geschenkt – er war zwei Jahre alt, verspielt und unerzogen, ein kleiner Hund, der niedlich aussah, immer guter Laune war, viel bellte und kaum je gehorchte. Seine frühere Besitzerin hatte ihre Freude an ihm verloren und war froh, als Familie Weißkamp ihn übernahm.

Außerhalb der Schule sah man Margot selten ohne ihren Dackel, der entgegen seinem Temperament Schnecke hieß. Gudrun ertrug den Kläffer, weil er nun mal zu ihrer Freundin gehörte wie ihr rotes Haar und ihr leichter bayerischer Dialekt. Zum wiederholten Mal scheuchte Gudrun Schnecke vom Badelaken, griff nach ihrer Nagelfeile und sagte beiläufig: Jeder Hund kann schwimmen – man muss ihn nur ins Wasser werfen.

Das ist jetzt nicht dein Ernst, oder? Margot sah aus, als habe sie ihr Gesicht in Kirschsaft gebadet, sogar auf ihrem Hals zeigten sich Flecken.

Gudrun schämte sich. *Guck genau hin.*

Tut mir leid, sagte sie. Es soll nicht wieder vorkommen.

An diesem Nachmittag im Strandbad zog ein älterer Schüler Gudruns Interesse auf sich, der schon wie ein junger Mann aussah und offenbar fesselnd erzählen konnte, denn eine Gruppe Gleichaltriger umringte ihn und wollte ständig mehr hören. Gudrun legte die Nagelfeile zur Seite und horchte, saß aber zu weit entfernt, um zu verstehen, worum es ging. Wo kam der denn her? Diese klassischen Gesichtszüge! Wie der Marmorgott aus dem Geschichtsbuch, dessen Bild sie offen auf dem Pult liegen lassen konnte, ohne aufzufallen. Sie beugte sich zu Margot hin. Nicht so ein Pippibub wie die anderen, flüsterte sie. Guck mal – aber vorsichtig! Er darf nichts merken.

Natürlich sollte er etwas merken, was Margot auf die Idee brachte, in ihrer Badetasche nach Schneckes Gummibällchen zu kramen. Der Dackel sprang und bellte, außer sich vor Glück, danach lief alles wie von selbst. Die ganze Gruppe schaute zu ihm hin, lachte und machte Bemerkungen. Wenig später kam es zum ersten Kontakt zwischen Gudrun und ihrem Gott.

Am Abend erklärte sie ihrem Vater, sie wolle den Tennisklub wechseln.

Warum denn das?

Ich habe einen netten jungen Mann kennengelernt.

Schon? Und was hat das bitte schön mit Tennis zu tun?

Er spielt im besseren Verein.

Wie heißt er?

Martin Schubert.

Nein, der Verein.

Gudrun nannte den Namen, und Wilhelm überlegte. Nicht, dass er die Liebesgefühle seiner Tochter ernst nahm. Gudrun begeisterte sich schnell für alles Mögliche, aber das ebbte auch genauso schnell wieder ab. Etwas anderes war es, ihren sportlichen Ehrgeiz zu unterstützen.

Also meinetwegen, sagte er schließlich, aber ich erwarte, dass du den Knaben in Grund und Boden spielst.

Eine Woche später betrat Gudrun, begleitet von Margot, das neue Klubgelände. Dort saß Martin Schubert mit anderen Jugendlichen zusammen und sorgte für ihre Unterhaltung. Wieder erzählte er eine längere Geschichte, wobei seine Zuhörer ständig in Gelächter ausbrachen. Er selbst ging mit seinem Lächeln sparsam um, aber wenn er es zeigte, erschienen auf seinen Wangen tiefe Grübchen. Gudrun kniff ihre Freundin in den Arm. Der ist es! Der und kein anderer!

Kurz darauf trat Martin an ihren Tisch und verbeugte sich vor den Mädchen. Er trug Tennisweiß, englische Shorts und ein frisch gestärktes Sporthemd. Wie erwachsen er aussieht, dachte Gudrun, als Martin sie zu einem Match aufforderte. Margot sah den beiden nach. Ein schönes Paar. Er blond, fast zwei Meter groß, sportliche Figur. Sie, dunkle Haare, ebenfalls hochgewachsen, reichte ihm bis zum Kinn.

Gudrun begriff nicht, was mit ihr los war, warum ihr nichts, aber auch gar nichts gelang. Wie eine Anfängerin schlug sie die Bälle ins Netz oder weit über sein Feld hinaus, und Martin musste von einer Ecke in die andere rennen, um sie wieder einzusammeln. Unzählige Male rief sie Entschuldigung, die Peinlichkeiten hörten nicht auf. Das Hemd war dem Jungen hinten aus der Hose gerutscht, auch dafür fühlte sie sich verantwortlich.

Nach einer Weile bemerkte sie, dass er ihr zuspielte wie einem Kind. Sie schnappte nach Luft. Nein! So nicht! Wut packte sie, wie damals, als sie den Mohrenkopf nicht bekam. Niemand durfte sie so behandeln, auch dieser Martin nicht. Doch sie war kein Kind mehr. Wenn sie sich jetzt nicht beherrschte, wäre die Blamage komplett. Andererseits: Wenn sie jetzt nicht aufwachte, wenn sie das auf sich sitzen ließ, war alles verloren. Mit gnadenloser Wucht knallte Gudrun den Ball über das Netz zurück in Martins Feld und brüllte Entschuldigung, diesmal ohne Grund, denn der Ball landete im Feld. Auch beim Rückhandspiel waren ihre Schläge nun präzise, und sie holte einen Punkt nach dem anderen. Wie genoss sie Martins verwunderte Blicke! Immer häufiger landeten seine Bälle auf ihrer Seite im Aus. Er sagte nicht Entschuldigung, sondern *Sorry*.

Nach dem Spiel, das sie knapp gewann, drückte er ihr anerkennend die Hand, dabei zeigte der Verlierer seine bezaubernden Grübchen. Als sie zum Tisch zurückkamen, klatschte Margot Beifall und kündigte an, sie wolle eine Runde Limonade spendieren. Martin wehrte sich. Von einem Mädchen eingeladen zu werden, kam für ihn nicht in Frage. Doch die beiden Freundinnen kicherten über seinen Protest hinweg, also fügte er sich. Während sie ihre Limonade tranken und den anderen Spielern zuschauten, spürte Gudrun, wie Martin sie immer wieder von der Seite ansah. Großmutter Regina sei Dank, dachte sie. Von ihr hatte sie eine gerade Nase geerbt.

Mit großer Geste wies sie auf die zwei Spiele, die eben im Gange waren, und meinte: Da wollen wir doch mal gucken, wer zu den Tigern gehört und wer zu den Enten.

Martin lachte laut auf, seine Freunde am anderen Tisch sahen überrascht zu ihm hin.

Das sind ja hochinteressante Kategorien, Fräulein Samuel. Wir sollten sie unbedingt in das Regelwerk des internationalen Tennisbundes aufnehmen. Aber wenn ich fragen darf: Wie, bitte, ordnen Sie selbst sich ein?

Ob ich Ente oder Tiger bin? Um Zeit zu gewinnen, sagte sie: Was meinst du, Margotsche?

Die Freundin schwieg verlegen. Gudrun wandte sich wieder Martin zu: Was mich angeht, da müssen wir unterscheiden. Beim Hin- und Herlaufen bin ich durchaus keine Ente. Aber meine Schläge, wie sie am Anfang des ersten Satzes auftraten, hätte man sehr wohl dem hektischen Flügelschlagen zuordnen können.

Normalerweise schrieb Margot aus eigenem Antrieb keine Briefchen während des Unterrichts, aber diesmal musste sie etwas loswerden.

So wie dieser Martin redet, sitzt er hoch zu Ross.

Es juckte Gudrun in den Fingern zu schreiben: *Du bist ja nur neidisch.* Aber das traute sie Margot nicht zu. Wofür hat man Freundinnen, wenn man ihre ehrliche Meinung nicht hören will? Nach einer längeren Pause versuchte sie es mit einer Erklärung.

Vielleicht weiß Martin nicht, wie man mit Mädchen spricht. Er hat drei Brüder und keine Schwester.

Kann sein. Ich will nur nicht, dass du genauso geschwollen daherredest wie er.

Keine Sorge!

Doch. Du hast schon damit angefangen.

Hab ich? Sag mal ein Beispiel.

Meine Schläge, wie sie am Anfang des ersten Satzes auftraten, hätte man sehr wohl dem hektischen Flügelschlagen zuordnen können.

Das soll ich gesagt haben?

Ja, hast du.

Ist ja furchtbar! Dann kneif mich das nächste Mal. So etwas darf gar nicht erst einreißen. Ich will doch nicht als dumme Pute erscheinen.

Versprochen. Dann kneife ich dich. Noch etwas: Schnecke mochte Martin.

Beim nächsten Wiedersehen im Strandbad lud Gudrun Martin Schubert zum Schlepperschwimmen ein. Er erschrak. Bitte tun Sie das nicht! Die Strömung! Sie überhörte es. Nervös ging er hinter ihr her. Ein wildes Mädchen, dachte er, man muss auf sie aufpassen. Gemeinsam enterten sie das nächste Schiff. Er fühlte sich unwohl bei der Sache. Sie dagegen griff betont entspannt unter ihre Badekappe und zog Zigaretten und Streichhölzer hervor. Möchten Sie? Martin lehnte ab, er war Nichtraucher.

Schon eine ganze Weile wünschte Gudrun sich einen Freund, mit dem sie Pferde stehlen konnte, wie sie Margot anvertraut hatte. Bei Martin sah sie nun schwarz. Sie drückte den Rücken durch, stellte die Knie auf … Verdammter Mist! Der weiße Badeanzug war voller Teer. Es lief nicht gut an diesem Nachmittag. Teer ist Teer, da war nichts mehr zu machen. Nach einer zweiten

Zigarette hatte sie sich wieder beruhigt. Was soll's, dachte sie, die Mutter kauft mir schon einen neuen Badeanzug.

Doch als sie heimkam, empfing Helene Samuel sie sehr ernst und vorwurfsvoll: Die Wasserschutzpolizei habe angerufen. Die Eltern würden zur Verantwortung gezogen, wenn ihre Tochter das Schlepperschwimmen nicht sein ließe.

Versprich mir, dass du damit aufhörst, Kind!

Gudrun tat es »hoch und heilig«. Natürlich machte sie weiter. Die nächste Beschwerde der Polizei ließ nicht lange auf sich warten, und Helene weigerte sich diesmal, den ruinierten Badeanzug zu ersetzen.

An einem Sonntag stand für die Junioren des Tennisklubs der Sommerausflug auf dem Programm. Als sich die Gruppe junger Leute auf einem Rheindampfer für ein Foto zusammenstellte, legte Martin zärtlich seinen Arm um Gudrun.

2   Sie wurden in einem Atemzug genannt. Gudrunundmartin, die sind ja schlimmer wie ein Ehepaar, hieß es im schönsten Mainzer Komparativ. Sie wohnten nur ein paar Straßen voneinander entfernt. Als sie feststellten, dass sie am selben Tag Geburtstag hatten, waren sie nicht sonderlich überrascht. Alle Kräfte, die die Welt in Schwung hielten, schienen ihnen zuzuarbeiten. Die Meinungen im Viertel gingen auseinander. Die einen sagten: Wie wunderbar, zwei junge Menschen, wie füreinander bestimmt. Andere meinten, das werde nur eine vorübergehende Schwärmerei sein. Wenn Gudrunundmartin davon hörten, lachten sie. Was wussten die Leute schon?

Eine Straßenlaterne, die auf dem halben Weg zwischen ihrem und seinem Schulgebäude lag, wurde zu ihrem Treffpunkt. Jeden Morgen wartete er auf sie oder sie auf ihn. Sie hatten sich unendlich viel zu erzählen.

Vater hat sich gestern Abend aufgeregt, dass wir so lange telefoniert haben.

Meiner auch.

Aber mein Vater meint es nicht so ...

Meiner schon.

Wie findest du die Musik von Bach?

Kenn ich eigentlich nicht ...

Dann müssen wir unbedingt mal in ein Konzert gehen.

Ja, das machen wir.

Welche Schuhgröße hast du? 41? Das ist aber viel für ein Mädchen. Aber du bist ja auch ziemlich groß. Das gefällt mir so an dir.

Sag mal, Martin: Magst du gekochte Zunge?

Zunge? Brrrrr, widerlich.

Da bin ich aber froh.

Häufig zur Mittagszeit, wenn Gudrun träumend den Unterricht absaß, drang Martins Pfiff bis zum zweiten Stock hoch, zweimal kurz, einmal lang mit aufsteigendem Ton. Wenn die Schülerinnen ihn hörten, wurden sie unruhig. Alle Mädchen schwärmten für Martin Schubert, der fabelhaft aussah, sportlich und obendrein unterhaltsam war. Auch galt er als sehr guter Schüler, ohne streberhaft oder eingebildet zu sein. Dass er sich ausgerechnet die faule Gudrun ausgesucht hatte, die noch am Daumen lutschte, darüber wurde in der Mädchenschule viel geklatscht. Wenig Freundliches war aus den Reihen der Gleichaltrigen zu hören. Niemand erwähnte, wie schön sie geworden war – das war unverzeihlich für alle, die sich selbst mit Pickelhaut und fettigen Haaren herumschlugen.

Nach wenigen Wochen zählten Gudrunundmartin zum Inventar der vertrauten Umgebung, wie die Christuskirche, wie Frau Gärtner mit ihrem Kiosk, wo Schulkinder Bonbons und

Hefte kauften, wie das Gefängnis mit seinen vergitterten Fenstern, unter denen Frauen bei Nacht die Namen ihrer Männer riefen. In einem Punkt aber täuschten sich Gudruns Mitschülerinnen. Sie lutschte, genauer gesagt knabberte nicht mehr am Daumen. Von einem Tag auf den anderen hatte sie damit aufgehört, nachdem Martin sie auf die Hornhaut unterhalb des Nagels angesprochen hatte.

Er legte großen Wert auf ein gepflegtes Äußeres, was aber nicht durchzuhalten war, wenn ihm das Hemd hinten aus der Hose hing. Schuld daran sei sein überlanger Oberkörper, erklärte er Gudrun. Zwar versuche er, dies mit überlangen Hemden auszugleichen, die er extra bei einer Schneiderin in Auftrag gab. Doch leider seien seine drei Brüder genauso gebaut, und die hätten keine Hemmungen, sich aus seiner Schublade zu bedienen.

In diesem Sommer, in dem sie jede freie Minute miteinander verbrachten und abends stundenlang telefonierten, ließen Martins Schulnoten merklich nach. Er musste seinen Platz als Klassenprimus an seinen Freund Robert Silbermann abtreten. Der Sohn des Rabbiners hatte ebenfalls ein Auge auf Gudrun geworfen, doch als Martin bei der schönen Samuel gelandet war, wünschte ihm Robert viel Glück und sie blieben beste Freunde.

Nachmittags fuhren Gudrunundmartin mit den Rädern los, strampelten am Rheinufer um die Wette, suchten einen abgelegenen Platz am Strom, wo sie niemand beim Knutschen störte. Häufig nahmen sie die Straßenbahn nach Wiesbaden, sie gingen ins Café Grün, weil sich Liebespärchen in den dunkelgrün gepolsterten Nischen nahezu unsichtbar machen konnten. Hier hatte Martin seine Freundin zum ersten Mal geküsst, so richtig, wie es Erwachsene tun. Gudrun war völlig unvorbereitet gewesen. Noch Stunden danach fühlte sie sich durch das Spiel ihrer Zungen erregt und verwirrt. Sie verpasste die Straßenbahn, kam zu spät zum Abendessen, saß geistesabwesend bei Tisch und zog sich gleich danach auf ihr Zimmer zurück. Sie schwor sich, die Fahrkarte der Straßenbahn immer und ewig aufzubewahren.

Es fiel Gudrun schwer zu glauben, dass Martin, der drei Jahre älter war als sie, gern zur Schule ging und sich für die meisten Fächer tatsächlich interessierte. Er zeichnete leidenschaftlich gern und trug immer einen Skizzenblock bei sich. Wenn in der Freizeit Gleichaltrige träge herumsaßen, schwatzten und rauchten, hielt er sich abseits und zeichnete liebevolle Skizzen von Menschen oder Szenen, die er gerade beobachtete oder noch vom Vortag im Gedächtnis hatte. Auch Schnecke hatte er sofort gezeichnet.

Vielleicht, überlegte Gudrun, unterrichteten an seinem Gymnasium einfach die besseren Lehrer. Sie jedenfalls hatte noch kein Lehrer für irgendetwas begeistert. Eines Morgens, als sie in der Klasse vor sich hin dämmerte, flog ihr ein nasser Schwamm ins Gesicht.

Samuel, wach uff!, rief Englischlehrer Tonkel, ein alter Mann, der nach Zigarre roch.

Mittags, an ihrer Laterne, berichtete sie Martin davon. Zwei Tage später, wiederum mittags nach Schulschluss, sahen sie Tonkel, wie er sein Fahrrad schob und laut über die Missgeburt schimpfte, die ihm die Ventile geklaut habe.

Martin wollte Schauspieler werden. Warum er dann so gründlich für Latein, Griechisch und Mathematik lerne, fragte Gudrun, damit könne er doch auf der Bühne überhaupt nichts anfangen. Wozu also die Mühe?

Weil ich keine Lust habe, ein dummer Schauspieler zu werden. Davon gibt es schon genügend.

Und woran merkt man das?

Dass sie aufgeblasenes Zeug reden und nicht wissen, wer Aristoteles war.

Das weiß ich auch nicht.

Na gut, du bist ja auch erst dreizehn.

Aber ich werde bald vierzehn!

Sie lagen nebeneinander im Gras. Martin erzählte von Theaterbesuchen in Berlin. Nur ein einziges Mal war er bislang dort gewesen, es hatte sein Leben verändert, es hatte seine Liebe zum Schauspiel entfacht, diese Flamme suchte nun ständig Nahrung. Nie war er ohne ein Reclambändchen unterwegs. Die Lektüre machte ihn zu einem guten Erzähler. Seine Freunde hörten die unglaublichsten Geschichten, ohne zu ahnen, dass sie lange vor ihrer Zeit von Shakespeare erzählt worden waren. Martin hatte sie einfach ins Hier und Heute übertragen. Die Unwissenheit seiner Freunde störte ihn nicht. Er wollte sie nicht bilden, er wollte sie unterhalten.

Allerdings: Wenn er sich seinen Berliner Erinnerungen überließ, flog er davon, dann wollte er nur noch erzählen, egal, wer ihm zuhörte. Seine Leidenschaft brannte mit ihm durch. Ständig fielen ihm neue Details ein. Die Namen genialer Theatermenschen und grandioser Theaterstücke, mit denen Martin nur so um sich warf, sagten Gudrun, die neben ihm an einem Grashalm kaute, überhaupt nichts. Sie gähnte, zupfte Blütenblätter, und irgendwann begann sie ihn zu kitzeln, bis er endlich still war und sie wieder in den Arm nahm.

3   Es war früher Nachmittag. Nach einem Schläfchen, das er sich stets nach dem Essen gönnte, setzte sich Wilhelm Samuel zu seiner Frau in den Salon. Sie ließen sich gerade ihren Mokka servieren, als unten auf der Straße jemand pfiff, zweimal kurz, einmal lang mit aufsteigendem Ton. Ihre Tochter erschien im Türrahmen und rief mit glänzenden Augen: Ich geh jetzt fort!

Für Gudrun besaß die Ehe ihrer Eltern nichts Nachahmenswertes. Sonntags fuhren sie nach Wiesbaden, um auf der Wilhelmstraße zu promenieren. Anschließend ging man Kaffeetrinken. Zu besonderen Anlässen wurde eine Königinnenpastete bestellt, dazu gab es ein Glas Sherry. Auch Wilhelms Nörgelei und seine Wutanfälle gehörten zu den festen Ritualen. Doch weder er noch Helene wäre je auf die Idee gekommen, sich scheiden zu lassen. Seine Frau hatte es sich zur Aufgabe gemacht, ihre Rolle als Ehefrau vorbildlich zu spielen. Dazu gehörte ihr elegantes Erscheinungsbild, ihr makelloses Auftreten, ihre durch nichts zu irritierende freundliche Haltung. Einige Male im Jahr luden die Samuels ihre jüdischen Freunde und Bekannten zum großen Abendessen ein. Wilhelm liebte es, Gäste im Haus zu haben, dann war von seiner Knauserigkeit nichts mehr zu spüren. An einer langen Tafel fanden vierundzwanzig Personen Platz. Zum Essen spielte ein Quartett Kammermusik. Die Samuels genossen ihren Lebensstil und die Sicherheit, in der besseren Gesellschaft ihrer Stadt fest verankert zu sein.

Zur Hausfrau mit praktischen Fähigkeiten war Helene nicht erzogen worden. Sie konnte nicht nähen, nicht bügeln, nicht kochen. Doch sie ließ es sich nicht nehmen, die Lebensmittel frisch einzukaufen. Im Viertel und auf dem Markt war sie beliebt – eine vornehme Dame, die sich für die täglichen Besorgungen nicht zu fein war. Außerdem verstand sie etwas von Fleisch, Fisch und Obst. Und während sie vom Bäcker zum Metzger und dann zum Gemüsehändler und zum Obststand ging, nahm sie sich stets Zeit, um die Zartheit eines Rinderfilets und den Duft bestimmter Äpfel zu loben.

Im Abschmecken der Speisen an der Seite der Köchin zeigte sie sich als wahre Meisterin. Noch etwas Majoran, Hilde, nur ganz wenig. Am liebsten war ihr das wilde Kraut von den Schweizer Berghängen. Wenn ihr Mann allein zu einer Wandertour ins Tessin aufbrach, reichte sie ihm eine kleine geflochtene Schachtel mit dem Auftrag, er möge ihr Majoran mitbringen.

Helene achtete darauf, dass nicht alle drei Hausangestellten gleichzeitig Ausgang erhielten. Als dies doch einmal geschah, ertappte Gudrun ihre Mutter dabei, wie sie hilflos mit dem Teekessel am Herd stand. Sag mal, Gudrunsche, weißt du, wie das Wasser aussieht, wenn es kocht?

In ihrem Schweizer Pensionat hatte Helene ein wenig Literatur, Kunstgeschichte und Klavierspielen gelernt. Dort war man der Auffassung gewesen, ein Mehr an Bildung könne für junge Mädchen schädlich sein. Es passte zu den Anschauungen ihres Mannes. Wilhelm zeigte ihr, wo sie bei der Wahl zum Reichstag das Kreuz machen sollte – beim Zentrum natürlich, eine andere Partei kam überhaupt nicht in Frage –, und sie tat es, ohne weiter darüber nachzudenken. Eigentlich war Helene Samuels Leben perfekt. Zwar war ihr Mann gelegentlich schwer erträglich, aber zum Ausgleich hatte sie eine Vertraute, die ihr unbegrenzt die Treue hielt, ihre eigene Mutter. In dem Ausmaß, wie Hannah Samuel von ihrem Sohn gehasst wurde, wurde Regina Trittner von ihrer Tochter geliebt. Zwei-, dreimal in der Woche fuhr Helene nach Wiesbaden, um ihre Mutter zu besuchen. Sie nahm die Straßenbahn um halb vier und kam mit der Sieben-Uhr-Bahn zurück. Um halb acht wurde zu Abend gegessen.

Helene hätte gern einen verständnisvolleren Ehemann gehabt, vor allem aber einen, der sie nicht betrog. Über seine Liebschaften wurde in der Kaiserstraße nicht gesprochen, doch Gudrun, der selten etwas verborgen blieb, wusste schon früh davon. Wenn sie ihre Mutter mit Migräne im Bett liegen sah, kam ihr als Erstes in den Sinn: Vater ist wieder einmal mit einer fremden Frau verreist.

Die Schweiz war Wilhelms liebstes Ziel. Mit ständig wechselnden Geliebten fuhr er zum Ski- und Eislaufen. Im Sommer verbrachte er gern eine Woche in Ascona. Über die Jahre hatte er miterlebt, wie das Fischerdorf am Lago Maggiore zum Treffpunkt junger Europäer geworden war, die über politische Reformbewegungen, Kunst, gesunde Ernährung und Freikörperkultur debattierten. Dem Alter nach gehörte Wilhelm, der auf die Fünfzig zuging, nicht mehr dazu, aber seine Begleiterinnen durchaus. Offenbar stand er gern am Rand und nahm die eine oder andere kulturelle Anregung dankbar an. Besonders die hingebungsvollen Tänze junger Damen auf dem Monte Verità, mit nichts als einem Schleier und dem Mondlicht bekleidet. Wenn Wilhelm mit einer seiner Geliebten in den Bergen wanderte, vergaß er nie das Schächtelchen, das seine Frau ihm mitgegeben hatte. Wenn er es ihr in Mainz mit Majoran gefüllt überreichte, machte er eine leichte Verbeugung und nannte sie seine persische Königin.

Wie es in Helene tatsächlich aussah, das erfuhr nur die Mutter in Wiesbaden, die alles verstand und verschwiegen war wie ein Grab. Das einzige Liebessehnen, das Helene zuließ, verband sich mit der Fastnacht. Zum Rosenmontagsball in der Stadthalle erschienen Wilhelm und Helene stets getrennt. Sie hatten sich verkleidet und dem anderen nichts über das eigene Kostüm verraten. Helene erkannte ihren Mann sofort, weil Wilhelm selbst mit Maske immer so aussah wie Wilhelm. Nach jedem Ball erzählte sie ihrer Mutter, er habe stundenlang an der Bar gestanden und scheinbar ahnungslos mit maskierten Damen geschäkert, die sich nach Mitternacht als seine Angestellten zu erkennen gegeben hätten.

Wilhelm selbst entdeckte seine Frau immer erst, wenn die Ballbesucher ihre Gesichter enthüllten. Bis dahin hatte Helene den Abend mit einem Musketier, einem Matrosen oder Harlekin verbracht, der sich in jedem Jahr als Dr. Kitzig entlarvte, der Direktor des Elektrizitätswerks.

Ob Wilhelm Helenes Geheimnis kannte, ob er es ihr gönnte oder ob er darüber hinwegsah, aus Angst, als eifersüchtiger Ehemann zu gelten – auch darüber rätselte seine Frau, ohne je zu einem Ergebnis zu kommen. Stundenlang konnte sie diese Fragen mit ihrer Mutter erörtern, beginnend mit dem Tag, der dem Maskenball folgte, wenn sie ihrer einzigen Vertrauten von Dr. Kitzig berichtete und sich noch einmal seine zauberhaften Komplimente auf der Zunge zergehen ließ.

4 Der Nachhilfelehrer kam dreimal in der Woche in die Kaiserstraße. Der junge Mann hieß Konrad Burg und brachte Gudrun bei, wie man auf Lunge raucht. Auf Wissensvermittlung legte er wenig Wert bei einer Schülerin, der ohnehin alles egal zu sein schien. Doch lag ihm an seinem Ruf als erfolgreicher Nachhilfelehrer, denn er sparte auf ein Motorrad. Da er bei Gudrun Samuel nichts, aber auch gar nichts bewegen konnte, wandte er sich an deren Lehrer, und hier trug sein Einfluss Früchte. Was genau er mit ihnen besprach, erfuhr niemand, aber Gudrun wurde versetzt und Konrad Burg kam schließlich zu seinem Motorrad.

Wenn der Lehrer kam, wurde geschwatzt und geraucht. Und wenn unter ihrem Fenster gepfiffen wurde, war Gudrun nicht mehr zu halten. Martin Schubert sorgte sich um Gudruns Schulnoten, und als er vom haarsträubenden Ablauf ihrer Nachhilfestunden erfuhr, überlegte er, was zu tun sei. Wenige Tage später klopfte er an die Tür des Lehrerzimmers in der Mädchenschule. Höflich stellte er sich als Gudruns Freund vor und bat um fachliche Auskunft. Wo genau zeigte die Schülerin Schwächen? Welche Aufgaben sollte er mit ihr üben? Die Lehrer sagten, es sei völlig egal, wo er anfange, Gudrun Samuel habe nirgendwo auch nur die geringste Ahnung.

Als sie sich wieder im Schwimmbad trafen, zog er ein Englischbuch aus der Tasche und schlug vor, jedes Mal eine Lektion mit ihr zu üben. Nur eine.

Und was versprichst du dir davon?

Du würdest auf Dauer deine Noten verbessern.

Lieber Himmel, Martin, ich kann es nicht glauben, jetzt fängst selbst du damit an …

Ja, was dachtest du denn? Meinst du, ich schaue tatenlos zu? Schlechte Noten sind kein Schicksal wie ein Buckel. Dagegen kann man etwas tun.

Bei seinem letzten Satz war sie aufgesprungen. Wütend starrte sie auf ihn herab.

So ist das also! Du schämst dich, weil ich so schlecht in der Schule bin!

Martin wollte etwas sagen, aber sie ließ ihn nicht zu Wort kommen.

Warum bin ich darauf nicht eher gekommen? Ich weiß, warum. Weil ich blöd bin. Die Lehrer haben alle unrecht. Gudrun Samuel ist nicht faul, sie ist saudumm.

Nun stand Martin vor ihr, packte sie an den Schultern und schüttelte sie.

Komm zu dir, Gudrun! So war das nicht gemeint. Doch sie riss sich los und rannte davon, ohne sich noch einmal umzuschauen.

Eine Woche lang ruhte der Kontakt. Kein Pfiff, kein Anruf. Als sie sich im Tennisklub über den Weg liefen, ignorierten sie einander. Weil Margot die blasse, starre Miene ihrer Freundin nicht länger ertragen konnte, kam sie in einem Briefchen auf das Thema zu sprechen.

Nun tu doch endlich was. So könnt ihr doch nicht weitermachen.
Ich schon.

Martin einfach laufen zu lassen, nur weil ihr euch gestritten habt. Haben sich deine Eltern nie gezankt?

Das tun sie dauernd. Ach, lass mich einfach in Ruhe.

Ganz so ernst war Gudruns letzter Satz nicht gemeint, am

nächsten Tag begleiteten Margot und Schnecke sie wie gewohnt in den Tennisklub. Und wieder sahen Gudrun und Martin, die beiden Zerstrittenen, aneinander vorbei.

Als Margot zur Toilette ging, drang Martins Stimme durch die dünne Holzwand.

Misch dich nicht ein, Robert, hörte sie ihn sagen. Ich lasse mich von niemandem schlecht behandeln, auch nicht von Gudrun.

Du glaubst also, sagte Robert Silbermann, du könntest mit einem Mädchen in ewiger Harmonie leben.

Du weißt genau, dass ich das nicht meine. Aber Gudrun hat mich stehenlassen wie einen Trottel. Es gibt Regeln des Anstandes, die für alle Beteiligten gelten sollten.

Robert lachte leise auf. Ich kenn dich, mein Lieber. Wenn du dich so geschwollen ausdrückst, bist du mit deinem Latein am Ende.

Du hast doch keine Ahnung, rief Martin. Hier geht es um Ehre!

Um Ehre, wiederholte Robert und brach in Gelächter aus.

Es herrschte eine Weile Stille.

Mir kannst du nichts erzählen, sagte Robert.

Jemand wusch sich die Hände, dann hörte das Wasserrauschen auf.

Es sollte mir wirklich egal sein, fuhr Robert fort. Meinetwegen kannst du bis ans Ende deiner Tage die beleidigte Leberwurst spielen. Es soll mir sogar recht sein. In diesem Fall könntest du bei Gudrun ein gutes Wort für mich einlegen. Tust du das? Ein guter Freund macht so etwas.

Margot hörte einen wütenden Aufschrei, dann knallte eine Tür. Schritte entfernten sich. Hinter der Wand hörte sie Robert lachen.

Nachmittags um vier wählten Martin und Gudrun jeweils die Telefonnummer des anderen. Zehn Minuten lang ertönte auf beiden Seiten das Besetztzeichen. Als Martin schließlich Gudruns Stimme hörte, schwieg er verblüfft.

Hallo? Hallo? Verdammt, wer ist denn da?

Sie legte auf und wählte seine Nummer sofort wieder.

Endlich. Endlich!

Mit wem hast du denn so lange telefoniert?

Ich doch nicht. Du! Ich hab mir die Finger wund gewählt!

Ich auch!

Eine Stunde später trafen sie sich im Café. Es brauchte keine langen Erklärungen, um sich zu versöhnen. Doch als es Zeit für den Abschied war, kam Martin noch einmal auf ihren Streit zu sprechen.

Eine Frage habe ich noch, aber beiß mir bitte nicht gleich ins Knie …

Also?

Was wäre so schlimm daran, wenn wir jeden Tag ein bisschen üben würden?

Nichts wäre schlimm daran, außer … Sie verstummte und dachte nach.

Außer?

Ich sag dir was, Martin: Ich würde von der schlechtesten zur zweitschlechtesten Schülerin aufsteigen. Was bitte schön hätte ich davon?

Martin gab auf, und als der Sommer zu Ende ging, war auch er zum Raucher geworden.

Gudruns Eltern wussten wenig über den jungen Mann, der ihrer Tochter den Kopf verdreht hatte. Die Geschichte würde irgendwann vorbei sein, hoffte man bei den Schuberts wie bei den Samuels. Eine jüdische Schwiegertochter? Unmöglich. Ein katholischer Schwiegersohn? Unter keinen Umständen. Aber warum überhaupt so weit denken? Seit wann sind Jugendlieben von Dauer? Was beide Familien beruhigte: Im Viertel geschah nichts, ohne dass man es mitbekam. Kein junges Pärchen konnte sich unbeobachtet hinter eine verschlossene Tür zurückziehen.

Bei Martins Eltern galt humanistische Bildung als der Wert schlechthin. In ihrer Familie wurde viel gelesen und auf hohem Niveau diskutiert. Hier knallten keine Türen. Beate Schuberts Salon galt als Treffpunkt der Kulturelite von Mainz. Sie war eine Person, über die man in ihrem Viertel sprach. Gudrun kannte sie also vom Sehen. Ob auch Martins Mutter wusste, wer sie war? Wie sollte es anders sein? Offenbar wünschte sie keinen Grußkontakt, weil an einem gegenseitigen Kennenlernen beider Eltern kein Interesse bestand.

Über die finanziellen Verhältnisse von Heinz Schubert war Wilhelm Samuel informiert. Ein guter Geschäftsmann behielt stets im Blick, wer in seiner Umgebung zu den Wohlhabenden gehörte und wer nicht. Ihm war klar: Das Einkommen des Verwaltungsbeamten reichte nicht aus, um alle vier Söhne studieren zu lassen. Und so kam es, dass Gudruns Vater sich wieder einmal von horrenden Ausgaben bedroht sah: Das hätte noch gefehlt, dass er einem christlichen Schwiegersohn die Ausbildung finanzieren musste!

5   Zweimal im Jahr besuchte Martins Mutter in Berlin ihre Schwester, eine unverheiratete Lehrerin. Zwei Wochen blieb sie dort. Beate Schubert ließ sich einen Pagenkopf schneiden, trug lange Hosen, probierte exotische Getränke und kam mit wenig Schlaf aus. Abend für Abend tauchten die beiden Schwestern tief ein in die Welten der Kunst mit ihrer ganzen Palette an Empfindungen, die sie hervorruft – Entzücken, Verwirrung, Abscheu,

Katharsis. In Beates Heimatstadt sollte Kunst vor allem beschauliches Wohlbehagen auslösen und bloß nicht irritieren oder gar provozieren. Martins Mutter sah sich als aufgeschlossene Frau, doch in Mainz verbot sie sich das Tragen langer Hosen. Bis man hier aufwachte, dachte sie, war noch viel zu tun.

Nach ihrer Rückkehr aus Berlin berichtete Beate Schubert ihrem Sohn bis ins kleinste Detail von ihren Erlebnissen in der Oper, im Cabaret und vor allem im Theater. In seinem Wunsch, Schauspieler zu werden, unterstützte sie Martin voll und ganz. Doch diesmal überfiel er sie bei ihrer Heimkehr mit der Nachricht, er und Gudrun seien wieder zusammen, für immer. Während sie so tat, als freue sie sich mit ihm, dachte sie: Nun ja, es wird nicht lange halten.

Und war schon wieder bei ihrem Thema: In Berlin hatte sie sich umgehört, wie die ersten Schritte für einen angehenden Schauspieler aussehen könnten, wie Martin dort Fuß fassen könnte, wie dies zu finanzieren sei. Beate Schubert sah für ihn eine große Bühnenkarriere voraus. Als junges Mädchen hatte sie sich selbst danach gesehnt. Ihr Traum zerplatzte, als ihr Vater sein Vermögen verlor. Und so entschied sie sich für Heinz Schubert, den stillen, zuverlässigen Juristen, einen Verwaltungsbeamten mit guten Aufstiegschancen. Dass er diese nicht so ergriff, wie seine Frau es sich vorgestellt hatte, dass er Angebote, in die Politik zu gehen, ausschlug, gehörte zu den Enttäuschungen, über die Beate Schubert nie sprach, weil sie schlecht vernarbte Wunden zurückgelassen hatten.

In der Familie Schubert führte die Mutter das Wort und war stolz darauf, politische Überzeugungen zu besitzen. Anders als ihr Ehemann traute sie dem aufstrebenden Adolf Hitler viel zu. Sie sah ihn als den Modernisierer, den man angesichts der vielen Millionen Arbeitslosen dringend brauchte. Nur ein Mann seines Formats, unkonventionell und unerschrocken, konnte Deutsch-

45

land wieder zum Leben erwecken. Nicht alles, womit seine Bewegung in den Wahlkampf zog, fand ihren Beifall. Antisemitische Parolen lagen ihr nicht. Sie wusste, was Juden zu Kultur und Kunst beitrugen. Für sie gab es nur gute oder schlechte Kunst.

Als 1930 im Beisein des Reichspräsidenten auf dem Schillerplatz das Befreiungsdenkmal eingeweiht wurde, hätte sie zu gern gewusst, was der schnauzbärtige alte Herr von Hindenburg davon hielt. Das Ganze hatte erstaunliche Dimensionen: eine Riesin aus Granit, die auf den Namen Freiheit hörte und durch einen unverhüllten Oberkörper ihrer Freude über den Abzug der französischen Besatzungsmacht Ausdruck verlieh. Die Mehrheit der Mainzer Bürger erregte sich über die entblößte Frauenfigur. Beate Schubert tat es nicht. Als die katholische Kirche empört den Weg ihrer Fronleichnamsprozession änderte, der traditionell über den Schillerplatz führte, machte sie in ihrem Salon dazu spöttische Bemerkungen. Auch widersprach sie Stimmen, die meinten, bei Bildhauer Benno Elkan sei wieder einmal typisch jüdischer Ungeist am Werke gewesen. Für sie war es einfach nur schlechte Kunst, und sie hatte nichts einzuwenden, als das Denkmal schon drei Jahre später wieder abgerissen wurde.

6 Gudrunundmartin waren auf einer Lichtung im Gonzenheimer Wald verabredet. Sie stellte ihr Rad ein Stück vorher ab und schlich sich an, um ihn zu überraschen. Doch statt Martin sah sie eine Frau mit Kopftuch, die sich laut, aber unverständlich beklagte, offenbar weil frühere Blaubeerpflücker ihr nichts übrig gelassen hatten. Sie war vom Alter gebeugt und so sehr mit ihrem Verdruss beschäftigt, dass sie das Mädchen auf der Waldlichtung nicht wahrnahm.

Auch Gudrun, an eine Birke gelehnt, ärgerte sich, weil die

Alte nicht ging und Martin nicht kam. Die Nachmittagssonne schien zwischen den Tannen hindurch und wärmte ihre Beine. Wie spät mochte es sein? Unpünktlichkeit passte nicht zu Martin. Sie dachte daran, wie es zum ersten Mal hier gewesen war, im Frühjahr. Die ganze Lichtung hatte nach Maiglöckchen geduftet. Stundenlang hatten sie sich geküsst, inmitten der Blumen. Sie hatte in seinen Armen gelegen und sich streicheln lassen, aber immer nur dort, wo sie die Grenze des Erlaubten vermuteten. Gudruns Brüste waren erlaubt, aber nie kamen Martins Hände auf ihrer Bahn über die Oberschenkel zu sehr vom Weg ab.

Die blöde Alte. Sie verschwand einfach nicht, obwohl kaum noch ein Beerchen in ihrem Becher landete. Immer lauter wurde ihr Lamento, während sie mit ihrem Stock unsichtbare Zeichen in den Boden schrieb. Gudrun wusste nichts von Kräuterweiblein, und Hexen kannte sie nur aus dem Märchen. War sie verrückt, vielleicht sogar gefährlich? Wäre es nicht besser, das Feld zu räumen?

Langsam, einem schnüffelnden Hund ähnlich, näherte sich die Gestalt Gudruns Platz unter der Birke. Nun waren auch einzelne Worte zu verstehen.

Hier muss es sein, murmel murmel, wenn es hier nicht ist, murmel, wo dann? Murmel murmel. Ich rieche, rieche Menschenfleisch …

Plötzlich baute die Alte sich vor ihr auf. Riesig war sie, fast zwei Meter hoch. Gudrun schrie wie am Spieß, während sie geschnappt und dreimal im Kreis herumgewirbelt wurde. Als sie wieder auf den Füßen stand, prügelte sie auf Martin ein.

Du dummer Kerl. Dafür wirst du büßen …

Er grinste breit und ließ ihre Schläge an seiner Brust abprallen. Komm her, mein Zimtsternchen. Er breitete den braunen Umhang auf dem Waldboden aus und wollte sie zu sich hinunterziehen. Doch Gudrun lehnte am Baum und ging vor Lachen in die Knie, weil er noch immer das Kopftuch trug.

Seit diesem Auftritt auf der Waldlichtung bewunderte sie ihn als Schauspieler und Verkleidungskünstler grenzenlos und traute ihm fortan jede Rolle zu. Eines Tages sah sie ihn als Angler verkleidet am Rheinufer sitzen. Sie näherte sich geräuschlos und streute ihm Sand hinten in den Kragen.

Da drehte sich Englischlehrer Tonkel zu ihr um. Sie starrten sich fassungslos an.

Der Wind, es ist der Wind, stammelte Gudrun, er kommt aus der falschen Richtung.

Wie bitte?!

Sonst hätte ich Ihre Zigarre gerochen …

Tonkel schüttelte den Kopf. Dass Sie faul sind, Samuel, wusst' ich. Dass Sie auch verrückt sind, weiß ich jetzt.

In diesem Moment sah sie Martin heranradeln.

Auf Wiedersehen, Herr Tonkel. Und Petri Heil.

Im Herbst hörte Gudrun zum ersten Mal die Geschichte von Romeo und Julia. Martin sollte den Romeo in einer Schulaufführung spielen, und sie hatte sich bereit erklärt, mit ihm zu üben. Am liebsten probten sie im Freien, obwohl es dafür allmählich zu kühl wurde. Gudrun fehlte jeder Sinn für Dramatik. Eine Liebe, die tödlich endete, nur weil zwei Familien sich nicht leiden konnten, schien für sie ein absurdes Märchen zu sein. Wenn es ans Sterben ging, wurde sie albern. Statt zu weinen und sich auf ihr eigenes Dahinscheiden vorzubereiten, biss sie den toten Romeo in den kleinen Finger. Martin genoss ihre Einfälle. Bei ihr konnte man nie sicher sein, was als Nächstes geschah.

Eine bestimmte Stelle hinter ihrem linken Ohr liebte er besonders. Da riechst du nach Weihnachten, sagte er anfangs. Später wusste er es genauer: Das Fleckchen Haut zwischen Ohr und

Haaransatz duftete nach Zimt. Gudrun konnte sich die Ursache nicht erklären. Irgendwann kam ihr der Gedanke, es sei der Duft ihrer Sehnsucht.

Es war die Nachtigall und nicht die Lerche …

Gudrun schmiegte sich in Martins Arme und wünschte sich, es würde in ihrem Leben nie mehr einen Abschied geben.

Wie hat sie das rausgehört?

Was meinst du?

Den Unterschied zwischen Nachtigall und Lerche.

Sie hat es einfach behauptet. Und er hat sie dann korrigiert: Die Lerche war's.

Du meinst, man kann den Unterschied wirklich hören?

Natürlich. Was dachtest du?

Vogel ist doch Vogel.

Keineswegs. Nimm doch nur unseren Pfiff. So pfeift der Mako-schu-Vogel.

Der was?

Der Makoschu-Vogel. Den kannst du nicht kennen. Er ist sehr scheu, hat bunte Federn und lebt in Indonesien.

MAINZ

1   Helene Samuel lag mit Migräne im Bett, während im angrenzenden Badezimmer, nur durch einen Vorhang getrennt, ihr Mann rasiert wurde. Wilhelm war gerade vom Skilaufen in der Schweiz heimgekehrt. Helene hörte, wie Friseur Schnauder den Rasierschaum anrührte, und nach einer Weile das Schaben seines Messers. Der Regierungswechsel in Berlin hatte an seinen Gewohnheiten, was die Samuels betraf, nichts geändert. Adolf Hitlers Sieg bei der Reichstagswahl freute ihn. Gleichzeitig machte sich der SA-Mann Sorgen: Es gebe in Berlin Leute, die hätten einen schlechten Einfluss auf Hitler, der ja in der großen Politik noch unerfahren sei. Der Friseur hatte ein schmales Lippenbärtchen. Das hat der Führer *mir* nachgemacht, pflegte er zu sagen, wobei er verschmitzt lächelte.

Im Gespräch, das Helene Samuel hinter dem Vorhang mithörte, beteuerte Schnauder: In der SA gibt es nicht mehr Antisemiten als anderswo auch. Ich selbst hab dort noch keinen kennengelernt, der sich so übel über Juden auslässt, wie es jetzt in der Zeitung steht. Wenn Sie mich fragen, Herr Samuel: Die sind doch nicht bei Trost da in Berlin!

Nur zu gern hätte Wilhelm zugestimmt, aber er wagte keine Bewegung, weil er das Messer an seiner Kehle spürte. Nach der Rasur wettete er mit seinem Friseur um eine Flasche Schnaps. In drei Monaten ist der braune Spuk vorbei, sagte Samuel. Die Wette gewinne ich, rief Schnauder. Das ist nur der Anfang. Sie werden es sehen, Herr Samuel, Sie werden es sehen.

Helene vergaß das Gespräch nie. Für sie begann eine Zeit der Angst, und die Angst sollte sie nicht mehr verlassen. Gudrun bemerkte, dass ihre Eltern vorsichtiger wurden in dem, was sie in Gegenwart der Köchin Hilda und des Hausmädchens äußerten.

Zu Beginn des Frühjahrs, nachdem Gudrun ihren Romeo auf der Schulbühne bewundert hatte, überraschte Martin seine Freundin mit der Idee für einen besonderen Ausflug. Er wollte mit ihr draußen sein, während der Tag dämmerte und die Vögel erwachten. Gudrun gefiel das, gerade auch, weil es heimlich geschehen musste. In der ersten Dämmerung eines Sonntagmorgens trafen sie sich mit ihren Rädern auf der Kaiserstraße. Sie hatte eine weiße Wollmütze tief in die Stirn gezogen. Der Fahrtwind rötete ihr Gesicht. Martins Ziel war ein Friedhof am Stadtrand.

Hast du Angst?, fragte er, während er sie zu einer Bank führte.

Ach wo.

Er legte seinen Kopf in ihren Schoß und ließ sich streicheln. Gudrun versuchte, sich auf die Vogelstimmen zu konzentrieren, es gelang ihr nicht. Was sie hörte, war kaum mehr als ein Draufloszwitschern, ein heilloses Durcheinander. Martin hatte komische Ideen.

Dein rechtes Ohr sitzt höher als dein linkes. Wusstest du das?

Ja sicher.

Und das ist dir nicht unangenehm?

Schsch. Sei still, Zimtsternchen.

Die Sonne ging auf. In der Geräuschkulisse taten sich Solisten hervor. Martin lenkte Gudruns Aufmerksamkeit auf einzelne Sänger, indem er sie imitierte und sich freute, wenn es so klang, als würde ihm geantwortet. Mit der Zeit war sie in der Lage, eine Amsel von einer Meise zu unterscheiden. Martin meinte, das sei für den Anfang nicht schlecht.

Woran erkennt man eigentlich, dass Vögel alt sind?, fragte sie.

Wie?

Ich meine, einem Hund sieht man doch an, wenn er alt ist. Wie ist das bei Vögeln?

Martin dachte nach. Keine Ahnung, sagte er schließlich.

Sie nickte zufrieden. Er ist nicht allwissend, dachte sie.

Helene Samuel trank ihren Tee, wie sie es jeden Nachmittag tat. Als sie ihre Tochter heimkommen hörte, ging sie ihr auf dem Flur entgegen und sagte, es gebe etwas Ernstes zu besprechen. Gudrun setzte sich zu ihr, die Mutter sah besorgt aus. Sie und Martin, sagte Helene, sie müssten jetzt vorsichtiger sein. Am besten, sie ließen sich überhaupt nicht mehr zusammen blicken.

Gudrun schaute ihre Mutter verständnislos an. Sie sollte sich nicht mehr gemeinsam mit ihrem Freund auf der Straße zeigen?

Mach dir mal keine Sorgen, Mutter. Wir passen schon auf.

Was Gudrun darunter verstand, wurde am Judenboykott-Tag sichtbar. Schon seit Wochen hatte die SA zusammen mit dem »Stürmer« judenfeindliche Propaganda – »Deutsche! Wehrt Euch! Kauft nicht bei Juden!« – unters Volk gebracht, es war nur eine Frage der Zeit, wann Taten folgen würden. Martin jedenfalls war wenig überrascht von dem, was am 1. April geschah. Die Männer, die Wilhelm Samuel in Anspielung auf ihre Uniformfarbe die Kackgelben nannte, beschmierten Geschäftsfassaden mit der Aufschrift »Achtung, Jude«.

Martin meinte, man solle sich von ein paar Flegeln nicht einschüchtern lassen. Zu Robert sagte er, er habe große Lust, sich demonstrativ mit seinem schönen jüdischen Mädchen zu zeigen, und sein Freund fand, es sei den Versuch wert. So kam es, dass Gudrunundmartin am Boykott-Tag händchenhaltend die Ludwigstraße entlangschlenderten, vom einen Ende zum anderen und dann wieder zurück. Gudrun trug über ihrem Kleid eine Strickjacke in einem leuchtenden Kirschrot. Als sie beim

Abendessen davon erzählte, verlor ihre Mutter die Beherrschung und wurde laut. Ihr Mann dagegen meinte, sie sollten jetzt alle die Kirche im Dorf lassen. Die Kackgelben hätten ihren Spaß gehabt, nun sei es vorbei. Theaterdonner nenne man so etwas.

Wilhelm war stolz auf seine Tochter, und der junge Mann, der nicht sein Schwiegersohn werden sollte, weil er aus einer unvermögenden katholischen Familie kam, war in seiner Achtung gestiegen.

Sonderbarerweise war das Schuhhaus Samuel von Schmierereien verschont geblieben, es hatten sich auch keine SA-Posten vor seinem Eingang blicken lassen. Nach einigen Wochen jedoch bemerkte Wilhelm, dass ein großer Teil der Stammkundschaft das Geschäft nicht mehr betrat. Dennoch ging der Umsatz nicht zurück, denn nun kamen Menschen aus den benachbarten Kleinstädten und kauften ihre Schuhe bei Samuel in Mainz – während umgekehrt die Mainzer die Filialen im Umland aufsuchten, wo sie niemand kannte. Alles in allem bestätigte sich für Wilhelm Samuel, dass er nichts zu befürchten hatte. Ein Boykott, glaubte er, werde auf Dauer wirkungslos bleiben. So etwas sei eben mit den Mainzer Bürgern nicht zu machen. Seinen Angestellten im Stammhaus sagte er, sie sollten sich nur keine Sorgen machen, die Aufregung werde sich bald legen.

2 In der Familie Schubert entstand am 1. April 1933 ein Riss. Unter den vier Brüdern wurde gelegentlich gestritten, doch seit die Nationalsozialisten so im Aufwind waren, hatte sich der Tonfall verschärft. Es stand drei gegen zwei. Der Hausherr, ein Skeptiker, misstraute jeglicher politischen Richtung. Seine Frau dagegen war nur wenige Wochen nach Hitlers Sieg in die NSDAP eingetreten und stand bald an der Spitze der Mainzer NS-Frauenschaft. Mit fast kindlichem Stolz, wie es Martin schien, trug sie

deren Abzeichen. Sogar im Schwimmbad, am Badeanzug, behauptete er.

Ach komm, sagte Gudrun. Das hast du dir gerade ausgedacht!

Martin winkte ab. Über seine Mutter zu sprechen war ihm peinlich. Wenn sie Hitler im Radio hörte, geriet sie in Hochstimmung wie eine Verliebte. Martin ließ sie reden und dachte: Mutter ist nicht zurechnungsfähig. Bis vor kurzem hatte er sich kaum für Politik interessiert, aber als Freund und Beschützer der Gudrun Samuel war für ihn klar, auf welcher Seite er stand. Der Abstand zu seiner Mutter hätte nicht größer sein können.

Von den Schubert-Söhnen waren zwei für und zwei gegen Hitler. Martin war der entschiedenste Gegner, sein drei Jahre älterer Bruder Matthias besetzte die Gegenposition. Er galt als der Unbegabteste unter den vier Söhnen, während Martin jedermann eine eindrucksvolle Karriere zutraute. Als der sich zum Schwarm aller Mädchen entwickelte, wurde häufig über die ungleichen Brüder geklatscht. Selten hörte man den Namen von Matthias ohne den Zusatz »Das Rindvieh«. Matthias war seiner Mutter wie aus dem Gesicht geschnitten, blaue Augen, braune Haare, ein schöner geschwungener Mund, den er aber besser nicht aufmachte, weil er nur Banales von sich gab.

Gudrun kannte ihn vom Hörensagen. Matthias das Rindvieh war in der Schule noch viel schlechter gewesen als ihr Bruder Ralphie. Er hatte diverse Ausbildungen angefangen und abgebrochen, war überall gescheitert, bis er, begünstigt durch seine hünenhafte Gestalt, bei der SS landete. Hier endlich bekam er Boden unter die Füße. Ihm gefiel die klare Einteilung in Freund und Feind, in Patriot und Verräter, in Arier und Jude. In der SS traf Matthias Schubert auf viele Gleichgesinnte, denen humanistisch gebildete Intellektuelle vom Schlage seines Bruders Martin verhasst waren. Dass der darauf beharrte, er müsse seinem Gewissen folgen und sich dabei auch noch auf Gott berief, fand

Matthias verlogen. Dabei hatte das Wort seines jüngeren Bruders stets Gewicht, während seine eigenen Argumente von Eltern, Brüdern und Lehrern allzu oft abgetan worden waren.

Matthias hatte viele Demütigungen eingesteckt und keine vergessen. Nun, als SS-Mann mit breiter Rückenstärkung, ließ er keine Gelegenheit aus, um Martin zu attackieren. In erster Linie ging es ums Heimzahlen, aber hinter seinen Angriffen steckte auch ein strategisches Motiv, das in seiner Mainzer Umgebung nicht gesehen wurde, denn jeder ging davon aus, dass Matthias für planvolles Handeln zu wenig Verstand besaß.

Seit Anfang 1933 arbeitete er in München im Dienst Heinrich Himmlers, der als Reichsführer SS nach der Machtübernahme zum Polizeipräsidenten der Stadt ernannt worden war. Das verlieh Matthias einen gewissen Status, den die Mutter und sein jüngster Bruder Wolfgang sofort anerkannten. Nur Martin und Horst mussten in dieser Hinsicht noch erzogen werden – auf Linie gebracht werden, wie Matthias es nannte.

Angesichts der Machtkämpfe und Eifersüchteleien, die bei der SS in allen Rangebenen an der Tagesordnung waren, befürchtete Matthias Schubert, eine jüdische Schwägerin werde seine Position erheblich schwächen. Die Vorstellung, eines Tages der Onkel eines rassisch unreinen Bastards zu sein, versetzte ihn geradezu in Panik. Um die Dinge im Blick zu behalten, kehrte er so häufig wie möglich zu Kurzbesuchen nach Mainz zurück.

Am Abend des Boykott-Tages saßen die Schuberts vollzählig versammelt am Esstisch. Matthias in SS-Uniform nutzte nach der Suppe die Gelegenheit zu einem großen Auftritt. Er hielt einen langen Monolog darüber, welch bedeutende Rolle er in der Bewegung einzunehmen gedenke, wobei er sich immer mehr als Familienoberhaupt aufführte, um schließlich unvermittelt Martin anzuherrschen: Ich verbiete dir, dich noch einmal mit diesem … diesem Mädchen blicken zu lassen!

Sein Bruder brach in Gelächter aus und konnte sich nicht mehr beruhigen. Er schob seinen Stuhl zurück, wischte sich mit der Serviette die Tränen von den Wangen und gluckste weiter vor sich hin. Matthias sprang auf, stemmte die Arme in die Hüften und brüllte: Du bist keinen Deut besser als deine Judenhure!

Nun schnellte auch Martin hoch. Mit beiden Händen packte er Matthias am Kragen. Mühelos drückte er seinen Bruder, den er ein blödes, neidisches Rindvieh nannte, gegen die Anrichte, in der die Gläser klirrten, während die anderen Schuberts wie angenagelt auf ihren Stühlen sitzen blieben. Die Mutter rief schließlich die Namen ihrer Söhne. Keine Reaktion. Stumm rangen die Brüder weiter. Eine Gardine löste sich aus der Schiene und fiel zu Boden, eine gerahmte Mainzer Stadtansicht folgte. Glas ging zu Bruch. Vielleicht hätte es an diesem Abend noch Verletzte gegeben, hätte sich Matthias nicht ein zweiter Angreifer entgegengestellt. Asthma. Seit seiner Kindheit litt er an Erstickungsattacken.

Fluchend und keuchend wand er sich hin und her, seine Kraft schwand, er ging in die Knie, hielt sich am Bruder fest. Dafür – wirst du – zahlen, du – Klug-scheißer! Du – du – Christ – schein-heiliger! Martin sah ihn verächtlich an, dann drehte er ihm den Rücken zu. Schwer fiel Matthias auf seinen Stuhl zurück. Am Tisch wurde aufgeatmet. Mutter Beate hielt ihm ein Inhalierfläschchen unter die Nase, während ihm Wolfgang Koppel und Uniformjacke öffnete. Matthias erholte sich schnell, hielt aber den Blick gesenkt. Horst, der Älteste, schob Martin die Spinatschüssel hin und meinte, nichts werde so heiß gegessen, wie es gekocht wird. Vater Schubert tat, als ginge ihn das alles nichts an. Er verschanzte sich hinter seiner Zeitung und legte sie erst beiseite, als seine Frau ihn darum bat. Schweigend wurde zu Ende gegessen.

3 Manchmal dachte Gudrun, dass Margot eigentlich besser zu Martin passte. Sie liebte Bücher, konnte wirklich kluge Sätze sagen, fand immer die passenden Worte, sie spielte Bach auf dem Klavier und hielt sich am liebsten in der Natur auf. Außerhalb der Schule trafen sie sich kaum, weil Gudrun jede freie Minute mit Martin verbrachte.

Hör mal, Margotsche, vielleicht könnten wir uns jetzt mal in den Pfingstferien treffen.

Geht nicht, ich fahre zur Oma. Schnecke kommt mit.

Mit der Eisenbahn?

Wie sonst.

Viel Spaß. Schnecke wird so lange bellen, bis du das Abteil allein hast.

Bestimmt nicht. Er ist erwachsen geworden.

Wie groß ist er denn jetzt?

Genauso klein wie immer.

An einem Morgen, der einen heißen Tag versprach, stieg Margot mit ihrem Dackel in den Zug. Sie trug zwei Rucksäcke, einen mit ihren und einen mit Schneckes Sachen. Gegen Abend sollten sie ankommen. Doch was weiß man über seinen Hund, solange man mit ihm noch nie eine Zugreise unternommen hat? Trotz umsichtiger Planung hatte Margot nicht bedacht, dass ein Dackel nach langer Fahrt vielleicht mehr als zwölf Minuten braucht, um sich zu entleeren. Beim Umsteigen in Nürnberg kam es zu einem Konflikt der Bedürfnisse. Sie hätte seine acht Kilo resolut unter den Arm klemmen müssen. Es gelang ihr nicht, sie hätte es vorher üben müssen. So verpassten sie den Anschluss, ein zweites Mal durfte ihr das nicht passieren, sonst würden sie an diesem Tag nicht mehr ankommen.

Die weitere Fahrt verlief ohne Probleme. Die meiste Zeit schlief Schnecke auf seiner Hundedecke. War er wach, suchte er

Kontakt zu Mitreisenden, ließ sich von Kindern streicheln. Vom Münchner Hauptbahnhof aus lagen nur noch zwei Stunden Fahrt vor ihnen. Eine friedliche Landschaft mit Apfelbäumen in letzter Blüte dehnte sich in der Abendsonne. Margot war glücklich. Morgen würde sie ein neues Dirndl anziehen, grüngemustert, weiße Bluse. Sie hatte der Großmutter ihre Maße geschickt. Das Kleid lag bei der Schneiderin zum Abholen bereit.

Sie nahm ihren Hund auf den Schoß, damit er aus dem Fenster schauen konnte, doch nicht lange und er wurde unruhig. Sein anhaltendes Fiepen machte ihr zu schaffen, und so verhielt sie sich wie eine Mutter, die ihr missgestimmtes Kind abzulenken versucht. Sie hielt seine Nase direkt ans Fenster.

Ein großes Missverständnis. Das kannte er nicht, das hielt er nicht aus. Ihn verwirrten die schnell wechselnden Bilder. Schnecke ergriff die Flucht. In Panik rannte er durch den gut besetzten Wagen, er bellte, sprang über Gepäckstücke hinweg, stieß eine Reisetasche um, vorbei an einem Mann, der mit seinem Stock drohte, und einer Frau, die ihr Kleinkind schützend an sich zog. Fahrgäste lachten. Kommentare flogen umher. *Goldig, der kleine Kerl.* Auf dem Rückweg blieb er stehen und hob sein Beinchen an einen daliegenden Blumenstrauß. *Unerhört, warum tut keiner was!* Margot wollte ihn packen, aber er entglitt ihr und schoss erneut los. *Mutti, darf der das?* Wieder kehrte Schnecke um. Ein zweites Mal beglückte er den Blumenstrauß mit seinem Urin, diesmal von der anderen Seite.

Es kostete Margot fünf Reichsmark für einen neuen Blumenstrauß und tausend Entschuldigungen, um Frieden herzustellen. Aber wie sicher konnte er sein? Bei der nächsten Gelegenheit stieg sie aus. Auf einem kleinen Bahnhof, der zwischen zwei Dörfern lag, stand sie da mit ihren zwei Rucksäcken, Schnecke an der Leine. Auf ihrem roten Haar saß schräg eine helle Kappe. Es fuhr kein Zug mehr an diesem Abend.

Der Bahnhofsvorsteher beruhigte sie. Es geschähe öfter. Die junge Dame könne sich im Warteraum auf die Bank legen. Nur müsste die Tür unverschlossen bleiben, es sei nicht erlaubt, ihr den Schlüssel zu überlassen. Aber keine Angst, es werde sie niemand stören, der Gegenzug sei schon durch. Er wohne mit seiner Familie oben im Haus und werde seine Tochter mit einer Decke und einem Kissen schicken.

Das Mädchen kam, legte die Sachen auf die Bank, streichelte den Rauhaardackel, stellte Fragen zu seinem Fell und hatte sichtlich Mühe, sich wieder von ihm zu trennen. Dann wünschte es artig eine gute Nacht.

Margot hockte sich mit Schnecke auf die Stufe vor dem Bahnhof. Vor ihr lag ein ungepflasterter Weg. Sie sah auf ein Feld mit jungem, grünem Weizen, die Kornblumen am Rand waren in der Dämmerung noch zu erkennen. Es duftete nach Flieder. Sie hätte es schlechter treffen können. Über ihr klapperte die Bahnhofsvorsteherfrau mit dem Geschirr. Dann vernahm sie nur noch leise Radiomusik, die irgendwann verstummte. Oma würde sich Sorgen machen, aber daran ließ sich nun nichts mehr ändern. Sie aß mit den Fingern von Schneckes Hundeeintopf, trank von seinem Wasser. Langsam wurde es dunkel. Die Nacht verbrachten sie im Warteraum.

Wie immer trug die Großmutter bei der Gartenarbeit ein Kopftuch, eine dunkle Kittelschürze und Holzpantinen. Sie hatte Margot noch nicht erwartet. Du bist schon da! Ich dachte, du kommst erst am Abend. Hab wohl das Datum verwechselt. Sie drückte das Mädchen an ihren großen Busen, dann hielt sie es auf Armeslänge entfernt. Wie groß du geworden bist. Und hübsch noch dazu. Hast du schon einen Freund? Nein? Muss auch nicht sein, der Ärger mit den Männern geht noch früh genug los.

Schnecke gefiel ihr auf Anhieb. Sie beide kämen genau zur richtigen Zeit, sagte die Großmutter. Die Wiesen seien noch nicht gemäht, auf den Bergen liege noch Schnee. Das gute Wetter werde halten.

Am frühen Nachmittag machten sie sich auf den Weg, um das Dirndl abzuholen. Hinter dem Hügel tauchte eine Zwiebelturmkirche auf. Dahinter lag die Kleinstadt, zu Fuß eine gute halbe Stunde entfernt. Wieder war es ein heißer Tag, ohne Wind. Schnecke lief voraus.

Oma, warum hast du eigentlich keinen Hund?

Na ja. Sie sterben irgendwann. Das ist schrecklich. Wenn du es zweimal erlebt hast, willst du es nicht mehr.

Ich hab auch viel Angst, es könnte Schnecke etwas passieren.

Das geht uns allen so. Ein Hund schleicht sich in dein Herz, du merkst es erst gar nicht. Dort bleibt er für immer, ob du es willst oder nicht.

Jeden Morgen zog Margot ihr grünes Dirndl an. Sie verbrachte ihre Tage umgeben von Gräsern und Blumen, am Horizont die weißen Zacken der Alpen. Manchmal ließ sie sich einfach mitten hineinfallen und blieb liegen, zwischen Glockenblumen, Küchenschellen, Hahnenklee und den Kugeln des verblühten Löwenzahn. Sie beobachtete geschäftige Käfer, strich sich Ameisen vom Bein, kaute an einem Halm, erfand Namen für Wolken und kraulte Schnecke, dessen Köpfchen auf ihrem Bauch lag. Manchmal war das Leben einfach.

4   Die erste Hälfte des Jahres 1933 war vorbei, und für Gudrunundmartin hatte sich nichts Wesentliches geändert. Ihre Liebe war eine schützende Hülle, die alles Bedrohliche von ihnen fernhielt. Natürlich, die Hakenkreuzfahnen waren unübersehbar, riesig und zahlreich, manche imposante Fassade verschwand

dahinter. In Zeitungen wurde offen gegen Juden gehetzt. Aber doch nur auf dem Papier, so versicherten sie sich gegenseitig, von irgendwelchen Schmierfinken. Sie hielten das Ganze für Gezeter, nur für eine gesteigerte Form dessen, was ihre Eltern ihnen zu verstehen gaben, wenn sie Gründe gegen eine christlich-jüdische Verbindung vorbrachten. Martin sah hier Hindernisse, die ihm überwindbar erschienen. Seine Eltern wie auch die Samuels gehörten einer anderen Generation an, die an bestimmten Werten und Traditionen festhielt. Doch in seiner Altersgruppe sah das schon ganz anders aus. Wie die meisten jungen Leute, mit denen er zu tun hatte, unterschied Martin nicht zwischen christlichen und jüdischen Freunden. Zudem hatte er in seiner entfernten Verwandtschaft einen Onkel entdeckt, der um die Jahrhundertwende eine Jüdin geheiratet hatte. Notfalls würde er den Onkel aufsuchen in der Hoffnung, ihn zu seinem Verbündeten zu machen.

Mochten die in der Hauptstadt verrücktspielen und hysterisch dem neuen Führer zujubeln, mochten sich die Berliner mit erhobener Hand und Heil Hitler begrüßen – in Mainz hatte Martin so etwas nur selten beobachtet. Wenn hier jemand einer Naziuniform gegenüberstand, wedelte er irgendwie mit dem Arm und murmelte etwas Unverständliches. Alles würde sich finden, so sah es Martin.

Sein Freund Robert Silbermann hielt ihn schlicht für blauäugig. Er fand, der Hitlergruß habe bedenklich zugenommen. Auch hatte sich das Erzbistum mit Hitler arrangiert. Seitdem waren christliche NSDAP-Mitglieder im Mainzer Dom wieder willkommen, selbst in Uniform. Robert sagte zu Martin, es stimme, judenfeindliche Parolen von Katholiken seien hier eine Seltenheit, doch der Satz, die Juden hätten den Herrn Jesus umgebracht, sei immer häufiger zu hören.

Sag bloß, das ist dir als Katholik noch nicht aufgefallen?

Durchaus. Aber ich kann das nicht ernst nehmen. Die Leute plappern doch schnell irgendetwas nach …

Gudruns Vater verlor seine Wette gegen Schnauder, der ihn weiterhin morgens rasierte. Wilhelm Samuel stellte dem Friseur eine Flasche Schnaps hin und erneuerte die Abmachung. Diesmal sagte er: Bis zum Jahresende ist der Spuk vorbei.

Im Sommer wanderten Mieter des Hauses, eine Zahnarztfamilie, nach England aus. Als Wilhelm davon hörte, gab er ein Bekenntnis ab, das er in den folgenden Jahren stets mit gleichem Nachdruck wiederholte: Ich bin Deutscher, und wenn ich Deutschland jemals verlassen sollte, dann im allerletzten Zug, im allerletzten Waggon, hinten auf dem Puffer.

Für Gudrunundmartin war es die glücklichste Zeit ihres Lebens. Sie ließen sich nicht stören von den Schatten, die andere in Berlin, München und Dresden zu diesem Zeitpunkt schon als Pogromstimmung erkannten. Ihr gemeinsamer Geburtstag stand vor der Tür, und Gudrun wusste nicht, was sie Martin schenken sollte. Er hatte angekündigt, ihr ein kluges Buch auszusuchen, und sie hatte ihm mit der Faust gedroht.

Mach mir keine Angst, Zimtsternchen. Du wirst schon noch feststellen: Bücher sind Freunde.

Der Geburtstag, an dem sie 15 und er 18 Jahre alt wurde, fiel auf einen Sonntag. Sie trafen sich im Café Grün, wegen seiner wunderbar diskreten Nischen. Martin kam vom Hockeyspielen. Nach der Begrüßung kramte er in seinem Sportbeutel und Gudrun erkannte entsetzt, dass er seine Drohung wahr gemacht hatte. Während sie Schleife und Papier entfernte, bekam ihr Gesicht einen trotzigen Ausdruck.

Sein Geschenk war ein Buch über ihre Liebe, ein Album. Martin hatte Fotos, Zeichnungen und Erinnerungsstücke von gemeinsamen Unternehmungen, ihren Lieblingsorten und Erlebnissen zusammengestellt und kommentiert. Eine kleine Skizze, auf der Lehrer Tonkel – unverkennbar – gebcugt sein Fahrrad schob, Unterzeile: MISSGEBURT. Auf dem Deckblatt hatte er zwei Herzen vor der Mainzer Stadtsilhouette gezeichnet, und in schwungvoller Handschrift den Titel geschrieben: Es waren einmal zwei Herzen …

Gudrun kamen die Tränen. Sie putzte sich gründlich die Nase und vertiefte sich in das Album, während er an ihrem Ohr knabberte und sie Zimtsternchen nannte. Nachdem sie das Buch wieder sorgfältig eingepackt und in ihrer Tasche verstaut hatte, sagte Gudrun, auch sie habe ein Geschenk für ihn. Langsam knöpfte sie ihre Bluse auf und ließ ihn ihre nackten Brüste sehen.

Darf man das Geschenk auch anfassen?, brachte Martin mit belegter Stimme hervor.

Warum denn nicht? Wozu sind Geschenke sonst da?

Wieder einmal vergaß Gudrun die Zeit und kam zu spät zum Abendessen. Vor dem Schlafengehen klebte sie die Straßenbahnfahrkarte in Martins Album.

5   Beate Schubert freute sich. Ihr Sohn Matthias hatte seinen Besuch angekündigt, was er immer seltener tat, seit er im Gefolge Heinrich Himmlers in die Reichshauptstadt gewechselt war. Ihr ehemaliges Sorgenkind hatte eine vielversprechende Laufbahn eingeschlagen. Dafür dankte sie Gott jeden Abend im Gebet.

Als Matthias an einem Sonntag im November die Wohnung betrat, überreichte er seiner Mutter ein großes, unförmiges Paket. Es dauerte eine Weile, bis sie, begleitet von den Vermutungen ihrer anderen Söhne, die stoßsichere Verpackung entfernt hatte. Es war ein Ölgemälde des Führers, auf dem er, den Kopf nach rechts gewandt, mit erhobenem Kinn und verklärtem Blick aus dem Bild hinausschaute.

Als hätte ihn gerade die Vorsehung geküsst …, murmelte Martin.

Matthias wollte das Bild gleich im Esszimmer aufhängen. Seine Mutter zögerte, stimmte dann aber doch zu, was bei ihrem Mann, Horst und Martin auf großen Widerstand stieß. Horst bot als Kompromiss einen Platz in der dunklen Garderobe an, für Martin kam nur die Gästetoilette in Frage. Vater Schubert wollte das Porträt überhaupt nicht im Haus haben. Beate Schubert drohte: Wenn sich keine Lösung fände, würde sie das Bild im Schlafzimmer aufhängen, an ihrer Bettseite, über ihrem Kopfkissen.

Schließlich erhielt der Führer einen Platz über dem Klavier. Es war der Raum, in dem die Dame des Hauses den kulturell interessierten Kreis Mainzer Bürger empfing, die sich regelmäßig bei ihr zum Austausch trafen. Martin nahm an der nächsten Zusammenkunft bewusst teil, hörte aber keine Kritik an dem Gemälde, nicht einmal von den Kunstmalern. Er ist der Visionär, auf den wir alle gewartet haben, sagte Beate Schubert, wenn sie auf das Porträt angesprochen wurde. Martin genierte sich für die Versammelten, am meisten für seine Mutter. Es machte ihn traurig, wenn er auf die Wand gegenüber schaute, wo, seit er denken konnte, ein Jugendbildnis Beates hing. Als Kind war er in das elfenhafte Mädchen mit Strohhut verliebt gewesen, das im pastellfarbenen Sommerkleid gedankenverloren in einem Garten stand.

Martins Blick schweifte von dem Gemälde hinüber zu seiner Mutter. Sie stand nun ständig unter Spannung. Sich mit ihr zu unterhalten, war anstrengend geworden. Wann hatte er sie zum letzten Mal herzhaft lachen hören? Wie konnte sich jemand in so kurzer Zeit so verändern? Was hatte die kluge Frau so rechthaberisch gemacht? Martin begriff, wie unvorsichtig es wäre,

Matthias weiterhin zu reizen. Gudrun informierte er nur beiläufig über die ungute Entwicklung in seiner Familie.

Im Haus in der Kaiserstraße gingen die Veränderungen weiter. Nachdem die Zahnarztfamilie ausgewandert war, wurde die Wohnung von Familie Krings bezogen, deren erwachsenen Sohn Herbert man nur selten ohne SS-Uniform sah. Auch den alten Hausmeister gab es nicht mehr. Gudruns gutmütiger Freund aus Kindertagen, der ihr gern von seinem deftigen Frühstück abgegeben hatte, war zu seiner Schwester aufs Land gezogen. Seine Stelle hatte ein junger Kerl mit kantigen Gesichtszügen und Kommandostimme übernommen. Er bezog die Wohnung im Dachgeschoss, direkt über den Samuels. Scherfke, der nie lächelte, trug eine Kappe und einen grauen Kittel mit Parteiabzeichen am Revers. Seine Ausdrucksweise war durchaus höflich, doch die Samuels empfanden sie, als würde er sie anbellen. Anfangs glaubte Wilhelm noch, er könne den unangenehmen Ton durch Trinkgeld mildern. Scherfke steckte es ein und bellte weiter. Der neue Hausmeister konnte sich auch anders verhalten, zum Beispiel, wenn er mit den Krings zu tun hatte. Dann überschlug er sich vor Diensteifer und seine Metallstimme klang weniger blechern.

Früher hatten sich alle Mieter im Haus stets gegrüßt, nun aber wurde unterschieden. Der junge Herbert Krings übersah die Samuels aus Prinzip. Gudrun fühlte sich jedes Mal unbehaglich, wenn sie im Treppenhaus an Scherfke vorbeimusste. Sie hätte nicht sagen können, dass ihr die Veränderungen Angst machten, aber so sorglos wie am Boykott-Tag waren sie und Martin nicht mehr. Nachdem sie mit Rücksicht auf die Eltern aufgehört hatten, sich im eigenen Viertel als Liebespaar zu zeigen, ging ihnen auch andernorts das Unbekümmerte verloren. Dennoch gab es genügend Orte, die Kinos vor allem und ihr geliebtes Café Grün, wo sie sich ungestört fühlten.

Im Café trafen sie sich jeden Sonntag. So vertraut, wie sie miteinander waren, genügten Andeutungen, um sich über Heikles oder Bedrückendes zu verständigen. Martin wusste genau, was Gudrun dachte, wie sie empfand. Auch war er der Überzeugung, sie hätten keine Geheimnisse voreinander. Das stimmte und es stimmte auch nicht. Wenn er nur oberflächlich von dem tiefen Riss durch seine Familie berichtete, tat er es nicht, weil er sich schämte oder ihr nicht vertraute, sondern weil er seine Freundin nicht unnötig belasten wollte.

NAZIS

1 Ende 1933 bekam Schnauder zusätzlich zum üblichen Neu-
jahrsgeschenk erneut eine Flasche Schnaps. Eine dritte Wette
schloss Wilhelm Samuel noch ab, diesmal bis Ende 1934. Danach
glaubte er nicht mehr an einen Umschwung in absehbarer Zeit.
Fast täglich hörte er von jüdischen Familien, die alles unter Wert
verkauft und Deutschland verlassen hatten – so groß war ihre
Furcht, durch neue Gesetze und Berufsverbote der Existenzgrundlage beraubt zu werden. Samuels Geschäfte liefen noch
recht gut. Er war froh, nicht Hochschullehrer oder Arzt zu sein.
Bei Ende des Ersten Weltkrieges wollte er Medizin studieren,
doch nach langem Widerstreben hatte er sich schließlich dem
Willen seiner Mutter gebeugt, in ihrer Firma anzufangen. Wilhelm wusste durch seine Kontakte zu Geschäftsfreunden in
London und Paris, dass es im Ausland nur schlechter gehen
konnte. Er hatte die Misere deutlich vor Augen. Ein Kaufmann,
der seinen Besitz in Deutschland zurücklassen musste, war ohne
Kapital und würde ganz bescheiden neu anfangen müssen. Darin besaß er keinerlei Erfahrung, und er fühlte sich zu alt, um
sein ganzes Leben noch einmal auf den Kopf zu stellen. Wilhelm
Samuel saß in der Falle.

Das alles hätte er vermeiden können, das wusste er so gut wie
Helene. Zwischen ihr und ihrem Mann fiel kein einziges Wort
über die Entscheidung, in der Schweiz die Konten aufzulösen
und das Vermögen heimlich nach Deutschland zu holen. Selbst-
kritik war nicht Wilhelms Stärke. Versagen sah er immer nur bei

den anderen. Außerdem war er Patriot. Seine Liebe zu Deutschland, die Helene nie verstanden hatte, ließ er sich nicht nehmen, schon gar nicht von dieser Räuberbande, die in Berlin regierte.

Gudrun und Martin glaubten fest und unbekümmert daran, dass nichts sie trennen könne. Sie fühlten sich beschützt, obwohl die Bedrohung von Monat zu Monat lauter wurde. Abends im Bett hörte Gudrun, wie SA-Kolonnen grölend unter ihrem Fenster vorbeimarschierten, das Donnern ihrer Schritte, die sich schnell entfernten, während ihr Herz noch lange pochte und es in den Ohren nachhallte. … *wenn's Judenblut vom Messer spritzt, dann geht's noch mal so gut.* Wenn sie morgens erwachte, war sie dennoch frisch und gut aufgelegt. Sie kannte noch keine Albträume. Unangenehmes vergaß sie schnell und gründlich.

Um ihren 16. Geburtstag herum traten Probleme mit ihrer Blase auf. Sie spürte einen unerträglichen Druck und schaffte es oft nur mit größter Mühe von der Schule nach Hause, ohne sich in die Hose zu machen. Der Zustand wurde von Tag zu Tag schlimmer. Er war unheimlich und beschämend. Sich jemandem anzuvertrauen, kam ihr nicht in den Sinn. Eines Tages blieb Gudrun nichts anderes übrig, als sich im Hausflur hinzuhocken, neben der Eingangstür, in der Nische unter der Treppe.

Wie sollte sie die Urinpfütze beseitigen? Ihr Kopf war wie leergefegt. Also tat sie gar nichts und schwieg. Im Haus rätselte man über die Schweinerei am Eingang, die sich nun täglich wiederholte. Gudruns Körper führte ein Eigenleben, obwohl sie ihn nach allen Regeln der Vernunft behandelte. Nach Unterrichtsschluss suchte sie die Schultoilette auf. Während sie sich auf dem Heimweg befand, war sie fest davon überzeugt, es diesmal rechtzeitig zu schaffen. Doch wenn sie in die Kaiserstraße einbog, hatte sich ihre Blase schon wieder gefüllt, und wenn sie das Haus betrat, war der Druck zu groß, um ihn zu kontrollieren.

Zwei Wochen lang stank es im Eingang nach Urin. Dann kam

Herr Scherfke auf die Idee, die Nische unter der Treppe mit einem Fangdraht zu versehen, der ein Signal auslöste. So wurde Gudrun Samuel ertappt. Nie vergaß sie die abgrundtiefe Verachtung in Scherfkes Blick und nie das Entsetzen ihrer Mutter. Wie hätte Gudrun ihr etwas erklären können, das sie selbst nicht begriff?

Natürlich gelobte sie Besserung, ohne in diesem Moment selbst daran zu glauben. Sich beim Hausmeister zu entschuldigen, wie die Mutter es erwartete, lehnte sie ab. Am folgenden Tag kam ihr der Gedanke, sie könnte ja das Treppenhaus meiden und den Aufzug im Hof benutzen. Schlagartig hörte die Qual des Harndrangs auf. Danach gab sie acht, dem grauen Kittel nicht mehr zu begegnen. Einmal, als sie im Hof ihr Fahrrad abschloss, ging Scherfke hinter ihr vorbei und zischte: Pissnelke.

2   Zu Silvester 1934/35 trug sie ein Abendkleid mit tiefem Rückenausschnitt, dazu ein Brokatjäckchen, dessen Ärmel mit Pelz besetzt waren. Ihre Mutter hatte das Kleid aus einer bestickten cremefarbenen Klavierdecke schneidern lassen, im besten Atelier der Stadt. Gudrun feierte mit ihren Eltern in Wiesbaden in einem von Juden geführten Hotel. Nach Mitternacht holte Martin sie ab und ging mit ihr in die Martini-Bar. Als er sie über die Tanzfläche führte, wo sie die meisten Paare überragten, flüsterte er ihr ins Ohr: Wir werden große Kinder haben.

Sie kam erst am frühen Morgen heim. Ihre Mutter war die ganze Zeit aufgeblieben und empfing sie mit Vorwürfen.

Das gehört sich einfach nicht. Für ein anständiges Mädchen aus jüdischem Hause gehört sich das nicht …

Ach Mutter, fang bitte nicht wieder *davon* an.

Gudrunsche, hör zu, ich meine gar nicht das Gerede der Leute. Was ihr da macht, ist einfach zu gefährlich! Nicht lange, und sie werden deinen Martin zusammenschlagen oder Schlimmeres. Und was werden sie *dir* antun?

Mutter übertreibt mal wieder maßlos, dachte Gudrun. Laut sagte sie: Du siehst Gespenster, Mama.

Gudrun wollte sie beruhigen, es gelang ihr nicht, und sie entschied, ihrer Mutter künftig nichts mehr zu erzählen. Am besten, die Eltern glaubten, zwischen ihr und Martin sei alles aus.

Natürlich hörten die Verabredungen im Café Grün nicht auf. Oder Gudrun und Martin setzten sich zum Knutschen in die hinterste Reihe eines Kinos. Sie mussten ihre Zeit nutzen. Sein Abitur stand bevor, danach würde sich alles ändern.

Im Frühling begann Martin Schuberts Arbeitsdienst. Sein Einsatzort lag zweihundert Kilometer entfernt. Nach Mainz kam er nur noch einmal im Monat.

Gudrun hatte plötzlich viel Zeit und traf sich häufig mit Margot. Meistens drehten die Mädchen mit Schnecke ihre Runden durch den Park. Ihre Freundschaft, die begann, als aus einem bayerischen Kind das Margotsche wurde, war heil geblieben, obwohl die verliebte Gudrun ihre ganze freie Zeit mit Martin verbracht hatte. Für das Strandbad war es noch zu früh im Jahr, und so gingen sie flussaufwärts, wo das Rheinufer Teil einer natürlichen Flusslandschaft war, mit kleinen hellen Stränden, mit Büschen und Bäumen, denen Hochwasser nichts anhaben konnte. Mehrmals im Jahr trat der Rhein weit über seine Ufer. Manchmal sah man nur noch die Baumkronen. Hatte der Strom sich zurückgezogen, kamen die Weiden wieder zum Vorschein, deren dicke knorrige Stämme Gudrun denken ließen, sie könnten Geschichten von Menschen erzählen, die lange vor ihrer Zeit gelebt hatten.

Die Freundinnen saßen auf einem umgestürzten Baumstamm, vergruben die nackten Füße im Sand, sie genossen die Sonne und den milden Wind. Schnecke schaute sehnsüchtig zu zwei Hunden, die im seichten Wasser spielten, wagte aber nicht, sich ihnen anzuschließen. Er mochte Wasser nicht, gebadet zu werden war ihm zuwider. Margot konnte ihn ohne Leine laufen lassen, fast immer kam er sofort zurück, wenn sie ihn rief. Er war ein verträglicher kleiner Kerl, der schnell Freundschaft schloss. Suchte ein Hund Streit, ging Schnecke souverän seines Weges. Ganz selten nur kam es zu einem Kampf. Einmal hörten die Freundinnen einen großen Hund giftig bellen. Margot rannte los und riss ihren Dackel an sich, bevor ein schlechtgelaunter Boxer zum Angriff übergehen konnte.

Ich habe so Angst, es könnte ihm etwas zustoßen. Findest du das übertrieben?

Nein. Du kennst doch den Satz: Man schützt, was man liebt.

Schneckes Tischmanieren bezauberten Gudrun. Er schnappte nicht verfressen zu. Die Brocken des Hundekuchens, die sie ihm hinhielt, nahm er ganz sanft entgegen. Und wie er sie dabei anschaute – ein kleiner Verführer. Anschließend rollte er sich für ein Schläfchen zusammen, sein Kopf auf ihrem nackten Fuß. Sie rührte sich nicht, den Fuß hielt sie still, bis ihn das Bellen eines Schäferhundes weckte.

3 Ein Geschäftsfreund in London, dem Wilhelm Samuel viel verdankte bis hin zu seiner Freude an Jazzmusik, schrieb eines Tages, sein Bruder in Buenos Aires, Schuhproduzent, kinderlos, sei an europäischem Nachwuchs für seine Firma interessiert. Er suche daher nach einem jungen Mann aus ordentlicher Familie. Ob vielleicht für Samuels Sohn eine Stelle in Südamerika in Frage käme? Ralph sagte ohne ein Zögern zu. Zwei Monate später verließ er sein Elternhaus. Helenes Schmerz war so groß, dass sie sich nicht in der Lage sah, ihn zum Bahnhof zu begleiten.

Nach dem Abschied rief sie ihn noch einmal aus dem Treppenhaus in die Wohnung zurück, zog ihren Smaragdring vom Finger und drückte ihn dem Sohn in die Hand.

Ralph Samuel stand seitdem auf der Sonnenseite des Lebens. In der Familie jedoch herrschte nach seinem Auszug gereizte Stimmung. Helenes Angstattacken häuften sich, aber immer, wenn sie darüber reden wollte, fuhr ihr Wilhelm über den Mund. Er wollte nichts von ihren Sorgen hören, obwohl es bei vernünftiger Betrachtung nur eine Frage der Zeit war, dass die Regierung in Berlin ihre Berufsverbote ausweiten oder auf anderen Wegen beginnen würde, auch seine Existenz zu zerstören.

Sein Lieblingssatz klang wie eine Selbstbeschwörung. Wenn ich Deutschland jemals verlassen sollte, dann im allerletzten Zug, im allerletzten Waggon …

Ja, ja, wir wissen es schon, fiel Gudrun ihm ins Wort: … hinten auf dem Puffer.

Sie hatte wieder angefangen, Süßes in sich hineinzustopfen, heimlich, wie in der Kindheit. Helene fiel auf, wie schnell der Vorrat an Plätzchen hinter dem gelben Vorhang zur Neige ging, und stellte sie zur Rede. Gudrun gab zu, das eine oder andere Mal genascht zu haben. Doch Helene ließ nicht locker, sie stand da in ihrem kornblumenblauen Schlafrock, zeigte auf die fast leere Rosenthal-Schüssel und schimpfte sich in Rage.

Mutter, hör auf!

Aber Helene holte Luft und machte weiter: Wie kannst du nur so unbeherrscht sein. Wie kann man nur so wenig Rücksicht nehmen. Wie kann man nur …

Gudrun schlug zu.

Ihre Mutter hielt sich die Wange und heulte los. Gudrun sah den Abdruck ihrer Hand auf Helenes Gesicht. Natürlich tat ihr die Ohrfeige sofort leid, sie entschuldigte sich. Doch sich selbst hatte sie nichts vorzuwerfen. Andere Familien, dachte sie, halten zusammen, wenn der Feind vor der Tür steht. Bei uns geschieht das Gegenteil. Was sind wir Samuels nur für Leute? Nicht einmal den Namen ihres Großvaters kannte sie … Wenn sich die Gelegenheit ergab, würde sie ihre Mutter darauf ansprechen.

Propagandaminister Goebbels sprach in der Wochenschau: Alle Feinde des deutschen Volkes werden wir wie Flöhe und Ungeziefer vernichten! Martin und Gudrun sahen seine Botschaft, die in allen deutschen Kinos verbreitet wurde. Auf dem Heimweg, der sie durch einen kleinen Park führte, nahm Martin seinen Arm von ihren Schultern und vergewisserte sich, dass sie allein waren. Dann forderte er Gudrun auf, sich vor eine Bank zu stellen. Er selbst kniete sich im Halbdunkel einer Laterne hinter die hohe Rückenlehne und schaute zu ihr auf. In genau der Pose von Goebbels hinter dem Rednerpult gab Martin seinem Gesicht einen fanatischen Ausdruck und seiner Stimme einen blechernen Klang, während er den rheinischen Tonfall imitierte: Allen jüdischen Katzen sei gesagt, wir werden es nicht dulden, wenn sie weiterhin unschuldige arische Mäuse jagen. Und wir werden nicht zögern, das heimtückische Katzengetier mit Gewehren aus reinstem deutschem Stahl standrechtlich zu erschießen!

Gudrun stand stramm, brüllte »Jawohl« und erhob den Arm zum deutschen Gruß. Sie lachten noch, während sie in die Kaiserstraße einbogen. Gelegentlich riskierten sie, im Schutz der Dunkelheit gemeinsam ihr vertrautes Revier zu betreten. Plötzlich wurde Martin ernst. Der junge Krings verließ gerade das Haus, wie immer in SS-Uniform. Martin zog Gudrun in eine Toreinfahrt.

Er ist ein Freund von Matthias.

Sie schaute ihn überrascht an.

Das wusstest du nicht?

Nein. Aber jetzt, wo du's sagst, wundert es mich überhaupt nicht.

Die hängen alle zusammen, sagte Martin. Wahrscheinlich hofft er, dass Matthias ihn nach Berlin holt. Er zog sie fest in seine Arme. Am besten, sie würden alle abhauen nach Berlin, dann wären wir sie hier los und es wäre wieder wie früher.

4   Als durch neue Gesetze ihre Liebe zu »Rassenschande« geworden war und damit ein Verbrechen, verabredeten sie sich nur noch an menschenleeren Orten und zogen niemanden mehr ins Vertrauen. Den restlichen Sommer über trafen sie sich auf ihrer Lichtung im Gonzenheimer Wald. Sie kamen getrennt, und wenn Gudrun nach Hause musste, wartete Martin eine halbe Stunde, bevor er selbst losfuhr. Als die Tage kühler wurden, gingen sie, wiederum getrennt, auf die Suche nach einem Ort, der sie vom Wetter unabhängig machen sollte. Gudrun entdeckte ihn im Kirchturm der Stephanskirche. Das neue Liebesnest befand sich in achtzig Meter Höhe. Normalerweise ging man dorthin, um den weiten Blick über Mainz zu genießen. Gudrun und Martin interessierten sich nur dafür, dass sie zusammen sein konnten. Aber wie lange noch? Der Abschied fiel mit jedem Mal schwerer. Noch hatte sie niemand entdeckt in ihrem Turm. Noch hatte sie niemand verraten.

Gudrun tat es selbst, indem sie sich verplapperte. So erfuhr ihre Mutter von den gefährlichen Küssen auf dem Kirchturm. Helene Samuel schwieg lange, denn sie wusste: Was immer ihre Tochter ihr versprach – sie würde Martin weiterhin sehen, niemand würde sie daran hindern können. Sie beriet sich mit Wilhelm, und ein Plan entstand. Das Paar könne sich bei ihnen in der Kaiserstraße treffen, dies würde die Gefahr für alle Beteiligten verringern.

Aber das Treppenhaus kann er nicht benutzen, das ist zu riskant, meinte Gudruns Vater und zeigte nach oben und nach unten. Von Hausmeister Scherfke über und den Krings unter ihnen fühlten sich die Samuels wie belagert. Martins Verwandlungskünste – ein falscher Schnauzbart, ein Lodenmantel, den Jägerhut seines Vaters tief in die Stirn gedrückt – lösten das Problem mit wenig Aufwand. Von der Kaiserstraße ging er durch die Toreinfahrt in den Hinterhof, an den Fahrradständern vorbei und fuhr mit dem Kohlenaufzug in den dritten Stock. Es rührte Gudrun und Martin sehr, als Helene sie in den Salon führte und ihnen versicherte, sie werde sich nun für zwei Stunden zurückziehen.

Tatsächlich wurde das Liebespaar nicht ein einziges Mal gestört. Als Martin zum dritten Mal erschien, hatte sich bereits Routine eingestellt. Er kam durch die Hintertür, und er verschwand wieder durch sie, dazwischen lagen zwei Stunden, die sie als viel zu kurz empfanden und einen bitteren Nachgeschmack hinterließen. Schlimm, wenn eine Liebe sich so verstecken muss, dachte Gudrun, noch schlimmer, wenn sie Theater spielen muss. Sie fand, dass die Maskerade sie beide erniedrigte.

Sie redeten nicht über Gefahr, nicht über Rassenschande und Zuchthaus. Aber sie sprachen auch nicht mehr von einer gemeinsamen Zukunft. Früher einmal hatten sie sich gegenseitig ihre Kinderfotos gezeigt und sich vorzustellen versucht, wie ihre eigenen Kinder aussehen würden. Eine Ewigkeit lag dieses Früher zurück, in einem anderen Leben.

5   Wilhelm Samuel saß an seinem großen Schreibtisch. Der Brief, den er in der Hand hielt, war ein Kündigungsschreiben. Er konnte nicht glauben, was er als Begründung las: Ihre Anwesenheit als Mieter sei den *deutschen* Hausbewohnern nicht mehr zuzumuten.

Seine Hände zitterten, sein Herz raste. Er setzte den Kneifer ab, griff nach einer Zigarette, die er geistesabwesend zerkrümelte, reagierte nicht, als Helene die Tür öffnete. Er hielt ihr das Schreiben hin, meinte, es müsse ein Irrtum sein: Das lässt das deutsche Volk nicht mit sich machen! Helene las den Brief und sagte: Gott sei Dank. Die Kaiserstraße zu verlassen, war schon lange ihr größter Wunsch gewesen, den sie nie auszusprechen gewagt hatte. Sie spürte wieder Boden unter den Füßen.

Einmal noch betrat Martin den Salon in der Kaiserstraße. Er steckte den Schnauzbart in die Hosentasche, schaute sich um und meinte: Das war's. Mehr gab dazu nicht zu sagen.

Auch Gudrun erhielt Post, die vieles veränderte. Als Jüdin durfte sie nicht länger die Schule besuchen. Sie jubelte: Hitler hat mich erlöst! Kein öder Unterricht mehr, kein sinnloses Absitzen der Zeit. Sie wusste, sie hatte etwas im Kopf, zumindest Rechnen konnte sie. Fest glaubte sie daran, eine Arbeit zu finden, die zu ihr passte.

Mit einer Feier zwischen Umzugskisten ging Gudruns Jugend zu Ende. Es gab Musik, reichlich Bowle, Gudrun hatte ihren ersten Schwips, die anderen auch, und kein Erwachsener ließ sich blicken. Zweiundzwanzig junge Mädchen tanzten nach Rhythmen, die ihre Eltern Negermusik nannten. Die Bands aus Vater Samuels Jazzsammlung waren einigen jungen Mädchen bekannt, und die Namen von Musikstücken, die sie einander zuriefen, flogen durch den Raum wie Kometen aus einem anderen Universum.

Die Attraktion des Festes war Margots Rauhaardackel, der Sekt aus einem Aschenbecher schlappte. Danach stolperte er über seine Pfoten, und als er es leid war, fing er an, seitwärts zu gehen, wie ein Krebs. Die Mädchen kreischten vor Lachen und wälzten sich dabei auf dem Boden. Gegen Mitternacht befanden sie sich immer noch dort. Jeweils zwei hatten den Rücken aneinandergelehnt und lauschten Ellingtons *In a Sentimental Mood*.

Die Samuels hatten eine kleine Wohnung in einem nur von Juden bewohnten Haus gefunden. Es stand in einer engen Straße ohne Bäume, eine Dreiviertelstunde zu Fuß von ihrem alten Viertel entfernt. Im Treppenhaus roch es nach Essen und billigem Bohnerwachs. Gudrun und ihre Mutter hatten den Umzug resolut hinter sich gebracht. Die Hälfte der Möbel war verkauft worden. Helene trennte sich von der Mokkatassensammlung und ihrem Bechsteinflügel. Es fiel ihr leicht. Sie schaffe Platz für ein besseres Leben, erklärte sie ihrer Tochter. Gudrun erwiderte nichts.

Zweimal in der Woche wurde die Wohnung von einer jüdischen Zugehfrau geputzt. Köchin und Hausmädchen hatten gekündigt. Die Samuels mussten ihrem Besuch nun selbst die Tür öffnen. Wenn jemand schellte, der nicht angemeldet war, geriet die Familie in Unruhe.

Wilhelm Samuel setzte all dies schwer zu. Noch bevor man ihn zwang, sich von seinen Geschäften und Häusern zu trennen, und sein Vermögen einfror, hatte seine Welt aufgehört zu existieren. Einige Monate nach dem Umzug erlitt er einen Herzinfarkt. Er brauchte ein halbes Jahr, bis er wieder auf die Beine kam, aber er ging nun langsamer und etwas gebeugt, ein erschöpfter älterer Herr. Helene dagegen, die bis zu Hitlers Sieg keinen nennenswerten Kummer erlebt hatte – von der Untreue ihres Mannes abgesehen –, meisterte den Alltag mit Umsicht und preußischer Disziplin. Dabei wuchsen ihr verblüffende Fähigkeiten zu. Ihr gelang das Kochen einfacher Gerichte. Als ihr Mann bettlägerig wurde, übernahm sie ohne Zögern die Rolle des Außenministers. Nun war sie es, die häufig vor die Tür ging, Kontakte pflegte, Informationen sammelte, diskutierte und bewertete. Angesichts einer politischen Lage, die unkalkulierbar blieb, nahm sie teil am allgemeinen bitterernsten Ratespiel: Was wird werden?

Am meisten vermisste sie ihre Besuche auf dem Markt. Sie machte ihre Einkäufe in der Nachbarschaft, häufig begleitet von Gudrun. Dabei betraten sie kleine dunkle Geschäfte, deren Besitzer die neue jüdische Kundschaft oft von oben herab bedienten und Menschen der alteingesessenen Nachbarschaft bevorzugten, wobei über die Auswahl und Menge von Wurst oder Käse, wie es Gudrun schien, ausführlich verhandelt und die Ware besonders langsam abgewogen und verpackt wurde. Währenddessen standen die jüdischen Kunden sichtbar unter Spannung, sie wippten mit den Füßen, schauten auf die Uhr, und wer um ein wenig mehr Tempo bat, man habe noch etwas zu erledigen, dem erwiderte jemand von der Verkaufstheke: In einer neuen Umgebung habe man sich zu fügen, da sei man nicht mehr die Nummer eins.

6 Wenn Gudrun sich mit Margot im Park traf, führten sie Gespräche, die mit ihren Eltern nicht mehr möglich waren.

Dass wir so arm sind, stört mich am allerwenigsten, sagte Margot. Ich wünschte, ich könnte Vater helfen. Seit er arbeitslos ist, sitzt er nur stumm im Sessel, und wenn er mal spricht, dann klagt er sich an. Wäre er nur 1930 ins Ausland gegangen. Damals hatte er ein Angebot aus Ankara erhalten.

Margot besuchte eine Hauswirtschaftsschule. Ihre Familie lebte von der Hand in den Mund. Sie war auf Unterstützung aus der Verwandtschaft angewiesen, wo das Geld ebenfalls immer knapper wurde. Die Universität hatte den Vater in einem schlichten Verwaltungsakt mit einer winzigen Pension entlassen. Während in den vergangenen Jahren viele jüdische Naturwissenschaftler Deutschland den Rücken gekehrt hatten in der Hoffnung, an einer ausländischen Universität ihre Arbeit fortsetzen zu können, waren Professor Weißkamps Chancen minimal. Wo brauchte man schon einen deutschen Sprachwissenschaftler?

Dein Vater hat den richtigen Beruf, nahm Margot den Faden wieder auf. Als Kaufmann hat man doch immer irgendwelche Geschäfte laufen, oder?

Natürlich könnte er im Bauchladen Schnürsenkel verkaufen. Aber das könnte dein Vater auch.

Du bist herzlos. So warst du früher nicht.

Mag sein. Und du redest ohne Verstand, so warst du früher auch nicht. Wir haben uns doch alle verändert.

Margot bekam feuchte Augen. Meinst du wirklich?

Ja. Wie sollte es auch anders sein? Guck dir doch unsere Väter an. Nur noch ein Wunder könnte ihnen ihren Lebensmut wiedergeben.

Wenn ich nur wüsste, wie ich Vater helfen kann. Hast du eine Idee?

Nein, aber ich halte die Augen offen. Irgendein Weg wird sich schon finden.

Wo nimmst du nur deine Hoffnung her? Hast du etwa angefangen zu beten?

Noch nicht. Aber ich glaube an meinen Schutzengel.

Hast du es gut, meinte Margot. Ich habe wenigstens Schnecke. Sie rief nach ihrem Hund und freute sich, als er erwartungsvoll auf sie zurannte.

In einer Schublade der neuen Samuel'schen Wohnung lag das Geburtstagsalbum mit den zwei Herzen. Gudrun blätterte nie wieder darin. Martin war weit fort, in Berlin. Nach dem Arbeitsdienst hatte er sich an einer Schauspielschule beworben und die Aufnahmeprüfung bestanden. Auch Gudrun beschäftigte sich nur noch mit Dingen, die konkret waren und Erfolg versprachen.

Was man gelernt hat, daran hat man nicht zu tragen. Ausgerechnet Helene Samuel, die nicht gewusst hatte, wie kochendes Wasser aussah, wiederholte diesen Satz nun bei jeder Gelegenheit.

Einige Stunden pro Woche gab Gudrun Kindern in der Synagogengemeinde Turnunterricht. Sie hatte beschlossen, möglichst viel Berufswissen zu sammeln. Sie wollte ein Praktikum machen und anschließend gleich ein zweites, ein drittes. Schon nach dem allerersten Tag bei einem Krankengymnasten war sie wie erlöst. Das ist es!, rief sie, als sie am Abend heimkam und ihren Mantel auf den Bügel hängte. Etwas mit den Händen tun!

Sie ging auf die Suche nach den besten Lehrern. Jedes Mal stellte sie sich persönlich vor, meistens bekam sie eine Zusage. Später gelang es ihr, acht Monate in der Praxis eines jüdischen Orthopäden zu arbeiten. Als besonders hilfreich erwies sich der Kontakt zu dem Masseur ihrer Eltern. In Gudruns Gegenwart wurde der wortkarge Mann gesprächig und brachte ihr bei, wie man menschliche Körper knetet. Dabei lernte sie viel über Anatomie, was sie sich niemals durch Bücher angeeignet hätte.

Gudrun begriff schnell: wie man verkrampfte Nacken lockerte, steife Schultergelenke wieder beweglich machte und wie man den Schmerz in Knien linderte, die von Arthrose befallen waren. Gegen Rückenbeschwerden kamen die sogenannten Klappschen Kriechübungen zum Einsatz. Mit dieser Methode war ein Krankengymnast auf der Höhe der Zeit. Allerdings musste man seine Patienten dazu überreden, sich auf allen vieren zu bewegen. Gudrun hatte damit keine Mühe. Sie schlug denselben Ton an, mit dem sie in der jüdischen Gemeinde die Kinder beim Bodenturnen anleitete, resolut und gutgelaunt: Wenn Sie nichts dagegen haben, dann stellen Sie sich bitte mal vor, Sie wären ein Hund.

Während ihrer letzten Jahre in Mainz kannte Gudrun keine Arbeitspause. Ihre Energie reichte für zwei. Vieles war für sie unerreichbar geworden, aber nach dem, was noch möglich war, griff sie mit beiden Händen. Mit 18 Jahren machte sie den Führerschein und fuhr mit Vaters DKW. An dem Tag, als den Juden das Autofahren verboten wurde, hörten ihre Eltern sie laut »Kacke!« schreien, und nicht einmal ihrer Mutter kam der Gedanke, sie deshalb zu maßregeln.

Nur noch selten traf Gudrun Bekannte aus christlichen Familien. Sie merkte sich jeden Menschen, der den Mut besaß, zu ihr Kontakt zu halten. Es wurden immer weniger. Martin, wäre er in Mainz geblieben, hätte sie nie im Stich gelassen. Davon war sie überzeugt, obwohl das Band zwischen ihnen schwächer geworden war, mit jedem Monat seiner Abwesenheit ein wenig mehr. Wenn er sich aus der Ferne meldete, freute sie sich, aber sie vermisste ihn nicht. Ihre neue Sehnsucht verband sich mit einem neuen Ziel: Amerika.

Kommst du zum Essen?

Nein danke, Mutter. Ich möchte lieber in der Sonne sitzen bleiben.

In der neuen Wohnung war der Balkon Gudruns Lieblingsplatz. Sie ging nicht mehr gern vor die Tür. Gelegentlich kam es zu Pöbeleien, weshalb sie dazu übergegangen war, sich unauffällig zu kleiden: helle Blusen, graue Röcke, dunkler Mantel und Hut. Aber es nutzte wenig. Sie war eine große junge Frau mit braunen Augen und dunklem Teint, die sich aufrecht und selbstbewusst bewegte. Einmal schubste sie jemand in den Rücken. Als sie sich umdrehte, erkannte sie Klausi, einen ehemaligen Nachbarjungen ihres Alters. Er rannte davon, wobei er quer über die Straße brüllte: Du dreckige Judensau, hoffentlich verreckst du bald.

Gudrun, die immer gern geredet hatte, wurde schweigsam. Am liebsten saß sie auf dem Balkon und schickte ihre Tagträume über den Atlantik: nach New York, Chicago, Los Angeles.

Ein Wunder war geschehen, sie hatte angefangen zu lesen. Sämtliche Bücher über Amerika, die sie in die Finger bekam, verschlang sie – egal ob gute oder schlechte. Heißhungrig stürzte sie sich auf jeden Abenteuerroman, sogar auf die Karl-May-Bände ihres Bruders. Schäm dich, hatte Margot dies kommentiert, den liest der Führer am liebsten. Warum? Er sagte, Karl Mays Werke enthielten Tugenden, nach denen die deutsche Jugend erzogen werden sollte.

Helene berührte ihre Tochter am Arm und hielt ihr einen Teller mit Essen unter die Nase.

Winnetous Schwester soll nicht hungern.

Gudrun war gerührt. Danke, Mutter.

Schon gut. Solange du hier bist, bekommst du alles, was wir für dich auftreiben können. Du sollst dich später einmal an eine Zeit erinnern können, in der du verwöhnt worden bist.

Hartnäckig trieb Gudrun ihre Auswanderungspläne voran, obwohl sie schlechte Karten besaß. Den Samuels fehlten persönliche Beziehungen zu amerikanischen Staatsbürgern.

In allen Familien gibt es schwarze Schafe, nur bei uns nicht, warf sie ihren Eltern vor. Offenbar hatte es in der ganzen Verwandtschaft stets nur rechtschaffene Leute gegeben, und dies erwies sich nun als großer Nachteil. Kein einziger Onkel oder Vetter hatte in der Vergangenheit ohne Heirat Frauen geschwängert oder Geschäftspartner übers Ohr gehauen. Niemand war auf Nimmerwiedersehen nach Amerika entschwunden, damit die Familie daheim ihr Gesicht wahren konnte. Oder doch?

Sag mal, Mutter, was ist eigentlich mit dem Mann von Großmutter Hannah?

Da musst du dich an deinen Vater wenden.

Wilhelm empfand Gudruns Frage als Zumutung. Er wandte den Kopf zur Seite und machte eine Geste, wie um eine lästige Fliege zu verscheuchen.

Mein Gott, Vater! Du *musst* etwas wissen! Du bist sein Sohn! Vielleicht hat er Kinder. Vielleicht habe ich irgendwo da draußen in der Welt eine Tante oder einen Onkel.

Da stand er auf, nahm schweigend seinen Hut und verließ die Wohnung.

Jeden Tag phantasierte Gudrun, wie sich die Situation zu ihren Gunsten ändern konnte.

Erste Möglichkeit: Die Regierung in Berlin wird gestürzt. Die Juden erhalten ihre Rechte und ihre Würde zurück.

Zweite Möglichkeit: Die Regierung in Washington hat ein Einsehen und schafft die für die Einwanderung erforderliche Bürgschaft ab.

Dritte Möglichkeit: Genau so eine notariell beglaubigte Bürgschaft namens Affidavit wird ihr eines Tages von irgendeinem gütigen Menschen aus Ohio oder Maine zugeschickt, einfach so.

Alle drei Lösungen waren denkbar, aber unwahrscheinlich. Dennoch, von irgendwoher würde ein Retter kommen, davon war sie sonderbarerweise überzeugt. Aber dieser Engel, überlegte sie, müsste wenigstens von ihrer Existenz wissen. So begann sie, ihm entgegenzugehen, und stellte im Bekanntenkreis ihrer Eltern Nachforschungen an, ob jemand vielleicht jemanden kannte, der jemanden kannte …

1938 war das Wunder geschehen. Dank eines großherzigen Amerikaners, der ihre Familie nur vom Hörensagen kannte, fand sie eines Morgens ihr Affidavit in der Post. Dass die USA nur noch in begrenztem Umfang Fremde ins Land ließen, entmutigte Gudrun keineswegs. Sie vertraute darauf, bald an die Reihe zu kommen, da sie eine niedrige Quotennummer besaß.

7   Frau Gärtners Gesicht strahlte hinter den Zeitschriften in ihrem von der Sonne aufgeheizten Kiosk. Die Löckchen klebten ihr am Kopf. Sie winkte mit einem Brief. Für dich, Gudrunsche. Der Umschlag zeigte Martins schwungvolle Sütterlinschrift.

Meine liebste Gudrun, Du bist mir nicht ferngerückt, ich spüre es genau, wie in diesem Moment, während ich Dir schreibe: wie es einmal war zwischen uns, wie leicht und tief, einfach unbeschreiblich. Mit keinem anderen Menschen kann man so herrlich die Zeit vergessen wie mit Dir! Doch wenn ich es mir lebendig in Erinnerung rufe, stärkt es mich nicht. Es tut einfach nur weh und es dauert lange, bis sich mein Gleichgewicht wieder einstellt. Die Schauspielerei tut mir gut. Ich erlebe Tage voller Entdeckungen. Einer meiner Lehrer sagte kürzlich: Das Weinen müssen Sie noch lernen. Ich gebe ihm recht. Tränen dürfen nicht sein, ich könnte sie nicht wieder stoppen. Ich bete für Dich, Zimtsternchen, jeden Abend. Ich bitte Gott, dass er Dich behüten möge. Mehr kann ich derzeit nicht für Dich tun. Martin.

PS. Schreib mir mal, meine Liebste, aber nicht zu oft.

Gudrun hielt sich daran. Sie schrieben sich nur noch selten und benutzten weiterhin Frau Gärtners Adresse. Die rundliche, lebhafte Frau, die in ihrem Kiosk alle Kinder des Viertels hatte heranwachsen sehen, hatte Gudrun und Martin besonders in ihr Herz geschlossen. Sie war die Komplizin, die Martins Briefe an Gudrun weiterleitete. Als der Jungschauspieler einen seiner seltenen Besuche ankündigte, bot sie dem Paar an, sich in ihrer Mansardenwohnung zu treffen. Das Haus befand sich direkt neben der Kriminalpolizei. In der vierten Etage hatte eine Wohltätigkeitsorganisation ihr Büro, so dass fremde Personen im Treppenhaus keinen Verdacht erregten. Dennoch wurde vereinbart, das Haus getrennt mit einer halben Stunde Abstand zu betreten.

Frau Gärtner wusste, dass sie ein Risiko einging, als sie ihre

Wohnung anbot. Ich lass mich von niemandem einschüchtern, schon gar nicht von dem braunen Pack, sagte sie dazu nur. So klare Worte hatte Gudrun schon lange nicht mehr gehört.

Frau Gärtner war noch mit Hausarbeit beschäftigt, als Martin und Gudrun nacheinander in der kleinen Wohnung eintrafen. Sie begrüßte beide herzlich, dann wandte sie sich wieder dem Geschirrspülen zu. Aus dem Volksempfänger kam Schlagermusik. Sie sang leise mit. In der Wohnküche roch es nach Bratkartoffeln und Speck. Auf einem Regal standen ein Hochzeitsfoto und ein kleines Marienbild, davor ein Sträußchen Vergissmeinnicht. Nachdem Frau Gärtner die Pfanne im Schrank verstaut hatte, setzte sie ihren Hut auf und sagte, sie werde nun zwei Stunden fortgehen.

Es war wie immer. Die jungen Leute fielen sich in die Arme, geredet wurde wenig. Die Zeit war zu knapp, um sie mit Fragen zu füllen, die niemand beantworten konnte. Als die Reichsnachrichten kamen, stellte Martin das Radio aus. Doch die Stille in der Wohnung war kaum auszuhalten. Die Kuckucksuhr erschreckte sie zu Tode. Kuckuck-Kuckuck-Kuckuck. Klappe zu. Es ist die Nachtigall und nicht die Lerche, sagte Gudrun. Sie schaltete das Radio wieder ein, ganz leise, damit man den Sprecher nicht verstand.

Dreimal trafen sie sich noch in der Wohnung von Frau Gärtner, dazwischen lagen jeweils einige Monate. Bei ihrem letzten Zusammensein im September 1938 meinte Martin, es werde wohl Krieg geben. Danach kamen ein paar Anrufe von ihm, gelegentlich ein Brief, der Kontakt ließ immer mehr nach.

Seid ihr zwei eigentlich noch zusammen?, wollte Margot wissen, und Gudrun sagte: Wenn du meine Freundin bleiben willst, dann halt den Mund. Sie hätte Margots Frage nicht beantworten können. Stets waren sie und Martin bis zur äußersten Grenze gegangen. Jetzt ließ sich das, was ihre Liebe ausmachte, kaum noch in Worte fassen. In ihren Augen war es das Vernünftigste, an dem festzuhalten, was sich jeder für seine unmittelbare Zukunft vorgenommen hatte und noch beeinflussen konnte.

In Berlin lernte Martin die eine oder andere Frau kennen. Gudrun erfuhr davon, es machte ihr nichts aus. Im Grunde empfand sie sogar Erleichterung, weil er sich nicht aus Gram verkroch, sondern das Leben zu genießen versuchte. Wenigstens das noch, solange Frieden war …

Sie selbst hatte einige jüdische Verehrer, unter ihnen Robert Silbermann, der Sohn des Rabbiners. Einige Male ging sie mit ihm aus, doch die Gespräche drehten sich immer nur um Martin, weil Robert seinen besten Freund sehr vermisste, daher schaute sie sich nach anderen Begleitern um. Einer hieß Adolf Raderstein, ein Sportsfreund, überall Radi genannt. Es war unglaublich, wie elegant sich der hochgewachsene, aber ziemlich dicke junge Mann auf dem Fechtboden bewegte. Gudruns Mutter war von ihm begeistert, vor allem von seinen großen, graugrünen, dichtbewimperten Augen. Endlich mal ein netter jüdischer Junge, sagte sie.

Helene Samuel gab Radi zu verstehen, welch große Erleichterung es für sie wäre, wenn ihre Tochter nicht allein auswanderte. Wenn schon die Mutter auf seiner Seite war, schloss Radi daraus, würde er mit der Zeit auch die Tochter gewinnen. Allerdings schnitten bei Gudrun alle jungen Männer schlecht ab im Vergleich mit Martin. Radis Hartnäckigkeit wurde ihr lästig. Seine Liebesgedichte fand sie peinlich. Deiner goldenen Haare Ton … Wen meinte er damit? Seine Schrift, groß und krakelig, sah aus wie die eines Zwölfjährigen. Gudrun ließ ihn wissen, wie aussichtslos sein Werben sei. Er ignorierte das.

Eines Tages ging er zu weit. Dies ist meine Zukünftige, stellte er sie den Freunden im Fechtklub vor und legte den Arm um Gudrun. Da rückte sie die Sache vor aller Ohren zurecht. Sie beendete ihre kleine Rede mit den Worten: Und eins noch, Radi, verschone mich in Zukunft mit deinen albernen Briefen.

Adolf Raderstein verließ den Klub mit einem weißen, eingefallenen Gesicht. Ihrer Mutter sagte Gudrun, sie möge sich bitte zurückhalten, sie habe derzeit andere Sorgen, als einen Mann zu finden.

8 Zwischen Mainz und Buenos Aires gingen zahlreiche Briefe hin und her. Wilhelm Samuel hatte sich endlich entschieden. Er und seine Frau würden ihrem Sohn nach Südamerika folgen. Ralph schrieb, er werde alles in die Wege leiten, um seinen Eltern die Einreise zu ermöglichen, er bitte nur um etwas Geduld. Als Wilhelm diese Nachricht in den Händen hielt, besserte sich sein Zustand schlagartig. Frau und Tochter erkannten ihn kaum wieder. So umtriebig hatten sie ihn seit Jahren nicht mehr erlebt.

Friseur Schnauder erwies sich als der treueste nichtjüdische Wegbegleiter. Der Friseur hatte keine Angst, ein jüdisches Haus zu betreten. Obwohl – oder weil er der SA angehörte? Welche Begründung hatte er sich dazu einfallen lassen? Ein Spitzel, glaubten die Samuels, sei Schnauder auf keinen Fall. Der Friseur bezeichnete sich selbst als einfaches SA-Mitglied ohne Ehrgeiz, auch solche müsse es geben, in all den Jahren sei er keinen Millimeter aufgestiegen. 1934 hatte er sich sein Oberlippenbärtchen abrasiert – aus Protest gegen die blutige Gewalt, mit der die SA entmachtet und der SS unterstellt worden war. Die Uniform trug Schnauder nur, wenn es sein musste. Nach wie vor brachte er die neuesten Nachrichten mit, und immer häufiger sprach er in Andeutungen.

Also, wenn ich Sie wäre, Herr Samuel, sagte er an einem regnerischen Novembertag, während er seinen Kunden einseifte, wenn ich Sie wäre, dann würde ich morgen nach Wiesbaden zur Schwiegermutter fahren und dort übernachten.

Wie bitte?

Na, ich meine nur, Sie haben doch Ihre Schwiegermutter schon lange nicht mehr gesehen. Da wäre es doch schön, wenn Sie mal etwas länger blieben.

Aber hören Sie mal, das fällt mir nicht im Traum ein!

Kopfschüttelnd erzählte Wilhelm beim Frühstück seiner Frau davon.

Unser guter Schnauder, er ist nicht mehr ganz gescheit.

Im Gegenteil, er hat dich gewarnt!

Er starrte sie an und schüttelte erneut den Kopf.

Ob Wilhelm naiv war oder wie üblich nur stur? Jedenfalls blieb er am nächsten Tag in Mainz, er übernachtete zu Hause. Am folgenden Morgen wurde Gudrun erst gegen neun Uhr geweckt. Hellwach sprang sie aus dem Bett und fragte die Mutter, ob sie verschlafen habe. Helenes Nein war kaum zu hören. Du kannst heute nicht zur Arbeit gehen, es ist sehr gefährlich draußen. Die ganze Nacht haben sie gewütet.

Dann berichtete sie, was sie wusste: Überall im Viertel waren im Morgengrauen die jüdischen Männer und ihre Söhne ab 13 Jahre verhaftet worden. Die Männer der SA aus Worms hatten die Geschäfte in Mainz kaputtgeschlagen, die Mainzer SA hatte dasselbe in Worms gemacht. Viele Ladenbesitzer waren grausam misshandelt worden.

Helene schluchzte. Ich hatte solche Angst, sie würden auch Wilhelm etwas antun. Aber es ist nichts geschehen. Ich sag dir was: Schnauder hat den Vater vor dem Schlimmsten bewahrt.

Gegen Mittag rief Margot an. Sie war am Abend zuvor mit ihrer Mutter im Kino gewesen. Beim Heimkommen hatten sie gesehen, wie eine SA-Horde in ihrer Wohnung wütete. Sie hatten Daunenkissen und Bettdecken aufgeschlitzt und gegrölt, als es Federn schneite. Möbel und Stehlampen waren im hohen Bogen aus dem zweiten Stock geflogen. Einer hatte gerufen: Hier kommt noch ein Judenhund. Schnecke war sofort tot.

Die Mainzer Synagoge war solide gebaut, sie widerstand dem Brandanschlag des »Volkszorns«, wie die organisierte Massengewalt in Radio und Zeitungen genannt wurde. Sie wird ewig halten, sagte Wilhelm, und Gudrun meinte, damit habe sich ihr Vater erstmals anerkennend zur Synagoge geäußert. Am nächsten Tag wurde bekannt gemacht, es bestehe Einsturzgefahr. Soldaten der Wehrmacht rückten an und legten die Synagoge mit Sprengstoff in Trümmer.

Wilhelm Samuel ließ sich auch am 10. November nicht von seinen Vorhaben abhalten. Nimm doch Vernunft an, sagte Gudrun. Ausgerechnet heute musst du auf die Straße gehen? Der Vater zeigte auf seine Haare, denen man das ursprüngliche Blond noch ansah. Sieht so ein Jude aus? Gegen Mittag verließ er das Haus und fuhr nach Wiesbaden, um dort einen Brief an seinen Sohn auf die Post zu bringen. Seine Südamerikapläne sollten sich in Mainz nicht herumsprechen.

Es passierte ihm nichts an diesem Tag. Warum er sich mit der Rückkehr Zeit ließ, warum er noch diesen und jenen Bekannten aufsuchte und ausführlich die Lage besprach, blieb sein Geheimnis. Als er erst nachts um elf nach Hause kam, sah seine Frau ihn an, als wäre er ein Gespenst. In ihrer Vorstellung hatte er sich längst auf dem Weg ins KZ befunden. Seit Stunden waren Helene und Gudrun unruhig durch die Wohnung gelaufen und hatten am Fenster Ausschau gehalten. Ab 20 Uhr bestand für Juden Ausgehverbot. Nie begriffen sie, warum Wilhelm ohne Not die Freiheit und den Rest seiner Gesundheit aufs Spiel gesetzt hatte.

Nach einigen Wochen kehrten die jüdischen Männer und

Jugendlichen aus dem KZ zurück. Man erfuhr nicht, wie es ihnen dort ergangen war. Wurden die Männer darauf angesprochen, wandten sie nur den Blick ab, damit man nicht die Panik in ihren Augen sah.

Kurz darauf erfuhr Wilhelm Samuel aus der Zeitung von der neuen Passverordnung für Juden. Israel, keuchte er, während er sich schwerfällig auf die Couch legte. Ausgerechnet Israel. Seine Frau setzte sich zu ihm und versuchte ihn zu beruhigen. Bitte, Wilhelm, reg dich nicht auf.

Nicht aufregen?, ächzte er. Ich soll mich nicht darüber aufregen, dass ich plötzlich Israel heiße? Bin ich ein Schtetl-Jude? Ihm war, als werde sein Herz von einer eisernen Hand zusammengedrückt. Helene schaute ihn ratlos an. Nimm es hin, sagte sie schließlich.

Der Angriff auf sein Herz war eine leichte Attacke, von der er sich schnell erholte. Was er nicht überwand, war die Erniedrigung, dass er nun Wilhelm Israel Samuel zu heißen gezwungen war.

BUCHMANN

1   In Wiesbaden lebte ein Polizeibeamter, der sich in Margot verliebt hatte. Er war ein Nachbar einer Nenntante, eine alte Schulfreundin ihrer Mutter, und er war ebenfalls Dackelbesitzer. Seit einigen Jahren bestand ein netter Kontakt, wie er sich zwischen Hundefreunden häufig ergibt. Er, ein freundlicher Einzelgänger, hatte Margot heranwachsen sehen. Sie ahnte nichts von seinen Gefühlen ihr gegenüber, obwohl sie es ungewöhnlich fand, dass ein Polizist mit einem jüdischen Mädchen auch nur sprach.

Als sie wieder einmal ihre Tante besuchte, begegnete sie dem Mann auf der Straße. Er war erschrocken, weil sie so elend aussah, und entsetzt, als sie berichtete, was mit Schnecke geschehen war. Wochenlang dachte er darüber nach, wie sie zu trösten sei. Er ließ ihr über die Tante kleine Botschaften zukommen, darunter, die Mutter seines Hundes habe erneut geworfen, entzückende Welpen, er könne sicher einen guten Preis für sie aushandeln.

Doch erst Gudrun brachte Margot darauf, der Polizist müsse in sie verliebt sein.

Glaubst du wirklich?, fragte Margot.

Warum sonst sollte er so viel riskieren? Guck dich doch mal im Spiegel an. Zum Anbeißen siehst du aus.

Glaubst du wirklich?, fragte Margot erneut.

Gudrun führte sie vor den Spiegel. Margot wusste nichts von ihren Reizen. Steif stand sie da, wie eine Puppe, ließ aber zu, dass

Gudrun ihre Haltung korrigierte und war von dem Ergebnis überrascht. Das soll ich sein? Entschlossen löste sie ihre Hochsteckfrisur. Die roten Locken fielen ihr auf die Schulter.

Gemeinsam übten die Freundinnen, wie man einem Mann alles versprach, ohne wirklich etwas geben zu müssen. Vor allem Mitleid musste man als Frau erregen, damit er sich in seiner Rolle als edler Retter bestärkt fühlte. Im Unterschied zu Gudrun war Margot nie besonders mutig gewesen. Sie bewunderte lieber, als sich bewundern zu lassen. Aber nun ging es nicht mehr um Mutproben, nun musste man die Gefahr nicht mehr suchen, sie war greifbar nah für sie selbst und ihre Familie. Margot kam zu dem Schluss: Wenn da ein Beamter an einer wichtigen Schaltstelle bereit wäre, für seine Liebe etwas zu wagen, dann sollte er das tun – und sie wäre dann bereit, über ihren Schatten zu springen.

Sie machte ihre Sache gut. Unauffällig inszenierte sie ein Wiedersehen, bei dem sie die Notlage ihrer Familie andeutete und er weitere Hilfsangebote an sie herantrug. Dabei ließ er durchblicken, man könne in Pässen etwas Entscheidendes verändern.

Na dann los, sagte Gudrun, als ihr die Freundin davon berichtet hatte. Margot zwängte sich in Gudruns engen Rock und die hohen Pumps. Damit stöckelte sie einmal in der Woche los, zu einem geheimen Treffpunkt. Die Zuneigung des Polizisten war gewaltig, er konnte ihr keinen Wunsch abschlagen. Die Verbindung zu ihm erwies sich als unbezahlbar. Ihm war es möglich, Pässe ohne die Kennzeichnung J auszustellen, ohne die Zusatznamen Israel und Sara. Als Gudrun mit Margots Hilfe Kontakt zu ihm aufnahm, stellte sich heraus, dass er noch mehr konnte, als Dokumente von Juden in reichsdeutsche zu verwandeln. Er verhalf ihr zu einem gefälschten französischen Pass.

Die Freundinnen beschlossen, sich zu ihrem gegenseitigen Schutz nur noch das Allernötigste zu erzählen. Über verschlungene Wege hatte Gudrun erfahren, man könne im US-Konsulat in Stuttgart Illegales erreichen. Die zentrale Figur war ein amerikanischer Vizekonsul, Mr. Walter. Er hatte deutsche Eltern, die ausgewandert waren und gnadenlose preußische Erziehungsmethoden aus der alten Heimat mitgenommen hatten. Der Amerikaner sah aus wie ein unglücklicher Oberlehrer mit seiner kleinen Brille vor den geröteten, schreckhaft geweiteten Augen. Für gutes Honorar verschob er bereitwillig Vermögen und Schmuck ins Ausland. Auf diesem Weg hatte Gudrun 8000 Reichsmark in die Schweiz schaffen können. Da die Samuels, sollten sie ein Emigrationsland finden, mit dieser Summe nicht weit kommen, mussten weitere Transaktionen gelingen.

Als Jüdin hätte Gudrun in Stuttgart nur in einem einzigen Hotel absteigen dürfen, dem teuersten der Stadt, das sie sich nicht leisten konnte. Außerdem war dieses Hotel voller Spitzel. Ein gefälschter französischer Pass löste das Problem, er verhalf Gudrun zu einem Zimmer in einer einfachen Pension. Der mütterlichen Schwäbin an der Rezeption erzählte sie von einer kranken Großmutter, die in Stuttgart wohne.

Bei ihrer ersten Begegnung bestach sie Mr. Walter mit einer Brosche ihrer Mutter, die er mit mokant-gönnerhafter Miene entgegennahm, womit er ihr wohl sagen wollte, dass er seine Geschäfte üblicherweise in weit größeren Dimensionen abzuwickeln pflege. Er soll sich mal nicht so aufblasen, dachte Gudrun, er profitiert ja auch ganz schön durch mich. Da sie den Tipp weitergegeben hatte, war ein beachtlicher Personenkreis aus Wiesbaden und Mainz bei Mr. Walter Kunde geworden, zumal man bei ihm gegen horrende Summen auch gefälschte Einreisepapiere für die USA in Auftrag geben konnte. In Gudruns Augen war er einfach ein Gauner, der nicht müde wurde zu betonen, dies alles nur aus einer humanitären Gesinnung heraus zu tun.

Die Gestapo war inzwischen auf ihn aufmerksam geworden.

Jemand hatte Kontakt zu ihm aufgenommen und brachte beim nächsten Treffen einen Kollegen mit. Gemeinsam setzten sie ihn unter Druck. Doch was konnten die Nazis einem amerikanischen Staatsbürger anhaben? Nichts, absolut nichts. Mr. Walter hätte es wissen müssen, dennoch ließ er sich einschüchtern. Nachdem sein Konsul einen diskreten Hinweis erhalten hatte, wurde er seines Postens enthoben und in die USA zurückgeschickt, sonst passierte ihm persönlich nichts. Aber zuvor hatte er bei der Gestapo mit weit aufgerissenen Hasenaugen hinter seiner kleinen Brille gesungen wie eine Lerche. So jedenfalls war es später in seiner Akte zu lesen gewesen.

2 Zwei Gestapomänner trafen Gudrun an, als sie gerade ihr Zimmer verlassen hatte und frühstücken wollte. Sie trug ein beigefarbenes Kleid und eine taillierte Jacke. Von außen wirkte es, als wären ihr zwei Männer beim Umzug in ein anderes Hotel behilflich. Einer trug ihren kleinen Koffer, der zweite ihre Handtasche. Sie durfte sogar den Zimmerschlüssel an sich nehmen. Die nette Frau an der Rezeption sah sie besorgt an. Sie haben doch noch nicht mal gefrühstückt!

Die Männer lachten und schoben die Festgenommene auf die Straße, wo eine Limousine mit Fahrer wartete. Alle drei nahmen auf der Rückbank Platz, Gudrun in der Mitte. Das Geschehen kam ihr unwirklich vor, so als spiele sie die Hauptrolle in einem Kinofilm. Sie hatte sich dabei zugesehen, Szene für Szene, wie sie ihr Köfferchen packte und – ein Mann vor ihr, ein Mann hinter ihr – schweigend die schmale Treppe hinuntergestiegen war. Und nun sah sie sich in der Limousine sitzend, elegant und stumm, den Regenmantel sorgfältig über ihren Schoß gelegt. Dass sie so ruhig war, machte sie stolz.

Es war früh am Morgen, Viertel nach sieben, ein kühler Tag

im Mai. Der Wagen fuhr am Hauptbahnhof vorbei in Richtung Innenstadt. Kurz darauf hielt er vor der Gestapodienststelle. Sie lag in einem repräsentativen Gebäude, das einmal als Hotel Silber bekannt gewesen war. Der Fahrstuhl brachte sie in den vierten Stock. Es ging einen langen Flur entlang. Einmal stolperte Gudrun über einen Läufer, es war ein Perserteppich.

Was dann geschah, blieb in ihrer Erinnerung nur in Bruchstücken haften, so wie man einzelne Szenen eines bösen Traums behält. Ein großer Raum mit Erker. Ein pompöser Schreibtisch, dahinter das Führerbild. Dicke Teppiche. Zwei Männer mit hervorstehenden Bäuchen, einer in Zivil, der zweite in SS-Uniform.

Sie brüllten.

Sie brüllten ohne Pause.

Sie lösten sich dabei ab.

Flüche und Beschimpfungen ohne Ende. Während einer sich eine Zigarette anzündete, machte der andere weiter.

In Gudruns Kopf drehte sich alles. Sie fror. Sie verstand keine der Fragen. Es rauschte in ihren Ohren, immer lauter, als stünde sie an einem Wasserfall. Sie konnte keinen klaren Gedanken fassen. Sie wusste auch nicht, wie viel Zeit verstrichen war. Was wollten sie nur von ihr?

Mit jedem neuen Gebrüll landeten einzelne Speicheltropfen auf Gudruns Gesicht.

Und dann war es plötzlich still. Der Mann in der SS-Uniform schaute auf seine Armbanduhr.

Wir müssen uns beeilen, es ist schon spät.

Der zweite öffnete die Tür zum Flur und rief einen von Gudruns Begleitern herein.

Bring das jüdische Flittchen zu Buchmann. Der soll weitermachen.

Gudrun wurde in den zweiten Stock geführt. Hier war der Flur mit Kokosläufern ausgelegt. Wände und Türen hatten einen

Anstrich nötig. Wie kam es, dass sie auf solche Nebensächlichkeiten achtete?

»Oberkommissar Buchmann«, stand neben der Bürotür. Gudruns Begleiter klopfte.

Herein. Bitte nehmen Sie Platz. Die Stimme war leise, beinahe sanft.

Buchmann wies auf den Stuhl vor seinem Schreibtisch. Der SS-Mann sprach wie ein gütiger Arzt. Sie war erleichtert. Wenigstens hat er Manieren, dachte sie.

Zuerst Ihren Namen bitte.

Gudrun Samuel.

Es war ihr einfach herausgerutscht. Angst stieg in ihr hoch. Nun konnte sie ihre Eltern nicht mehr schützen.

Sie wohnen wo?

In Mainz.

Ich wiederhole: Gudrun Samuel, wohnhaft in Mainz. Ist das so korrekt?

Ja.

Irgendwo im Raum klapperte kurz eine Schreibmaschine. Gudrun drehte sich um. Schräg hinter ihr befand sich ein Schreibtisch, an dem eine Sekretärin saß.

An diesem Vormittag nahm der Gestapomann nur die Personalien ihrer ganzen Familie auf und fragte bei einzelnen Lebensdaten nach. Gudrun antwortete wahrheitsgemäß. Sie würden ja doch alles herauskriegen. Ihr fiel auf, dass der Oberkommissar ein gebräuntes Gesicht und bleiche Hände hatte.

Er blieb ausgesucht höflich und aufmerksam. Einmal hörte er ihren Magen knurren und fragte: Haben Sie Hunger? Dann schickte er die Sekretärin fort, die mit einem Glas Wasser und einem dickbelegten Wurstbrot zurückkam.

Greifen Sie zu, Fräulein Samuel. Niemand kann sich konzentrieren, wenn der Hunger kneift.

Sie betrachtete das Glas.

Ich würde gern wissen – was ist da drin?

Wasser.

Sonst noch was?

Nein.

Während sie aß und trank, stand er auf und verließ das Zimmer. Eine Kirchenglocke schlug zehnmal. Gudrun beobachtete die Sekretärin, die in einer Illustrierten blätterte. Während sie las, spielte ihre Hand mit einem goldenen Halskettchen, an dem ein Kreuz hing.

Ich würde Sie gern mal was fragen.

Ja, bitte. Die Frau blickte hoch.

Wo bin ich hier?

Bei der Gestapo, das wissen Sie doch.

Und der Herr Oberkommissar gehört auch dazu?

Er gehört zu unseren Besten. In ihrer Stimme schwang ein Hauch von Stolz mit.

Gudrun schwieg und brütete. Dümmer als sie konnte niemand sein! Wozu sich in Gefahr begeben, wozu ein falscher Pass, wenn sie sich bei der erstbesten Gelegenheit verriet. Eine schwere Tür war zugefallen, die gestern noch Hoffnung durchgelassen hatte.

Plötzlich stand Buchmann wieder im Raum. Er reichte Gudrun ihre Handtasche und den Regenmantel.

Ihren Pass habe ich an mich genommen, Hausschlüssel auch. Ach ja, und die Zigaretten. Er angelte das Päckchen aus seiner Jackentasche und verstaute es in der Schreibtischschublade. Man würde sie Ihnen im Gefängnis sofort wegnehmen, erklärte er. Aber wenn wir uns hier wiedersehen, haben Sie etwas zu rauchen.

Buchmann griff zum Telefon und bestellte einen Wagen. Danach rief er bei einer zweiten Nummer an, man möge Fräulein Samuels Koffer zum Ausgang bringen.

Die Stimme am anderen Ende fragte offenbar etwas. Buchmann erwiderte: Natürlich heißt sie so. Gudrun Sara Samuel. Ein schöner Name, nicht wahr? Er lächelte sanft und legte den Hörer auf die Gabel. Dann wandte er sich wieder der Gefangenen zu.

Kommen Sie, der Wagen wartet unten.

Es war die Limousine, die Gudrun bereits kannte. Fast hätte sie den Fahrer gegrüßt. Dann erst entdeckte sie die beiden Gestapomänner, ihre Begleiter vom Hotel zur Dienststelle.

Wieder wurde kein Wort gesprochen. Wieder war es eine kurze Fahrt.

3   Sie hatte eine Einzelzelle. Eine Pritsche, ein Tisch, ein Stuhl, ein Kübel. Knapp unter der Decke ein vergittertes Fenster, hinter dem ein Stück Himmel zu sehen war. Eine Schließerin hatte ihr ein kleines Handtuch und ein Stückchen Seife in die Hand gedrückt. Ein paar Stunden später erschien sie noch einmal und brachte Gudruns Kulturbeutel, aus dem Nagelfeile und Schere entfernt worden waren.

Gudrun erhob sich vom Stuhl. Danke.

Die Schließerin hatte ihre strohigen, blondgefärbten Haare zu einem Dutt aufgesteckt. Sie war nicht mehr jung.

Sonst noch was?, fragte sie, weil Gudrun sich nicht wieder hinsetzte.

Ich habe plötzlich meine Tage bekommen – und nichts dabei.

Das kommt von der Aufregung. Ich hab schon darauf gewartet. Ich bring gleich noch ein paar Lappen.

Stundenlang saß Gudrun auf ihrem Stuhl, vor ihr eine Wand, in die Vornamen eingeritzt waren. Eine Irene war vor ihr dagewesen, eine Lore und eine Luise. Gudrun las Wünsche und Stoß-

seufzer, Flüche und Gebete. Zum Abendessen brachte die Schlie-
ßerin einen Teller Kartoffeln mit einer undefinierbaren Soße.
Die Hälfte war eigentlich ungenießbar, Winterkartoffeln, die
Frost abbekommen hatten. Gudrun aß sie, weil sie Hunger hatte.

Was würde sie sonst noch alles tun, was sie eigentlich nicht
tun wollte?

Der Brief, den sie an ihre Eltern schrieb, war knapp und vorsichtig formuliert. Sie befinde sich in Stuttgart in Haft, werde
anständig behandelt, das Essen sei in Ordnung, es gehe ihr den
Umständen entsprechend gut, sie hoffe auf ein baldiges Wiedersehen. Die Mutter möge ihr bitte ein Paket Bücher schicken, am
liebsten Romane, die in fernen Ländern spielen. Sie wisse nicht,
wie lange man sie hier festhalten werde. Nachdem sie den Brief
geschrieben hatte, verspürte sie eine große Müdigkeit. Sie wollte
nach Hause. Tränen liefen ihr über das Gesicht. Sie warf sich auf
die Pritsche. Es erschreckte sie, wie laut sie weinte – sie biss sich
auf die Knöchel, steckte ihren Kopf unter die braune Militär-
decke. Aber dann war ihr alles egal. Sollte man sie doch hören …
Sie weinte, weil sie allein und eingesperrt war, weil sie sich fürchtete, weil sie Angst um ihre Eltern hatte, weil Margot in Gefahr
war, weil sie nicht in Amerika war, weil Martin fort war, weil
Hollunder sie verlassen hatte, weil ihr Leben in Scherben lag.

Beim Aufwachen fiel ihr Blick auf das vergitterte Fenster. Im
Ausschnitt waren zwei kleine Wolken vor einem blauen Him-
mel zu sehen. Draußen im Flur klapperte Blech gegen Blech. Die
Zellentür wurde aufgeschlossen. Eine Frauenstimme brüllte:
Kübel raus!

Gudrun sprang von der Pritsche und stellte den Eimer an die
Tür. So begann der erste Morgen im Gefängnis. Diesmal war die
Schließerin eine junge rothaarige Frau. Sie erinnerte Gudrun an
ihre beste Freundin. Vielleicht war sie ja ganz in Ordnung. Margot in der Version einer Frau Feldwebel.

Los, waschen!

Guten Morgen, sagte Gudrun.

Die Frau sah sie überrascht an. Hast wohl gut geschlafen, was? Dann schob sie ihren neuen Häftling über den Flur zu einer Art Kabine, in der sich ein uraltes, schäbiges Waschbecken befand.

Zehn Minuten!, brüllte Frau Feldwebel.

Es roch nach Urin. In einem kleinen Nebenraum sah Gudrun zum ersten Mal in ihrem Leben das, was man wohl ein Pinkelbecken nannte. Auf dem Rückweg hörte sie hinter einer Zellentür eine Männerstimme singen in einer Sprache, die sie nicht verstand.

Sie war an einem Samstag festgenommen worden. Als sie am Montag den Oberkommissar wiedersah, war sein Gesicht noch dunkler und seine gepflegten Hände schienen noch weißer zu sein. Er trug Zivil, Hemd mit Krawatte. Sein Jackett hing auf einem Bügel am Garderobenständer. Als Erstes bot er ihr eine ihrer Zigaretten an.

Diesmal haben Sie ja wohl gefrühstückt.

Sie nickte und zog dankbar an ihrer Orient. Auch der Oberkommissar und seine Sekretärin rauchten.

Sind Sie mit Ihrer Unterbringung zufrieden?

Nein. Die Waschgelegenheit ist ekelhaft!

Er nickte nur und meinte, daran ließe sich vielleicht etwas ändern.

Wieder ging es um Gudruns Lebensumstände. Nur einmal wich Buchmann davon ab, als er ihre Delikte aufzählte: Devisenschmuggel, Passbetrug, Aufenthalt an einem für Juden verbotenen Ort. Und er fügte hinzu: Fräulein Samuel, ich fürchte, Sie sind in Schwierigkeiten.

Danach fragte er sie aus über ihre Schulzeit und ihre Berufspraktika. Gudrun antwortete mit zitterndem Herzen, knapp, kein Wort zu viel, aber wahrheitsgemäß. Nach zwei Stunden war sie wieder entlassen.

4   Eine Woche lang wurde sie täglich verhört. Am Vormittag erschien immer derselbe junge Mann, der den Auftrag hatte, Gudrun Samuel zur Gestapo zu bringen. Sie gingen zu Fuß, ohne Hast. Das normale Leben ringsum verwirrte sie. Die Hausfrauen und Dienstboten, die Gemüsehändler, das Gebimmel der Straßenbahn, Autos, die geräuschvoll um die Ecke bogen. In einer gepflegten Grünanlage mit dem Reiterstandbild eines deutschen Kaisers saßen Menschen auf den Bänken. Sie lasen Zeitung oder ließen sich die Sonne ins Gesicht scheinen. Kinder spielten um sie herum.

Niemand konnte auf die Idee kommen, dass es sich bei dem jungen Paar, das den kleinen Park durchquerte, um einen Polizisten und seine Gefangene handelte. Der Mann hieß Gabriel Kopp. Nie sah Gudrun ihn in Uniform. Er war ein Untergebener von Werner Buchmann und bewunderte seinen Chef. Gudrun behandelte er korrekt, fast freundlich.

Ob auf dem Weg zur Gestapo, beim Verhör, auf dem Weg zurück und erst recht in der Zelle: Das Zeitempfinden war völlig anders als gewohnt. Gudrun verlor sich darin. Ihre Armbanduhr und den Wecker hatten sie ihr weggenommen. Die langen Stunden in ihrer Zelle brachte sie damit zu, sich auf die eigentlichen Fragen des Verhörs vorzubereiten. Immer und immer wieder ging sie die zu erwartenden Punkte durch. Sie feilte an geschickten Antworten, verwarf sie ... Sie drehte sich im Kreis, Stunde um Stunde, Tag um Tag.

Am Ende der Woche durfte sie umziehen. Sie bekam eine Luxuszelle mit eigenem Waschbecken. Der Raum lag am Ende des Flurs hinter einer Biegung und war mit einer doppelten Tür versehen. Die Wände schienen frisch getüncht zu sein. Es gab einen hübschen blauweißkarierten Bettbezug. Das vergitterte Fenster war dreimal so groß wie das in der ersten Zelle.

Sie erwartete, am Montag wieder abgeholt zu werden, aber niemand kam. Dienstag, Mittwoch, Donnerstag ... Während der ganzen Woche blieb sie in der Zelle. Von der blonden Schließerin erfuhr sie, Hofgang sei für Gestapohäftlinge nicht vorgesehen. Es gebe gar keinen Hof. Sie fing an, für jeden Tag einen Strich in die Wand zu ritzen.

Die neue Zelle war still wie ein Grab. Sie hörte keine Stimmen, keine Schritte, nicht das Klappern der Kübel. Es gab keine Geräusche mehr außer ihren eigenen. Es brachte sie fast um den Verstand.

Die Schließerin kam ohne jede Ankündigung. Gudrun erschrak sich jedes Mal zu Tode, wenn sie den Schlüssel in der Tür hörte. Schweiß schoss aus allen Poren. Von einer Sekunde auf die andere klebte ihr das Kleid am Rücken, Tropfen fielen ihr von der Stirn.

Mit dem Herumsitzen kam die Schwermut. Sie war Turnlehrerin geworden, weil es ihr am besten ging, wenn sie ihren Körper herausforderte. Der Bewegungsmangel machte sie kraftlos und dumpf. Unter großer Mühe kratzte sie mit einem Blechlöffel ihren Namen in die Wand.

Gudrun hörte den Schlüssel in ihrer Zellentür. Diesmal – endlich! – hatte die rote Schließerin Gabriel Kopp mitgebracht. Gudrun wäre ihm fast um den Hals gefallen. Wie immer führte er sie durch die Straßen der Innenstadt. Ihre Ohren und Augen schmerzten – so aufdringlich waren der Lärm, das Licht und die Farben. Gleichzeitig empfand sie eine nie gekannte Hochstimmung. Alles, worauf ihr Blick fiel, musste sie kommentieren: die Blumenverkäuferin und ihre herrlichen gelben Rosen, die

Kochtöpfe im Schaufenster, die riesige Linde, die Plakatdame, die für Margarine warb, die Erdbeeren, die jemand in einem Körbchen aus der Markthalle trug. Sie redete wie ein Wasserfall und merkte nicht, dass Kopp sie verwundert von der Seite ansah.

Als sie sich dem Vernehmungszimmer näherte, freute sie sich regelrecht auf das Wiedersehen. Buchmann, seine Sekretärin und Kopp waren neben den Schließerinnen die einzigen Menschen, die sie in Stuttgart kannte.

An diesem Tag stellte der Oberkommissar die entscheidenden Fragen: Wer, wann, wo, mit wem? Gudrun antwortete.

Ehe sie sich versah, hatte sie die ersten Namen preisgegeben. Buchmann nickte jedes Mal bestätigend. Er hakte auch nicht nach. Details interessierten ihn nicht. Offenbar sagte sie ihm nichts Neues.

Zur Mittagszeit schickte er seine Sekretärin los. Sie kam mit einer Schlachtplatte zurück.

Hatte ich recht, dass Sie Deftiges mögen?, fragte der Oberkommissar.

Sie nickte überrascht. Nach dem Essen zündete sie sich eine Orient an.

Wie lange rauchen Sie schon, Fräulein Samuel?

Seit ich dreizehn bin.

Meiner Tochter hätte ich das nicht erlaubt.

Haben Sie denn eine Tochter?

Nein.

Er trug keinen Ehering. Gudrun schätzte sein Alter auf Anfang dreißig. Er hatte dunkles Haar, ein schmales Gesicht und eine Narbe auf der linken Stirnseite. Er schien Wert auf ein gepflegtes Äußeres zu legen. Sein Anzug war tadellos bis hin zu den messerscharfen Hosenfalten. Wer sie ihm wohl bügelte? Sein Körper sah durchtrainiert aus. Bestimmt trieb er Sport. Aber taten sie das nicht alle bei der Polizei?

Sind Sie mit der neuen Unterkunft zufrieden?

Nein! Gudrun war aufgesprungen.

Nein?, fragte er sanft zurück. Seine grauen Augen schauten sie aufmerksam an. Das tut mir leid. Bitte setzen Sie sich doch.

Er nahm einen Bleistift und spitzte ihn an. Dann beugte er sich über eine Akte und unterstrich einen Satz mit Hilfe des Lineals. An diesem Tag interessierten ihn einige Details zu ihrem ersten Besuch bei Mr. Walter im amerikanischen Konsulat. Wie auch sonst sprach er leise und höflich – wie unter Geschäftsfreunden. Gudrun war ihm dankbar dafür.

Plötzlich hörte sie sich sagen: Also diese Brüllerei von den beiden Herren da oben …

Wie bitte?

Sie erschrak. Was ging es ihn an, was sie über seine Vorgesetzten dachte. Das konnte doch nur Schwierigkeiten geben.

Was ist mit der Brüllerei?

Gar nichts. Dann platzte sie heraus: Wie die beiden Herren mich am ersten Tag angebrüllt haben, das hat doch überhaupt keinen Sinn gehabt. Ich war nur verwirrt, sonst gar nichts. Ich hab gar nicht begriffen, was die wollten.

Zum ersten Mal lächelte er sie an, dann sagte er: Ich finde auch, dass wir beide Fortschritte machen.

Bei Werner Buchmanns nächster Dienstbesprechung äußerten seine Vorgesetzten anerkennende Worte. Der Oberkommissar wehrte ab, es sei nicht allein sein Verdienst, es habe sich einfach wieder einmal als erfolgreich erwiesen, die Rollen aufzuteilen.

Buchmann mochte die beiden nicht. In seinen Augen waren sie Wichtigtuer, die ihre fetten Bäuche vor sich her schoben und von Ermittlungsarbeit nicht das Geringste verstanden. Ihre einzige Qualifikation bestand darin, dass sie schon vor 1933 der SS beigetreten waren. Noch nie hatte er auch nur einen einzigen bemerkenswerten Satz von ihnen gehört. Leider standen sie seinen eigenen Karrierechancen im Hotel Silber im Wege.

5   Zu ihrer Erleichterung wurde Gudrun in ihre ursprüngliche, schäbige Zelle zurückverlegt. Die Geräusche, die aus dem Flur zu ihr drangen, waren Klangbilder, die dem Alltag im Gefängnis einen Rhythmus gaben. Mit der Zeit gewöhnte sie sich an das verdreckte Waschbecken in der engen Kabine. Sie roch auch nicht mehr den Urinstein von nebenan.

Zweimal zwei Stunden pro Tag machte sie Gymnastik. Auch Bodenturnen gehörte dazu. Mit Hilfe des Strohsacks, den sie auf den Estrich legte, gelangen ihr wieder Purzelbäume wie in der Kindheit. Selbst die Klappschen Kriechübungen kamen ihr zugute, damit behandelte sie durch die Pritsche verursachte Rückenschmerzen.

Im Brief ihrer Mutter stand, sie müsse den Vater wieder pflegen, da die Nachricht von Gudruns Verhaftung eine heftige Herzattacke ausgelöst habe. Helene schickte auch Pakete und Päckchen. Der Inhalt war überlegt und liebevoll zusammengestellt: Kleidung, Bücher, Seife, Haarwaschmittel, Bettzeug. Manchmal war eine Hartwurst dabei. Aber sie wurde jedes Mal beschlagnahmt, Gudrun bekam sie gar nicht erst zu Gesicht. Nur ihr Duft blieb in einem Tuch zurück.

Neben der Gymnastik war Lesen ihre Hauptbeschäftigung. Bücher sind Freunde. Woher kannte sie diesen Satz? Sie kramte in ihrem Gedächtnis, dann fiel ihr Martin ein. Er hatte gedroht: Eines Tages schenke ich dir ein Buch.

Es war das Album mit den zwei Herzen gewesen. Eine Ewigkeit hatte sie nicht mehr daran gedacht. Aber nun, in der Einsamkeit ihrer Zelle, brach der Damm, den sie gegen die schönen und die schmerzhaften Erinnerungen errichtet hatte. Sie weinte lange und anhaltend, darüber schlief sie ein. Im Morgengrauen erwachte sie und damit auch der Schmerz. Sie stand auf und rannte auf der Stelle, schneller und schneller, eine halbe Stunde lang, bis sie völlig erschöpft auf die Pritsche fiel.

Schließlich griff sie nach einem neuen Buch. »Vom Winde verweht«. Sie versank darin. Als Kopp sie abholte, fühlte sie sich zum ersten Mal gestört. Verdammt! Sie war doch erst gestern beim Verhör gewesen. Es wurde ihr Lieblingsbuch. Gleich dreimal hintereinander las sie den Südstaatenroman, aber aus der Hauptfigur wurde sie nicht schlau. Warum bekam sie ein Kind nach dem anderen von Ehemännern, an denen ihr nichts lag? Liebte Scarlett diesen Rhett oder brauchte sie ihn nur? Am Anfang vielleicht, um zu überleben. Aber später? Hatte sie ihn wirklich nur geheiratet, weil er reich war? Dann war sie dümmer, als Gudrun es für möglich gehalten hatte. Mit Sicherheit war er doch interessanter als alle Männer, die sie kannte. Oder gab es das wirklich: Ein Mädchen merkte nicht, dass es jemanden attraktiv fand?

Was lesen Sie denn gerade?, wollte der Oberkommissar wissen.

»Vom Winde verweht«.

Ist es gut?

Sehr gut.

Wovon handelt es?

Gudrun überlegte. Sagen wir mal so: Es spielt im amerikanischen Bürgerkrieg. Aber eigentlich geht es um eine Frau und einen Mann, die nicht zusammenkommen, weil sie sich ständig bekriegen müssen.

Klingt nach einer interessanten Lektüre, sagte Buchmann. Dann öffnete er eine abgegriffene graue Mappe aus festem Karton. Dies hier könnte für Sie ebenfalls interessant sein.

Er reichte ihr einen Briefumschlag, abgestempelt in London.

Sie erkannte die Schrift sofort. Die große krakelige Kinderschrift. Deiner goldenen Haare Ton ... Adolf Raderstein!

Woher haben Sie den?

Er hat ihn uns geschrieben.

Und was steht drin?

Dass Gudrun Samuel das Vermögen ihrer Familie ins Ausland verschiebt.

Sie sprang hoch. Sie haben ihn gezwungen! Geben Sie es zu! Niemals würde ein Jude ...

Raderstein lebt in London, unterbrach er sie ruhig. Wie sollten wir ihn da zwingen können?

Er stand ebenfalls auf. Es tut mir leid, Ihnen das sagen zu müssen, aber es passiert immer wieder, dass Juden mit uns zusammenarbeiten. Eine Hand wäscht die andere.

Er gab ihr den Brief. Sie las ihn einmal, dann ein zweites Mal. Es bestand kein Zweifel. Aber wieso? Warum der Verrat? Hatte sie ihm nicht geholfen, obwohl er sich im Fechtklub so taktlos benommen hatte? Sie war nicht nachtragend, und so hatte auch Radi von ihren guten Beziehungen im Stuttgarter US-Konsulat profitiert.

Kommen wir noch mal auf diesen Mr. Walter zurück, sagte Buchmann. Ist Ihnen bekannt gewesen, dass er wichtige Papiere hat fälschen lassen?

Ja.

Ausführlich beschäftigte sich Buchmann nun mit einer Sonderregelung, die zwischen den USA und England bestand. Hier ging der Ermittlungsbeamte in die allerkleinsten Details, was Gudrun für völlig überflüssig hielt, denn wichtig war doch nur eines: Wer die Bescheinigung besaß, in die USA einwandern zu dürfen, aber noch warten musste, weil immer nur einer bestimmten Quote die Einreise gestattet wurde, der durfte die Wartezeit in England verbringen. Es gab dafür so etwas wie eine vorübergehende Aufenthaltserlaubnis. Auf diesem Weg war Adolf Raderstein nach London gelangt. Von dort aus hatte er Gudrun Samuel – die selbst gern an eine gefälschte Aufenthaltserlaubnis gekommen wäre – in einem Brief an die deutsche Polizei denunziert.

Warum hat er das getan?, fragte sie den Oberkommissar.

Das wollte ich eigentlich Sie fragen. In England haben wir praktisch keinerlei Möglichkeiten zur Ermittlung.

Tränen der Wut traten ihr in die Augen.

Er wollte mich heiraten. Aber ich wollte ihn nicht.

Sie schaute Buchmann an.

Er hat gesagt, er liebt mich. Wie kann er dann so niederträchtig sein?

Buchmann schwieg. Nach einer Weile meinte er: Ich weiß es auch nicht. Vielleicht ist er einfach nur ein Schwein.

Als Gudrun Samuel sein Büro verlassen hatte, ließ er sich mit einer Telefonnummer in der Londoner Botschaft verbinden. Gute Arbeit, sagte er. Man könnte mehr Männer wie Sie gebrauchen.

Werner Buchmann war kein geselliger Mensch. Er lebte allein in Tübingen. Zur Arbeit fuhr er täglich mit dem Zug, wo er Zeitung las oder in einem Reclambändchen. Buchmann war zufrieden, als er während des Heimwegs auf seinen Tag zurückblickte. Die Akte Adolf Raderstein hatte sich schon häufiger bewährt.

Es war immer ein Risiko, einen jungen Mann wie ihn in England unter Druck zu setzen. Wenn das schieflief, kam es in den BBC-Nachrichten, dann gab es großen Ärger in Berlin. Entscheidend war, wann die Operation begann. Es musste geschehen, wenn jemand gerade erst in London angekommen war und ihn die Sorge um die zurückgelassenen Eltern schlecht schlafen ließ. Wenn der Kontaktmann in der Botschaft sicher sein konnte, dass noch keine vertrauenswürdigen Beziehungen zur jüdischen Gemeinde bestanden. Er war Spezialist, er ging einfühlsam vor. In den meisten Fällen reichte es, wenn er an der richtigen Stelle des Gesprächs eine Bemerkung über schutzlose Eltern machte und den Begriff Konzentrationslager fallen ließ. Es erleichterte Buchmann die Ermittlungen, wenn er Häftlinge mit dem Originalbrief konfrontierte. Die Erschütterung, von einem Juden verraten worden zu sein, machte sie fügsam. Fast alle glaubten ihm seine Version, dass die Gestapo in London ohne Einfluss war.

Adolf Raderstein hatte alles, was er wusste, akkurat aufgeschrieben. In seiner Akte befand sich ein Dutzend Briefe wie der zu Gudrun Samuel. Man konnte nur staunen, dachte Buchmann, wie wenig Rückgrat so ein Jude besaß, wie leicht man ihn hinters Licht führen konnte. Mit einem Deutschen wäre das nicht zu machen. Er würde sich nicht so schnell in die Falle locken lassen.

Buchmanns Verhöre fanden zwar immer am Vormittag statt, aber nicht täglich. Manchmal ließ er seine Gefangenen schmoren in ihrem Loch, während draußen die Leute ihre Sachen für das Schwimmbad packten. Das war für Gudrun am schwersten auszuhalten. Sie träumte vom Zusammensein mit Menschen, sie träumte von Trubel, Musik, Berührungen. Wenn Kopp auftauchte, um sie durch die Innenstadt zu führen, fühlte sie sich erlöst. Einmal gestattete er ihr einen kurzen Besuch in der Stiftskirche. Sie kannte die Schläge ihrer Uhr, die bis in Buchmanns Arbeitszimmer drangen, eine Orientierung, an der sie sich festhielt. Vom Kircheninnern war sie enttäuscht, das war viel zu schlicht für ihren Geschmack. Kein Weihrauch, kein Gold. Sie bedauerte die Protestanten.

Einmal, als Gudrun tagelang nicht vor die Tür gekommen war, sagte sie der Schließerin, man möge dem Oberkommissar ausrichten, sie habe sich an ein wichtiges Detail erinnert. Am nächsten Tag holte der junge Polizist sie ab. Es war wie immer: links der Park, rechts die Markthalle, die Hausfrauen, Kinder und Alte. Gudrun durfte sich sogar in einer Bäckerei ein Stück Kuchen kaufen. Kopp war im Laufe des Sommers immer zutraulicher geworden. An diesem Tag erzählte er ihr, er habe sich verlobt, seine Zukünftige heiße Marianne.

FAUST

1 Zehn Wochen war sie schon in Haft, als sie zur Mittagszeit herausgerufen wurde. Ihre Frau Mutter ist zu Besuch. Die Stimme vor der Zellentür klang weich und gehörte, was Gudrun völlig überraschte, dem rothaarigen Feldwebel. Neben der Schließerin standen zwei Aufseher. Das Gestapogefängnis befand sich in einem uralten Gemäuer, ein ehemaliges Kloster. Sie gingen durch eine Reihe von Fluren und Türen bis ins Besucherzimmer neben der Pforte. In der Mitte des kahlen Raumes befand sich ein Tisch mit zwei Stühlen. Zwei weitere Stühle standen jeweils rechts und links an der Wand.

Wir werden jetzt die Mutter holen, sagte einer der Männer. Aber keine Berührungen. Und nicht flüstern!

Helene Samuel dachte gar nicht daran zu flüstern, als sie hereingeführt wurde.

Gudrun, Kind, dass du uns das antun konntest!

War Helene verrückt geworden? Ihre Tochter schaute sie fassungslos an. Komm, Mutter, setz dich erst mal hin. Und beruhige dich.

Mich beruhigen! Wie soll ich mich beruhigen, wenn die einzige Tochter Schande über uns bringt! So etwas hat es in unserer Familie noch nie gegeben! Dabei haben wir uns weiß Gott Mühe gegeben mit deiner Erziehung …

Bei diesem Satz wandte sie sich verständnisheischend an die beiden Aufseher. Gudrun sah die verdutzten Gesichter der beiden Wärter, die sich auf die Stühle am Rand zurückgezogen hatten. Im ersten Impuls hätte sie ihre Mutter schlagen mögen. Wie konnte sie nur so dumm sein zu glauben, ihr Getue würde irgendjemanden bei der Gestapo beeindrucken? War Helene wirklich so weltfremd? Hatte sie gehofft, man werde daraufhin Gudrun Samuel einfach nur als ein Kind sehen, das einen dummen Streich gespielt hatte? Was für eine absurde Situation – eigentlich zum Lachen. Was soll's, dachte sie, die Mutter hat es gut gemeint. Es lohnte nicht, sich darüber aufzuregen.

Brauchst du noch etwas?, fragte Helene beim Abschied. Gudrun erbat sich Kämmchen für ihre Haare, die ihr schon bis zum Kinn reichten.

Ich hörte, Ihre Frau Mutter war zu Besuch, sagte Buchmann und blätterte in seinen Unterlagen. Ich hoffe, Sie hat Ihnen etwas zu lesen mitgebracht.

Gudrun nickte mit finsterem Blick. Natürlich wusste er alles. Vor ihm war ihr die Sache furchtbar peinlich. Ein Glück, dass sie nicht leicht einen roten Kopf bekam, so wie Margot. Buchmanns Fragen waren bislang meilenweit von Margot entfernt gewesen, und Gudrun glaubte, ihre Freundin durch gutes Taktieren weiterhin schützen zu können. Es konnte nicht mehr lange dauern, bis er den gefälschten Pass ansprach.

Drei Tage später war es so weit. Sie fand sich ausreichend vorbereitet und tischte ihm das Märchen von einem Unbekannten auf. In der Kette der Personen, an deren Ende Mr. Walter stand, gab es tatsächlich einige, die sich ihr nicht näher vorgestellt hatten.

So verging Woche für Woche. Es war Gudrun ein Rätsel, warum sich der Oberkommissar für so unendlich viele Nebensächlichkeiten interessierte und ihnen bis in die kleinsten Verästelungen nachging. Jeden Fragenkomplex bearbeitete er im Verlauf der Ermittlungen drei- bis fünfmal, ohne auf irgendwelche Änderungen in Gudruns Aussage zu stoßen.

Ich kann Ihnen da nicht folgen, Herr Oberkommissar, sagte sie häufig. Nie sprach sie ihn mit seinem SS-Rang an, mit den Dienstgraden kannte sie sich nicht aus. Worauf wollte er hinaus? Sie war doch nun wirklich ein winziges Rädchen in der ganzen Geschichte. Und bei der zu erwartenden Gefängnisstrafe zog man die Monate der Untersuchungshaft gewiss nicht ab. So oder so würde das Gericht erbarmungslos zuschlagen.

Gedanken wie diese schob sie schnell wieder beiseite, aber es gelang ihr nicht immer. Kam sie ins Lager? In der Nacht nach ihrem Geburtstag weinte sie stundenlang. Erst im Morgengrauen versiegten ihre Tränen.

Als der Oberkommissar sie sah, erkundigte er sich: Geht es Ihnen nicht gut?

Doch, sagte sie kühl.

Während des Verhörs blieb sie distanziert wie noch nie. Sie antwortete einsilbig und schaute an ihm vorbei – auf die linke Seite, weil auf der rechten das Führerbild hing. Sie zählte die Schläge der Kirchturmuhr.

Kann ich etwas für Sie tun?

Nein.

Aber ja, ich denke doch, erwiderte er.

Wie schon häufiger gab er seiner Sekretärin den Auftrag, eine Schlachtplatte zu kaufen. Er ging zum Garderobenständer und holte die Brieftasche aus seinem Jackett.

Gudrun begriff, dass er das Essen für seine Gefangene aus eigener Tasche bezahlte. Ein warmes Kribbeln im Bauch brachte sie auf eine aufregende Spur. War es möglich, dass Buchmann hinter seiner glatten und zuvorkommenden Haltung noch ganz andere Absichten verfolgte? Der Gedanke versetzte sie schlagartig in Hochstimmung.

Als die Sekretärin den Raum verlassen hatte, zeigte Gudrun auf seinen Schreibtischsessel.

Ich würde mal gern wissen, aus welchem jüdischen Haushalt der stammt!

Der Oberkommissar stutzte. Dann lachte er.

Sie könnten richtigliegen, sagte er, während er über die geschnitzte Armlehne strich. Ein Prachtexemplar, nicht wahr?

Sie nickte. Er beugte sich etwas vor.

Sie haben gute Fragen. Gibt es noch eine?

Ja.

Welche?

Warum haben Sie ein braunes Gesicht und weiße Hände?

Diesmal lachte er so herzhaft, dass Gudrun mit einstimmte. Sie erfuhr, dass er ein Paddelboot besaß und bei seinen Ausflügen auf dem Neckar Handschuhe trug.

Danach änderten sich die Vernehmungszeiten. Gudrun wurde erst gegen Abend geholt. Kopp erklärte ihr, es hätten sich beim Oberkommissar einige Dienstbesprechungen verschoben, daher seien die Verhöre während des Vormittags nicht mehr möglich. Wenn Gudrun kam, dauerte es noch eine halbe Stunde, bis die Sekretärin Feierabend machte, danach waren Buchmann und sie allein. Er sorgte für Zigaretten und blieb stets korrekt. Nie gab er ihr die Hand. Er nannte sie nie anders als Fräulein Samuel.

Binnen vier Monaten verschlang Gudrun über fünfzig Karl-May-Bände, die ihr die Mutter nach und nach schickte und die nach und nach bei den Kindern der blonden Schließerin landeten. Buchmann schien enttäuscht zu sein, dass sie keine gute Literatur las. Von einer Tochter aus großbürgerlichem Hause hatte er ein anderes Niveau erwartet. Nur einmal sprach er sie darauf an, und Gudrun sagte: Glauben Sie wirklich, dass der Knast Lust auf hochgeistige Bücher macht?

Das leuchtete ihm ein.

Soweit ich mich erinnere, wird bei Karl May viel geritten. Warum reiten Sie eigentlich nicht, Fräulein Samuel?

Wenn Kopp mir das nächste Mal ein Pferd mitbringt, kann ich's ja mal versuchen.

Er lachte und versicherte ihr, sie würde gewiss eine vorzügliche Reiterin abgeben.

Da fällt mir ein, sagte Gudrun. Selbst der Führer empfiehlt Karl May.

Er sah sie verblüfft an. Tut er das?

Allerdings. Er hat mal gesagt: Hier geht es um Tugenden, die für die Erziehung der deutschen Jugend ein Vorbild sein sollten.

Woher wissen Sie das alles, Fräulein Samuel?

Mein Bruder hat es mir erzählt, log sie schnell. Normalerweise ließ sie Margots Namen nicht einmal in ihren Gedanken zu. Viel zu groß war ihre Angst um die Freundin und die Sorge, sie könnte sich verplappern. Die Vertrautheit, die zwischen ihr und Buchmann entstanden war, konnte für andere gefährlich werden.

Im September brach der Krieg aus. Gudrun erfuhr es von Kopp. Er brannte darauf, in Polen zu kämpfen. Wann würden sie ihn einziehen? Doch die Wehrmacht zeigte kein Interesse an ihm. Kopp hatte eine abgekapselte Tuberkulose und ein verbogenes Rückgrat.

2 Den Faust lesen Sie? Alle Achtung!

Buchmann sah Anlass, sie wegen ihrer Lektüre zu loben. Er bat sie sogar, das Theaterstück beim nächsten Mal mitzubringen. Offenbar gab es nichts Dienstliches mehr zu bereden. Solange sich die Sekretärin im Amtszimmer aufhielt, spielte Buchmann den vernehmenden Kommissar. Die Angestellte merkte offenbar nicht, was vor sich ging. Nur einmal, als ihr Chef den Raum verlassen hatte, sagte sie kopfschüttelnd: Ich verstehe nicht, warum man Sie hier so lange festhält, Fräulein Samuel. So schlimm war das doch gar nicht, was Sie getan haben.

Buchmann hatte seiner Gefangenen angedeutet, dass sie in Sicherheit sei, solange die Ermittlungen anhielten. Danach könne er für nichts mehr garantieren. An einem Wintertag, als die Sekretärin Feierabend hatte, zog er ein Reclamheftchen hervor.

Fortan lasen sie zusammen im Faust, mit verteilten Rollen.

GRETCHEN *(ihre Zöpfe flechtend)*
Ich gäb' was drum, wenn ich nur wüßt,
Wer heut der Herr gewesen ist!
Er sah gewiß recht wacker aus,
Und ist aus einem edlen Haus.
Gretchen verlässt ihr Zimmer. Mephisto und Faust kommen herein.
Der Verliebte ist entzückt von der Atmosphäre ihrer Kammer.

FAUST
Wie atmet rings Gefühl der Stille,
Der Ordnung, der Zufriedenheit!
In dieser Armut welche Fülle!
In diesem Kerker welche Seligkeit!

Das kann ich von meinem Kerker nicht behaupten, sagte Gudrun.

Nein? Er schaute sie enttäuscht an. Ich bitte Sie, Fräulein Samuel, wir geben uns hier alle Mühe. Ich würde sagen: Der Klügere gibt nach.

Das Sprichwort an dieser Stelle verwirrte sie. Was wollte er damit sagen?

Lassen Sie uns bitte fortfahren, unterbrach er ihre Gedanken. Er erhob sich, ging ein paar Schritte, drehte um und machte es sich in seinem Schreibtischsessel bequem, die Beine weit von sich gestreckt.

FAUST *(er wirft sich auf den ledernen Sessel am Bette)*
O nimm mich auf! der du die Vorwelt schon
Bei Freud' und Schmerz im offnen Arm empfangen!
Wie oft, ach! hat an diesem Väter-Thron
schon eine Schar von Kindern rings gehangen!
Vielleicht hat, dankbar für den heil'gen Christ,
Mein Liebchen hier, mit vollen Kinderwangen,
Dem Ahnherrn fromm die welke Hand geküßt.

Buchmann bekam feuchte Augen. Er legte das Heftchen auf den Schreibtisch.

Waren Sie schon einmal in Weimar, Fräulein Samuel? Nein? Ich werde nächste Woche dorthin fahren. Eine lohnende Dienstreise, da bin ich sicher.

3 Die Besprechungen waren kurz während Buchmanns Besuch in der Goethestadt. Zwar führten diese ersten Kontakte zu keinem konkreten Ergebnis, machten ihm aber Mut zu glauben, er werde mit einem Wechsel nach Weimar beruflich aufsteigen. An zwei Tagen hintereinander besuchte er das Goethehaus am Frauenplan. Vor allem der Hang des Geheimrats zur Antike berührte ihn zutiefst. Wohnen und Werk, fand Buchmann, hatten hier zur Größe Deutschlands zusammengefunden.

Wie gern hätte er alles seiner Mutter gezeigt. Er dachte häufig an sie, manchmal unterhielt er sich sogar mit ihr. Den Menschen von der schwäbischen Alb lag an einem guten Einvernehmen mit ihren Verstorbenen. Als Kind hatte er gelegentlich gehört, wie Frauen sich beim Kartoffelschälen von einem Wiedersehen mit der toten Mutter erzählten. Sie taten es so selbstverständlich, als sei jemand aus der engen Verwandtschaft mal eben vorbeigekommen, um guten Tag zu sagen.

Für Buchmanns Mutter war die Bildung ihrer Kinder ein Herzensanliegen gewesen. Sie hatte ein Lyzeum besucht. Ihr Sohn und ihre Tochter mussten auf die Volksschule, weil trotz der Rente, die ihr als Kriegerwitwe zustand, das Geld für ein Gymnasium in der entfernten Kreisstadt nicht reichte. Man hätte die Kinder in ein Internat oder zu fremden Leuten in Pension geben müssen. Wer auf der Alb in einem Dorf lebte, wo seit Generationen der Hunger herrschte, wusste, dass ein Segen auf einer Familie lag, wenn alle genug zu essen hatten. Viele Eltern ringsum waren verzweifelt, weil sie ihre Kinder nicht satt bekamen.

Als es Werner Buchmann, angelockt durch den süßen Duft von Kuchen, in eine Weimarer Bäckerei zog, wo er eine Tüte Schokoladenplätzchen kaufte, fielen ihm die Abende seiner Kindheit ein. *Und meine Seele spannte weit ihre Flügel aus, flog durch die stillen Lande, als flöge sie nach Haus.*

In einer Wohnküche, wo es oft nach feuchter Kleidung roch, die in der Nähe des Herdes zum Trocknen hing, wo der Wasserkessel über dem Holzfeuer summte und ein starker Wind gegen das Fenster drückte, erwarb Werner Buchmann die Grundlagen seiner Bildung. Nach dem Abendbrot blieben seine Schwester und er am Tisch sitzen und warteten darauf, dass die Mutter ihre Schürze auszog und mit auffordernem Lächeln eine große Blechdose öffnete. Sie enthielt köstliche Kekse. Jedes Kind durfte sich einen aussuchen, an Geburtstagen drei. Danach griff die Mutter in die Schublade und legte eine graue Mappe aus festem Karton auf den Tisch, zwei Deckel, die mit einer glänzenden Gardinenschnur zusammengehalten wurden. Andächtig löste die Mutter den Knoten. Die Mappe, ein Konfirmationsgeschenk ihrer Großeltern, enthielt eine große Sammlung von Kalenderblättern mit Sinnsprüchen, Lebensweisheiten und kleinen Gedichten.

Als die Mutter an Herzversagen gestorben war, hinterließ sie ihrem Sohn einen Schatz, der seinem Leben Bedeutung und Glanz verlieh. Die Mutter war eine wunderbare Vorleserin gewesen, mit einer weichen, klaren Stimme. Ihre Kinder hatten alles in sich aufgesogen und im Gedächtnis wohl verwahrt. Wenn Buchmann, was selten vorkam, seine Schwester auf der Alb besuchte, wo sie einen Krämerladen übernommen hatte, verfielen sie schnell in den Austausch von Sprichwörtern, um sich an gemeinsamen Kindheitserinnerungen zu wärmen. Fragte er, ob das Geld zum Leben reiche, antwortete sie je nachdem mit *Spare in der Zeit, dann hast du in der Not* oder *Ist das Geschäft auch noch so klein, es bringt doch mehr als Arbeit ein.* Wollte sie wissen, wie es bei ihm beruflich aussehe, bekam sie zu hören *Gottes Mühlen mahlen langsam* oder *Große Dinge werfen ihre Schatten voraus.* Und ging es um seine Vorgesetzten in Stuttgart, kam der Satz *Gegen Dummheit kämpfen Götter selbst vergebens.*

Als Werner kein Kind mehr war, hatte ihn seine Mutter mit den deutschen Heldensagen bekanntgemacht, auch mit der germanischen Mythologie, der Welt Odins. In verteilten Rollen hatten sie klassische Balladen und Theaterstücke von Goethe und Schiller gelesen. Gemeinsam gingen sie auf Entdeckungsreise durch die Literatur. Ganz anders wirkten auf ihn die Dramen von Shakespeare. Zwar unterhielten sie ihn, manche fesselten ihn sogar, aber mit deutscher Dichtung, fand Werner Buchmann, konnte der Engländer nicht mithalten. Dessen Werke waren ihm zu erdig, zu deftig. Sie rochen nach Wein, Schlamm und Blut. Er aber suchte das Vornehme, das Erhabene, das ihm Flügel verlieh.

Seine Entscheidung für die Polizei begrüßte seine Mutter. Sie war sicher, er werde sich dort mit seiner guten Auffassungsgabe, seiner Gewissenhaftigkeit und der Freude am Sport schnell einleben. Seinen Eintritt in die SS dagegen verurteilte sie. Sein

Argument, woanders habe er keine Aufstiegschancen, ließ sie nicht gelten. Sie verwies auf Faust, man dürfe sich nicht mit den falschen Leuten gemein machen. Als Polizeibeamter verdiene er zwar nicht viel, aber doch genug, um eine Familie zu ernähren. Warum er sich nicht endlich eine nette junge Frau suche? Er wollte nicht heiraten. Ehefrau und Kinder sah er als Hindernis auf seinem Weg, dem neuen Deutschland zu dienen. Er schwieg, weil er sah, dass seine Mutter nicht auf der Höhe der Zeit war und er daran auch nichts ändern konnte.

Während Buchmann durch Weimar schlenderte, vorbei an teilweise verfallenden Renaissancebauten, ein Makel, den er dieser Stadt nicht zugetraut hätte, trug er seine Uniform. Er spürte die Blicke vieler Frauen auf sich. Als er sich zu einer Kutschfahrt entschloss, wäre es ein Leichtes gewesen, weibliche Begleitung zu finden – was ihm völlig fernlag. Er rief dem Kutscher zu, er möge ihm einfach die schönen Seiten der Stadt zeigen.

Wieder dachte er an seine Mutter. Er stellte sich vor, wie sie an seiner Seite säße, staunend nach links und rechts blickend, um ja nichts zu verpassen. Dann hörte er sie deutlich etwas sagen. *Er sah gewiss recht wacker aus, und ist aus einem edlen Haus.* Das Gretchen. Er lächelte. Ja, das Gretchen. Etwas ist sonderbar, dachte er, während er den Satz in sich nachklingen ließ. Es war nicht die Stimme der Mutter. Es war die Stimme von Gudrun Samuel, weich und klar. Was für eine Ähnlichkeit im Klang … dass sie ihm jetzt erst auffiel … Ein Gretchen, das ihm ans Herz griff. So unschuldig. Da wünschte er sich, die junge Samuel säße neben ihm in der Kutsche. Vor der Kulisse Weimars gemeinsam mit ihr Faust zu lesen, hätte ihm ein Glück beschert, wie er es seit seiner Jugend nicht mehr gekannt hatte.

In seiner Abteilung in Stuttgart redeten die Männer über ihn, aber er wusste sein kleines Geheimnis zu schützen: Theaterspiel im Dienstzimmer, eine junge Frau, die Gretchen rezitierte. Ihm war bewusst, was hinter seinem Rücken getuschelt wurde. Der Buchmann solle es nicht zu weit treiben mit seiner Gefangenen. Er schüttelte den Kopf. Die hatten Sorgen …

4   Nach seiner Rückkehr empfing er Gudrun wie gewohnt höflich und neutral. Er sah erschöpft aus. Ob auch er sie vermisst hatte? Als die Sekretärin sie allein gelassen hatte, fragte Gudrun: Wie war es in Weimar?

Er strich sich über die Stirn, als habe er Kopfschmerzen. Lange, lange Tage, sagte er. Dann sah er sie nachdenklich an. Schließlich fragte er: Haben Sie von Buchenwald gehört?

Das Lager?

Ja.

Panik stieg in ihr hoch. Haben Sie nicht gesagt, es ginge nach Weimar?

Buchenwald gehört zu Weimar.

Das wusste ich nicht.

Der Oberkommissar erhob sich und ging zum Fenster. Gudrun schaute auf seinen Rücken. Es gibt so viele Feinde des deutschen Volkes, sagte er, wie zu sich selbst. Wir alle werden hart arbeiten müssen. Dann schüttelte er sich kurz und ging zum Schreibtisch zurück.

Ich muss etwas mit Ihnen besprechen.

Gudrun sah, wie ihre Hände zitterten, und verschränkte die Finger.

Schießen Sie los, sagte sie forsch.

Es ging nicht ums Lager. Es ging um eine Untersuchung, um ihre Verbindung zu Martin Schubert, um Rassenschande. Er habe weiß Gott versucht, es zu verhindern, erklärte Buchmann, aber es ließe sich nicht länger vermeiden. Morgen würde man sie zu einer Ärztin bringen.

Gudrun verbarg ihre Erleichterung. Ich habe verstanden, sagte sie nur.

Sie begleiteten die beiden Aufseher, die sie beim Besuch ihrer Mutter kennengelernt hatte. Auf dem Weg zur Arztpraxis zeigten sich die Männer gesprächig. Einer sagte, bei der Gestapo hätten sie Wetten abgeschlossen, ob Fräulein Samuel noch Jungfrau sei.

Gegen Abend saß Gudrun wieder ihrem Oberkommissar gegenüber. Vor ihm lag der Bericht mit dem ärztlichen Befund. Er sagte nur, dann sei ja alles in Ordnung, dann könnten sie diesen Punkt verlassen.

Sie nahmen ihre Lesung in verteilten Rollen wieder auf. Dabei gingen sie ein paar Schritte hin und her. Sie kamen gut voran, denn Buchmann hatte inzwischen seinen Text geübt.

GRETCHEN
Versprich mir, Heinrich!

FAUST
Was ich kann!

GRETCHEN
Nun sag', wie hast du's mit der Religion?
Du bist ein herzlich guter Mann,
Allein, ich glaub', du hältst nicht viel davon.

FAUST
Laß das, mein Kind! Du fühlst, ich bin dir gut;
Für meine Lieben ließ' ich Leib und Blut,
Will niemand sein Gefühl und seine Kirche rauben.

GRETCHEN

Das ist nicht recht, man muß dran glauben!

FAUST

Muß man?

GRETCHEN

Ach! Wenn ich etwas auf dich könnte!
Du ehrst auch nicht die heil'gen Sakramente.

FAUST

Ich ehre sie.

GRETCHEN

Doch ohne Verlangen.
Zur Messe, zur Beichte bist du lange nicht gegangen.
Glaubst du an Gott?

FAUST

Mein Liebchen, wer darf sagen,
Ich glaub' an Gott?
Magst Priester oder Weise fragen,
Und ihre Antwort scheint nur Spott
Über den Frager zu sein.

An dieser Stelle brach Buchmann ab. Große Dichtung, sagte er.
Und so lebensnah!

Glauben die Nationalsozialisten an Gott?, fragte Gudrun.

Manche tun es, manche nicht.

Er schaute sie an, als erwarte er nun auch von ihr die Gret-
chenfrage. Aber sie interessierte nur, was er für sie empfand. Zu
Gretchen sprach er wie ein Liebender. Nur Theater?

Als Kopp sie an diesem Abend aus der Gestapo-Dienststelle herausführte, begegneten sie an der Pforte Buchmanns Vorgesetzten aus dem vierten Stock, den beiden brüllenden Herren. Diesmal trugen sie SS-Ausgehuniformen. Offenbar warteten sie auf einen Wagen.

Sieh an, Buchmanns Judenhure, sagte der eine, und Gudrun hörte, wie der andere ihn korrigierte: Das darf man nun wirklich nicht mehr sagen.

Ihr Lachen verfolgte sie bis auf die Straße.

5 Auch im Winter trug Gudrun in ihrer Zelle nur Sommersachen, der enge Raum mit seinen dicken Mauern war ständig überheizt.

Im Januar kündigte der Oberkommissar eine zweite Dienstreise an.

Wieder nach Weimar?

Nein, nach Mainz.

Gudrun erstarrte. Sie hörte seine Stimme, als käme sie aus der Ferne.

Wer A sagt, muss auch B sagen. Es lässt sich nicht mehr vermeiden, Fräulein Samuel. Ich muss Ihren Herrn Vater vernehmen.

Bitte, tun Sie es nicht! Sie werden ihm schaden!

Er wird wirklich nur vernommen. Mehr geschieht ihm nicht. Darauf gebe ich Ihnen mein Wort.

Er ist doch schwer herzkrank …

Machen Sie sich keine Sorgen. Es ist auch in Ihrem Interesse.

Wie sie nicht anders erwartet hatte, durfte er ihr nach seiner Rückkehr nichts erzählen, und so erfuhr sie nur, ihr Vater sei wohlauf und lasse herzlich grüßen. Gudrun war beruhigt und konnte sich gut auf Faust und Gretchen im Kerker konzentrieren.

GRETCHEN

Ich bin nun ganz in deiner Macht.

Laß mich nur erst das Kind noch tränken.

Ich herzt' es diese ganze Nacht;

Sie nahmen mir's, um mich zu kränken,

Und sagen nun, ich hätt' es umgebracht.

Und niemals werd' ich wieder froh.

Sie singen Lieder auf mich! Es ist bös von den Leuten!

Ein altes Märchen endigt so,

Wer heißt sie's deuten?

FAUST (*wirft sich nieder*)

Ein Liebender liegt dir zu Füßen

Die Jammerknechtschaft aufzuschließen.

Gudrun konnte nicht mehr ernst bleiben, als sie Buchmann vor sich auf dem Boden sah.

Sehr lebensnah, wirklich, sagte sie.

Er erhob sich ohne ein Wort und ordnete seine Hosenfalten. Die Narbe auf der Stirn war auffallend weiß. Er sagte, es sei an der Zeit, dass Kopp sie abhole.

Zehn Tage später empfing sie der Oberkommissar mit sorgenvoller Miene.

Wir müssen Ihnen leider etwas Ernstes mitteilen, Fräulein Samuel.

Wer ist es?

Ihr Herr Vater. Er hat sich umgebracht.

Gudrun stand auf, lehnte sich an die Wand. Dann brach sie in Lachen aus. Sie lachte und lachte, wurde dabei immer lauter. Ihr Lachen drang in den Flur. Die Tür wurde geöffnet, ein Kreis von Zuschauern bildete sich. Manchmal wurde sie leiser, gluckste und kicherte, doch jedes Mal, wenn Buchmann sie beschwor:

Ich bitte Sie, beruhigen Sie sich doch endlich … schoss neues Lachen aus ihr hervor, heftiger als zuvor. Es schüttelte ihren ganzen Körper. Tränen liefen ihr über das Gesicht.

Es war Zyankali, stimmt's?

Sie wartete eine Bestätigung gar nicht erst ab. Ihr Anfall verstärkte sich zu einem Gelächter, wie es keiner der Anwesenden je von einer Frau gehört hatte. Ein Mann, der in der Tür stand, sagte: Sie ist verrückt geworden!

Gudrun warf sich auf ihren Stuhl.

Ein Arzt muss her!

Sie hielt sich den Bauch vor Lachen und strampelte mit den Beinen.

Ihr Zustand dauerte zehn Minuten an. Danach saß sie erschöpft da. Als Buchmann die Leute aus dem Zimmer gebeten hatte, nahm er wieder hinter seinem Schreibtisch Platz.

Wann ist es passiert?, fragte sie.

Am 12. Januar.

Aber das ist doch …

Sie haben recht. Ihr Herr Vater hat das Gift zwei Stunden nach der Vernehmung zu sich genommen.

Buchmann behauptete, er habe die Todesnachricht erst eben erhalten. Doch diesmal glaubte sie ihm kein Wort.

Sie haben die Nachricht absichtlich zurückgehalten! Ich sollte es erst erfahren, nachdem mein Vater beerdigt ist, stimmt's?

Er zuckte die Achseln. Ach, glauben Sie doch, was Sie wollen.

Im Brief der Mutter, der ihr ebenfalls mit Verspätung ausgehändigt wurde, stand: Er kam von der Gestapo zurück und sagte, ich solle mir keine Sorgen machen, es sei alles in Ordnung. Dann haben wir zu Mittag gegessen. Anschließend hat er sich wie üblich zu einem Schläfchen zurückgezogen. Ich habe ihn auf seiner Couch im Arbeitszimmer gefunden. Er muss sofort tot gewesen sein. Dabei hat er seit Jahren nicht mehr von seinen Zyankalikapseln gesprochen. Gudrunsche, mein Kind, was soll nur werden?

An einem Sonntag im März beschloss Buchmann, der eigentlich einen Stapel Akten durcharbeiten wollte, das schöne Wetter zu nutzen, um auf dem Neckar zu paddeln. In den Gärten am Ufer blühten Narzissen und Primeln. Zur Mittagszeit hatte er seinen Lieblingsplatz erreicht. Hier begegnete man niemandem mehr, außer vielleicht einem Angler oder anderen Paddlern, die still genießend weiterfuhren. Er zog das Boot an Land, aß die mitgebrachten Brote, trank eine Flasche Bier und legte sich auf das von der Sonne erwärmte Gras zwischen Gänseblümchen und Huflattich. Ein Entenpärchen verließ den Fluss und machte sich unter einer alten Weide zu schaffen. Buchmann schlief ein. Als er aufwachte, waren seine Augen feucht und sein Herz fühlte sich weich an. Gudrun hatte in seinem Arm gelegen, ihren Kopf auf seiner Brust, das dichte schwarze Haar an seinem Kinn. Er lächelte und ließ sich hineinfallen in ein Gefühl tiefen Friedens, wie in seiner Kindheit, wenn ihn die Mutter am Sonntag zum Nachmittagsschlaf zu sich ins Bett holte.

Buchmann wischte sich über die Augen und setzte sich auf. Ihm war plötzlich übel. Er überlegte, ob er etwas Falsches gegessen hatte, da hörte er die Stimme seiner Mutter.

Das Liebste, was du hast, ist in Gefahr.

Ach Mutter, das weiß ich doch. Wo gehobelt wird, fallen Späne.

So kommt es, mein Sohn, wenn man sich mit den falschen Leuten einlässt.

Das verstehst du nicht, Mutter. Wir werden Deutschland retten.

Red nicht, Bub. Du hast deine Seele verkauft.

Bitte, Mutter, hör auf damit.

Hau ab aus diesem Verbrecherverein und nimm das Mädchen mit! Bring sie in Sicherheit!

Er schüttelte sich, fuhr sich durch die Haare und packte seine Sachen zusammen. Sie hatte gut reden. In ihrer kleinen Welt war sie von großen Entscheidungen verschont geblieben. Sein Eid auf den Führer. Gehorsam bis in den Tod. Die Knie wurden ihm weich. Er musste sich wieder hinsetzen. *Hau ab aus diesem Verbrecherverein und nimm das Mädchen mit!* Gab es wirklich keinen Ausweg? Er trank eine zweite Flasche Bier und rauchte eine Zigarette. Schließlich entschied er, die Sache besonnen anzugehen und noch einmal drüber zu schlafen.

Zwei Stunden später saß er im Zug nach Stuttgart. Noch nie hatte er an einem Sonntag an seinem Schreibtisch gearbeitet, diesmal musste es sein. *Mitgegangen, mitgefangen, mitgehangen.* Die Akte Gudrun Samuel war vollständig, es fehlte nur noch der Abschlussbericht. Es war Zeit, den Fall weiterzugeben.

VOLKSSCHÄDLINGE

1   Kopp kam schon am Vormittag, um Gudrun abzuholen. Der Oberkommissar wirkte auffällig zufrieden.

Es ist so weit, Sie werden heute nach Mainz zurückreisen.

Sie schaute ihn ungläubig an.

Ich habe erreicht, dass Sie drei Tage zu Hause verbringen dürfen.

Und dann?

Dann kommen Sie dort vor Gericht.

Und danach in den Knast.

Buchmann schwieg.

Können Sie mir sagen, was nach dem Knast auf mich zukommt?

Er machte eine undeutliche Handbewegung. Warum so weit in die Zukunft schauen? Freuen Sie sich lieber, dass Sie bald Ihre Frau Mutter wiedersehen werden – und diese andere Person.

Er hat es die ganze Zeit gewusst, dachte Gudrun. Was war mit Margot? Wie hatte man sie behandelt? Mit den üblichen Gestapomethoden? Ein Bild stieg in ihr auf: Margot in einer Zelle, blutend, zusammengeschlagen. Gudrun stöhnte leise.

Machen Sie sich keine Sorgen. Die Person, an die Sie denken, wurde nie behelligt.

Auch seine Zeit in Stuttgart gehe zu Ende, fügte Buchmann hinzu. Er werde in Wien einen Lehrgang besuchen, um zu lernen, auf Menschen zu schießen. Alles andere würde jetzt keinen Sinn machen. Es sei Krieg, und dem müsse jeder nach besten

Kräften dienen. Entweder als Soldat oder in anderer wichtiger Funktion.

Ihr Abschied war knapp und nüchtern, ohne Händedruck. Neun Monate war sie seine Gefangene gewesen.

Es hat mich gefreut, Ihre Bekanntschaft gemacht zu haben, Fräulein Samuel.

Ganz meinerseits, Herr Oberkommissar.

Ihre Zelle war schon ausgeräumt, als sie in das Gefängnis zurückkam. Aus Gründen, die Gudrun nicht weiter erforschte, war die rote Schließerin zum Sie übergegangen.

Ihre Sachen bekommen Sie beim Ausgang zurück. Ade. Die Frau drückte ihr herzhaft die Hand.

Ade. Ich muss sagen, es war nett mit Ihnen. Grüßen Sie bitte Ihre blonde Kollegin.

Im Zug belauschte sie ein Gespräch über Lebensmittelkarten. Es war Krieg, und sie hatte nichts davon mitbekommen. Als sich die Eisenbahn Mainz näherte, erinnerte sie sich, wie sie acht Jahre zuvor mit einer bedauernswert aufgeregten Mutter aus Zürich zurückgekehrt war. An Buchmann dachte sie nicht mehr. Er hatte sich aufgelöst. Als habe es sich um einen Geist gehandelt.

Während Gudrun von einem Blechteller gegessen hatte, war aus Helene Samuel eine ideenreiche Köchin geworden. Ein Auflauf stand im Ofen, sein Duft zog durch die ganze Wohnung. Nach dem Essen schaute sie ihrer Tochter unerschrocken in die Augen.

Eh' du es selbst merkst, sag ich es dir lieber gleich. Ich saufe.

Gudrun nickte. Sie hatte es schon bei der Umarmung gerochen.

Es ist viel passiert, seit Vater tot ist, sagte Helene. Aber jetzt sind wir ja zu zweit.

Na wunderbar, Mutter. Dann lass uns darauf einen heben!

Margot war in Sicherheit! Familie Weißkamp und Margots Großmutter hatten es zunächst nach England und dann bis nach Amerika geschafft. Helene war Frau Förster begegnet und hatte erfahren, bei ihr zu Hause liege eine Kontaktadresse von den Weißkamps, eine jüdische Gemeinde in New York. Gudrun nahm sich vor, zu schreiben.

Im Anschluss an die Gerichtsverhandlung verbrachte Gudrun sechs Monate in einer Zelle. Das Gefängnis lag keine hundert Meter entfernt von der ehemaligen Wohnung in der Kaiserstraße. Täglich war sie auf dem Schulweg daran vorbeigekommen. Ein graues, massives Gebäude mit vergitterten Fenstern. Zwei Häuser weiter hatte Martin gewohnt. Wenn sie sich nachts zum Abschied in einem Hauseingang küssten, hatten sie gehört, wie sich die Häftlinge und ihre Frauen unter den Fenstern durch laute Rufe verständigten.

Der Gefängnisleiter war Polizist, er hatte Gudrun schon als Kind gekannt. Damals gehörte er zum Revier, in dem das Hauptgeschäft ihres Vaters lag. Was er ihr mitteilte, klang freundlich. Heute kommt deine Mutter. Überleg dir, was du ihr unbedingt sagen willst. Ich selbst habe viel zu tun, ich muss zwischendurch mal eine halbe Stunde weg.

Helene musste sich viel einfallen lassen, um im Alltag zurechtzukommen. An Juden wurden keine Kleiderkarten mehr abgegeben. Sie durften nur noch während einer bestimmten Stunde am Nachmittag Lebensmittel einkaufen. Der Telefonanschluss wurde gekündigt. Helene fürchtete sich vor dem Tag, an dem auch das Fahren in der Straßenbahn verboten sein würde und sie ihre Mutter in Wiesbaden nicht mehr sehen konnte. Doch nie klagte sie darüber, wenn sie ihre Tochter im Gefängnis besuchte. Stattdessen machte sie ihr mit Worten Mut: Jeder Tag hat etwas Schönes, und sei es noch so klein.

2   Die Stimmung unter den Frauen war nicht schlecht. Erst zu fünft, später zu siebt teilten sie sich eine Zelle und einen Kübel. Nur einmal am Tag wurde gelüftet. Luft war knapp und Stille gab es nie. In der Nacht folgte Stöhnen und Schnarchen dem endlosen Gerede vom Tag, und man hörte die Schreie aus den Nachbarzellen umso deutlicher, wenn wieder einmal jemand die Nerven verlor.

Während ihrer Gestapohaft hätte Gudrun ihren kleinen Finger hergegeben, um Gesellschaft zu haben. Nun sehnte sie sich in die Einzelzelle zurück. Nachts träumte sie von ihrem Kinderzimmer in der Kaiserstraße und von der Wonne eines heißen Bades. Die ständige Nähe der anderen ging über ihre Kraft, die Geräusche und Ausdünstungen, das Streiten und Lamentieren, die groben Witze, das Weinen, die Verzweiflung, die Todesangst.

Nach einigen Tagen in der Gemeinschaftszelle, als Gudrun den Verstand zu verlieren glaubte, fiel ihr Hollunder ein: *Eine wie du wird schnell beneidet. Guck genau hin. Pass auf, dass sie dich nicht eingebildet finden.* Es half. Sie beobachtete genau, was sich in ihrer Zelle abspielte. Damals, in einer Wohnung nur zwei Straßen entfernt, war sie behütet wie eine Prinzessin gewesen – nun hockte sie mit einer Prostituierten, einer Kindsmörderin, einer Zigeunerin und einer Diebin auf einer Zelle. Wirkliche Kriminelle waren sie in Gudruns Augen nicht.

Jetzt bin ich aber an der Reihe, forderte Gisela. Der Dicken machte es Spaß, Schwächere zu verjagen. Das vergraulte Mädchen erhob sich. Nachdem Gisela breitbeinig auf dem einzigen Hocker Platz genommen hatte, hielt sie Gudrun, die auf einer Pritsche saß, die rechte Hand hin. Einmal in der Woche wurde in der Frauenzelle manikürt.

Vor Giselas Wucht, ihrer Herrschsucht und ordinären Sprache gab es kein Entrinnen. Gudrun hatte es noch vergleichsweise gut. Dabei spielte Frau Gärtner vom Kiosk neben der Christuskirche wieder eine entscheidende Rolle. Sie war mit einer Schließerin befreundet, über die das Lederetui mit dem feinen Werkzeug in die Zelle gelangt war und noch manch anderer nützlicher oder tröstlicher Gegenstand. Gudrun besaß großes Geschick bei der Nagelpflege. Ihr Status im Knast war damit gefestigt.

Sie bekam den Eindruck, dass die Frauen, mit denen sie die Zelle teilte, aus Not gehandelt hatten. Auch merkte sie, dass sie während der neun Monate bei der Gestapo eine entscheidende Veränderung nicht mitbekommen hatte: Immer häufiger kam es bei Straftaten, die man früher als Fehltritte eingestuft hätte, zu Hinrichtungen. Für die Mitgefangene Waltraud standen die Dinge nicht gut. Die Fünfzigjährige hatte zusammen mit ihrem Sohn über Monate große Mengen Kartoffeln gestohlen. Als Gudrun von dem ihr drohenden Schicksal hörte, hielt sie es für einen Scherz. Sie brauchte Tage, um zu begreifen, dass die Anspielungen auf den Henker ernst gemeint waren.

Die dicke Gisela war vom Straßenstrich direkt ins Gefängnis gewandert, wo sie zwei Jahre verbüßen musste. Die junge Maria hatte sich als Zigeunerin vorgestellt und gesagt: Damit bin ich in den Augen der Nazis die Diebin schlechthin. Annegret, eine mäßig intelligente junge Frau aus elenden Verhältnissen, war von einem Onkel unter Alkohol gesetzt und geschwängert worden. Nach der Geburt hatte sie das Kind umgebracht.

Jeden Morgen wurden die Frauen zum Arbeitseinsatz in den Keller geführt, in dem das Wasser von den Wänden tropfte und es furchtbar nach Schimmel roch. Anfangs mussten sie Tüten kleben, das war noch gemütlich. Später mussten sie Berge von Gemüse und Obst schälen. Der Auftrag kam von einer Konservenfabrik. Am schlimmsten waren die Zwiebeln. Zwei Säcke musste jede Gefangene pro Tag schaffen. Das Weinen hörte nicht auf.

Eines Morgens hieß es, Waltraud würde verlegt. Mehr erfuhren die Frauen nicht. Es dauerte noch eine Stunde, bis es so weit war. Niemand sprach ein Wort. Waltrauds Schreie gellten draußen auf dem Flur. *Nein! Nicht! Was hab ich denn Schlimmes getan? Ich will nicht sterben!*

3   Waltrauds Bett wurde umgehend wieder belegt. Gudrun kannte die Neue aus dem Tennisklub, zumindest flüchtig. Sie hieß Christiane und wollte sich das Leben nehmen. Nachts hatte sie Albträume und tagsüber hysterische Anfälle. Jedes Mal, wenn sie vom Gemüseschälen aus dem Keller kamen, hielt sie Gudrun ihren Haarzopf unter die Nase.

Riech mal! Riech doch mal dran! So riecht der Tod!

Es ist nur der Schimmel. Das merkst du bald nicht mehr.

Christiane hatte eine gewählte Ausdrucksweise, doch sie sprach in der Stimmlage eines Bierkutschers, wofür sie selbst keine Erklärung hatte. Die Vierzigjährige stammte aus einer gutbürgerlichen Familie und konnte nicht fassen, dass man sie, ausgerechnet sie, zu einem Jahr Gefängnis verurteilt hatte. Als sie in der Zelle die junge Samuel antraf, die ihr als Mädchen aus gutem Hause bekannt war, verwirrte sie das nur noch mehr. Es dauerte mehrere Tage, bis sie sich unter Gudruns Obhut beruhigt hatte und ansprechbar war. Gisela hatte ungeduldig auf diesen Zeitpunkt gewartet.

Was hast du getan?

Nichts.

Aber warum bist du dann hier?, schaltete Maria sich ein.

Im Prozess hieß es, ich sei ein Volksschädling. – Warum lacht ihr?

Das sind wir doch alle, trompetete Gisela vergnügt.

Nach und nach enthüllte Christiane ihre Geschichte. Sie gebot über eine große Wohnung mit Personal, was in diesen Zeiten eine bedeutende Gefahrenquelle war.

Im vergangenen Jahr stellte ich ein neues Hausmädchen ein. Und das war mein großer Fehler.

Warum?

Ich gab ihr die Stelle, obwohl ich kein gutes Gefühl dabei hatte. Aber sie besaß exquisite Referenzen …

Ist das was Geheimes oder kann man das auch auf Deutsch sagen?, stichelte Gisela.

Wie? Ach so, ich meine, sie hatte sehr gute Zeugnisse. Vor allem aber, polterte plötzlich ihre Bierkutscherstimme los, hatte sie den Charakter eines elenden Schweinehundes!

Bravo, lobte Gudrun. Du hast dich schnell eingewöhnt.

Gisela drängelte. Ein Drecksstück also, dieses Hausmädchen. Und wie ging die Sache weiter?

Ich brauchte feste Schuhe. Und da man sie nur auf Bezugsschein bekommt, hab ich ordnungsgemäß ein paar Sportschuhe beantragt. Da hat mich dieses Luder angezeigt. Die Polizei ist gekommen, hat meine Schuhe nachgezählt und ist auf dreißig Paar gekommen.

Donnerwetter, rief Gisela.

Annegret hatte die Augen weit aufgerissen. Dreißig Paar, wiederholte sie andächtig.

Wie soll ich euch das nur erklären? Christiane wurde unsicher, sie fing an zu stammeln. Das ist – ich meine, na ja – das ist nichts Besonderes.

Jetzt brüllten alle vor Lachen.

Nichts Besonderes! Gisela schlug sich auf die Schenkel. Los, Samuel, sag du auch mal was. Du kennst dich doch aus mit feinen Leuten.

Gudrun dachte einen Moment nach und erzählte dann, bei ihrer Mutter sei es genauso gewesen. Zu jeder Abendrobe das passende Paar Schuhe, leichte Stoffschuhe, die im Ton des Kleides eingefärbt worden waren. Alles zusammengezählt, fügte sie hinzu, gab es viele Schuhe, aber keine festen Sportschuhe. Ich glaube, da hat sich jemand an der Dame des Hauses gerächt.

Zwei Wochen später erkrankte Gudrun an einer Lungenentzündung. Obwohl sie extrem hohes Fieber hatte, sah der Gefängnisarzt keinen Anlass, sie auf die Krankenstation zu verlegen. Drei Tage und Nächte lag Gudrun im Fieberwahn. Manchmal sah sie köstliches Obst vor sich oder einen Mohrenkopf. Wenn sie danach griff, verschwand das Bild.

Einmal hörte sie Martins Pfiff, zweimal kurz, einmal lang mit aufsteigendem Ton.

Der – der – Mako-schu. In-do-nesien. Sehr – scheu.

Dann versank sie wieder in einer Welt aus heißem Nebel.

Aufwachen! Hallo, aufwachen!!

Grob wurde sie von der Pritsche gezogen und auf die Füße gestellt. Was war los? Wieso ließ man sie nicht in Ruhe? Ihr Kopf war bleischwer, er baumelte vor ihrer Brust. Sie ging in die Knie. Müde war sie, so müde … Doch Christiane und Gisela griffen ihr unter die Arme und richteten sie wieder auf. Vor ihren Augen drehte sich alles. Was wollt ihr von mir, murmelte sie, als sie merkte, dass man sie auf einen Schemel stellte, wobei vier Frauen sie abstützten.

Das Bild lichtete sich. Nun erst begriff sie, wohin man sie geführt hatte. Ans Zellenfenster. Unten sah sie Martin. Er winkte. Es war kein Trugbild. Noch am selben Tag ging das Fieber zurück.

Helene Samuel hatte Martin auf der Straße getroffen. Er hat gesehen, wie verzweifelt ich war, berichtete sie Gudrun beim nächsten Besuch. Ich war gerade aus dem Gefängnis gekommen, wo ich den Direktor angefleht hatte, dafür zu sorgen, dass du ein Krankenbett bekommst. Aber er hat gesagt, es sei nichts zu machen, der Arzt sei SS, der habe hier mehr zu sagen. Martin kam mir vor wie eine Erscheinung. Ich bat ihn natürlich, weiterzugehen, weil es zu gefährlich war. Aber du weißt ja, wie er ist.

4   Nächtlicher Fliegeralarm, der erste in Mainz. Plötzlich war der ganze Knast auf den Beinen. Endlich ist mal was los, rief Gisela unternehmungslustig und zog sich den Kittel über. Von Angst war nichts zu spüren, als fünf Frauen sich an der Tür aufstellten und darauf warteten, abgeholt zu werden. Gudrun und die kleine Maria steckten kichernd die Köpfe zusammen. Das Ganze hatte etwas von einem spontanen Ausflug. Aus allen Zellen strömten Frauen mit verschlafenen Gesichtern auf die Flure und ins Treppenhaus. Bis man die Gefangenen – Frauen und Männer getrennt – alle im Keller versammelt hatte, vergingen zwanzig Minuten.

Die Stimmung war bestens. Von Bomben war in den Kellergewölben nichts zu hören. Nach zwei Stunden wurden die Häftlinge wieder auf ihre Zellen gebracht, und am nächsten Morgen ließ man sie länger schlafen, nicht aus Menschenfreundlichkeit, sondern weil das Gefängnispersonal Schlaf nachholen wollte.

Der Vorgang wiederholte sich während mehrerer Nächte. Alarm. Zelle auf. Treppe runter. Gemütliches Beisammensein. Entwarnung. Treppe hoch. Zelle zu.

Dann war plötzlich alles anders. Niemand holte die Frauen mehr ab. Niemand brachte sie vor den Bomben der Engländer in Sicherheit. Offenbar war den Schließerinnen das ständige Hin und Her zu viel geworden.

Die Bomben schlugen in unmittelbarer Nähe ein und ließen das Gebäude erzittern. Das Glas des verdunkelten Zellenfensters zersprang, dann erlosch das Licht. Aus allen Zellen drangen Schreie. In der Finsternis erlebten sie zum ersten Mal, wie sich ein Bombenangriff anhörte: das Röhren, Fauchen und Pfeifen, die Explosionen der Einschläge. Von der Straße her schrien Menschen Feuer! Brandgeruch drang in die Zellen.

Am grausamsten waren die Pausen, wenn sie alle aufatmeten und sich einredeten, nun sei die Gefahr vorbei – bis alles wieder von vorn losging.

Scheißkerle! Gisela erhob ihre Fäuste drohend gegen die Zimmerdecke. Die lassen uns hier wie Ungeziefer verbrennen.

Gudrun empfand keine Angst, im Gegenteil, sie war geradezu glücklich. Sie hieß die Bomben willkommen. Immer drauf! Immer feste drauf!, brüllte sie. Haut alles kaputt!

Die Dicke gab ihr eine Ohrfeige. Gudrun stieß sie gegen die Zellenwand. Sie schrie weiter. Kaputt! Kaputt! Kaputt! Sollen sie doch den ganzen Mist hier zusammenbomben!

Sie wollte nicht sterben. Stärker als die Angst um ihr Leben war die Angst, verrückt zu werden. Sie hielt es einfach nicht mehr aus, in der Falle zu sitzen und warten zu müssen. Und dass jeder Hanswurst die Macht hatte, sie hier drin verrecken zu lassen!

Eine Schließerin teilte am nächsten Morgen mit, der letzte Angriff habe zweiundvierzig Minuten gedauert.

Gudrun wurde ein Zettel mit einer Nachricht zugeschoben. *Es ist so weit, ich muss an die Front. Morgen reise ich ab. Der Makoschu-Vogel heißt mit Vornamen Martin Konstantin und mit Nachnamen Schubert. Er war glücklich mit dir.*

In der folgenden Nacht hörte Gudrun noch einmal seinen Pfiff unter dem Zellenfenster. Sie borgte sich Christianes Taschentuch und winkte ihm zu. Ganz schnell musste es gehen. Er durfte nichts mehr riskieren.

Es genügt, wenn einer von uns im Knast sitzt, meinte sie, während sie Christiane das Taschentuch reichte.

Du kannst es behalten. Spiel hier bloß nicht den Soldaten.

Gudrun weinte lange. Irgendwann sagte Christiane: Wenn du magst, kannst du zu mir kommen. Sie schliefen zusammen ein. Am nächsten Morgen sagte die Knastschwester mit den vielen Schuhen, sie habe den Makoschu-Pfiff schon einmal von einem Vogel in Italien gehört.

5   Staatsanwalt Bost stand am Fenster seines Wohnzimmers und schaute auf die Christuskirche. Am kommenden Montag war es so weit. Wie schon im letzten Krieg würde er die Uniform anziehen und Mainz verlassen. Was ihn darüber hinaus beschäftigte, war eine Anordnung betreffend Gudrun Samuel. Er kannte das Mädchen, sie war mit seiner Tochter in eine Klasse gegangen. In dem Schreiben stand, die Gefangene Gudrun Sara Samuel sei mit dem Tag ihrer Entlassung von der Gestapo in Schutzhaft zu nehmen. Nichts Besonderes in diesen Zeiten, dachte er bitter, die Nazis ließen keinen Juden mehr los, wenn sie ihn erst mal in ihren Klauen hatten.

Sein Chef erhob keine Einwände, als Bost ihm mitteilte, er wolle die Anweisung verschwinden lassen, er sagte nur: Am besten zerreißen, verbrennen, ins Klo werfen und gut spülen! Für sich selbst sah Bost kein Risiko. Wenn die Sache auffiele, wäre er nicht mehr in Mainz. Erst mal war Krieg. Was danach kam, wusste niemand. Wie auch immer – es würde Gras darüber wachsen.

Nach dem Gespräch mit seinem Vorgesetzten bestellte der Staatsanwalt Helene Samuel zu sich und erläuterte ihr die Lage: Gudruns Entlassungstermin sei der 13. Oktober 1940. Er habe belastendes Material aus ihrer Akte entfernt, aber dies diene nur dem Zeitgewinn, schon bald würde es irgendjemandem auffallen. Gudrun müsse innerhalb einer Woche Deutschland verlassen haben. Frau Samuel müsse ihrer Tochter Ausreisepapiere besorgen.

Durch die Beziehungen von Friseur Schnauder, dem Schutzengel der Samuels, kam Gudrun an einen Pass mit Honduras-Visum, das nicht registriert war. Ihre Mutter kaufte es für 1000 Reichsmark. Gudrun hätte damit nie in Honduras einreisen dürfen – es erfüllte nur einen einzigen Zweck: um Transitvisa zu erhalten für ihre Reise nach Shanghai.

Hatte sie richtig gehört? Shanghai? Helene nickte, ein bisschen stolz und sehr bekümmert. Shanghai bedeutete die letzte Zuflucht der Juden. Nur dort konnten sie noch ohne Visum einwandern. Warum das überhaupt möglich war? Frag mich nicht, sagte Helene. Wenn du dort angekommen bist, wird dir das schon jemand erklären, und du wirst es mir dann hoffentlich schreiben.

Gudrun erfuhr nie, wie es ihrer Mutter im Einzelnen gelungen war, die Flucht ihrer Tochter zu organisieren – dafür fehlte die Zeit bis zu ihrer Abreise. So vieles gab es zu besprechen, zu bedenken, zu erledigen, nicht einmal das Grab ihres Vaters konnte sie besuchen. Sie sah es nie. Es wurde im Krieg zerstört.

Als sie die Ausreisepapiere beisammen hatte, ging alles seinen bürokratischen Gang. Gudrun Sara Samuel wurde offiziell ausgebürgert. Sie musste eine Behörde in Darmstadt aufsuchen, um ihr Gepäck im Detail genehmigen zu lassen. Dort strichen sie ihr alle Unterhosen von der Liste. Danach schickte die Zollfahndung jemanden in ihre Wohnung, der kontrollieren sollte, was sie einpackte. Es erschien ein netter Zollbeamter mit Ersatzkaffee in der Thermoskanne. Er verschwand hinter seiner Zeitung und sagte nur: Dann packen Sie mal schön. So landeten die verbotenen Schlüpfer wieder im Gepäck.

Sie verließ Deutschland mit zehn Reichsmark und einem Handkoffer, siebzig mal vierzig Zentimeter groß, darin ein bisschen Wäsche und Kleidung, Papiere, Empfehlungen und ein paar Fotos. Zu einem Friseurtermin mit Herrn Schnauder war es nicht mehr gekommen, und so trug sie die Haare, was sie äußerst lästig fand, weiterhin hochgesteckt, der Mutter im Äußeren ähnlicher denn je. Die hatte den großen Wunsch, bis zu Deutschlands Grenze mitzureisen. Gemeinsam bestiegen sie einen Zug nach Berlin. Die Farben des Herbstes begleiteten sie. Gudrun glaubte, das Laub riechen zu können.

Ob es das auch in Shanghai gibt?, fragte sie mit gedämpfter Stimme.

Was?

Bunte Blätter.

Ihre Mutter zuckte die Achseln und lächelte tapfer. Sie wusste nichts über Shanghai außer ein paar Schlagworten, die der Stadt einen schlechten Ruf bescheinigten. »Paris des Ostens« und »Die Hure Asiens«. Es wird auch dort anständige Menschen geben, sagte Helene, wie jedes Mal, wenn in den vergangenen Tagen davon die Rede gewesen war, und es klang wie eine Beschwörung.

Gudrun drückte ihren Arm. Verlass dich drauf: Wir werden uns bald wiedersehen. Vielleicht könnt ihr sogar mit dem Schiff reisen, du und Oma.

Wunderbar, sagte Helene erwartungsvoll, als ginge es um einen schönen Urlaub. Ich freue mich schon jetzt drauf.

Woher nimmt sie nur diese Zuversicht, dachte Gudrun, wie gelingt ihr das immer wieder? Sie hat ihren Sohn weggeben müssen. Sie ist verarmt und allein. Ihr Mann hat sich das Leben genommen, die Tochter wird fortgehen …

Helene rückte ganz nah an sie heran. Wir zwei sind ein *perfect team*, nicht wahr?

Wie bitte? Mutter, was redest du da?

Das ist Englisch. Ich habe ein bisschen gelernt, für alle Fälle.

Du? Du kannst einen wirklich überraschen! Und wer hat dir das beigebracht?

Kennst du nicht. Eine pensionierte Lehrerin. Sie hat die Wohnung neben meiner Mutter in Wiesbaden.

Bitte übersetzen …

Wir zwei sind ein *perfect team* heißt: Wir zwei halten zusammen.

Ja, das tun wir!

Vierundzwanzig Stunden später, nach einer Übernachtung in Berlin, gab es nur noch zwei Dinge zu erledigen: Sie mussten die Reiseunterlagen abholen und für die Fahrt mit der Transsibirischen Eisenbahn in der sowjetischen Botschaft ein Transitvisum in den Pass eintragen lassen. Am frühen Morgen verließen Tochter und Mutter ihr Hotel. Von den Alleebäumen fielen die letzten gelben Blätter. Gudrun stellte sich vor, wie sie schon in Kürze durch den Winter Sibiriens reisen würde.

Die Menschen, die ihnen auf dem breiten Trottoir entgegenkamen, bewegten sich zielstrebig, aber, wie sie fand, keineswegs gehetzt, sondern fast beschwingt. An vielen Fassaden, nicht nur dort, wo die Macht wohnte, hingen Hakenkreuzfahnen. Wieder einmal feierten die Berliner einen Sieg ihres Führers. Gudrun interessierte sich nicht für den genauen Anlass. Auch das habe ich bald hinter mir, sagte sie leise und hakte ihre Mutter unter.

In der Agentur der Hapag Lloyd lagen die Billets für Flugzeug, Bahn und Schiff bereit. Ein älterer Herr händigte sie Gudrun gegen Unterschrift aus.

Können Sie uns sagen, wie wir zur russischen Botschaft finden?

Etwa dreihundert Meter weiter, auf der linken Seite. Aber Sie werden kein Glück haben, die Botschaft ist in dieser Woche geschlossen.

Helene Samuel sank auf eine gepolsterte Bank.

Das kann ich nicht glauben, beharrte Gudrun. Da wird sich doch irgendetwas machen lassen!

Leider nein. Es ist ohne Zweifel so.

Sie spürte, wie ihr Herz raste. Schmerzhaft kniff sie sich in den Unterarm, um nur ja nicht loszuschreien. In klaren Konturen sah sie ihre Zukunft vor sich: die Rückfahrt mit der Mutter nach Mainz, die Verhaftung, der Transport in ein Lager. Und dann? Arbeit in einer Munitionsfabrik? Wenn sie Glück hatte. Im Knast hatte sie von Frauenarbeit im Steinbruch gehört.

Tut mir sehr leid. Die Stimme des Reiseagenten, den sie offenbar immer noch anstarrte, ohne ihn zu sehen, holte sie in die Gegenwart zurück. Tut mir wirklich leid, dass ich Ihnen keine andere Auskunft geben kann.

Stumm setzte sich Gudrun neben ihre Mutter. Auf ihrem Schoß lag alles, was sie für ihre Flucht aus Deutschland brauchte: der Pass mit dem kostbaren Honduras-Visum, die Fahrkarte für die Reichsbahn Berlin–Königsberg, der Flugschein Königsberg–Moskau, ein Gutschein für eine Hotelübernachtung in Moskau, das Billet zweiter Klasse für die Transsibirische Eisenbahn, eine Schiffspassage. Alles umsonst. Sie saß in der Falle, diesmal endgültig.

Bitte sehr. Ist Schwierigkeit?

Unbemerkt war ein Herr vor sie getreten. Er zog seinen Hut und verbeugte sich.

Entschuldigen. Ich hoffe, das nicht nehmen übel.

Er war klein von Gestalt, hatte dunkle Haut und trug einen eleganten Kamelhaarmantel.

Vielleicht helfen. Aber besser in Café.

Helenes Augen sandten der Tochter ein klares NEIN. Gudrun erwiderte ein klares DOCH. Ohne Zögern wandte sie sich dem kleinen Mann zu. Herzlichen Dank für Ihr Angebot. Ich fürchte, wir sind tatsächlich in Schwierigkeiten. Dann packte sie Helene am Arm und schob sie resolut zur Tür.

In dem kleinen Café hielten sich nur wenige Gäste auf. Der

Mann schaute sich um und nickte Gudrun unmerklich zu. Alles in Ordnung. Sie schilderte ihm ihre Situation. Schließlich machte der Unbekannte einen Vorschlag: Er werde ihr das Visum besorgen, wenn sie bereit sei, ihm dafür ihren Pass auszuhändigen. Den Pass, versicherte er, werde er ihr am nächsten Morgen ins Hotel bringen.

Helene, die stumm dabeigesessen hatte, zuckte zusammen. In diesem Moment erhob sich der kleine Herr mit einer leichten Verbeugung und bat, sich kurz zurückziehen zu dürfen. Als er hinter der Toilettentür verschwand, wurde die Mutter laut: Ob Gudrun verrückt geworden sei, ihren Pass wegzugeben – ohne jede Sicherheit? Warum diesem Fremden nicht gleich ihr ganzes Leben schenken? Gudrun bestand darauf, dass es die einzig richtige Entscheidung war. Sie habe nichts zu verlieren. Das Angebot dieses Mannes sei ihre allerletzte Chance.

Den ganzen Tag und noch die halbe Nacht redete Helene auf Gudrun ein. Etwas so Kostbares wie einen Pass gibt man doch nicht aus der Hand! Ich frage mich wirklich, wie du allein in der Welt zurechtkommen willst.

Ach Mutter, mach es mir doch nicht so schwer! Mehr wusste Gudrun darauf nicht zu sagen.

In früheren Zeiten hätte sie einfach weggehört und gedacht, lass sie reden, sie hat keine Ahnung. Doch das ging nicht mehr. Helene Samuel hatte schon eine ganze Weile die weltfremde Person hinter sich gelassen, deren Interessen sich auf Dekoratives beschränkten. Als ihre Aufgabe darin bestand, Gudrun im Gefängnis zu versorgen, mehr noch, sie am Leben zu erhalten, ließ die Mutter das Trinken wieder sein. Nach ihrem Gespräch mit dem Staatsanwalt nutzte sie umsichtig und unerschrocken alle Kanäle, um ihre Tochter in Sicherheit zu bringen.

Doch das Staunen über Helenes Wandlung und ähnliche Gedanken brachten Gudrun in einem Hotelzimmer in Berlin keinen Schritt weiter. Wie krieg ich sie nur zum Schweigen, fragte sie sich, zunehmend verzweifelt. Ich muss doch schlafen …

Halt endlich die Klappe, Mama!

Sie zog sich die Bettdecke über den Kopf. Helene schnappte nach Luft. Dann schwieg sie tatsächlich.

Am nächsten Tag warteten Mutter und Tochter im Hotelfoyer. Ihr Gepäck stand neben ihnen. Sie waren bereit für die Abreise. Nach Mainz oder, was selbst Gudrun an diesem Morgen für höchst unwahrscheinlich hielt, nach Königsberg.

Der elegante kleine Mann erschien um Punkt elf Uhr. Wieder trug er den Hut in der Hand, als er sich verbeugte. Für die Mutter hatte er rosa Nelken mitgebracht. Er sprach ein paar höfliche Worte in seinem gebrochenen Deutsch und drückte Gudrun unauffällig den Pass in die Hand. Ich wünsche viel Gute für Zukunft, sagte er und ging wieder. Nie erfuhr sie, wer er war. Und nie wieder traf sie einen Menschen, der eine so tiefe Ruhe ausstrahlte wie ihr Retter in Berlin.

Das nächste Etappenziel hieß also Königsberg. Als sie auf den Zug warteten am Ende des Gleises, ohne Mitreisende in der Nähe, schlug Helenes Optimismus kleine Wellen, auf denen ihre Worte zu tanzen schienen. Hör zu, Gudrunsche, dieser Krieg ist jetzt bald vorbei. Die Deutschen kommen wieder zur Vernunft. Oder wir sehen uns in Shanghai, bei all diesen Chinesen. Aber dass du mir bis dahin keinen heiratest!

Am Königsberger Flughafen ging alles rasend schnell. Ein Grenzbeamter rief: Das Fräulein kommt auf der Stelle mit zur Kontrolle, oder es verpasst das Flugzeug.

Gudrun wurde von ihrer Mutter getrennt und einer Leibesvisitation unterzogen. Eine Uniformierte mit fettigen Haaren riss grob an ihr herum.

Alles ausziehen! Umdrehen!

Zum letzten Mal wurde sie auf Deutsch angebrüllt. Die Uniformierte inspizierte alle Körperöffnungen. Nachdem die Prozedur endlich vorüber war, stellte Gudrun fest, dass sie sich bereits hinter der Sperre befand und nicht mehr zurückdurfte. Sie kehrte ihrem Land den Rücken, ohne sich von ihrer Mutter verabschiedet zu haben.

Zum ersten Mal erlebte Gudrun Samuel den Zauber der Sonne über den Wolken. Begann hier die Ewigkeit? Nie hatte ihr jemand davon erzählt. Die Eltern, die das Vertraute, nicht das Fremde anzog, wären niemals in ein Flugzeug gestiegen, während ihre Tochter Abenteuer geradezu herbeisehnte. Auf diesem Flug konnte sie sich nicht losreißen von den Wolkenfeldern und einem Horizont, der die Erdkrümmung erahnen ließ. Sie fühlte sich leicht und frei. Wie in dem Lied, das ihr nun nicht mehr aus dem Kopf ging: Ein neues Leben fängt an, ein neuer Tag bricht an … Der Inhalt passte nicht ganz zu dem, was sich draußen abspielte. Dort ging die Sonne unter. Egal, sie war 21 Jahre alt, das richtige Alter, um endlich die Freiheit zu genießen, in Shanghai oder anderswo! Wenn schon kein sicheres Leben, dann wenigstens ein aufregendes … Knastschwester Christiane mit der Bierkutscherstimme hatte ihr das beim Abschied mit auf den Weg gegeben. Und Frau Gärtner hatte gesagt: Denk immer dran, Gudrunsche, dein ganzes Leben liegt noch vor dir! Genauso fühlte sie sich, hoch über den Wolken. Eine kleine, enge Welt lag hinter ihr. Sie würde Flüsse sehen, die breiter waren als der Rhein und Bauwerke höher als der Mainzer Dom.

Als es draußen dunkel wurde und sie an ihre Mutter dachte, kamen ihr die Tränen. Sie wickelte sich in ihren Mantel und schlief sofort ein.

Jemand berührte ihren Arm. Eine Stewardess hielt ihr einen Teller mit Bonbons hin. Sie machte mit einer Hand eine Abwärtsbewegung, zeigte auf ihr Ohr und verzog ihr Gesicht wie im Schmerz. Gudrun begriff nichts, lutschte dennoch das viel zu süße Bonbon, weil alle Passagiere es taten.

Während der Zwischenlandung in Warschau kam ein Pole an Bord, der, angeblich im Rahmen einer Sicherheitskontrolle, auf Gudruns Handtasche zusteuerte. Er wollte zugreifen, zögerte jedoch, als er den blauen Fleck auf ihrem Unterarm entdeckte, den ihre Verzweiflung im Reisebüro zurückgelassen hatte. Was er sagte, war für sie unverständlich, klang aber tröstlich. Dann nahm er ihren Füllfederhalter mit echt goldener Feder an sich und ging weiter. Da wusste sie, wie die Dinge in Zukunft laufen würden.

FLUCHT

1 Als ein Taxi sie ins Hotel brachte, lag Moskau im Schlaf. Von der Hauptstadt der Sowjetunion blieben nur Erinnerungen an kaum beleuchtete Prachtbauten, an den Verzicht auf ein heißes Bad, weil der Gummistöpsel fehlte, und einen Bahnhof von kolossalen Ausmaßen mit einer Eingangshalle aus Marmor in drei Farben. Hier endlich fand sie ihre Orientierung wieder. Die kyrillische Schrift stellte sie vor Rätsel, die Zahlen aber waren vertraut.

Der Zug stand schon eine Stunde vor Abfahrt am Gleis bereit. Ein älterer, bärtiger Schlafwagenschaffner nahm sie in Empfang. Er rauchte, nannte sie *Madame* und deutete lächelnd auf seine Brust: Fedja. Dann ließ er sich ihr Billet zeigen. Seine von Nikotin eingefärbten Finger fand sie beruhigend, weil sie sie an den gutmütigen Hausmeister in der Kaiserstraße erinnerten. Aber das Abteil! Erstarrt blieb sie im Gang stehen. Stockwerkbetten für vier Personen. Knast! Gudrun atmete tief durch, merkte nicht, wie der Schaffner sich entfernte. Erschöpft sank sie auf ihren kleinen Koffer und vergrub das Gesicht in den Händen. Wenn sie wenigstens eine Zigarette hätte …

Guck genau hin.

Ihr war nach Losheulen zumute. Oder Krach schlagen. Aber wie macht man das, wenn man kein Russisch spricht? Und was half's? Wie immer hatte Hollunder recht. So sah kein Knast aus. Gudrun erkannte ein hübsches, altmodisch eingerichtetes Abteil mit dunkelroten Vorhängen, liebevoll gerafft und Troddeln zu beiden Seiten. Da waren ordentlich gemachte Betten mit grauglänzenden Überdecken aus Satin, verschlissen, aber von immer noch erkennbar guter Qualität, zwischen den Betten ein abgetretener Orientteppich, ein halbblinder Spiegel an einer schmalen Tür, die in ein winziges Bad mit Toilette führte. Sie hörte Fedja, der hinter ihr im Gang weitere Reisende zu ihrem Abteil führte. Als er zurückkam, lächelte sie ihn an und hielt ihm das Zweite-Klasse-Billet hin. Sein Blick fragte: Etwas nicht in Ordnung? Da zählte sie mit ihrem Finger die vier Betten durch. Es dauerte eine Weile, bis er verstand, dann lachte er. Njet. Behutsam griff er nach ihrer Hand und beugte zwei ihrer Finger. Dann legte er ihren Mantel und ihr Köfferchen auf das obere Bett und wies ihr das untere als Schlafplatz zu. So begann ihr erster Tag in der Transsibirischen Eisenbahn.

Am Abend war sie noch immer allein im Abteil. Bevor sie sich hinlegte, stellte sie sich ans Fenster, schaute hinaus in die tiefschwarze Nacht und überdachte ihre Lage. An das Rumpeln des fahrenden Zugs würde man sich gewöhnen müssen. Beim Souper im Speisewagen hatte sie, die nur Deutsch sprach, stumm lächelnd dabeigesessen. Aber niemand hatte sie angebrüllt, niemand beklaut. Sie hatte sich zurechtgefunden. Am Ende erkannte sie noch einen großen Vorteil der Stockwerkbetten: Man konnte daran Klimmzüge machen. Und genau das tat sie, im Schlafanzug, immer wieder, bis zur restlosen Ermattung. Nicht einmal ihre Zähne putzte sie. Sie schlief sofort ein. Es musste ein kellertiefer Schlaf gewesen sein, an der Grenze zur Ohnmacht. Irgendwann erwachte sie von einem grässlichen Schnarchen. Es kam vom Bett gegenüber. Davor standen hohe Männerstiefel. Ein schwacher Lichtspalt von der Gangseite fiel auf ein Gesicht mit einem langen weißen Bart.

Es musste ein Irrtum sein, jemand hatte sich im Abteil vertan. Gudrun griff nach ihrem Mantel. Am Ende des Ganges auf einer kleinen Bank fand sie Fedja, sichtlich erfreut, sie zu sehen. Neben ihm stand ein leise zischender Samowar. Er bot ihr eine Tasse Tee an. Seine Ruhe machte sie rasend. Ohne nachzudenken redete sie in ihrer Sprache auf ihn ein. Gleichzeitig erzählten ihre Hände von dem Mann mit dem langen Bart und dass man ihn aus ihrem Abteil entfernen möge. Der Schaffner blieb gelassen und liebenswürdig. Njet. In Zeichensprache bat er sie, sich wieder ins Bett zu legen. Njet, protestierte Gudrun, stemmte die Hände in die Seiten und imitierte ein langes, lautes Männerschnarchen. Fedja brach in schallendes Gelächter aus. Eine Abteiltür öffnete sich, der zerzauste Haarschopf eines britischen Reisenden zeigte sich im Gang. Er wollte wissen, was los sei. Gudrun kramte ein paar englische Vokabeln hervor. Die Sache war schnell geklärt, leider zu ihren Ungunsten. Es lag kein Irrtum vor.

Liebe Margot, Du bist frei! Ich bin frei! Ich denke so viel an Dich und wünsche, dass es Dir und Deiner Familie gut geht in Amerika. Manchmal versuche ich mir vorzustellen, wie Dein Leben dort ist, ob Du mit netten Leuten zu tun hast und wie Du mit Hindernissen fertig wirst. Ich fahre mit der Eisenbahn durch die Sowjetunion, ist das nicht unglaublich?! Guck Dir meine Schrift an. Es wackelt so furchtbar, dass ich meine Hand kaum ruhig halten kann. Das ist anstrengend, also schreibe ich in Etappen. Keine Ahnung, wann ich den Brief zur Post bringen kann. Vielleicht geht das ja erst in Shanghai. Ja, Du hast richtig gehört – ich fahre nach Shanghai, nach China. Ich wünschte, mein Ziel wäre New York, das kannst Du mir glauben. Wir beide würden auf dem Empire State Building stehen und runterspucken. Keine Sorge, das kommt alles noch!

Die Landschaft draußen ist ziemlich öde, flach und voller Birken. Wir sind über die Wolga gefahren, das war eindrucksvoll. Aber danach ging es wieder von vorne los. Birken Birken Birken. Dass ein Land so flach sein kann. Am Tag schlafe ich oft ein, das kenne ich gar nicht von

mir. Und noch etwas: Andere Länder, andere Sitten. Sie packen hier
einfach Frauen und Männer zusammen ins Schlafwagenabteil! In der
letzten Nacht schlief ein alter Russe bei mir, der furchtbar schnarchte.
Aber jetzt teile ich das Abteil mit einer norwegischen Lehrerin, die
Deutsch unterrichtet. Sie will nach Tokio und dort an eine Schule.
Morgen erreichen wir den Ural. Berge, darauf freue ich mich.

Ein Tag später. Wir haben den Ural durchquert. Furchtbar, ich
glaube, da ist der Taunus noch höher. Vielleicht sieht es anderswo bes-
ser aus, vielleicht habe ich auch etwas verschlafen. Jedenfalls ist mein
Eindruck vom Ural nicht der beste. Der hat keine interessante oder
liebliche Landschaft, keine schönen Dörfer wie bei uns, sondern lang-
weilige runde Berge, eher Hügel, und nichts als Wald. Das war sie
nun, die berühmte Grenze zwischen Europa und Asien. Liebe Margot,
ich melde mich wieder aus Shanghai. In Liebe, Gudrun.

2 Am dritten Tag ihrer Reise wurde sie von einer Fliege geweckt, die immer wieder ihr Gesicht anflog und dort kleine
Wanderungen unternahm. Die leichte, in unregelmäßigen Ab-
ständen sich wiederholende Berührung hatte sich mit einem
Traum verbunden. Gudrun träumte, dass Martin ihr mit einem
Grashalm über das Gesicht strich. Eine Fliege, sagte sie enttäuscht,
als sie die Augen öffnete. Was macht die denn noch hier?

Hedda, den Kopf voller Lockenwickler, reckte sich und meinte,
sie könne von Glück sagen, dass es keine Wanze sei. Ein kleiner
Junge aus Österreich im Waggon nebenan sei gebissen worden,
der habe nun Fieber. Die Norwegerin war Ende vierzig, unver-
heiratet und reiselustig. Griechenland kannte sie, Italien auch,
sogar Ägypten. Sie hatte ein langes Gesicht, kurze graublonde
Haare und einen offenen Blick. Ihre Reisen plante sie ungewöhnlich vorausschauend. Als ihr jemand erzählte, in der Transsibirischen Eisenbahn würde man von morgens bis abends aus

Lautsprechern mit blecherner Musik und russischen Nachrichten traktiert, erwarb sie ein handliches Reisegrammophon. So kam es, dass Gudrun schon vor dem Frühstück Arien aus *Das Land des Lächelns* serviert bekam.

Hedda liebte ihre Heimat Norwegen, aber noch mehr liebte sie es, sich in der Welt umzuschauen. Sie beobachtete sehr genau und hielt alles in einem Reisetagebuch fest. Gern begann sie damit gleich nach dem Aufwachen, mit der ersten Schallplatte, mit dem ersten Tee, noch im Bett. Während sie nach ihrer Brille tastete, strich sie liebevoll über das rotseiden bespannte Nachttischlämpchen, das die Zarenzeit überlebt hatte. Die Innenausstattung, meinte sie, versprühe den Charme einer vergangenen Epoche. Dann spann sie den Gedanken weiter. Ob wohl auch die Tischdekoration im Speisewagen, die nur oberflächlich abgestaubte Weinflasche und die Papiertopfpflanze vom Anfang des Jahrhunderts stammten? Einmal wach und nicht mit ihrem Tagebuch beschäftigt, war Hedda die ausdauerndste Rednerin, die Gudrun je über den Weg gelaufen war. Keine Plaudertasche, das nicht. Meist hatte sie Interessantes zu berichten, sie wusste wirklich viel. Zum Beispiel, woher der penetrante Geruch kam, der Ausländer so irritierte. Er hing in allen öffentlichen Räumen, selbst in Hotelzimmern. Hedda war nicht nur Deutschlehrerin, sie unterrichtete auch Chemie, und so erklärte sie: Das war ein Desinfektionsmittel, doch der Gestank müsste nicht sein. Man könnte abschwächende Geruchsstoffe beimengen, aber die seien teuer und vielleicht auch gar nicht nötig, alles eine Frage der Gewöhnung. Dort wo sie aufgewachsen sei, auf den Lofoten, werde in unvorstellbaren Mengen Stockfisch produziert und exportiert. Jedes Jahr hinge monatelang Fischgeruch in der Luft, eine Zumutung für Besucher, ganz normal für die Inselbewohner.

Nach zwei Tagen war für Gudrun der Geruch nicht mehr exis-

tent. Man gewöhnte sich eben an alles. Auch an Heddas Rede-
fluss. An den knisternden Lautsprecher im Hintergrund, an das
Rumpeln und Stoßen während der Fahrt. Man schlief recht gut
in der Transsibirischen Eisenbahn.

Um die Dinge instand zu halten, damit sie gehobenen Ansprüchen genügten, dafür fehlten offensichtlich Geld oder An-
sporn. Es war immer etwas staubig im Abteil, Fenster und Türen
schlossen nicht dicht ab. Fedjas Dienstantritt am frühen Morgen
kündigte sich durch einen Hauch seiner übelriechenden Papi-
rossy an. Im Bad ihres Abteils floss kein Wasser, für die Morgen-
toilette mussten sie sich vor einem Gemeinschaftswaschraum
anstellen. Über den Schlafanzügen trugen sie ihre Wintermäntel. Es gab russische Fahrgäste, die darauf verzichteten. Einige
Frauen und Männer liefen den ganzen Tag im Pyjama herum.

Hedda war eine Riesin, noch größer als Gudrun. Wenn die
beiden Frauen den Speisewagen betraten, folgten ihnen die Blicke. Das Frühstück bestand aus Tee und Marmelade und einem
schwarzen Brot, das nach feuchtem Torf roch und Hedda sauer
aufstieß. So hielt sie bei jedem Halt Ausschau nach Verkäuferin-
nen, die Selbstgebackenes anboten.

Nicht zu empfehlen war, den Bahnsteig zu verlassen, um einen
Bahnhof oder gar seine Umgebung zu erforschen. Ein kanadi-
scher Pelzhändler, ein stämmiger Mann, der die Strecke häufig
fuhr, weil er mit Jägern und Fallenstellern in der Taiga gute Geschäfte machte, wusste von Reisenden zu berichten, die ohne
Geld und Gepäck *in the middle of nowhere* gestrandet waren, weil
sie zwar den Pfiff gehört, es aber nicht rechtzeitig in den Zug
geschafft hatten.

Hinter dem Ural begannen die endlosen Steppen, die Menschen und Tiere zu Spielzeug verkleinerten und in den Abteilen
noch mehr Staub hinterließen. Der Himmel wechselte von düs-
ter bis hell. Ein Winter, auf den sich Gudrun eingestellt hatte,

zeigte sich nicht. Die Landschaft zu beiden Seiten des Gleises hatte bislang wenig Aufregendes geboten. Von der Ostsee bis zum Baikalsee war alles eine einzige Ebene, manchmal leise ansteigend, dann wieder flach. Bäche und Flüsse schienen stehende Gewässer zu sein, so langsam flossen sie. Die Dörfer glichen sich, eine Ansammlung grauer Holzhäuschen, planlos über eine Fläche verteilt. Hedda, die genaue Beobachterin, wies auf alle Details hin, auch darauf, was fehlte: Hütten ohne Fundament, ohne Dachrinnen oder Abzugsrohre. Orte ohne erkennbaren Mittelpunkt, ohne Bäume und Gärten. Die Häuser umgab ein Ring aus festgetretener Erde, in der nicht einmal Unkraut wuchs.

Ein Kirchlein stand abseits, meistens aus Holz, selten aus Stein. Die Straßen waren verbreiterte Trampelpfade. Nicht anders sah es in den Städten aus. Auch hier lagen die Gebäude ungeordnet über riesige Flächen verstreut, im äußeren Ring die vertrauten grauen Holzhäuser, zur Mitte hin alte und neue Fabriken, Mietskasernen, dazwischen irgendwelche Repräsentationsbauten mit Türmen und Balkonen.

Gelegentlich tauchte eine große Kirche mit vergoldeten Kuppeln und einem Klostergebäude auf, umgeben von Baumgruppen und Gärten. Gudrun hätte den seltenen Anblick gern still genossen, aber das war mit Hedda nicht zu haben. Nicht wahr, sagte sie angesichts der Schönheit einer Klosterkirche, in dieser Ödnis sehnt man sich geradezu nach Abwechslung. Niemand hält das aus, immerzu dasselbe zu sehen, ständig dasselbe zu hören, das Gleiche zu essen.

Gudrun sah ihre Einzelzelle in Stuttgart vor sich. Kurz überlegte sie, Hedda davon zu erzählen, sah sich aber dem Wortschwall, der unmittelbar folgen würde, nicht gewachsen. Du musst es ja wissen, sagte sie nur. Es klang nicht freundlich. Das merkte auch Hedda.

Was ist denn mit *dir* los?

Gar nichts, ich dachte nur an deine vielen Reisen, sagte Gudrun möglichst beiläufig. Darum beneide ich dich. Auch wenn das Essen dabei oft zu wünschen übrig lässt.

Das einmütige Urteil über die einseitigen Mahlzeiten im Speisewagen machte aus Fremden schnell Tischgenossen. So entstand eine vorübergehende Gemeinschaft mit dem Ehepaar Ackermann aus Wien und Mr. und Mrs. Milton aus London. Sie waren in Heddas Alter, ebenfalls mehrsprachig und reiseerfahren. Ihre Gespräche drehten sich im Wesentlichen darum, was sie gerade im Zug oder beim Blick aus dem Fenster wahrnahmen und ob sie das irgendwo auf der Welt schon mal genauso oder völlig anders erlebt hatten.

Der Engländer, ein Stoffgroßhändler, erhoffte sich von seiner Asienreise, günstige Einkaufsquellen zu erschließen. Alles an ihm war kariert: sein Sakko, sein Hemd, seine Krawatte. Gudrun konnte nie länger hinschauen. Seine Frau hatte eine Vorliebe für blumige Muster und Verzierungen. Ihren Strohhut, den sie während der ganzen Reise nicht abnahm, schmückten künstliche Maiglöckchen. Ihr Lieblingsgürtel hatte eine Schnalle in den Umrissen einer Margerite. Um ihren Hals lag eine schwere Silberkette, deren Glieder aus Rosetten bestanden. Vor allem aber fielen die Miltons durch ihre gute Laune auf.

Ganz anders das Ehepaar aus Wien. Dr. Ackermann zeigte kaum je etwas anderes als eine verdrießliche Miene. Er war sparsam mit seinem Lächeln wie mit dem Trinkgeld. Doch seine Anzüge, die er täglich wechselte, ließen darauf schließen, dass er aus wohlhabenden Verhältnissen stammte. In Moskau hatte Gudrun beobachtet, wie die Eheleute mit drei großen Koffern und mehreren Hutschachteln den Zug bestiegen. Auch Frau Ackermann erschien jeden Tag anders gekleidet. Sie hatte das Auftreten einer Königin. Während Hedda und Gudrun durch ihre Körperlänge auffielen, war es bei der füllligen Wienerin die Anmut ihrer Bewegungen. Allerdings geriet sie schnell ins Schwitzen, so dass ihr feuchte Löckchen an der Schläfe klebten.

Bei jeder Mahlzeit war es dasselbe: Die Miltons pickten in ihrem Essen herum wie die Hühner und verständigten sich durch leises Gackern. Während der österreichische Arzt seinen fast kahlen Schädel über den Teller beugte, seufzte oder schnaubte er gelegentlich. Seine Frau, die nie ein Wort zu viel sprach und nie von irgendetwas begeistert oder abgestoßen war, schob ihren Teller dreiviertel voll beiseite.

Hedda verdrehte beim ersten Bissen die Augen, dann langte sie kräftig zu. Sie kam aus dem ärmsten Land Westeuropas, sie wusste, was Hunger bedeutete, und stellte an ihr Essen keine großen Ansprüche. Und Gudrun – die hatte von Blechtellern gegessen und vergaß nie, dass nur eines zählte: satt zu werden. Das Hauptgericht während der ganzen Reise bestand im Wesentlichen aus Kohl, Kartoffeln und Büchsenfleisch, variiert durch unterschiedliche Soßen.

Woran sich niemand im Zug gewöhnte, gleich ob Bahngäste oder Personal, Russen oder Ausländer, war die schlechte Luft. Die Fenster durften wegen des Staubs nicht geöffnet werden. Staubig war das Land immer und überall, außer, es hatte gerade geregnet. Bei jedem Halt, und sei er noch so kurz, stiegen alle Reisenden hastig aus, um endlich wieder durchzuatmen.

Auf den Bahnhöfen verrichteten Frauen Schwerstarbeit. Sie trugen große Ölkannen mit sich herum, krochen unter die Wagen, wo sie schraubten und hämmerten, während andere die Zugdächer abgingen und zur Kontrolle gegen die Ventilatoren klopften.

Gudrun und Hedda wussten nie, wie lange der Zug an einer Station halten würde, ob zehn Minuten oder eine halbe Stunde, doch mit der Zeit vertrauten sie der Zeitangabe, die ihnen Fedja an den Fingern vorrechnete. Erwartungsvoll zogen die beiden

Frauen los, kamen aber mit jedem Mal enttäuschter zurück. Wie sehr sich die Dinge und Szenen wiederholten … An jeder Station gab es kleine Büsten von Lenin und Stalin zu kaufen. Kein Bahnhof kam ohne ein silbrig glänzendes Lenindenkmal aus, an jeder Station schauten Stalin, Molotow und andere wichtige Sowjets von grellen, gigantischen Plakaten herab.

Mit wenigen Ausnahmen stammten die Bahnhöfe aus der Zarenzeit, es waren repräsentative Bauten mit einer mächtigen Front aus Stein oder kleine Stationsgebäude mit durch Türmchen verzierten Holzfassaden. In jedem Fall zeigte sich das Eindrucksvolle nur zum Bahngleis hin, dahinter lagen kaum möblierte, ständig überfüllte Räume. Die Menschen saßen auf Säcken und Bündeln oder auf dem nackten Fußboden. Matratzen und Bettzeug, Geschirr und Teekessel hatten sie immer bei sich. Sie waren ärmlich gekleidet. In Sibirien trugen sie Schuhe aus Filz oder geflochtener Birkenrinde. Frauen mit Kopftüchern zogen los, um kochendes Wasser zu kaufen. Hedda fand, dass die Haltung, mit der die Reisenden zum Teil tagelanges Warten hinnahmen, mit Geduld zu schwach ausgedrückt sei. Sie nannte es Ergebenheit.

Aber es gab noch ein völlig anderes Bild. Auf den Bahnhöfen wimmelte es nur so von Soldaten – selbstbewusst im Auftreten, mit Zigaretten und Alkohol gut versorgt. Die Stiefel an ihren Füßen machten sie zu Privilegierten. Die unübersehbare Präsenz von Militär links und rechts der Bahnstrecke, die Kasernen und Flugfelder selbst in kleineren Orten, die Massentransporte von Soldaten, die ständig ostwärts rollten, gaben Gudrun und Hedda Rätsel auf, bis ihnen Mr. Milton die Hintergründe erklärte. Sie bezogen sich auf die Ostgrenze der UdSSR. Dort hatte sich Japan große Teile der Mandschurei einverleibt, es verlangte ständig nach mehr, so dass sowjetisch-japanische Grenzkonflikte immer wieder aufflackerten.

Dagegen wurde das Thema Krieg und Politik in Europa von den Reisenden aus Österreich, England oder den Niederlanden gemieden. Jeder hätte Wichtiges dazu sagen können, doch was sich derzeit, ausgelöst durch die Berliner Regierung, in ihren Heimatländern an Begeisterung, Angst und Verwirrung ausbreitete, machte die Bahngäste misstrauisch oder mindestens vorsichtig. Dass sie Juden waren, verrieten die Ackermanns mit keinem Wort. In Mr. Milton aus Manchester sah Hedda keinen Stoffhändler, sondern einen Diplomaten in geheimer Mission. Belegen konnte sie ihre Vermutung nicht.

3   An einem frühen Morgen, als sich ihre Bahn gerade in Bewegung setzte, sah Gudrun auf dem Nebengleis einen Zug mit gepanzerten Wagen, dahinter sieben bewachte Viehwaggons, deren Schiebetüren ein wenig geöffnet waren. Männer, Frauen und Kinder jeden Alters hockten dicht an dicht. Verschlafen, wie Gudrun war, traute sie ihrer Wahrnehmung nur halb, doch bald begegnete sie weiteren Gefangenentransporten.

Nur ein einziges Mal sprachen Hedda und Gudrun in knappen Worten an, warum sie jeweils ihr Land verlassen hatten. Heddas Entscheidung war gefallen, als die deutsche Wehrmacht Oslo besetzte. Mit Politik kannte sie sich aus. Sie bezeichnete sich als Demokratin durch und durch, was Gudrun wenig sagte. Als sie ihr in wenigen Sätzen die Hintergründe ihrer Flucht schilderte, nickte Hedda nur, sie hatte sich schon Ähnliches gedacht. Dann bot sie an, ihr auf der Suche nach einem kleinen Nebenverdienst behilflich zu sein, und erkundigte sich nach besonderen Talenten. Gudrun nannte die Maniküre, die ihr schon im Knast Vorteile verschafft hatte. Hedda fand die Idee ausgezeichnet, Gudrun nicht. Fremden Menschen ihre Dienste anzubieten, darauf hatte sie das Leben in der Mainzer Kaiserstraße nicht vorbereitet. Hedda meinte, es sei ganz einfach, sie müsse sich nur an die Ehefrauen und Mütter halten. Aber Ehefrauen und Mütter reisen nicht allein, sie hatten ihre Männer dabei, die das Erscheinen der jungen Deutschen sichtlich aufmunterte. Kein Wunder, dass Damen wie Mrs. Milton und Frau Ackermann nach anfänglichem Wohlwollen nichts mehr mit ihr zu tun haben wollten. Bei Tisch sprach man sie nicht an, bat sie nicht um den Brotkorb und ignorierte sie, wenn Gudrun auf einen schönen Sonnenuntergang hinwies.

Es zeigte sich, dass in diesem Punkt die gute Beobachtungsgabe der Lehrerin versagte.

Das bildest du dir nur ein.

Das bilde ich mir *nicht* ein.

Ach was, die Frauen verhalten sich dir gegenüber ganz normal.

Und was ist mit dem Kartenspielen? *Dich* fragen sie, mich nicht.

Kein großes Rätsel. *Ich* spiele gern Karten. Und du?

Hab ich noch nicht ausprobiert.

Hedda blieb zum Bridge im Speisewagen. Gudrun zog sich ins Abteil zurück. Sie war unruhig. Während sie in die Dunkelheit starrte, versuchte sie zu sortieren, was durch ihren Kopf ging. Vielleicht war ja alles nur ein Missverständnis. Wusste man, wie norwegische Frauen eine Konkurrentin auf Abstand hielten? Vielleicht sagten sie klar und deutlich: Hau ab. Aber da, wo Gudrun herkam, wurden Damen nicht deutlich – Damen deuteten an. Und das reichte. Frau Ackermann und Mrs. Milton gehörten zweifelsfrei in die Damenriege. Wohin gehörte Hedda?

Es war an der Zeit, sich einzugestehen, wie grausam wenig sie sich auskannte. Es würde dauern, bis sie verstanden hatte, wie der Hase lief. Auf die Spielregeln von Mainz war jedenfalls kein Verlass mehr. Am besten würde sie alles vergessen. Es war gut, die Fotos unbeachtet im Koffer zu lassen. Es war geboten, nicht mehr zu weinen. Es war wichtig, nach vorn zu schauen und sich auf ein neues Leben vorzubereiten.

Noch war es zu früh, um ins Bett zu gehen, und Gudrun beschloss, mit Fedja eine Tasse Tee zu trinken. Der Schaffner war nicht allein. Bei ihm saß der kanadische Pelzhändler. Er sah aus wie ein Trapper, wie einem Buch von Jack London entstiegen, mit tiefen Furchen im Gesicht und Zauselbart. Aber warum sollte ausgerechnet ein Kanadier in Sibirien Fallen stellen? Abwechselnd tranken die Männer aus einer Wodkaflasche, redeten einige Worte auf Russisch und rauchten. Gudrun wollte sich wieder zurückziehen, aber dem Angebot einer amerikanischen Zigarette konnte sie nicht widerstehen. Auch einen Wodka trank sie, im Wasserglas, daumenbreit gefüllt, dann einen zweiten, weil Fedja sie so nett dazu einlud.

In ihrem Bauch wurde es warm, er füllte sich mit warmem, sorglosem Wohlbehagen. Wie lange hatte sie das nicht mehr empfunden ... Der Geruch der Zigarette entfachte ihren alten Traum. Amerika. Sie sah sich mit Margot zwischen Wolkenkratzern. Wie sie sich vor dem Hintergrund der Manhattan Bridge gegenseitig fotografierten. Wie jede einen Banana Split vertilgte.

Ungutes mischte sich in ihre Sehnsucht, nach Westen hatte sie gewollt, nicht nach Osten. Ihre Stimmung schlug um. Ein stiller Kampf zwischen Enttäuschung, Wut und Niedergeschlagenheit begann in ihr zu toben. Das war nun aus ihren Träumen geworden: Hier saß sie zwischen zwei alten Männern, deren Sprache sie nicht verstand, in einer Eisenbahn, die rumpelte wie ein Pferdekarren, unter einem Lautsprecher, der sie mit gequetschten Frauenstimmen quälte. Hier saß sie und bekam kaum noch Luft. Sie wurde trübsinnig. Fedja merkte es. Während er mit nicht mehr ganz sicherer Hand ihr Glas nachfüllte, nickte er anteilnehmend.

Den Weg zur Toilette schaffte sie noch, obwohl ihre Knie leicht zitterten. Den Lichtschalter fand sie schon nicht mehr. Als sie sich wieder im dunklen Vorraum befand und nach dem Waschbecken tastete, packten sie von hinten Männerarme. Eine Hand presste sich fest auf ihren Mund, die andere griff ihr zwischen die Beine. Sie versuchte sich zu entwinden. Sie zerrte an dem Arm – die Hand auf ihrem Mund drückte nur noch stärker zu. Wo war ihre Kraft! Sie trat nach hinten, es ging ins Leere. Als Antwort kam ein hässliches Lachen. Eine Zunge fuhr in ihr Ohr.

Scheißkerl! Wieder ein Tritt, diesmal mit Wucht. Sie erwischte sein Schienbein. Der Druck auf ihren Mund ließ nach. Da biss sie zu.

Bloody bitch. Die Männerhand zuckte.

Gudrun schrie und stieß die Tür zum Gang auf. Sie schrie noch, als Fedja dem Pelzhändler auf die Nase schlug und Hedda sie fest in die Arme schloss.

Pscht. Alles gut, alles gut.

Nichts war gut. Gudrun schloss sich in die Toilette ein und übergab sich. Sie brauchte lange, bis sie sich traute, die Kabine zu verlassen. Hedda führte sie ins Abteil, half ihr beim Ausziehen, redete weiterhin beruhigend auf sie ein, zog ihr die Bettdecke über die Schultern und gab ihr einen Kuss auf die Wange.

Am nächsten Morgen wachte Gudrun in aller Frühe auf. Ein Glas Wasser stand neben ihrem Bett, offenbar kannte sich Hedda mit Nachdurst aus. Mehr Fürsorge gab es nicht, stattdessen hagelte es Vorwürfe. Wie man als Frau nur so dumm sein kann, so vertrauensselig! Man wählt seine Gesellschaft gewissenhaft aus, sagt zehnmal Nein, ehe man einmal Ja sagt. Man säuft nicht mit fremden Männern! Haben sie dir das zu Hause nicht beigebracht? Kannst du mir mal sagen, wie du allein in der Welt zurechtkommen willst?

Aufhören, bat Gudrun schwach und zog sich die Decke über den Kopf. Zugegeben, sie war dumm gewesen, es durfte kein zweites Mal passieren.

Als der Zug an diesem frühen Morgen hielt, stieg der Pelzhändler aus. Er hatte sein Gepäck bei sich. An einem gottverlassenen Bahnhof ging er das Gleis entlang. Niemand außer Fedja und Hedda schien etwas vom Überfall mitbekommen zu haben. Kaum zu glauben, da Gudrun doch so geschrien hatte. Wie auch immer, sie wurde nicht herablassender behandelt als zuvor. Ihr Ruf hatte offenbar nicht gelitten. Und auch nicht ihr Verstand. Der sagte ihr, dass sie etwas tun müsse, damit ihr das Leben nicht entglitt. Es machte sie unleidlich, dass es für sie nichts zu entscheiden gab, dass es momentan nur darum ging, zu warten und diese verdammte Reise hinter sich zu bringen. Sie solle sich gefälligst um ihren eigenen Kram kümmern, blaffte sie ihre Reisegefährtin an, gerade als diese von ihren Vorwürfen abgelassen hatte und fragte, ob sie für Gudrun etwas tun könne.

Sie ertrug Heddas Gegenwart nicht mehr, und so setzte sie sich mit einer Tasse Tee in den Speisewagen, wo sich außer zwei Kellnern, die den Mittagstisch eindeckten, niemand aufhielt. Sie dachte nach. Gab es etwas, das sie noch selbst in der Hand hatte und ihr Vorteile bringen konnte? Auch das war etwas, was sie in der Einzelhaft gelernt hatte. An den Bedingungen konnte sie nichts ändern. Aber sie konnte versuchen, mit den wenigen Menschen, mit denen sie zu tun hatte, besser auszukommen. Konnte sie nicht damit anfangen, den misstrauischen Ehefrauen klarzumachen, wie nett und harmlos sie war? Wie wäre es, nicht länger als die junge Gutgelaunte aufzutreten – was ihr nach dem Geschehen in der Toilette ohnehin schwerfallen würde –, wenn sie stattdessen bei Tisch den anderen Frauen Aufmerksamkeit schenkte, indem sie um Rat und Hilfe bat? Vielleicht konnte sie das Geschäft mit der Maniküre doch noch in Schwung bringen, ohne dass ihr Hedda mit gutgemeinten Ratschlägen dazwischenfunkte?

Die Mischung aus Einsicht und Berechnung erwies sich in der Folge als einigermaßen erfolgreich. Mrs. Milton sagte spontan zu, als Gudrun sie bat, ihr Englisch beizubringen. Im Fall von Frau Ackermann musste sie etwas länger überlegen, wie ihr Wohlwollen zu gewinnen sei. Vielleicht tat es der Wienerin gut, wenn sie von ihrer Heimatstadt erzählen konnte. Sie wollte versuchen, sie zum Reden zu bringen.

Schon bald entdeckte Gudrun, wie sehr sie sich in der eleganten Dame, die neben ihrem wortgewandten Mann eine Statistenrolle spielte, getäuscht hatte. In jüngeren Jahren war sie eine bekannte Schauspielerin gewesen. Während sie sich bei einer Tasse Tee ihren Erinnerungen an Wien hingab, blühte sie auf. Frau Ackermann war eine begabte Erzählerin. In kleinen Szenen, pointiert und mit Witz gezeichnet, ließ sie eine bezaubernde Stadt lebendig werden, in der sie reichlich von Verwandten und Freunden umgeben war. Warum und wie das Ehepaar Österreich verlassen hatte, wieso sie mit großem Gepäck ausreisen durften, darüber schwieg sie. Doch offenbarte sie bei jeder weiteren Teestunde ein Stückchen mehr von dem, was sie bewegte. Wie sehr sie unter ihrer Leibesfülle litt, die sich erst mit den Wechseljahren eingestellt hatte. Und wie sehr sie die ganze Reise hasste! Weil jeder jedem misstraute, was niveauvolle Gespräche verhinderte – weshalb die Geschwätzigen alles beherrschten –, weil jeder das, was ihn am meisten beschäftigte, dieser Krieg, besser für sich behielt. Und wie ihr Blutdruck mit jedem Tag weiter anstieg! Ständig beschwöre sie ihren Mann, das Unternehmen abzubrechen, verriet sie schließlich. Was sollten sie in Shanghai? Was sollte dort besser sein als irgendwo anders auf dem Weg dorthin? Sie könnten doch einfach aussteigen. Ärzte würden überall gebraucht.

Als ich so jung war wie Sie, Fräulein Samuel, konnte ich von Reisen nicht genug kriegen. Die halbe Welt haben mein Mann und ich gesehen. Aber nun?

Gudrun sah sie fragend an.

Wollen Sie das tatsächlich wissen? Nun gut. Reisen ist für mich unwirklich geworden. Stimmt es, dass Sie und ich durch die Sowjetunion fahren? Oder ist das, was wir draußen sehen, nur eine Illusion?

Gudrun war sprachlos. Schon öfter hatte sie Ähnliches gedacht und jedes Mal befürchtet, sie sei nicht ganz richtig im Kopf. Nie hätte sie gewagt, es Hedda gegenüber zu äußern. Hedda, die sich so viel Mühe gab, Gudrun mit all ihrem Wissen die Sowjetunion nahezubringen, damit diese Reise ein unvergleichliches Erlebnis für sie würde.

Vergessen Sie auch so viel?, fragte Gudrun Frau Ackermann, ihre neue Verbündete. Ich kann Ihnen sagen, ich behalte sehr wenig. Von dem, was mir gestern noch eindrucksvoll erschien, ist heute kaum noch etwas da. Von vorgestern ganz zu schweigen.

Ja ja, ich vergesse auch, bekannte die Wienerin. Nur mich selbst habe ich dauernd im Blick. Leider. Oder vielleicht auch nicht. Im Grunde handelt es sich wohl um eine innere Reise. Wie sollte es anders sein, wenn man mit sich selbst nicht im Reinen ist?

4   Die Russen nannten den Baikalsee voller Verehrung »den Weißhaarigen«, was sich auf den Dunst bezog, der über dem Wasser hing und sich nur selten auflöste. Die Reisenden hatten Glück, als der Zug an einem sonnigen Morgen am Seeufer entlangfuhr. Nur weit draußen schwebten weiße Streifen über der spiegelglatten Fläche. Umgeben von Wald, der bis ans Wasser

reichte, solange ihn hohe Felsen nicht daran hinderten, leuchtete in den Buchten ein Türkisgrün, das im Blau des Sees verging. Ein See groß wie ein Meer. Am Horizont erhoben sich schneebedeckte Gebirgsketten. Gudrun ging davon aus, dass für Hedda der Anblick von See und hohen Bergen nichts Besonderes sei, aber da täuschte sie sich. Ihre Reisefreundin war geradezu hingerissen von der Durchsichtigkeit des Wassers.

Es war kälter geworden, der Zug fuhr über gefrorene Wasserläufe, die in den Baikal mündeten. Nicht lange, und auch er würde unter einer Eisdecke liegen. Eine leichte Dünung und plötzlicher Frost hatten den Steinen am Rand durchsichtige Eishauben aufgesetzt. Langsam wand sich die Bahn am Ufer entlang. Zuweilen lagen die Schienen kaum zehn Meter von ihm entfernt, dann wieder verschwand der See hinter dem Tannenwald auf einer Landzunge. Man hätte denken können, Neuzeit rollte durch menschenleere Urzeit, wären da nicht die roten Fischerhütten mit ihren gelben Fensterrahmen gewesen und Fischerboote aus Weidengeflecht, mit Leder bezogen.

Nachdem der Zug den Baikalsee hinter sich gelassen hatte, ging es weiter durch mächtige Felsenpässe – das Tor zur Mongolei. Hier sahen die Bahnhöfe anders aus, orientalisch, mit Türmchen auf den Dachecken. Und die Menschen erst. Guck mal, Hedda, lauter kleine Leute mit großen Köpfen!, staunte Gudrun. Nach einem halben Tag hatte sie mehr Reiter gesehen als während der ganzen Reise zuvor. Nun fühlte sie sich in Asien angekommen. Als sie die ersten Jurten sah, wünschte sie, der Zug würde wegen eines Schadens liegenbleiben. Zu gern hätte sie einmal ein Kamel angefasst und sich in den runden Zelten umgeschaut.

Nur noch ein Tag, dann würden sie die Sowjetunion verlassen. Zu Gudruns Verwunderung hatten sich die Tage während der ganzen vergangenen Woche gedehnt, sie schienen kein Ende zu nehmen, die Stunden der Langeweile – trotz des Englischunterrichts bei Mrs. Milton und der Bekenntnisse von Frau Ackermann, die Gudrun halfen, sich selbst besser zu verstehen. Trotz der Maniküre. Die Wienerin war ihre erste Kundin gewesen, Mrs. Milton folgte. Umgehend wurde Gudrun weiterempfohlen. Selbst Männer meldeten sich an. Gudrun kassierte die ersten selbstverdienten Dollar. Fedja, der Schlafwagenschaffner, der von eingewachsenen Daumennägeln geplagt wurde, bekam eine kostenlose Behandlung.

Doch nun, da das Ende der Reise in Sicht kam, raste die Zeit. Die Menschen wirkten wie aufgedreht, als liege eine Art Dornröschenschlaf hinter ihnen. Ihre Gespräche bekamen einen besorgten Tonfall. Hinter der Sowjetunion begann japanisches Hoheitsgebiet. Wegen der fortwährenden Feindseligkeiten zwischen Japan und der Sowjetunion richteten sich die Reisenden auf einen Grenzübertritt mit erheblichen Hindernissen ein. Diese Sorge erwies sich als unbegründet, mit den Japanern gab es keine Schwierigkeiten. Dagegen dauerte die Kontrolle durch sowjetische Zöllner viele Stunden. Penibel untersuchten sie Gepäck, Handtaschen und Mäntel. Vor allem interessierte sie Gedrucktes und Handschriftliches. Am Ende machten sie keinen Unterschied – wie auch, wenn man die Sprache nicht verstand. Jedes Stück Papier wurde beschlagnahmt, darunter Heddas Reisetagebuch. Sie erklärte es sich mit einer riesigen Angst vor Spionage und nahm es erstaunlich gelassen hin. Sie habe das Wichtigste im Kopf, sagte sie, das könne ihr keiner wegnehmen.

Als sie die Stadt Harbin in der Mandschurei erreichten, wurden Gudrun und ein Dutzend andere Flüchtlinge von Vertretern der jüdischen Gemeinde in Empfang genommen. Sie hatten die Weiterreise organisiert, erst in einem japanischen Zug, dann per Schiff. Für das Wiener Ehepaar hörte die Fahrt hier auf, es wollte das Ende des Krieges in Harbin abwarten. Offenbar gehörte

Dr. Ackermann – wie Gudrun schon vermutet hatte – zu den privilegierten Flüchtlingen und hatte Sonderkonditionen erhalten.

Am Hafen von Dalian erregten die zwei Riesinnen großes Aufsehen. Sie sahen sich von kleinen Menschen umringt, wurden bestaunt und belacht. Mütter ermunterten ihre Kleinkinder, die großen weißen Hände zu betasten.

Hier trennten sich die Wege von Gudrun und Hedda. Sie umarmten sich aufs Herzlichste, überzeugt, sich einmal wiederzusehen. Gudrun mochte Hedda gern, doch dass sie nie den Mund hielt und alles besser wusste, war mit der Zeit anstrengend geworden. Umso mehr freute sie sich auf eine Kabine ganz für sich allein.

Für die Schiffspassage nach Shanghai besaß sie ein Erste-Klasse-Billet, aber nun hatte die Buchung keine Gültigkeit mehr. Juden, so hieß es ohne weitere Erklärung, dürften nur in der dritten Klasse reisen. Sie biss die Zähne zusammen. Ohne Zweifel hatte man sie übers Ohr gehauen. Ganz leicht ging das bei einem Flüchtling, der sich nicht wehren konnte. Das ihr zugewiesene Quartier befand sich in einem Großraum unter Deck. Inmitten der armen Leute mit Ziegen, kleinen Schweinen und Geflügel, mit Flöhen und Wanzen hielt sie es nicht lange aus. War sie um die halbe Welt gereist, um hier zwischen Kleinvieh zu ersticken?

Sie ging wieder an Deck. Ein japanischer Schiffsoffizier verstellte ihr den Weg. No! Er wollte sie zurückschicken, doch als sie ihm ihr silbernes Feuerzeug hinhielt, ließ er mit sich reden. Schließlich öffnete er die Tür zu einer Kabine mit Fenster, Waschbecken und Toilette. So kam es, dass Gudrun Samuel das Gelbe Meer wie eine Großfürstin bereiste. Doch ihr Erlebnis unter Deck ließ sie Schlimmes ahnen. Wie würde es erst in Shanghai aussehen? Paris des Ostens? Da hatte sie wohl etwas gründlich missverstanden.

5   Am frühen Morgen ließ der Dampfer die Mündung des Yangtse hinter sich und bog in den Huangpu ein. Gudrun stand inmitten von Einwanderern an der Reling. Feuchte Kälte schlug ihr ins Gesicht. Die Stadt und der Hafenfluss lagen im Nebel. In unmittelbarer Nähe ankerte ein gigantischer Frachter, davor eine wimmelnde Masse kleiner flacher Löschkähne. Dichtgedrängt lagen sie dem Riesen zu Füßen und nahmen seine in Säcken verstaute Fracht entgegen. Sie bildeten eine schwankende Insel, auf der hunderte Männer in Bewegung waren. Der japanische Dampfer, auf dem Gudrun sich befand, näherte sich einer Wand aus imposanten Kolonialbauten, die im sich auflösenden Morgendunst wie ein künstliches Gebirge aussah.

Die Passagiere an Deck riefen Ah und Oh und zupften sich gegenseitig an den Ärmeln. Was sie zu sehen bekamen, war in der Tat atemberaubend. Shanghais Prachtufer, der *Bund*, traf Gudrun völlig unvorbereitet. Von der berühmten Skyline hatte sie nicht einmal eine Abbildung gesehen. Keine Ziegen und keine Hängebauchschweine. Offenbar kam sie doch in eine europäische Umgebung. Neben ihr trug ein Passagier seine Erkenntnisse aus dem Baedeker vor: Links die Kuppel, das muss die Hongkong und Shanghai Bank sein, die größte Bank des Fernen Ostens! Und der Glockenturm? Moment, das haben wir gleich. Hier! Es handelt sich um den legendären Clock-Tower des Zollamtes. Mit der Gesamtanlage wollten die Erbauer Europa übertreffen, sogar Amerika, sie wollten die Wall Street und die Champs-Élysées übertrumpfen.

Er war ein älterer Herr mit Hut und österreichischem Akzent. Sie reisen allein? Wo haben Sie sich an Bord versteckt? Gudrun fand, dass er zu viel wissen wollte, und zeigte auf einen massigen Gebäudeturm.

Und was ist das?

Das ist, hm, da bin ich offen gestanden überfragt.

Er blätterte in seinem Reiseführer, doch der ließ ihn im Stich. Eine Dschunke mit rechteckigen, abenteuerlich geflickten Segeln tauchte auf. Ein gelungenes Beispiel für Improvisation, schaltete sich nun wieder Gudruns Nachbar ein. In Ländern wie diesem wird alles wiederverwertet. Einer wirft etwas weg – ein zweiter hebt es auf, weil er damit etwas anfangen kann.

Eine Variante von Hedda stand neben Gudrun, der Typ Mann, der nicht müde wurde, sein Wissen weiterzugeben. Durchaus interessante Dingen, denn es ging um Opium, Gangster und das Nachtleben. Er wusste wirklich alles. Ungefragt wurde Gudrun über die politischen Verhältnisse aufgeklärt: Hier hatten die Chinesen am allerwenigsten zu sagen. Die Japaner waren die Herren in diesem Teil Chinas. Beim Massaker von Nanking hatten sie zweihunderttausend Chinesen niedergemetzelt und Shanghai 1937 besetzt. Sie kontrollierten den Hafen und den Zoll, nicht aber die Geschäfte der Ausländer und auch nicht die Bezirke *International Settlement* und *French Concession*, in denen die Europäer und Amerikaner wohnten. Da Shanghai vom chinesischen Hinterland abgeschnitten war, stagnierte die Wirtschaft und lebte im Schwebezustand. Die große Frage war, was die Japaner mit dieser Stadt vorhatten.

6 Am Pier herrschte ein ungeheures Gedränge: Menschen aller Hautfarben, mit und ohne Gepäck, mit und ohne Karren, mit und ohne Uniform, Männer, Frauen, Kinder, Familien, Händler, Matrosen, Bettler und zahllose Kulis.

Wie schon in Harbin waren Mitglieder einer jüdischen Gemeinde erschienen. Sie beschrieben folgende Situation: Etwa zwanzigtausend Juden aus Mitteleuropa befanden sich derzeit in Shanghai, der größte Teil war 1938 in die Stadt geströmt. Ihre Situation war äußerst schwierig geworden. Für die Flüchtlinge standen Lager bereit, an Arbeit und private Wohnungen war kaum mehr zu kommen. Insgesamt lebten in Shanghai grob geschätzt vier Millionen Menschen, unter ihnen sechzigtausend Europäer und Amerikaner, unter diesen wiederum zweitausend Auslandsdeutsche, die bis vor wenigen Jahren nur eine untergeordnete Rolle gespielt hatten. Es waren auch Nazis darunter, leider nicht nur in der deutschen Kolonie.

Ein Ring neugieriger Chinesen belagerte die Neuankömmlinge. Die Flüchtlinge sollten auf offene kleine Lastwagen verladen werden. Gudrun überlegte blitzschnell. Die primitiven Transportfahrzeuge verhießen nichts Gutes. Aber alles, was sie dem Lager entgegensetzen konnte, war die Adresse der ihr unbekannten Mainzer Arztfamilie Hahn, die 1938 ausgewandert war. Sie zeigte die Anschrift herum. Ein Lastwagenfahrer nickte. Da setzen wir Sie ab. Es ist ganz in der Nähe der Garden Bridge.

Gudrun wartete, bis die anderen auf die Ladefläche gestiegen waren, zuerst die Männer, die anschließend ihren Frauen und Müttern hinaufhalfen. Man trug Sonntagskleidung und bemühte sich um Fassung. Einige Damen mit modischen oder biederen Hütchen auf ihren ordentlichen Frisuren hielten sich ungeschickt am Holzgeländer fest. Nur eine Frau mit einem schräg aufgesetzten Barett stand aufrecht da und beobachtete, was um sie herum geschah. Mutter!, schoss es Gudrun durch den Kopf. Angst stieg in ihr hoch, mehr als Angst – mit Worten nicht zu beschreiben.

Ich geh da nicht hoch!

Kommen Sie, junge Dame.

Ein jüdischer Betreuer nahm ihren Arm. Sie riss sich los und prallte gegen einen Chinesen, der irgendetwas rief und über das ganze Gesicht strahlte. Gelächter bei den Zuschauern ringsum.

Na los, forderte der Helfer sie ein zweites Mal auf. Sie tun ja gerade so, als ginge es zu Ihrer Hinrichtung.

Hier sind Sie wenigstens an der frischen Luft, rief ein Spaß-vogel aus dem Helferkreis, der auf der Ladefläche stand und mit einem kurzen Ziegenmeckern an die Zustände unter dem Schiffs-deck erinnerte. Nur die Chinesen fanden ihn komisch. Gudruns Anfall war vorbei. Sie schaute sich den Spaßvogel näher an. Er trug eine Wollmütze wie zum Skilaufen, die er sich vom Kopf riss, als die Sonne durchbrach. Seine dunklen Haare reichten ihm bis zu den Ohren. Bestimmt ein Künstler, dachte sie.

Los, Toni, rief jemand. Hilf doch mal der jungen Dame aufs Pferd.

Der Schwarzhaarige wollte Gudrun die Hand reichen, doch sie hatte bereits einen kleinen Anlauf genommen und sich mit Schwung auf den Lastwagen gestemmt – keine große Sache, wenn man früher auf Rheinschleppern mitgefahren war.

Jubel beim Publikum.

Das hätten Sie nicht tun sollen, tadelte ein Betreuer. Schauen Sie sich jetzt nur mal Ihre Hände an!

Sie waren schwarz vor Schmutz. Die Chinesen fanden auch das zum Totlachen.

Drei kleine Lastwagen mit Menschenfracht bahnten sich ihren Weg aus dem Hafengelände. Dann umfing sie die Stadt. Von den Häuserfronten hingen Fahnen und Banner mit farbigen chinesi-schen Schriftzeichen herab. Das Gedränge ließ nicht nach. Häu-fig ging es nur im Schritttempo weiter. Indische, französische und russische Polizisten regelten den Verkehr aus Straßenbah-nen, Trolleybussen, Doppeldeckerbussen, Limousinen und Taxen. Und dann die Rikschas, eine neben der anderen. Schmächtige Männer in kniekurzen Hosen und zerrissenen Kitteln, die den Oberkörper kaum verhüllten, beförderten im Laufschritt ihre Kunden, Chinesen oder Europäer, alle gut gekleidet und letztere oft wohlgenährt. Gudrun war entsetzt, dass Menschen die Arbeit von Zugtieren machten …

Die ganze Stadt kam ihr vor wie ein Markt. Es wurde gehandelt, gekauft, gegessen und auf den Boden gespuckt. An den Straßenrändern reihten sich die Geschäfte aneinander, Garküchen mit dampfenden Kesseln, winzige Verkaufsstände für Fisch, Gemüse, Holz und tausend andere Dinge. Chinesische Frauen hatten ihre Kleinkinder in Kleidung gesteckt, die hinten geschlitzt war und die Pobäckchen freigab. Es roch nach Diesel, Gummi und gedünstetem Gemüse. Und zwischendrin bewegten sich, obwohl dies kaum möglich war, die Lastenträger, mit einer langen Stange über der Schulter, an deren Enden je ein beladener Korb hing.

Die Einwanderer auf dem Lastwagen hielten sich die Nase zu. Sie steckten im Stau, es ging nicht vor und nicht zurück, und ausgerechnet jetzt stand jemand neben ihnen, der in seinen Körben eine braune, eklige Masse beförderte.

Menschliche Exkremente, sagte der selbsternannte Shanghai-Experte. Man holt sie aus den Häusern und düngt damit die Gärten und Felder.

Mutter würde der Schlag treffen, dachte Gudrun. Sie darf es nie erfahren, sonst weigert sie sich zu kommen.

Sie näherten sich einer Brücke mit einer auffälligen Stahlkonstruktion in Tunnelform, dann hielt der Laster.

Familie Hahn aus Mainz bewohnte zwei Zimmer im achten Stock eines Hochhauses in guter Lage nicht weit vom Bund. Sie hatte Geldsorgen, musste jedoch zufrieden sein, in Räumen mit Heizung, heißem Wasser und Telefon zu wohnen. In Shanghai waren inzwischen so viele jüdische Allgemeinmediziner eingetroffen, dass kaum einer mehr in seinem Beruf arbeitete. Der Mainzer Arzt, schon über fünfzig, hielt sich mit wenigen Patienten über Wasser. Der eine Raum diente als Praxis, im zweiten standen die Privatmöbel mit dem Ehebett. Begeistert war die Arztfrau nicht, als eines Morgens ohne jede Vorankündigung ein heimatloses Wesen mit einem Köfferchen in der Tür stand und sich als Gudrun Samuel aus Mainz vorstellte.

Aus Mainz? Gibt es eine Verbindung zum Schuhhaus Samuel?

Es gehörte meinem Vater.

Sie haben diese Reise ganz allein gemacht?

Ja.

Und wo werden Sie heute schlafen?

Hier bei Ihnen, antwortete Gudrun ohne den geringsten Zweifel in der Stimme.

Emmi Hahn war überrumpelt. Meinetwegen, sagte sie dann. Wir können für Sie einige Tage ein Feldbett aufstellen, aber Sie müssen die Unterkunft bezahlen. Haben Sie Geld?

Zwölf Dollar. Zur Not geh ich auch putzen.

Nun gut. Manch einer ist hier mit weniger Geld und Arbeitsbereitschaft eingetroffen.

Umgehend schrieb Gudrun an Helene.

Wie Du es Dir gewünscht hast, wohne ich bei anständigen Leuten, bei den Hahns. Shanghai ist riesig. Um dich zu beruhigen: Die Verhältnisse hier sind nicht mehr so schlimm wie früher. Es geht relativ gesittet zu. Frau Hahn sagt, die Ausländer leben unter dem Schutz des exterritorialen Rechts, wie man das hier nennt. Das bedeutet, sie haben ihre eigenen Gesetze, die entsprechen mehr oder weniger denen des britischen Empire. Demnächst soll für Shanghai Visumpflicht eingeführt werden. Keine Angst, ich werde Dir und Oma schon alles Nötige besorgen.

In einer kurzen Notiz an Margot stand: *Bin gut angekommen. Was für eine Stadt! Morgen gehe ich auf Arbeitssuche.*

SHANGHAI

1 Drei Tage nach ihrer Ankunft sprang Gudrun die Stufen eines mit Stuck und Marmor verkleideten Treppenhauses hinunter und stürzte hinaus auf die Bubbling Well Road. Sie konnte ihr Glück nicht fassen, sie hatte Arbeit! Sie stieß leicht gegen den Arm einer Nanny, die einen Kinderwagen schob, entschuldigte sich dafür, bewegte sich geradezu im Tanzschritt durch den Straßenverkehr, wich im letzten Moment einer Tram aus, bis sie auf der anderen Seite einen Park erreichte. Ohne darüber nachzudenken, ob die Gesetze dieser wohlhabenden Umgebung es erlaubten oder nicht, fing sie an zu laufen. Sie musste es tun – andernfalls hätte sie laut vor Freude geschrien.

Ihr neuer Arbeitsplatz war die Praxis Dr. Goldener, Facharzt für Zahnregulierung bei Kindern. Emmi Hahn hatte ihr den Tipp gegeben. Der Arzt verlange viel von seinen Angestellten, denn seine Kunden – Engländer, Russen, Franzosen, Deutsche – gehörten zur High Society. Als Gudrun in der Praxis anrief, bot man ihr für den kommenden Tag einen Termin an. Sie wusste nicht, dass Frau Hahn schon zuvor mit der Arztfrau telefoniert hatte.

Gudrun Samuel? Habe ich richtig gehört: Sie heißt wirklich Gudrun Samuel?

Ja. Sagt Ihnen der Name etwas?

Und ob, bestätigte Sally Goldener. Wir haben uns als Kinder in der Schweiz kennengelernt, im Urlaub mit unseren Müttern. Sie soll sich gleich bei mir melden. Aber bitte, Frau Hahn, nichts verraten. Ich will testen, ob sie bei Überraschungen leicht die Fassung verliert. Da wäre sie ungeeignet.

Auf Sally Goldeners Eröffnung, man sei sich schon früher einmal über den Weg gelaufen, reagierte Gudrun lächelnd und ganz ruhig. An das Kind von damals, an gemeinsame Schweizer Tage erinnerte sie sich nicht. Auf Anhieb erschien ihr die Arztfrau nicht sonderlich sympathisch. Obwohl im geselligen Rheinland aufgewachsen, wirkte sie verkrampft und unfrei, stets darauf bedacht, genau das Richtige zu tun. Schon in den ersten Minuten machte sie klar, dass sie hier die Chefin war – und nichts als die Chefin. Sie ahnte nicht, wie sehr sie Gudrun damit entgegenkam. Mit dieser angespannten Frau »gute Freundin« spielen zu müssen, hätte sie nicht gekonnt. Aber mit einem schwierigen Menschen zurechtzukommen, auf den sie angewiesen war, das traute sie sich zu, darin hatte sie in den vergangenen zwei Jahren reichlich Erfahrung gesammelt.

Sally Goldener sah in ihr vor allem einen Menschen aus guter Familie, was tadellose Manieren erhoffen ließ. Als sie beim Lesen von Empfehlungsschreiben diverser Praxen der Krankengymnastik und der Mainzer Synagogengemeinde herausfand, dass Gudrun Samuel im Umgang mit Kindern wie mit Kranken geschult war, wurde sie umgehend Doktor Goldener vorgestellt.

Die Arztpraxis lag in einer Einkaufsstraße der gehobenen Kategorie. Alles, was sie dort antraf, kam ihr vertraut vor, es war nur großzügiger, gepflegter, im allerbesten Zustand: Boutiquen, Cafés, Apotheken, eine Chocolaterie, eine Buchhandlung, ein Kaufhaus mit Jugendstilkuppel. Hier ging man nicht einfach nur einkaufen, hier flanierte man. Wer London, Paris oder New York kannte, war der Ansicht, dass Shanghai ein ähnliches Ambiente und eine ebenso überwältigende Architektur zu bieten hatte. Jemand grüßte sie. Es war ein Deutscher mit schwarzweißen Schuhen, der ihr den Weg gewiesen hatte, als sie aus der Tram gestiegen war.

Als sie das Haus in der Bubbling Well Road zum zweiten Mal verließ, tanzte sie nicht. Sie war ernüchtert. Ein Zehnstundentag lag hinter ihr. Sally duzte Gudrun und ließ sich von ihr mit »Frau Doktor« anreden. Bevor die ersten Patienten eintrafen, steckte sie die Neue in ein einfaches graues Kleid, darüber eine weiße Schürze, und machte Fingernägelkontrolle. Doktor Goldener verhielt sich von der ersten bis zur letzten Stunde Gudrun gegenüber geringschätzig. Am Abend wollte Emmi Hahn wissen, wie viel man ihr bezahlte, und nannte den Betrag »schäbig«.

Das Beste, was Gudrun zu Sally Goldener einfiel, trug den Namen Marlene. Mit der Erziehung ihrer zweijährigen Tochter war die Arztfrau vollkommen überfordert, denn die zwanghafte Art, immer hundertprozentig das Richtige tun zu wollen, und die ständigen Zweifel, ob ihr das gelang, machte sie bei den kleinen Machtkämpfen mit dem Kind zur Unterlegenen. Gudrun nahm es schadenfroh wahr. Sie selbst kam mit Marlene ebenso gut zurecht wie mit den kleinen Patienten von Doktor Goldener. Sie verhielt sich nach dem Vorbild von Fräulein Holl aufmerksam, liebevoll und gelassen. Wenn sie ein Kind beruhigte, tröstete oder aufmunterte, es durch Spielen oder Scherzen ablenkte, war sie ganz bei sich.

Lehrjahre sind keine Herrenjahre. Immer schon war ihr der Spruch zuwider gewesen. War sie nach Shanghai gekommen, um ihn sich aus dem Mund dieser dummen Person Sally anhören zu müssen? Nein, es war kein guter Start.

Der Park rettete sie. Hier, auf einer Bank nahe der Praxis, verbrachte sie ihre dreißig Minuten Mittagspause. Und hier beobachtete sie ein Phänomen: Es gab Menschen, die spazierten nicht durch den Park, die gingen schnell, extrem schnell, als müssten sie in kürzester Zeit ein Ziel erreichen, ohne in den Laufschritt

zu verfallen. Ein Passant – es war der Mann mit den schwarzweißen Schuhen – erzählte ihr, das sei eine britische Marotte. In den
Parks von London sei dies ein vertrauter Anblick und das Gehen
für die Engländer ein traditioneller Sport.

Der Deutsche, dünn wie ein Spargel, mit einer goldenen Krawatte, kam aus Sachsen. Er stellte sich als Kurti Wuchtig vor.
Gudrun musste lachen.

Ist das wirklich Ihr Name?

Ja. Muss man mit leben.

Sie erfuhr, dass er ganz in der Nähe ein kleines Verkaufskontor
betreibe und sich mittags die Beine vertreten müsse. Gudrun
reichte ihm die Hand und nannte ihren Namen. Dann war die
Pause vorbei. Aus der ersten Begegnung entwickelte sich ein netter Kontakt. Wuchtig, knapp vierzig Jahre alt, hatte eine Glatze
und wohnte mit Unterbrechungen seit fünfzehn Jahren in Shanghai. Der Junggeselle verhielt sich in keiner Weise aufdringlich.
Junge Dinger, gab er ihr zu verstehen, interessierten ihn nicht. Er
bevorzugte gleichaltrige Frauen. Gudrun mochte es, wie er säch-
selte.

Abends, beim Verlassen der Praxis von Dr. Goldener bedauerte sie, dass es für den Park schon zu dunkel war. Sie war selbst
zur Geherin geworden. Wann immer sich die Gelegenheit bot,
ging sie schnellen Schrittes durch den Park. Der Sport war anstrengend und schweißtreibend. Für die Mittagspause kam er
nicht in Frage. Also blieb ihr nur der Sonntag, den sie konse-
quent nutzte, um eine elende Arbeitswoche von sich abzuschüt-
teln.

Zehn Tage nach ihrer Ankunft in Shanghai bezog Gudrun
eine eigene Wohnung – auch diese alles andere als ein Glücks-
griff: zwanzig Quadratmeter inklusive Bad, scheußlich möbliert, nichts passte zusammen, an den Wänden war Schimmel.
Nebenan telefonierte eine heisere russische Frauenstimme stun-

denlang. Auch die Heizung funktionierte nicht, und das im Winter, in einer Stadt mit einem ewig feuchten, ungesunden Klima.

Die Wände waren wie aus Pappe. Was immer nebenan geschah, es drang wie ein Hörspiel in Gudruns Appartement: wenn ihre Nachbarin Platten von Marlene Dietrich abspielte, wenn sie Kundinnen in Liebesdingen beriet, wenn sie morgens endlos hustete und dann ihren Kanarienvogel begrüßte, wenn sie einen Liebhaber empfing oder, von kleinen Juchzern begleitet, allein Hand anlegte.

In der ersten Nacht in der neuen Umgebung war Gudrun einfach nur unglücklich. Heulend lag sie in ihrem Bett. Wer hier nicht das Saufen anfängt, dachte sie, muss ein Held oder ein Heiliger sein. Plötzlich strich ihr jemand übers Haar. Komm, Täubchen. Eine zierliche Frau stand mit einem Glas Tee neben ihr. Trink das. Sehr gut.

Wie sind Sie hier reingekommen?

Kindchen, Türschloss für Anfänger. Sie hielt ihr die Hand hin. Lisa Taronowa.

Die Nachbarin trug einen weinroten wattierten Seidenmantel mit einem aufgesteppten Blumenmuster. Um den Kopf hatte sie turbanartig ein schwarzes, von Silberfäden durchzogenes Tuch gewickelt. Sie versprach, billig eine Kampferkiste aufzutreiben, damit Kleidung und Schuhe nicht schimmelten.

Am nächsten Tag befestigte Gudrun eine Sicherheitskette an ihrer Tür. Sie war so bei der Sache, dass sie vergaß, die rote Wollmütze abzunehmen. Lisa, noch immer mit Turban, stand rauchend im Treppenhaus. In Deutschland viel Angst, ja?

Gudrun nickte nur.

Rote Federn, scheuer Vogel.

Wie bitte? Was haben Sie gesagt?

Rote Federn, scheuer Vogel. Leben von Flüchtling. Fremde

Person in fremde Land, sehr auffällig und sehr misstrauisch. Darum sagt Gedicht: Rote Federn, scheuer Vogel.

Und wie geht es weiter?

Weiß nicht. Vergessen.

2 Kurti Wuchtig, der nette Bekannte aus dem Park, nahm Anteil an ihrer Wohnsituation, meinte aber, gemessen an Shanghai schildere Gudrun normale Verhältnisse. Es gebe weiß Gott schlimmere Abgründe und er könne ihr gern mehr zu diesem Moloch erzählen. Zum Beispiel über die aktuelle Lage.

Was meinen Sie?

Was sich zum Beispiel derzeit im Deutschen Generalkonsulat abspielt. Das dürfte für Sie als Jüdin von Interesse sein.

Sind Sie auch Jude?

Nein. Einfach nur ein Deutscher, der die Nazis verabscheut.

Er wusste interessante Details zur deutschen Kolonie: Die SS besaß selbst in Shanghai ihren Repräsentanten. Ende der dreißiger Jahre war im deutschen Generalkonsulat, das sich mit einer Hakenkreuzfahne schmückte, ein neuer Posten geschaffen worden, der Polizeiverbindungsführer. Er unterstand dem Reichssicherheitshauptamt in Berlin und verfügte über eine Reihe von Mitarbeitern. Die Konsulatsangehörigen, so Wuchtig, wären zunächst skeptisch gewesen, hätten sich dann aber doch mit ihren neuen Kollegen abgefunden. Diese Männer waren SS-Offiziere und Polizeibeamte zugleich. Als solche überwachten sie die politische Einstellung der Deutschen, und sie beobachteten die jüdischen Flüchtlinge, wobei sie ihre Berliner Vorgesetzten mit entsprechenden Berichten versorgten.

Alles Schweine, sagte Wuchtig. Welcome to Shanghai, Eldorado der Niederträchtigen und Korrupten. Und ein Paradies für Immobilienspekulanten.

Ganze Straßenzüge waren in den Besitz Einzelner gelangt, die sich nicht um die Häuser kümmerten und sie maßlos überteuert an Flüchtlinge vermieteten. In den europäischen Hauptstädten stieß eine solche Geldgier vielleicht irgendwann an die Grenzen der guten Sitten. Nicht so im Fernen Osten. Es kümmerte niemanden, wodurch hier jemand sein Vermögen erworben hatte, solange es sich um ein großes Vermögen handelte. Man konnte den allerfeinsten Klubs angehören und gleichzeitig in seinen Baumwollspinnereien Kulis oder Kinder für Hungerlöhne arbeiten lassen. Auch galt die Zusammenarbeit mit den Großgangstern der chinesischen Triaden keineswegs als anrüchig, es sollte nur nicht allzu offensichtlich geschehen. Die Stadt verdankte ihren märchenhaften Aufstieg zu einem großen Teil dem schmutzigen Drogengeld, und man sah keinen Grund, Bewährtes aufzugeben, solange so viele Menschen davon profitierten. Wichtig war nur, genau zu unterscheiden, welches Verhalten für die Öffentlichkeit bestimmt war und welches in die Hinterzimmer gehörte. Dass die Gentlemen zum Beispiel ihre Seitensprünge diskret abwickelten und dass sie nie, wirklich nie eine Chinesin zum Traualtar führten.

Offiziell gab man sich sittsam im verruchten Shanghai. Menschen, die sich außerhalb der eigenen vier Wände zärtlich berührten, hätten sofort Klatsch provoziert. Der strenge Verhaltenskodex galt auch für verheiratete Paare. Allenfalls ein Begrüßungskuss auf die Stirn war dem Gatten erlaubt, wenn er seine Frau im vornehmen French-Club abholte. Es gab christliche und orthodoxe Kirchen, Tempel, Pagoden, Synagogen, doch die Ausländer, die in Shanghai den Ton angaben, waren alle Angehörige der gleichen Religion und verehrten denselben Gott. Sein Name war MONEY.

Aufbauen und Zerstören, in diesem Rhythmus lebte Shanghai, seit europäische Geschäftsleute und Glücksritter hier achtzig Jahre zuvor faktisch die Herrschaft übernommen hatten. Viele Briten und Franzosen, auch einige Deutsche waren innerhalb kürzester Zeit unvorstellbar reich geworden, durch Außenhandel, Bankgeschäfte und vor allem durch Opiumschmuggel.

Es gab viel architektonischen Glanz in der Hafenstadt und genauso viel Baufälligkeit. Sie wuchs und wuchs und drängte dabei die chinesischen Bewohner an den Rand in Elendsviertel ab. Hastig wurde ein Gebäude nach dem anderen hochgezogen. Hohe Häuser, hohe Renditen, nicht immer ging die Rechnung auf. Manche Gebäude fielen schon nach wenigen Jahren wieder zusammen. Gudrun sah, dass ihre Unterkunft auf dem besten Weg dahin war. Aber die Miete war günstig, darum wohnte sie hier. Darum zog auch Lisa nicht aus, obwohl sie ständig davon sprach.

Gudruns Nachbarin verdiente mit Kartenlegen mehr Geld als die meisten ihrer Bekannten, die Lisa gern mit Borschtsch bekochte. Manchmal überließ ihr ein Freund, der beim Hunderennen gewonnen hatte, ein paar Dollar. Dann lud die Russin alle an ihren runden Tisch, wo sie sich unter einem ramponierten Kristallleuchter in großer Eile mit Wodka betranken und ihre tränenreichen Lieder sangen.

Ihr Gesicht war herzförmig und reich an Falten. Lisa beherrschte fünf Sprachen, obwohl sie angeblich nur vier Jahre zur Schule gegangen war. Nach eigener Aussage hatte sie ausschließlich Strolche geliebt, Männer, die nichts taugten. Zwei waren ihr davongelaufen, den dritten hätte sie bis in alle Ewigkeit behalten, doch ihn richtete das schleichende Gift des Opiums zugrunde. Auch ihr einziges Kind war gestorben.

Vierzig Jahre oder älter mochte sie sein. Ihr Geburtsdatum erfuhr niemand. Vielleicht wusste sie es selbst nicht, vielleicht war sie als Waisenkind von irgendwem durchgefüttert worden. Über ihre Herkunft machte sie nur Andeutungen. Nein, ihr Vater habe nicht mit dem Zaren diniert, pflegte sie spöttisch zu sagen und bezog sich damit auf die geschönten Biografien, die so viele bettelarme osteuropäische Einwanderer vor sich her trugen.

Der Nachbarin war es zu verdanken, dass endlich die Heizung funktionierte. Eines Morgens, nachdem sie Gudrun die halbe Nacht hatte husten hören, war sie mit Werkzeug angerückt. Als Dank hatte die junge Deutsche ihr den verspannten Nacken massiert. Als Dank für den Dank hatte die Russin zur Schere gegriffen. Gudrun bekam einen Kurzhaarschnitt mit frech abstehenden Locken und einen neuen Namen. Gudrun ist schwer wie Koffer, fand Lisa und nannte sie nun abwechselnd Judy und Täubchen. So vertiefte sich ihre Freundschaft.

3   Im Januar sanken die Temperaturen auf den Gefrierpunkt. Die Chinesen trugen wattierte Mäntel und die wohlhabenden Europäer Pelze. Wer arm war, zog alles übereinander, was er besaß und lief herum wie eine Tonne, weshalb Judy den älteren Herrn, der sie in der Nähe der Garden Bridge ansprach, nicht wiedererkannte.

Er zog seinen Hut. Erinnern Sie sich nicht? Wir haben zusammen auf dem Dampfer Shanghai begrüßt. Damals bin ich Ihnen eine Antwort schuldig geblieben.

Er wies auf das wahrhaft riesige Gebäude neben der Brücke, das in seinen Ausmaßen alle anderen in den Schatten stellte.

Die Shanghai-Mansions, erläuterte er. Erbaut 1934, allererste Adresse, heute im Besitz der Japaner.

Ich weiß. Marmorflure und goldene Balustraden. Dort wohnen Freunde von mir, in der 18. Etage, behauptete Gudrun, um weiteren Belehrungen zu entgehen.

Er lebe noch immer im Lager, berichtete der ältere Herr, und es bestehe keine Aussicht auf Änderung. Keine Arbeit, keine

Heizung. Die hygienischen Verhältnisse seien unzumutbar, geradezu gefährlich für die Gesundheit.

Am Abend erzählte sie Lisa von der Begegnung, und die beiden Frauen listeten auf, über was sie alles verfügten: eine geheizte Stube, ein kleines Einkommen, einen warmen Mantel, Kleider zum Ausgehen, spendierfreudige Verehrer.

Und Kanarienvogel, fügte Lisa hinzu. Sie stand vor ihrem großen Spiegel und jagte einzelne graue Haare. Hab ich dich, Biest du, rief sie jedes Mal, bevor sie ein Haar ausriss.

Lisa hatte das gleiche glatte, glänzende Haar, das Gudrun so an ihrer Mutter bewunderte. Der Abstand zu Mainz machte ihre Sorgen nicht geringer. In Shanghai gab es keine verlässlichen Informationen darüber, was die Nazis in Deutschland noch mit der jüdischen Bevölkerung vorhatten. Aber dass es eigentlich nur schlimmer werden konnte, ließ sich denken. Judy mied »Little Vienna« und »Little Berlin« im Stadtteil Hongkew, wo die meisten Juden lebten – vordergründig, weil es ein Kleine-Leute-Viertel war, tatsächlich aber aus Furcht, durch Gespräche mit anderen Flüchtlingen in Hoffnungslosigkeit zu verfallen.

Sie schrieb nach Mainz, ihre Mutter möge sich endlich entschließen nachzukommen und Oma Regina auch. So übel sei der Ferne Osten nicht. Vor allem sei es durchaus möglich, hier in Shanghai an Visa zu kommen, damit sie die nötigen Transitvisa für die Reise erhielten.

In dieser Stadt gab es nichts, was man nicht kaufen konnte. Gudrun hörte sich um: Ein Kuba-Visum – mit derselben Funktion wie damals ihr Honduras-Visum – kostete 1500 Dollar. Also für zwei Personen 3000 Dollar! Nie würde sie die Summe aufbringen. Und niemand würde ihr je so viel Geld leihen.

Was ist los, Täubchen? Traurig?

Meine Mutter. Ich sehe keinen Ausweg.

Kommt. Kommt bestimmt!

Lisa hatte das Haarezupfen beendet, blieb aber dem Spiegel zugewandt und sagte melancholisch: Eines Tages Farbe schwarz wie Tinte. Aber sieht man: Ist Farbe von Tinte! Ist nicht Farbe von Haaren. Dann betrachtete sie kritisch ihre Nase. Sie schob die Haut oberhalb der Nasenwurzel hoch und erreichte damit die Form einer Stupsnase.

Jede Nase ist falsch. Passt nicht zum Gesicht.

Wie bitte?

Das Nasenthema war ihr Tick. Auch die klassische Nase, auf die Gudrun so stolz war, missfiel Lisa. Ihrer Meinung nach verdiente ein so weiches Gesicht ein zierliches Gebilde in seiner Mitte, und die Asiaten seien im Recht, die Europäer Langnasen zu nennen.

Sie beendete ihre Verrichtungen vor dem Spiegel, indem sie sich kunstvoll das schwarze Tuch um den Kopf wickelte, was ihr mageres Gesicht mit den großen Augen betonte. So, sagte sie, während sie ein goldenes Armband aus besseren Tagen anlegte. Jetzt kann kommen.

Wie sie Judy verraten hatte, erwartete sie einen immens reichen Kunden. Amerikaner, jung, dynamisch. Sein Vater besaß in Philadelphia eine Reederei, und der Sohn sollte herausfinden, ob sich Ähnliches in Shanghai aufzubauen lohne. Judy verabschiedete sich und ging in ihr Zimmer zurück. Kurz darauf hörte sie, wie Lisa jemanden begrüßte. Eine Männerstimme antwortete. Eine halbe Stunde später kam es zu einem heftigen Streit, dann knallte die Tür. Schritte entfernten sich.

Judy klopfte leise.

Alles in Ordnung?

Ja, Täubchen. Komm.

Lisa stand am Fenster und rauchte. Sie zeigte auf eine männliche Gestalt im Wintermantel, die gerade ein goldenes Taxi bestieg.

Schlechte Manieren.

Das habe ich gehört. Was war denn der Grund?

Sage ich, Zeit schlecht für Geschäfte. Sagt er, Krieg gut für Geschäfte. Großer Krieg braucht Schiffe. Sage ich: Karten sagen nein. Sagt er: Karten lügen. Sage ich: Karten lügen nicht. Menschen lügen.

Gudrun zündete sich eine Zigarette an und dachte über Lisas Worte nach. Jeder, mit dem sie in Shanghai gesprochen hatte, war der Überzeugung, in dieser Region werde es keinen Krieg geben, von dem die Bewohner der europäischen Viertel etwas zu befürchten hätten. Es gebe nur die immer wieder aufflackernden Kämpfe zwischen Japanern und Chinesen. Zwar hätten 1937 Bomben das International Settlement getroffen, offenbar ein Versehen. Unter den Toten des Cathay-Hotels seien auch europäische Gäste gewesen. Vom Stadtteil Hongkew allerdings, damals überwiegend von chinesischen Kriegsflüchtlingen bewohnt, blieb kaum mehr als eine Trümmerwüste zurück. Seitdem hatte sich die Lage beruhigt, und Teile des Viertels waren von jüdischen Flüchtlingen wieder aufgebaut worden.

Lisa wollte gerade das Thema Krieg wieder aufnehmen, als sie ein heftiger Husten überfiel. Ein leiser Pfeifton begleitete ihre Atmung. Sie musste sich setzen.

Täubchen, bitte, nicht rauchen, beschwor Lisa sie, als sich Judy eine neue Zigarette anzündete. Bist jung, hast so schöne Haut. Und ich …

Jawohl, Mama. Judy nahm einen tiefen Zug. Noch mal, Lisa, wie ist das mit dem Krieg?

Die Russin konnte nichts Genaues dazu sagen. Sie versank in Schweigen. Auf dem Tisch lag eine Zehndollarnote, ihr Honorar. Nach einer Weile steckte sie den Schein in ihren Ausschnitt.

Junge Mann ist dumm, kam es plötzlich mit einer Gewissheit, wie andere Menschen sagen: Schnee ist kalt. Dann teilte sie Judy das Resultat ihrer Überlegungen mit: Da Japan und Deutschland enge Freunde waren, mit der Gemeinsamkeit, dass sie politisch völlig isoliert waren, würde es nicht lange dauern, bis sie dieselben Feinde hatten.

Psychologie, Judy. Kennst du Menschen, kennst du Politik.

An welchen Feind denkst du dabei?

Amerika.

Aber das liegt doch so weit weg ... Judy verstummte. Lisa konnte recht haben. Wenn sich Staaten über den halben Erdball hinweg verbrüderten, dann konnten sich Staaten genauso gut über den halben Erdball hinweg bekriegen.

Junge Mann aus Amerika ist dumm, aber schön. Nur ...

Nur etwas ist falsch, ich weiß, Lisa. Seine Nase.

Ja. Nase wie Kieselstein.

Lisa verschwand hinter ihrem Paravent, der über und über mit den Federn tropischer Vögel beklebt war. Er stammte aus Singapur und war das Geschenk eines Schiffsoffiziers, der ihr jahrelang vergeblich den Hof gemacht hatte.

Lisa hängte ihre Berufsbekleidung über den Paravent. Währenddessen teilte sie Judy mit, sie sei mit zwei Männern verabredet. Einer davon sei für ihre Freundin bestimmt.

4   Es war das erste Mal, dass Gudrun als Judy vorgestellt wurde. Die Männer waren Briten, jung, arglos, frisch in Shanghai eingetroffen, wo sie für eine Exportfirma arbeiteten. Freddy und Teddy hießen sie, was dann während des ganzen Zusammenseins zu lustigen Verwechslungen führte. Die beiden Männer erschienen ordentlich frisiert im Abendanzug, dufteten nach Eau de Cologne und brachten einen Blumenstrauß mit. Lisa Taronowa empfing sie in einer dunklen langen Robe. Über dem tiefen Rückenausschnitt lag eine schwarzweiße Federboa, die

ihre hervorstehenden Schulterblätter nur teilweise bedeckte. Judy trug ein weißes durchgeknöpftes Leinenkleid. Eine weiße Kappe mit einem kleinen Schirm saß frech auf ihren dunklen Locken. Während die Engländer den Damen in die Mäntel halfen, machten sie Komplimente. Dann standen sie auf der Straße und winkten vier Rikschas herbei.

Can do Nanking Road?

Can do, Miss.

Dank Pidgin-English war die Alltagsverständigung mit den Chinesen kein Problem. Als Gudrun die ersten Rikschakulis zu Gesicht bekommen hatte, war es ihr undenkbar erschienen, jemals selbst ein solches Gespann zu benutzen. Aber man übernimmt schnell Gewohnheiten, die bequem und üblich sind, und jemand in Gudruns Lage konnte es sich nicht leisten, ein besserer Mensch zu sein.

Lisa hatte beschlossen, die jungen Männer und ihre wohlerzogene Freundin aus Deutschland mit der gemäßigten Variante von Shanghais Nachtleben vertraut zu machen. Sie begannen in einer Hotelbar, dann schoben sie sich durch das Gedränge der Nanking Road, betrachteten die Angebote der Straßenhändler, feilschten, kauften Süßigkeiten, schauten sich die Auslagen der besseren Geschäfte an und besuchten einen Tempelbezirk. Später bummelten sie durch enge chinesische Gassen, wo zwischen den höheren Etagen Wäsche zum Trocknen hing. Der feuchtkalte Wind machte Judy vom Knie abwärts zu schaffen, der übliche Preis für hauchdünne Strümpfe und elegante Pumps.

Nach einem späten Essen in einem russischen Restaurant gingen sie in einen Nachtklub, wo eine Philippino-Band Swing spielte. Die Tanzfläche war aus Glas und wurde von unten angeleuchtet. Gutgekleidete Europäer hielten koreanische und japanische Mädchen im Arm. Die Tänzerinnen – adrett, attraktiv und asiatisch lächelnd – trugen schmale, an der Seite geschlitzte Kleider mit kleinen, hochgestellten Kragen und kurzen Ärmeln.

Teddy, dem der Whiskey bereits in den Kopf gestiegen war, glotzte wie ein Knabe vom Land, der zum ersten Mal im sündigen Babel zu Besuch ist. Schließlich bat er überlaut und mit glitzernden Äuglein Lisa um eine Erläuterung.

Wenn ich mir die Frage erlauben darf, Madam: Sind das Huren?

Seine direkte Sprache ließ den Kollegen erröten.

Können fragen, schlug Lisa vor und erhob sich leicht vom Stuhl.

Um Gottes willen, Madam, bloß das nicht, bettelte Freddy. Die Russin setzte sich wieder und schenkte ihm ein wunderbares Lächeln. Sie nippte an ihrem Champagnerglas und suchte nach den passenden Worten. In Shanghai mit Frauen ist so … Sie geriet ins Stocken.

Hier übernahm Judy die Konversation, berichtete von einem älteren Herrn, der alles über diese Stadt wisse, weshalb ihr ein paar Zahlen bekannt seien. Bis 1930 habe es in Shanghai achtzigtausend Prostituierte gegeben.

Achtzigtausend? Das kann nicht wahr sein, stieß Teddy hervor.

Außerdem gab es hunderttausend Gangster.

Ach Täubchen, woher alter Mann weiß. Jeder sagt anders. Wann ist Frau Hure? Sag mir, wann? Und wann ist Frau nicht Hure?

Judy schaute sie verständnislos an. Da strich ihr die Russin begütigend über den Arm, als wolle sie sagen, darüber reden wir später noch einmal.

Lisa, Judy und ihre Begleiter tanzten bis um drei Uhr morgens. Als sie den Klub verließen, waren die beiden Männer angetrunken, aber manierlich. Auf den Straßen herrschte immer noch viel Betrieb. Auf Anhieb waren keine freien Rikschas in Sicht. Wieder biss der eisige Wind Judy in die Waden. Vor einem Hauseingang schliefen zerlumpte Gestalten dicht aneinandergedrängt auf Zeitungspapier. Judy war entsetzt.

Wie halten sie das nur aus im Winter?

Schlafen immer kurz, wusste Lisa. Dann laufen herum, bis wieder warm.

Plötzlich stieß Teddy einen Fluch aus. Er fand seine Brieftasche nicht. Sofort waren sie von elend aussehenden Chinesen, auch Kindern, umringt, die sich eine unterhaltsame Szene erhofften. Hektisch durchsuchte der Engländer seine Anzugtaschen, während Lisa beruhigend auf ihn einredete und Freddy ihm auf die Schulter klopfte. Mit Gesten feuerten die Chinesen den Engländer an, ja nicht aufzugeben. Die Dollarscheine fanden sich schließlich in einer Hemdtasche wieder – als der etwas weniger betrunkene Freddy sich daran erinnerte, dass Teddy seine Brieftasche aus Vorsicht zu Hause gelassen hatte.

Die Chinesen klatschten Beifall. Dann verlangten sie für ihre Mitwirkung am Geschehen Teegeld. Ihre Forderungen, unter Kichern vorgetragen, waren ernst gemeint. Der Ring um die Europäer wurde enger; zwei kleine Jungen schlugen Rad und hielten die Hand auf.

Lisa meinte, es sei ganz einfach: Etwas Kleingeld geben, dann hätten sie Ruhe. Und so war es.

Nach dem Abend fiel Judy in Schwermut. In dieser Stadt auszugehen konnte das reinste Vergnügen sein – besäßen die Begleiter nur ein bisschen mehr Charme und Pfeffer. Aber wer außer jenen sterbenslangweiligen Teddys und Freddys kam dazu in Frage? Judy hatte sich genau umgesehen, in der Hotelbar, im russischen Restaurant, im Nachtklub, und sie hatte ihre Freundin entsprechend ausgefragt. Lisa wusste das ganze Sortiment einzuordnen: Kaufleute, Matrosen, Hochstapler, Musiker, kleine und große Ganoven, Offiziere, Spitzel, Polizisten und Verwaltungsbeamte, unter ihnen zahlreiche Säufer und Opiumabhängige.

Der Typ junger Mann, den Gudrun aus Mainz kannte, war nicht dabei gewesen. Nach langen Gesprächen mit Lisa musste sie schließlich einsehen: Jemand wie sie – eine Frau ohne Familie, ohne Status, ohne Geld – hatte bei Junggesellen aus gutem Hause nicht die geringste Chance. Deren Elternhäuser befanden sich am Rand des International Settlement, kleine Paläste mit Tanzsälen und Privatkino, eingebettet in prächtige Gärten.

Judy schaute Lisa verzweifelt an. Ob ihnen denn nur diese Bübchen blieben, mit denen sie auf der Glasfläche getanzt hatten? Die Freundin nickte und warnte: Teddys und Freddys nicht brav – sind scharf wie Messer.

Die meisten Männer, gleich, wie bieder sie aussahen, kamen nach Shanghai, um sich auszutoben, und nicht, um anständige Mädchen zum Tanz auszuführen. Sie wollten Sex, jede Menge und ohne Komplikationen. Die Teddys und Freddys aus Birmingham strebten nicht nach Reichtum, nie würden sie, die kleinen Angestellten ohne Kapital, dorthin gelangen, wo die Dollarmillionäre dinierten. Stattdessen amüsierten sie sich auf Teufel komm raus mit den schönsten Blumen des Nachtlebens, den Taxigirls. Ihr Ruf ging weit über die Metropole hinaus. Männer zahlten einen halben Dollar für drei Tänze, und manchmal gab es gegen Aufpreis Sex. Das Risiko hieß Tripper, wenn man Pech hatte, Syphilis.

Nach spätestens fünf Jahren kehrten die Jungmänner nach England zurück, um mit einem netten Mädchen von nebenan eine Familie zu gründen. Doch manche blieben in Shanghai hängen, der Stadt und ihren Lockungen verfallen. Der Whiskey half nach oder der süße Rauch des Opiums, in beiden Fällen ein Tod auf Raten, der mit großartigen Wunschbildern einherging.

Nach und nach vernichteten die Gifte das gesellschaftliche Ansehen, die sexuelle Leidenschaft, die Gesundheit, die Identität. Ihre Endstation waren Hafenspelunken oder stinkende Opiumhöhlen, die sie mit den Ärmsten der Kulis teilten.

5   *Meine liebe Gudrun, immer wieder staune ich darüber, wo zwei Mädchen aus Mainz gelandet sind: Du in Shanghai, ich in New York. Ich arbeite in einem chinesischen Restaurant. Zufall? Mein Vater verkauft Kartoffeln und Gemüse, meine Mutter ist Babysitter. Wir können davon leben, und das ist das Wichtigste. Großmutter kümmert sich um den Haushalt. Wir machen uns täglich bewusst, dass wir zu den ganz wenigen Juden gehören, die in den letzten Jahren einwandern durften.*

An die Menschen in der jüdischen Gemeinde mussten wir uns erst gewöhnen. Sie sind sehr konservativ, die Männer meistens schwarz gekleidet, mit Hut. Auch die Frauen tragen nur schwarzweiß. Das sind keine liberalen Juden, wie wir sie in Mainz kannten. Aber sie sind uns zugetan und unterstützen uns sehr. Dafür erwarten sie, dass wir keinen Gottesdienst versäumen. Eigentlich lerne ich erst jetzt jüdische Traditionen und Glaubensinhalte tiefer kennen. Ich muss Dir sagen, ich finde sie interessant. Ich glaube, sie geben mir auch Halt. Für Dich wäre das nichts, das weiß ich.

Dieser Tage war ich in der Bibliothek und habe sehr viel über Shanghai gelesen. Es klingt aufregend und gefährlich. Sei vorsichtig. Es grüßt dich Deine Freundin Margot, der Du sehr fehlst.

PS. Ich habe eine kleine, halbverhungerte Katze aufgenommen. Während ich Dir schreibe, streicht sie mir um die Beine.

Margot, meine liebe Freundin, ich hätte Dir eher geschrieben, aber die Dinge verändern sich so schnell, man kommt kaum hinterher. Drei Tage nach meiner Ankunft fand ich Arbeit in der Praxis Dr. Goldener, renommierter Facharzt für Kinderzahnregulierung. Er war immer schlecht gelaunt, er kommandierte mich herum wie ein dummes Dienstmädchen und bezahlte mich miserabel. Aber bevor ich Dr. Goldener verließ, habe ich ihm die ganze Buchführung durcheinandergebracht. Man lernt ja schnell, böse zu sein, wenn man ständig schikaniert wird. Ich weiß inzwischen, wie man so was macht ohne aufzufallen, und ich weiß auch, dass er selbst keine Ahnung von diesen Dingen hat. Jedenfalls hat er mir hinterhertelefoniert und mich inständig gebeten, das Durcheinander zu beseitigen, ohne zu ahnen, dass ich das Ganze selbst verursacht hatte. Meinen Einsatz hab ich mir dann gut bezahlen lassen. Shanghai ist teuer. Ich will eine eigene kleine Praxis für Krankengymnastik aufmachen. Eine neue Freundin kann hellsehen. Lisa meint, es wird sich alles finden. Bitte sag jetzt nichts dazu – schreibt Deine Gudrun, die derzeit jede Art von Hoffnung brauchen kann.

Glückwunsch, Judy, sagte Kurti Wuchtig. Er drückte ihre Hand. Ich kann nur sagen, du lernst schnell.

Er war es gewesen, der Judy beigebracht hatte, eine Buchhaltung so zu manipulieren, dass der Überblick über Einnahmen und Ausgaben verlorenging und damit das ganze System zusammenbrach.

Sie waren zum Du übergegangen, und es gefiel ihr, wenn der Sachse sie »Gleines« und sich selbst »Gurdi« nannte.

Wie viel hat es denn eingebracht?

Dreihundert Dollar.

Kurti nickte. Nicht schlecht für den Anfang.

Du meinst, man hätte noch mehr rausholen können?

Betrüger können das. Sie lassen sich von einem Betriebskonto große Summen aufs eigene Konto überweisen. Und dann verschwinden sie.

Bist du so einer?

Manchmal.

Wie heißt du wirklich?

Kurti Wuchtig.

Und was steht in deinem Pass?

Immer etwas anderes.

Im Ernst?

Lassen wir das, Gleines. Zeit für Dinner. Wir sollten dein erstes krummes Ding feiern. Er zeigte auf seine blauschillernde Krawatte. Schau her: Ich habe mich extra feingemacht.

Es war dunkel geworden. Noch immer regierte der Winter über Shanghai. Auf einer Brücke, die über einen schmalen Fluss führte, blieb Kurti stehen. Das Stadtbild, das vor ihnen lag, erinnerte Judy an Frankfurt, an einen Abend, als sie mit ihrem Vater auf einer Mainbrücke gestanden hatte. Die gleiche Platanenreihe an der Uferstraße, dahinter eine geschlossene Häuserzeile aus der Gründerzeit.

Neben ihnen alberte eine Gruppe Kulis. Es war eindeutig, worüber die Männer ihre Witze machten. Eine Riesin fiel überall auf. Unten lagen Hausboote, still und romantisch, mit Mattendächern und kleinen Laternen, deren Licht sich im Wasser spiegelte.

Erzähl mir etwas über deine Knastzeit, sagte Kurti unvermittelt.

Woher weißt du das!

So was riecht man, Judy, wenn man selbst mal gesessen hat.

Sein Gefängnis war ein amerikanisches gewesen, Genaueres erfuhr sie nicht. Über seine Vergangenheit sprach er so gut wie nie. Nachdem sie seinen Verdacht bestätigt hatte, offenbarte er sich als Spezialist für Orte, die Töchtern aus gutem Hause normalerweise vorenthalten werden. Als Erstes zeigte ihr Kurti einen Klub im Settlement, in dem sich Homosexuelle und Transvestiten trafen. Plüsch und Gold beherrschten die Dekoration, schwere Parfüms lagen in der Luft. Zwei aufgedonnerte Frauen stürzten auf Kurti zu, ohne Judy auch nur eines Blickes zu würdigen. Sie umsurrten ihn wie aufgeregte Hummeln, redeten gleichzeitig auf ihn ein, auf Deutsch und Englisch. Pausenlos kichernd versuchten sie ihm das Votum zu entlocken, wer von beiden die Schönste sei. Judy konnte kaum glauben, dass es sich um Männer handelte, mit Spitzenpositionen im Bankgewerbe, wie ihr Begleiter sie später aufklärte. Der Brite hatte sogar die Festrede beim Besuch des englischen Königs gehalten.

Im Hafenviertel tanzten Judy und Kurti in einem schummrigen Lokal neben französischen Matrosen. Später landeten sie in deren Gefolge in einem Chinesenbordell. Von den Mädchen sah keines älter aus als fünfzehn Jahre. Kleine Kinder versorgten die Kundschaft mit Tee und Reisschnaps. An den Wänden hingen Drucke von Gemälden. Sie zeigten deutsche Wälder und einen röhrenden Hirsch. Plötzlich erschien eine dick geschminkte Chinesin, offenbar die Chefin, und trieb die beiden unter eindeutigen Beschimpfungen zum Ausgang. Ihre Spucke landete gezielt auf Judys Schuh. Davon abgesehen war es ein gelungener Abend.

Am nächsten Morgen ging sie in der French Concession auf die Suche nach geeigneten Praxisräumen. Sie mietete zwei kleine Zimmer ganz in der Nähe einer katholischen Kirche in einer Seitenstraße der Avenue Edward VII, weniger exklusiv als die Umgebung der Bubbling Well Road im International Settlement, aber ruhiger, bürgerlicher. Und grüner, wenn endlich der Frühling käme. Bis dahin und solange ihre Ersparnisse reichten müsste sich gezeigt haben, ob ihre Geschäftsidee aufging oder nicht. Judy behandelte den einen oder anderen Kunden in ihrer ersten eigenen Praxis und hoffte auf bessere Zeiten.

An einem Tag im März, als sie nach der Arbeit heimkam, begegnete Gudrun im Treppenhaus Sally, der grässlichen Chefin aus der Bubbling Well Road. Die blonde Arztgattin, die sich gern mit Frau Doktor anreden ließ, war in Bedrängnis geraten und hatte sich von Lisa die Tarotkarten legen lassen.

Judys russische Freundin war alles andere als diskret. Sie klatschte gern über ihre Kunden, es sei denn, sie waren hochgestellte Persönlichkeiten, aber solche kamen so gut wie nie zu ihr. Sally machte sich Sorgen wegen ihres Liebhabers. Die Affäre bestand schon ein halbes Jahr. Lange würde sich die Sache nicht mehr verheimlichen lassen. Und dann?

Mit ihrem Mann, glaubte Sally, würde sie im Ernstfall schon fertig werden. Aber die Frau ihres Geliebten galt als eifersüchtig und hemmungslos, ihre öffentlichen Szenen waren berüchtigt. Lana – so hieß sie – würde versuchen, der Rivalin auf jede erdenkliche Weise zu schaden. Ein Skandal drohte den Ruf ihres Mannes zu schädigen – mit fatalen Auswirkungen. Wer der Oberschicht angehörte, gab seine Kinder nicht gern in die Hände eines Menschen, dessen Privatleben ein Makel anhaftete, selbst wenn diese Hände nur Zähne regulierten.

Lisa Taronowa kannte die Ehefrau des Liebhabers flüchtig. Lana war ebenfalls Russin, eine Schönheit, hart wie Diamant, und in der Tat hatte auch die Wahrsagerin den Eindruck, man dürfe sich diese Frau nicht zur Feindin machen. Sally äußerte den Wunsch, mehr über die Absichten und Gefühle ihres Geliebten zu erfahren, denn genau das war der springende Punkt: Würde er ihr in dem Moment, da ihr Geheimnis keines mehr war, den Rücken zukehren?

Die Karten beantworteten diese Frage nur ungenau. Zwar stellten sie für die unmittelbare Zukunft des Paares umwälzende Veränderungen fest, verrieten aber nicht, in welche Richtung die Reise ging. Da Lisa Taronowa im Ruf stand, eine ausgezeichnete Menschenkennerin zu sein, hielt es ihre Kundin für das Beste, wenn sich die Hellseherin selbst ein Bild von dem Geliebten verschaffte und ihm die Karten legte. Das sei nicht schwer einzufädeln, sagte Sally, Dr. Béla Brody habe in jüngster Zeit viel Geld bei Pferdewetten verloren und sei für einen Blick in die Zukunft sicher aufgeschlossen.

Wie erwartet kam er und ließ sich von Lisa beraten. Danach konnte er einige kleine Gewinne einstreichen. Der ungarische Hals-Nasen-Ohren-Arzt litt unter chronischen Geldsorgen. Natürlich hoffte er auf den großen Coup, und die russische Wahrsagerin sollte ihm dabei helfen.

Gudrun, durch Lisas Erzählungen neugierig geworden, wollte ihn unbedingt kennenlernen. Die Freundin behauptete, er sei schön wie Löwe und warm wie Sonne, aber er habe Nase wie Hund. Was Judy durch die dünnen Wände mitbekam, klang vielversprechend. Seine Stimme war tief und sein Lachen herzlich. Er sprach Deutsch im weichen Tonfall der Ungarn. Von Lisa wusste sie, dass er in Königsberg studiert hatte und bereits seit fünf Jahren in Shanghai lebte. Er war also lange vor der großen europäischen Flüchtlingsflut eingetroffen. Sie hatte ihn noch gar nicht zu Gesicht bekommen, da verfolgte Gudrun schon die Idee, diesen Mann Sally wegzuschnappen. Je länger sie darüber nachdachte, umso mehr Gründe sprachen dafür. Erstens hatte sie große Lust, sich zu verlieben. Zweitens war für eine 21-Jährige die Zeit reif, ihre Unschuld zu verlieren. Drittens würde ein Arzt wissen, wie eine Schwangerschaft zu verhindern sei.

Judy stellte sich vor den Spiegel und betrachtete, was sie zu bieten hatte. Ihren Hals fand sie etwas zu kurz und die Füße zu groß, aber davon abgesehen: schmale Taille, lange Beine, schöne Brüste, alles wohlproportioniert, tadellos. Das Beste an ihrem Plan war die Rache an Sally. Sie musste schweigen, durfte kein Theater machen, keinen Skandal auslösen. Gudruns Augen glänzten, als sie sich Details ausmalte. Sie war in einer Weise siegesgewiss, wie sie es noch nie erlebt hatte. Dass sie ihr Glück auf dem Unglück eines anderen Menschen aufzubauen gedachte, war ein Charakterzug, den sie eigentlich nicht bei sich vermutet hatte. Da kann man mal sehen, dachte sie, wohin so ein Biest wie Sally ein nettes, anständiges Mädchen aus Mainz treiben kann.

Umgehend berichtete sie Lisa von ihrem Plan.

Gut, Täubchen, gut! Frau braucht Liebe!

Sally sei grob wie Besen und dumm wie Kartoffel, fügte die Russin hinzu, und Lana sei keineswegs glücklich in ihrer Ehe. Zur Sicherheit befragte sie die Tarotkarten. Die Antwort fiel günstig aus.

Judys Plan, sich einen verheirateten Mann zu angeln, der gut aussah und in den feinsten Klubs ein und aus ging, klang in Lisas Ohren vernünftig. Sie hielt es für den einzigen Weg nach oben, der Erfolg versprach, und sagte, sie werde dafür sorgen, dass beide sich kennenlernten.

Zunächst riet sie Judy, in ein besseres, ein anständiges Haus zu ziehen. Die Investition würde sich lohnen, meinte Lisa. Eine gute Anschrift würde auch ihr Ansehen in den Augen des Dr. Brody erhöhen, denn um eines ließe sich nun mal nicht herumreden: Gudrun Samuel war eine staatenlose Miss Judy Nobody.

Für die europäischen Ausländer war Shanghai alles andere als eine große Stadt, denn sie bewegten sich überwiegend in ihren Vierteln. Hier begegneten sie ständig vertrauten Gesichtern. Als Gudrun ihr Quartier wechselte, war es damit vorbei. Sie bezog ein Boarding House mit Backsteinfassade und einem großzügigen Entree im Jugendstil. Es befand sich in der Nähe ihrer Praxis, in der Rue Massenet, in bester Wohnlage, mit Kirchenglocken morgens, mittags und abends. Von dort waren es nur ein paar Schritte zur Avenue Joffre, der von Platanen umsäumten Prachtstraße der French Concession.

Wenngleich sie die Nähe zu Lisa vermisste – Gudrun lebte auf. Zwei Jahre lang hatte sie im Knast, in Provisorien, in Bruchbuden gehaust. Nun bewohnte sie einen hellen Raum mit hoher Stuckdecke, und passend zum Einzug traf eine Kiste mit einem kompletten Service Meißner Porzellan ein. Offenbar war die Fracht monatelang unterwegs gewesen. In jedem Brief der vergangenen zwölf Wochen hatte die Mutter nachgefragt, ob denn das Geschirr angekommen sei.

Das neue Zimmer war im Kolonialstil möbliert, was Gudrun auf Anhieb gefallen hatte. Dunkles Tropenholz, fein geschnitzt, drei zierliche Sessel aus kunstvoll geflochtener, lackierter Kordel. Die schöne Umgebung, Porzellan und Glockengeläut, dies alles erinnerte Gudrun an die Kaiserstraße und beflügelte sie. Außerdem spürte man den Frühling, der die kalte, feuchte Stadt für einige Wochen von ihrer bedrückenden Stimmung erlöste. Ein Westwind brachte trockene Luft vom Kontinent und versetzte die Bevölkerung, gleich ob Chinesen oder Europäer, in gute Laune. Endlich hatte sich auch herumgesprochen, dass eine junge, tüchtige Krankengymnastin aus Deutschland ihre Patienten nach den neuesten Methoden behandelte. Gudrun verdiente mit jeder Woche besser. Und sie machte es sich zum Prinzip, jeweils von zehn Dollar einen Dollar für Notfälle zurückzulegen.

In der Nachbarschaft hatte man ihr den Beinamen »Madame Stechschritt« gegeben, weil Judy als Geherin regelmäßig im Park ihre Runden drehte. Anders als im International Settlement, wo nach Londoner Vorbild die schnellen Geher ein normaler Anblick waren, löste Judy mit ihrem uneleganten sportiven Verhalten im Viertel Verwunderung aus. Wie konnte eine schöne junge Frau nur so wenig eitel sein?

Noch fehlte es ihr an Bekannten. Zwar sah sie Lisa regelmäßig, doch nur noch selten deren verrückte Freunde, die gern bei der Russin vorbeischauten und viele unterhaltsame Geschichten aus dem Alltag mitbrachten. Im Boarding House lebten überwiegend alleinstehende Damen, Lehrerinnen und Verwaltungsangestellte. Sie hielten ein Glas Champagner am Nachmittag im Palace Hotel – neben dem Cathay die beste Adresse Shanghais – für den Gipfel ausschweifender Lebensart. Manchmal ging Judy mit dorthin, obwohl es für sie verschwendete Zeit war.

Aus der neuen Kundschaft ergaben sich ebenfalls keine neuen Bekanntschaften. Zwar kamen etliche Damen aus der guten Gesellschaft in ihre Praxis, sie wedelten mit ihren Fächern, waren liebenswürdig und geschwätzig – selbst die puritanischen englischen Ladies –, aber natürlich kam nicht eine auf die Idee, die Krankengymnastin, deren Fähigkeiten sie über die Maßen lobten, zum Kaffeekränzchen einzuladen.

6   Eines Nachmittags erschien in der Praxis unangemeldet ein Herr.

Frau Taronowa hat Sie mir empfohlen. Mein Name ist Dr. Brody. Haben Sie kurzfristig einen Termin für mich?

Tut mir leid, heute nicht mehr, log Gudrun, aber morgen Vormittag um elf Uhr dreißig. Unmöglich, von jetzt auf gleich das Abenteuer Brody zu beginnen. Sie brauchte einen gewissen Vorlauf.

Aber seine Schulter tue so furchtbar weh, klagte der Mann. Judy wiederholte, Morgen ja, heute nein. Wenn es gar zu schlimm werde, solle er ein Aspirin nehmen. Er sah sie verwundert an.

Ich vergaß, Sie sind Arzt. Das war dumm von mir.

Lisas Beschreibung stimmte nicht. Er sah nicht aus wie ein Löwe, er war nur blond wie ein Löwe, mit dichten Locken. Gudrun hatte ihn sich riesig vorgestellt. Auch das stimmte nicht, er war keinen Zentimeter größer als sie, aber zum Glück auch nicht kleiner. Er hatte graue Augen mit schwarzen Wimpern und ein tadelloses Gebiss. Piratenzähne, dachte Gudrun.

Seine Nase war auffällig breit – da hatte Lisa nicht ganz falschgelegen. Mit einer anderen Nase hätte er womöglich vornehm ausgesehen, so aber war er eine Mischung aus Gentleman und Bauer. Er roch nach amerikanischem Tabak, war ständig in Bewegung. Das Einzige, was sie wirklich irritierte, war sein Goldschmuck, drei Ringe und ein breites Armband. Er bemerkte ihren Blick.

Finden Sie das unmännlich?

Nein. Nur ungewöhnlich.

Er lachte auf. Wollen wir wetten, dass ich innerhalb von vierundzwanzig Stunden herauskriege, ob Sie ehrlich zu mir waren oder nicht?

Wie bitte?

Ich wette leidenschaftlich gern. Wenn Sie mögen, können wir aber auch einen anderen Anlass suchen.

Nun lachte auch Judy. Dr. Brody, kann es sein, dass Sie sich ständig zu viel zumuten?

Dass ich mir ständig zu viel umhänge! Da könnten Sie recht haben. Er deutete auf sein Armband. Meine Frau meint auch, ich liefe herum wie ein Zigeuner. Aber wer weiß? Bei einem Ungarn kann man nie wissen, was die Vorväter getrieben haben.

Doch wohl eher die Vormütter, oder?

Sie haben recht, Fräulein Samuel. Mir scheint, bei Ihnen muss man aufpassen. Da kann man nicht einfach so daherreden.

Im Moment jedenfalls nicht, meinte sie, ich muss zu einem Hausbesuch. Gemeinsam betraten sie die Straße. Er hatte seinen Wagen vor der Tür geparkt, einen schwarzen Ford mit purpurroten Sitzen. Der Wagen habe früher einem Bordellbesitzer gehört, erklärte Brody und zeigte seine Piratenzähne.

Als er am nächsten Tag für die Behandlung seinen Hemdkragen öffnete, entdeckte sie eine dicke goldene Halskette.

Es ist zu viel, stimmt's?

Ja, und Ihre Manschettenknöpfe sind auch zwei Nummern zu auffällig.

Jammerschade, dass Sie nicht mit mir gewettet haben, Fräulein Samuel. Sie hätten verloren.

Ich wette nie.

Noch mal jammerschade. Gestatten Sie mir, dass ich es Ihnen beibringe?

Nein.

Ich habe mir übrigens Ihren Hinweis auf eine leichtsinnige Ahnin noch einmal durch den Kopf gehen lassen. Es gab da eine Urgroßmutter, die gern durch die Puszta geritten ist.

Aber doch nicht allein?

Wer weiß? Vielleicht hat ein Zigeuner sie begleitet.

Er war so schmerzempfindlich, wie sie es noch nie bei einem Mann erlebt hatte. Bei jedem Druck ihrer Finger zuckte er heftig zusammen.

Doktor, Sie sind furchtbar verspannt. Wir müssen Sie irgendwie ruhig kriegen, vorher kann ich an der Schulter nicht arbeiten. Wäre es Ihnen möglich, Ihren Oberkörper freizumachen? Und bitte auch Ihren Schmuck ablegen.

Bereitwillig zog er das Oberhemd über seinen Kopf, dann legte er sich mit dem Bauch auf die Liege.

Aber tun Sie mir bitte nicht weh!

Er klang wie ein kleiner Junge. Ganz langsam, mit kaum merklichem Druck ließ Judy ihre Hände über seinen Körper gleiten. Seine Haut hatte einen goldbraunen Ton und war weich wie die eines Kindes. Nie vergaßen ihre Handflächen diese ersten Berührungen. Während der ganzen Zeit blieb er wohltuend stumm. Durch das geöffnete Fenster drang das Gezwitscher der

Vögel, die in den Alleebäumen wohnten. Ein Auto fuhr vorbei. Etwas entfernt unterhielten sich zwei Frauen auf Französisch. Die Kirchenglocke schlug eine halbe Stunde.

Langsam und immer wieder strich sie über Brodys Nacken, über seine Schulterblätter, das Rückgrat, bis viel Anspannung gewichen war.

Plötzlich hörte sie ihn leise schnarchen.

Doktor, aufwachen!

Oh nein. Es war so schön. Jetzt werden Sie mich quälen, ich weiß es.

Als er eine halbe Stunde später ging, waren seine Schmerzen erträglich geworden. Von nun an stürmte er alle drei Tage in ihre Praxis und behauptete jedes Mal, er hätte sich schon beim Aufwachen auf den Termin gefreut. Ohne Aufforderung machte er den Oberkörper frei und legte sich auf die Massagebank. Judys Hände zitterten, bevor sie ihn endlich berühren durfte. Halbnackt, ohne die Aufdringlichkeit seines Goldes und der Piratenzähne wirkte er wie verwandelt. Sie hatte nicht gewusst, dass ein Männerkörper so anziehend sein konnte. Käme er doch mal mit Kreuzbeschwerden zu mir, wünschte sie sich, sie würde ganz vorsichtig mit ihren Händen immer weiter nach unten wandern. Wenn sein Hintern nur halb so schön ist wie sein Rücken, falle ich tot um.

Der Patient entspannte sich. Er lag da, zufrieden und ruhig, wie ein Säugling. Erst nachdem er massiert worden war, erlaubte er Fräulein Samuel, seine Schulter zu behandeln. Die chronischen Beschwerden gingen langsam zurück. Nach zwei Wochen war er geheilt.

Es sei unglaublich, lobte Dr. Brody, und allein ihr Verdienst. Mit der verdammten Schulter hätten sich schon drei Orthopäden beschäftigt. Mehr gebe es gar nicht in dieser heillosen Stadt.

Haben Sie schon mal überlegt, Medizin zu studieren, Fräulein Samuel?

Reden wir darüber, wenn die Nazis aus Deutschland verschwunden sind.

Haben Sie noch Angehörige in Ihrer Heimat?

Ja, meine Mutter. Wann haben eigentlich Sie Deutschland verlassen?

Sie erfuhr, dass er Assistenzarzt an der Universitätsklinik Königsberg gewesen war. 1934 wurden alle Juden vor die Tür gesetzt. Er zog seine Anzugjacke über. Es entstand eine Pause. Schließlich fragte Brody: Wird Ihre Mutter in Deutschland bleiben?

Ich glaube schon. Jedenfalls schreibt sie das in jedem Brief.

Warum nur, um Himmels willen?

Großmutter weigert sich zu gehen. Und meine Mutter will sie nicht allein in Deutschland zurücklassen.

Brody seufzte, er sagte nichts weiter dazu, und Gudrun traute sich nicht, ihn nach seiner eigenen Familie zu fragen.

Wollen Sie mit mir wetten, dass ich Sie morgen Mittag in den French-Club einlade?

Nein!

Schade, aber gegen Prinzipien kann man nichts machen. Er verzog sein Gesicht zu einem Grinsen, nahm seinen Hut und ging.

7 Was sagst du dazu, Lisa? Sag doch was! Bin ich nicht das dümmste Huhn auf dieser Welt?

Ja, Täubchen.

Das muss man sich mal vorstellen: Er hat mich eingeladen. In den French-Club! Vornehmer geht's nicht! Und ich habe es nicht begriffen!

Lisa meinte, sie solle sich keine Sorgen machen, er komme bestimmt wieder. Aber Brody ließ nichts mehr von sich hören.

Wenn keine Kundschaft sie ablenkte, wurde das Warten auf seinen Anruf zur Qual. Der sich ständig wiederholende Ruf einer Taube machte sie wahnsinnig. Die Glocke der katholischen Kirche schlug zwölf. Draußen liefen lachend Kinder vorbei. Irgendwo übte jemand auf seiner Klarinette. Sie blieb neben dem Telefon sitzen. Tränen tropften auf die Tischplatte.

Es wurde heiß in Shanghai, nicht selten bis zu vierzig Grad, bei extremer Luftfeuchtigkeit. Zweimal am Tag wechselte Gudrun ihre Kleidung. Die Räume kühlten kaum mehr ab. Draußen stand die Hitze. Ging sie auf die Straße, lag ein Baumwolltuch um ihren Nacken – das hatte sie sich den chinesischen Händlern abgeguckt. Die mörderische Wetterlage würde nun vier Monate anhalten. Menschen, die sich in der Welt auskannten, versicherten ihr, in keiner anderen Stadt sei es schlimmer. Die Gründer von Shanghai mussten von Sinnen gewesen sein, als sie ihre Handelsvertretungen ausgerechnet am Huangpu errichteten.

Judy hatte viel in ihrer Praxis zu tun, aber nie wieder kam jemand, der ihr eine Wette anbot. Rein äußerlich hatte sich ihr Leben eingespielt. Sie leistete sich handgearbeitete Pumps aus zartem Leder und Kleider mit raffiniert einfachen Schnitten, die sie in einem Atelier anfertigen ließ. Auch besaß sie ein Paar schwarze Abendhandschuhe, die ihr bis zu den Oberarmen reichten. Darüber hinaus erwarb sie kleine weiße Handschuhe, hauchdünn aus einem durchsichtigen Stoff, alberne, unendlich empfindliche Hüllen – allerdings unverzichtbar für den Gesamteindruck sommerlicher Eleganz, wie Kundinnen ihr erklärt hatten, während ihnen der Schweiß von der Nase tropfte. Oben auf einem Regal lagen diverse Hütchen, runde, viereckige, spitz zulaufende, kurz, ihre Garderobe war komplett.

Sie besaß auch wieder einen weißen Badeanzug, weit schöner als der, den sie sich beim Schlepperspringen auf dem Rhein durch Teer ruiniert hatte. Wenn sie sich damit am Rand eines Hotelpools auf einer Liege niederließ, wobei sie die Hände hinter dem Kopf verschränkte, mit glattrasierten Beinen und Achselhöhlen, folgten ihr bewundernde Blicke. Aber sie umgab die Aura einer Unnahbaren. Niemand wagte sie anzusprechen.

BRODY

1 Abends saß Judy allein in ihrem schönen Zimmer mit den Kolonialmöbeln, aß vom Meißner Porzellan und fing an, sich mit Cognac zu trösten. Sport machte sie schon lange nicht mehr. Der Taronowa, die gelegentlich selbst in Melancholie verfiel, bereitete Judys Zustand Sorgen. Bei Russen war das etwas völlig anderes, wie Lisa fand. Das russische Gemüt brauchte von Zeit zu Zeit ein Bad in schwermütigen Gefühlen. Ist Reinigung für Seele, pflegte sie zu sagen. Man weinte so lange, bis keine Tränen mehr da waren, danach gelangte man wieder ans Licht.

Aber Judy, das wusste die Russin, hatte sich nur einmal in Shanghai die Augen aus dem Kopf geweint und dann nie wieder. Lisa sah darin einen Charakterzug der Deutschen. Sie hielten Klagen und Trauern für eine Schwäche, der man sich auf keinen Fall hingeben durfte. Jede Anwandlung von Niedergeschlagenheit ging mit schlechtem Gewissen und Selbstbeschimpfung einher. Allein der Alkohol vermochte die inneren Stimmen zum Schweigen zu bringen, vorübergehend. Lisa ermahnte Judy immer wieder: Du bist zu deutsch.

Alle sprachen über »Vom Winde verweht«. Im Kino zitterte man mit Scarlett O'Hara und Rhett Butler. Judy beteiligte sich nicht daran, für sie war »Vom Winde verweht« mit Erinnerungen an den Knast verbunden. Alle lachten über »Der große Diktator«. Nicht aber die Herren aus Berlin, die im deutschen Generalkonsulat das Sagen hatten und sich zunehmend ihrer japanischen Freunde bedienten, um Druck auf die europäischen

Bewohner auszuüben. Der Film wurde verboten – was nicht verhinderte, dass er bei Privatvorführungen große Säle füllte.

Judy hatte für Charlie Chaplin nur ein schwaches Lächeln übrig. Jedes Vergnügen war öde, weil *er* nicht dabei war. Gelegentlich schleppte Lisa neue Teddys und Freddys an, dann unternahmen sie eine der üblichen Touren durchs International Settlement. Sie schlenderten durch elegante europäische Hauptstraßen im Licht der Neonreklame und tauchten ab in Nebengassen, wo es vor Menschen wimmelte, wo Wäschestücke und Fetzen chinesischer Grammophonmusik in der Luft hingen. Man ging gut essen, anschließend tanzen, und jedes Mal langweilte sich Judy zu Tode.

Als Béla Brody plötzlich in ihrer Praxis auftauchte, traf sie fast der Schlag. Sie hatte gerade einen kleinen Jungen in englischer Schuluniform behandelt, der mit einem verrenkten Arm zu ihr gekommen war. Er und seine Nanny standen schon zum Abschied in der Tür.

Diesmal kam der Doktor mit einer Knieverletzung, die nicht heilen wollte. Ein Sturz beim Polospielen.

Ich dachte, Sie setzen nur auf Pferde, aber Sie sitzen nicht drauf.

Verdammter Gaul. Er war nicht schussfest.

Irgendjemand hatte hinter dem Zaun einen Feuerwerkskörper losgelassen – ein Protest von Chinesen, weil man sie nicht in den Park ließ, es sei denn, sie kleideten sich wie in Ascot. Das war der britische Weg, wie man unter sich blieb.

Brody schien seit seinem letzten Besuch gewachsen zu sein. Er trug Schuhe mit erhöhten Absätzen. Als sie behutsam sein Knie bewegte, stöhnte er auf. Bitte, Fräulein Samuel: Erst die Massage! Sonst halte ich das nicht aus.

Diesmal entspannte sich sein Körper nicht, im Gegenteil. Als er sich von der Massagebank erhob, sah sie, wie sich der Stoff an seinem Hosenschlitz beulte.

Oh, das ist mir aber peinlich, sagte er.

Mir ist das durchaus vertraut. Aber wenn Sie sich gestört fühlen, können wir hier abbrechen, und Sie kommen morgen um zehn Uhr wieder.

Er ging, und als er am nächsten Tag seinen Termin verstreichen ließ, war sie sicher, ihn nie wiederzusehen. Dass Männer so leicht zu verschrecken sind! Sie fühlte sich verschmäht und einsam. Während ihrer Mittagspause beschloss sie – Lisas Mahnung im Ohr –, sich Brody ein für alle Mal aus dem Kopf zu schlagen. Am Abend würde sie im Park wieder ihre schweißtreibenden Runden drehen. Und gleich jetzt könnte sie ihre Übungen in der Praxis machen, unter dem Deckenventilator, in Unterwäsche, wie sie es von Kindheit an gewohnt war. Zwei dicke Matten nebeneinander bildeten eine gute Unterlage für die Rolle vorwärts und rückwärts, und sie polsterten ab, falls das Radschlagen misslang.

Sie beherrschte ihr Repertoire und war mit dem Resultat zufrieden. Die dunkle Wolke hatte sich verflüchtigt. Zum Abschluss machte sie einen Kopfstand an der Wand.

Aber das ist ja entzückend, hörte sie Brodys Stimme. Er stand in der Tür und dachte gar nicht daran, sich zu entfernen.

Sie sprang auf die Füße. Wie sind Sie hier hereingekommen?

Die Tür war nicht verschlossen. Tut mir leid, ich konnte nicht eher kommen, ein Patient hat mich aufgehalten.

Da stand sie vor ihm in ihrer seidig glänzenden Unterwäsche. Es war ihr furchtbar peinlich.

Wir sind also quitt, nicht wahr?, stellte er lächelnd fest und kam auf sie zu. Er wartete ihre Antwort nicht ab. Sie spürte seinen Atem an ihrem Hals und wie seine Arme sie umschlossen. Behutsam lehnte er sie an die Wand, nahm ihre Hände und legte sie an ihren Hinterkopf. Dann trat er drei Schritte zurück und schaute sie an. Genauso habe ich dich kürzlich gesehen, am Swimmingpool. Wenn ich könnte, würde ich dich so malen.

Die Position war für Judy ungewohnt, aber durchaus nicht unbequem. Er fing an, sie zu streicheln, mal ganz zart, mal ein bisschen kräftiger, vor allem aber ausdauernd. Er begann mit der Innenseite ihres linken Arms, dann folgten der rechte Arm, das Gesicht, die Augen, Ohren, der Hals, wobei er kleine heiße Küsse folgen ließ.

Dass sich so ein Hektiker für die Liebe so viel Zeit nimmt, staunte sie still. Dann dachte sie überhaupt nichts mehr. Seine Fingerspitzen hatten ihre Kniekehlen erreicht, hielten sich dort eine Weile auf und wanderten in aller Ruhe wieder nach oben.

Wir müssen die Tür abschließen, stieß sie hervor.

Du hast recht. Er lachte leise und glücklich. Während er die Tür verschloss, warf sie ein Laken über die Matten und ließ sich darauf nieder. Als er zurückkam, war er nackt. Nicht einmal seine Armbanduhr trug er. Er legte sich hin und drückte sich der Länge nach an sie. Sie spürte seinen Penis, der noch heißer war als der Rest seines Körpers. Judy streichelte seinen wunderbaren glatten Rücken. Ihr Mund fand seine Lippen. Eine heiße Welle durchströmte sie bis in die Zehen, dann eine zweite, eine dritte. Ihre Zungen kämpften zärtlich miteinander, dann auch ihre Körper.

Plötzlich setzte sich Judy auf.

Ich muss dir was sagen … Sie verstummte.

Ich ahne es, Darling, half er nach. Es geht mir die ganze Zeit durch den Kopf. Du küsst wie eine erfahrene Frau. Ansonsten würde ich sagen, du bist noch unschuldig.

Stimmt.

Dann sag mir, was ich für dich tun kann.

Machen wir einfach weiter, ja?

Als er ging, sagte er: Versprich mir, dass du dir nie deine Haare wachsen lässt.

Warum?

Man findet sich in langen Haaren nicht mehr zurecht.

Er wird wiederkommen, dachte sie.

So begann Gudruns glücklichste Zeit in Shanghai. Brody erschien am nächsten Mittag und dann immer wieder. Nach zwei Wochen sagte er, so ginge es beim besten Willen nicht weiter. Sie müssten jeweils einen Tag überspringen.

Ich bin nicht frei. Das weißt du.

Dass sie diskret sein mussten, verstand sich von selbst. Zwar war es möglich, sich gemeinsam an öffentlichen Plätzen aufzuhalten, aber nur tagsüber. Judy machte sich darüber wenig Gedanken. Lisas Karten zeigten kein Unglück in Liebesdingen an. Man konnte also in Ruhe abwarten, wie sich die Geschichte entwickelte.

2 *Liebe Gudrun, ich kann mein Glück nicht fassen! Ich bin Studentin der Medizin! Ja, ich gehe jeden Tag in die Universität. Ich habe ein Stipendium. Später mehr. In Eile, Margot.*

Margotsche, was für gute Nachrichten! Ich habe auch welche: Ich wünschte, Du wärst hier und könntest ihn sehen. Dr. Brody ist ein bildschöner Mann und ein großartiger Liebhaber. Dir kann ich das ja sagen. Ich habe in seiner Praxis ausgeholfen, da bekam ich 20 Dollar für die Assistenz bei einer Mandeloperation. Dann hat er mir einen Job im French-Club vermittelt. Täglich von acht bis acht bringe ich Kindern das Schwimmen bei. Es ist ein Familien- und Sportklub, das Edelste, was man sich vorstellen kann. Wenn es so weitergeht, werde ich noch richtig reich. Vor mir hat kein Emigrant je im French-Club gearbeitet. Meine Praxis habe ich behalten – für unsere Mittagsliebe.

*Außerdem behandele ich nebenbei noch einige Kunden. Im Winter will
ich den vollen Betrieb wieder aufnehmen, da gibt es keine Schwimm-
kurse.*

*Ich glaube manchmal selbst nicht, wie schnell ich Englisch gelernt
habe. Auf Chinesisch kenne ich nur das Wort für guten Tag, und das
spreche ich wohl ganz falsch aus. Es kommt auf die Höhe der Beto-
nung an. Ich habe noch keinen Europäer oder Amerikaner getroffen,
der Chinesisch spricht. So viel – sehr viel! – für heute aus Shanghai.
Grüß mir die Freiheitsstatue. Alles Liebe, Gudrun*

Judy war von ihrem Arbeitsplatz täglich aufs Neue beeindruckt.
Umgeben von einem großzügigen Park mit Swimmingpool und
Tennisplätzen, übertraf das palastähnliche Gebäude alles, was sie
bislang an Exklusivität kennengelernt hatte. Der Ort versetzte
sie in andächtiges Staunen, vor allem der riesige Ballsaal, die
Glasmalerei seiner asymmetrischen Fenster. Art déco in Vollen-
dung. Dass sie im French-Club ein und aus ging, dafür würde sie
Brody ewig dankbar sein.

Für Nachtklubbesuche stand ihr Liebhaber nicht zur Verfügung. Dennoch gab es Gelegenheit zu tanzen. Jedes First-Class-
Hotel lud dazu ein. Es wurde viel getanzt in dieser Stadt. Man
traf sich am Nachmittag, trank Tee oder den ersten Whiskey und
bewegte sich im Rhythmus von Foxtrott, Tango und Rumba.

Judys Praxis in der French Concession erwies sich als ideales
Liebesnest. Mit dem Auto fuhr Brody, der im International
Settlement wohnte und arbeitete, nicht länger als zehn Minuten.
Man musste sich nicht beeilen beim Sex während der Mittagspause. Manchmal brachte er ihr Blumen mit oder eine Mode-
zeitschrift. Gern beriet er sie in Garderobenfragen. Einmal fiel
sein Blick auf ihre Füße und er runzelte die Stirn.

Das geht so nicht.

Sie sind zu groß, ich weiß.

Nein, Darling. Sie sind zu farblos für Sommersandalen.

Er setzte sie auf den Schreibtisch und sich selbst auf einen Schemel. Dann holte er ein Fläschchen mit leuchtend rotem Nagellack aus der Anzugtasche.

Darf ich? Er wartete ihre Antwort nicht ab. Sanft legte er sich ihren linken Fuß in seinen Schoß und fing an, ihre Nägel zu lackieren. Brody hatte einfach gute Ideen.

Judy genoss es, nach dem Lieben in seinen Armen zu liegen, während sie beide rauchten und schwiegen. Einmal klingelte jemand an der Tür, hartnäckig, das Klingeln hörte nicht auf … Den soll der Blitz beim Scheißen treffen, schimpfte sie, ein Fluch aus dem Knast. Entschuldigung – das hat mein Bruder immer gesagt.

Brody bog sich vor Lachen. Kommst du wirklich aus gutem Hause? Oder war das gelogen mit den zehn Schuhgeschäften deines Vaters?

Fünfzehn. Kommt mir heute wie ein Märchen vor. Hunderttausend Mark Mitgift würde ich bekommen, hat mein Vater früher einmal gesagt.

Donnerwetter. Brody war beeindruckt. Da bist du ja eine richtig gute Partie gewesen. Fünfzehn Schuhgeschäfte, wiederholte er. Bei uns wurde im Sommer barfuß gelaufen, und im Winter haben mein Bruder und ich uns das einzige Paar Sonntagsschuhe geteilt. Das hieß, einer musste immer zu Hause bleiben.

Aber wie passt das zu der Ahnin, die hoch zu Ross durch die Puszta geritten ist?

Brody zündete sich eine Zigarette an. Es war kein Pferd, sondern ein Esel, räumte er ein. Damit hat sie Wasser vom Brunnen geholt, aber reiten konnte sie nur auf dem Hinweg. Auf dem Rückweg musste sie nebenhergehen, sonst wäre das arme Tier zusammengebrochen.

Sag mir noch, Brody: Wie kommt ein so armer Junge auf die Universität?

Den Anfang verdanke ich dem Priester in unserem Dorf, danach haben mich die Katholiken immer weitergereicht.

Und du musstest nicht Christ werden?

Nein. Kann sein, sie haben gehofft, ich würde mich eines Tages taufen lassen. Hör zu, Darling, ich schlage vor, du kümmerst dich jetzt noch ein bisschen um einen beschnittenen Judenjungen.

Er drückte seine Zigarette aus und zog sie an sich.

3   In aller Frühe holte Brody sie am Boarding House ab. Er hatte einem Freund versprochen, ihn zum Lunghua-Flughafen zu bringen, und Judy angeboten, mitzufahren, damit sie etwas mehr als das übliche Shanghai zu Gesicht bekäme. Als sie einstieg, saß ein verkaterter Bayer mit Namen Hugo auf der Rückbank und nickte immer wieder ein. Beim Verlassen der French Concession warf Judy einen besorgten Blick auf den Schlafenden.

Wenn das nur gut geht. Ein grünes Gesicht vor roten Polstern.

Komplementärfarben, sagte Brody vergnügt und gab Gas.

An den Linksverkehr konnte sich Judy nur schwer gewöhnen. Am schlimmsten aber war der Fahrstil der chinesischen Gangster in ihren riesigen Limousinen. Sie rasten nicht, sie gingen auf Menschenjagd, mit Vorliebe hetzten sie alte Männer über die Straße, sogar – wie es gerade vor Judys Augen geschah – eine Frau mit verkrüppelten Füßen.

Warum tun sie das?

Gewalt macht Spaß. So was findet doch gerade auch in deiner Heimat statt.

Von Hugo, der hinter ihnen aufgewacht war, kam ein zungenschwerer Kommentar: Genau. Man denkt, man hat es hinter sich, aber hier geht es weiter. Es gibt vieles in Shanghai, wo man besser nicht hinguckt.

Rechts von der Straße lag ein Kanal, obenauf schwammen Schaum, Müll und tote Tiere. Eine Fabriksirene ertönte. Es war sechs Uhr morgens. In den Außenbezirken kamen ihnen die Chinesen zu Tausenden entgegen, vor allem Händler, die auf die Märkte der Innenstadt strömten, gebeugt von der Last ihrer Waren. Die Ausfahrtsstraße war gesäumt von zweistöckigen Reihenhäusern mit kleinen Geschäften und Werkstätten im Erdgeschoss. Die Handwerker und Händler besetzten wohlabgesteckte Terrains. Eine Achtelmeile Schrotthandel, dreihundert Fuß Tischler, hundert Fuß Friseure und vierhundert Fuß Schneider. Sie hatten ihre Nähmaschinen auf die Straße gestellt und arbeiteten in der Morgensonne. Vereinzelt sah man Berufsschreiber, die für ihre Kunden Briefe verfassten. Eine schwarze Mandarinkappe wies sie als Gebildete aus.

Brody, Judy und Hugo ließen die Stadt hinter sich. Zwischen Feldern mit schmalen Wassergräben standen einzelne Fabrikhallen von enormen Ausmaßen. Kein Mensch war zu sehen. Judy fand es sonderbar.

Arbeitet da überhaupt jemand?

Und ob, drinnen wimmelt es von Frauen und Kindern, sagte Brody. Um sechs Uhr sei Schichtbeginn gewesen. Es handele sich um Baumwollspinnereien. Zwei Drittel gehörten Japanern, ein Drittel Europäern.

Eine Betonstraße führte direkt zum Flugplatz, ein Provisorium, kaum mehr als ein Schuppen. An der Decke bewegte sich träge ein Ventilator, der schwarz vor Fliegenleichen war. Hugo wankte mit seinem Köfferchen zu einer Einmotorigen, die einzige Maschine, die bereitstand. Er war Geschäftsmann und hatte in Nanking zu tun.

Als sie zum Ford zurückkehrten, reichte Brody ihr die Auto-
schlüssel. Judy strahlte. Seit einer Ewigkeit hatte sie nicht mehr
am Steuer gesessen. Sie befanden sich in einem Armeleuteviertel,
es roch nach Kohl und Kloake. Sie wich einem Huhn aus. Am
Ende der Straße erhoben sich die geschwungenen Dächer des
Tempelbezirks von Lunghua. Massen von Menschen waren unterwegs, um noch vor Arbeitsbeginn ein Räucheropfer aufzustel-
len. Langsam fuhr sie den offenen Wagen durch die Menge und
parkte unter dem Schatten eines Baums, dem einzigen weit und
breit. Sofort waren sie von Bettlern umringt, doch Brody meinte,
dies seien noch nicht die wirklich Armen und schob sie beiseite.

Judy war entsetzt über den Zustand der Pagoden und über
das Elend, das sie im Tempelbezirk antraf. Noch nie hatte sie auf
so engem Raum so viele Kranke gesehen. Hustend und spu-
ckend zogen sie in Gruppen durch schmutzstarrende Höfe und
Hallen, vorbei an Garküchen und Verkaufsbuden für Girlanden,
Laternen und was sonst noch eingesetzt werden konnte, um die
Dämonen zu besänftigen. In der Luft hing Essensdunst, der Judy
am frühen Morgen auf den Magen schlug. Schließlich betraten
sie das zentrale Heiligtum. Brody steuerte auf den riesigen vergoldeten Buddha zu und prüfte ihn mit diagnostischem Blick.

Schau dir das an. Wenn nicht bald etwas passiert, wird auch er
nicht mehr lange leben. Er zeigte auf die Risse und Holzwurm-
schäden.

Als sie vom Altar zurücktraten, sahen sie sich von einer schrei-
enden Bettlergruppe eingekeilt, die sie in die Vorhalle drängte.
Es waren Blinde, Aussätzige, Leprakranke und Syphilitiker im
Endstadium. Hände ohne Finger. Gesichter ohne Nasen. Leere
Augenhöhlen. Judy klammerte sich an ihren Begleiter. Vor allem
die Frauen kannten nicht die geringste Scheu. Mit monotonen
Schreien hielten sie den Ausländern Bettelschalen und eiternde
Wunden hin.

Brody drückte beruhigend Judys Hand. Offenbar hatte er die Szene erwartet. Er sagte ein paar Worte auf Chinesisch, woraufhin sich das Geschrei verstärkte. Dann verteilte er, so ruhig dies möglich war, eine beachtliche Menge an Zehncentstücken. Weitere Kranke liefen herbei, und es reichte für alle. Er hatte den Ausflug gut vorbereitet.

Du machst das wohl öfter?, fragte Judy, als sie im Auto saßen, nun wieder mit Brody am Steuer.

Das klingt wie ein Vorwurf, Darling.

Ist es nicht, sagte sie trotzig. Ich verstehe nur nicht, warum man sich etwas so Abstoßendes freiwillig anschaut.

Er schüttelte langsam den Kopf und sprach erst wieder, nachdem er sich eine Zigarette angezündet hatte. Etwas so Abstoßendes wie Lepra und Syphilis, meinst du das? Ich würde sagen, es ist zweifellos schwerer, dies am eigenen Leib zu ertragen, als es sich nur anzuschauen.

Sie sprachen kein Wort mehr. Judy kam die Pause wie eine Ewigkeit vor. Sie fühlte sich beschämt und dachte, er werde sie verachten.

Ich habe eine Idee, unterbrach er das Schweigen. Es wird gut für dich sein, dieses Erlebnis an dem passenden Ort zu einem Abschluss zu bringen.

Wo ist das?

Am Pier der Toten.

Das meinst du nicht im Ernst!

Er streichelte ihre zitternde Hand. Das ist mein voller Ernst, Judy. Schau mal, du hast eben eine schlimme Erfahrung gemacht, aber sie ist nicht komplett. Es fehlt die andere Hälfte – der Tod.

Das sagst du als Arzt?

Allerdings. Wir können nur sehr wenige Menschen heilen. Die Begegnung mit Elend ist für einen Arzt unerträglich, wenn er nicht gleichzeitig den Tod als Erlöser sehen kann. Glaub mir, da hinten am Fluss, das sind eindrucksvolle Abschiede.

Judy hatte davon gehört. Die Chinesen schickten ihre Verstorbenen im Huangpu, im Hafenfluss, auf die Reise, in Särgen, auf denen weiße Papierblumen lagen, stets bei einsetzender Ebbe, so dass sie schnell fortgetragen wurden. Bei ungünstigem Wetter, wenn der Wind das Wasser aufpeitschte, konnte es geschehen, dass die Flut die Holzkisten wieder zurückbrachte und gegen die Hafenmauer schleuderte, wo sie zerbrachen. Danach trieben aufgedunsene Leichen auf dem Fluss.

Nie im Leben bringst du mich zum Pier der Toten!

Brody insistierte nicht weiter, er begleitete sie bis zu ihrer Praxis. Ihm sei klar, dass es ein Schock für sie gewesen sein müsse, sagte er beim Abschied. Er küsste sie und versprach, am nächsten Tag wiederzukommen. Dann gehe das gute Leben weiter.

Seit ihrem Ausflug zum Tempel der Drachenblume zweifelte Brody nicht mehr daran, dass ihr Vater einmal fünfzehn Schuhgeschäfte besessen hatte. Judy empfand, wenn sie an ihren Liebhaber dachte, eine leichte Irritation, ähnlich wie bei zwei unterschiedlich fest geschnürten Schuhen: eigentlich nichts, was auffällig störte, aber trotzdem da war.

4 Das gute Leben, es dauerte noch weitere zwei Monate. Dann kam der Tag, an dem Lana, Brodys Ehefrau, im Driveway vor dem French-Club Judy auflauerte. Sie verließ dabei nicht einmal den Wagen. Es war sein Ford mit den roten Sitzen. Die junge Russin hatte ihr Seitenfenster heruntergekurbelt und schwenkte ein weißes Höschen.

Das lag im Auto! Gib zu, es gehört dir!

Das tut es nicht, sagte Judy wahrheitsgemäß. Zum Glück war es noch früh am Morgen, die Szene hatte keine Zuschauer.

Lüg nicht, du Hure. Ich weiß Bescheid!

Es gehört mir wirklich nicht!

Gehört dir doch! Aber damit du eines weißt: Brody gehört mir!

Sie warf ihr das Höschen ins Gesicht und brauste davon.

Am nächsten Tag, zur Mittagszeit, landete das Höschen in Brodys Gesicht. Er versuchte gar nicht erst, die Sache zu beschönigen. Natürlich gab es eine andere, nicht nur eine.

Hast du wirklich geglaubt, ein Ehemann, der fremdgeht, ist seiner Geliebten treu?

Ja, das habe ich geglaubt.

War dein Vater treu?

Weiß ich nicht.

Habe ich von Liebe gesprochen?

Nicht direkt.

Er schwieg und zündete sich eine Zigarette an. Das Höschen lag zwischen ihnen auf dem Boden. Nach einer Weile sagte er: Darling, es tut mir leid, dir weh zu tun, wirklich. Aber ich bin nicht für eine einzige Frau gemacht. Dafür verlange ich auch keine Treue von der Frau. Judy lachte bitter auf. Er überhörte es und fuhr mit leichtem Ton fort: Ich sag ja immer, wer sich in Shanghai nicht amüsiert, ist selbst schuld. Und das sollten wir tun, solange es noch geht.

Bist du bald fertig mit deinem Vortrag?

Gleich. Nur noch eins, Judy. Du bist das aufregendste Weibchen der French Concession. Unsere Körper verstehen sich prächtig, das sollten wir beibehalten. Alles andere wäre eine Missachtung dessen, was uns das Leben zum Geschenk macht. Wir sollten uns weiter daran erfreuen.

Tränen stiegen ihr in die Augen. Nun sah auch er ratlos aus.

Hast du Angst vor Lana? Das musst du nicht, erklärte er hastig. Ich bringe das schon wieder in Ordnung.

Judy schickte ihn fort. Aber zwei Wochen später stand er mittags mit Blumen in ihrer Praxis, und sie landeten wieder auf der Matte. Fortan trafen sie sich nur noch sporadisch. Die Liebe war verwundet worden, die Leidenschaft nicht. Sie wurde jedes Mal neu entfacht. Judy beschloss, sich mit der Situation abzufinden. Irgendetwas hinderte das Glück ja immer daran, länger als ein paar Stunden anzuhalten. Noch immer gab es Abende, an denen Judy allein im Boarding House saß und wegen des untreuen Liebhabers litt.

Der Schmerz kam und ging wieder. Es war wie das Hochwasser in Shanghais Straßen. Von Zeit zu Zeit brachte der Monsun eine Überschwemmung, die den Alltag durcheinanderwirbelte und wieder abfloss. An solchen Tagen beluden die Straßenhändler ihre an der Schulterstange befestigten Körbe mit Regenschirmen und Gummistiefeln und setzten große Mengen davon ab. Wer es sich irgend leisten konnte, blieb zu Hause. Dennoch gab es genug zu tun für die Rikschakulis, die durch kniehohes Wasser stapften und gegen Aufpreis ihre Kunden huckepack auf den erhöhten Stufen vor einem Bankgebäude oder Krankenhaus absetzten.

Judy fasste einen Entschluss. Es konnte nichts Gutes bringen, wenn sie Vergangenem nachtrauerte. Und die neue Einstellung brachte ihr neue Verehrer, gelegentlich auch Bettgefährten. Ein Bill aus New York, ein Antoine aus Marseille, ein Per aus Stockholm. Judy blieb mit ihnen zusammen, solange es angenehm war. Wurde die Sache langweilig oder kompliziert, machte sie kurzerhand Schluss. Die Nachfolger hießen Lars, Joshua oder Marcel, sie kamen aus Kopenhagen, London oder Montreal. Man führte die junge Deutsche in Bars, in Nachtklubs und auf Partys, und überall trafen die netten jungen Männer auf vertraute Gesichter, so dass sich Judys Bekanntenkreis ständig vergrößerte. Ein Swing-Freund nahm sie mit in Klubs, wo Bigbands bis in den frühen Morgen spielten. Ein anderer Verehrer versorgte sie mit Karten für ein klassisches Ballett, dessen vorzüglichem Ensemble überwiegend Weißrussen angehörten. Ein Dritter zeigte ihr, wo die Chinesen sich amüsierten: in engen Räumen, dekoriert mit Papierblumen, Laternen und Bannern, wo auf winzigen Bühnen Gaukler, Zauberer und Tänzerinnen einander ablösten. Judy staunte vor allem über die Gelenkigkeit der Bodenakrobaten. Salto vorwärts, rückwärts, vorwärts, rückwärts. Leicht wie Federn flogen sie durch die Luft.

5 Im »Shanghai Jewish Chronicle« las Gudrun von neuen Schikanen gegenüber Juden in Deutschland. Sie durften keine öffentlichen Telefonzellen mehr benutzen, keine Zeitungen kaufen, keine arischen Friseure aufsuchen. Dennoch nannte Helene Samuel ihre Lage in Mainz erträglich. Sie schrieb nur in Andeutungen. Judy besuchte Lisa und bat sie, zur Situation der Mutter die Karten zu befragen. Die Freundin zögerte. Erst Tee, sagte sie und machte sich am Samowar zu schaffen, wobei sie melancholisch vor sich hin summte. Judy fühlte sich unbehaglich. Hastig zog sie an ihrer Zigarette und lief im Zimmer umher, bis sie vor dem farbenprächtigen Paravent stehen blieb. Vorsichtig strich sie über seine Oberfläche aus Federn.

Was meinst du, wie viele tropische Vögel dafür ihr Leben lassen mussten?

Lisa zuckte die Achseln. Sie stellte die dampfenden Teetassen auf den Tisch. Sie habe nachgedacht, sagte sie schließlich. Das sei nichts für eine Sitzung.

Lisa sprach langsam, jedes Wort abwägend. Ist egal, was Karten sagen. Du weißt: Juden in Deutschland haben große Gefahr. Du musst tun, Täubchen. Du musst!!

Am nächsten Morgen rief Judy in Kurtis Büro an. Schon zwei

Wochen hatte sie nichts mehr von ihm gehört. Sie erreichte ihn nicht. Vielleicht war er verreist, oder er saß mit einem Kunden im Café nebenan. Um keine Zeit zu verlieren, fuhr sie mit der Tram zu ihm. Sein Büro war verschlossen, das Firmenschild abmontiert.

Als Nächstes stand auf ihrer Liste der Name Bob. Er war ein blassblonder Amerikaner und gehörte zur Gruppe ihrer ausgemusterten Liebhaber. Sechs Wochen zuvor hatte sie mit dem Bankangestellten Schluss gemacht. Nun rief sie ihn wieder an und sagte, es gebe etwas Wichtiges zu besprechen. Sie verabredeten sich für den Abend im Palace-Hotel. Judy trug ein schwarzes Kostüm und einen eleganten Hut. Als er sie durch das Foyer kommen sah, winkte er mit einer Zeitung. Bob hatte ein rundes, freundliches Gesicht. Judy bemerkte, wie sehr er sich freute, sie zu sehen. Gleichzeitig war er unruhig.

Sag es lieber gleich: Bist du schwanger?

Nein, nein.

Erleichtert nahm er ihren Arm und sie gingen an die Bar. Er ließ Champagner kommen.

Cheers, Judy, schöne Frau. Was gibt es?

Sie erzählte, warum sie 3000 Dollar benötige, und fragte, ob er bei der Bank für sie bürgen könne. Bob versprach zu helfen. Sie tranken ziemlich viel an diesem Abend und sie ging mit ihm ins Bett. Zwei Wochen hielt sie das Verhältnis aufrecht. Bob machte sich keine falschen Hoffnungen. Sie würde sich wieder von ihm trennen, sobald sie das Geld hätte. Sie deshalb hinzuhalten, kam ihm nicht in den Sinn. Er hielt sein Versprechen. In kürzester Zeit verhalf er ihr zu einer Bankbürgschaft. Sie sagte, er sei ein anständiger Kerl, und gab ihm einen Abschiedskuss.

Inzwischen hatte sich der Preis für ein nicht registriertes Kuba-Visum verdoppelt. Die Reise der Großmutter schied damit aus. Judy ließ das Dokument auf den Namen Helene Sara

Samuel ausstellen, zahlte in bar und schickte es umgehend nach Mainz.

In der Nacht träumte sie, dass die Mutter ihr von ferne zuwinkte, auf einem Schneefeld in den Schweizer Bergen. Gudrun wollte zu ihr, doch plötzlich regnete es tropische Vogelfedern vom Himmel, dicht wie ein Vorhang, der ihr die Sicht versperrte.

Auch Judy glaubte nun, was Lisa schon lange wusste, dass die Bewohner von Shanghai in den großen Krieg hineingezogen würden. In der French Concession, wo sich überwiegend die nazifreundlichen Vichy-Franzosen aufhielten, waren die Anzeichen schwach, im International Settlement dafür umso deutlicher. Vor allem in der englischen und der amerikanischen Kolonie war die Nervosität groß. Gerüchte, wonach die Japaner immer mehr Militär in Richtung Shanghai schickten, verdichteten sich, bis sie eines Tages zur Wahrheit wurden. Viele Grundstücke und Gebäude in unmittelbarer Nachbarschaft der Europäer wurden von japanischen Soldaten in Beschlag genommen. Die Militärposten hatten sich vervielfacht. Sie griffen nicht ein ins alltägliche Leben – sie standen nur da, inzwischen auch auf Dächern, sie warteten ab und beobachteten die Lage mit ihren Ferngläsern.

Die Hotels am Bund füllten sich mit reichen englischen Familien, die sich in ihren Anwesen am Rand des Viertels nicht mehr sicher fühlten und hofften, so bald wie möglich eine Schiffspassage nach Singapur zu bekommen. Täglich verließen mehrere Dampfer mit Flüchtenden den Hafen. In der Regel brachten die Männer ihre Angehörigen in Sicherheit, sie selbst wollten so lange bleiben, bis die Lage in Shanghai wieder überschaubar wäre. In großem Umfang verließen auch Amerikaner die Stadt, was meist als Heimaturlaub deklariert wurde. Sie hatten nur Reisegepäck bei sich. Man weigerte sich zu glauben, die militärische Präsenz der Japaner werde in einen Dauerzustand übergehen. Allgemein herrschte die Ansicht, dass sie einem Krieg gegen Amerika und Großbritannien nicht gewachsen sein dürften.

Anfang Dezember 1941 überfielen die Japaner Pearl Harbor und besetzten das International Settlement. Nur diejenigen Bewohner, die sie zu ihren politischen Verbündeten zählten, die Deutschen, die Vichy-Franzosen und Bürger neutraler Länder, hatten nichts zu befürchten.

Liebe Gudrun, bestimmt hast Du von Pearl Harbor gehört. Die Amerikaner sind fassungslos. Und wir beide? Jetzt hat der Krieg uns eingeholt – Dich in Shanghai, mich in Manhattan. Man fragt mich jetzt dauernd, was mit Hitler sei, woher der Wahnsinn komme, die ganze Welt gegen sich aufzubringen. Was soll ich da antworten? Viele Studenten sind schon bei der Armee. Ich bin gefragt worden, ob ich als Krankenschwester arbeiten will. Aber das kann ich nicht – ich kann nicht zurück nach Europa. Es grüßt Dich Deine Margot, ziemlich verzweifelt.

Liebe Margot, ich glaube, es gibt für Dich, was den Krieg angeht, auch in New York eine Aufgabe. Ich selbst komme mir hier furchtbar nutzlos vor. Die größte Gefahr sind zurzeit die schwerbewaffneten japanischen Soldaten, wenn sie Patrouille fahren. Ein mörderischer Fahrstil! Gestern bin ich ihnen nur knapp entkommen. Hier werden alle, die mit den Japanern nicht verbündet und nicht neutral sind, interniert. Seit Tagen sehe ich die Lastwagentransporte, auf den Ladeflächen gutgekleidete Familien oder junge Briten. Die einen wirken vornehm und gefasst, die anderen machen Witze und lachen wie auf einem Schulausflug. Ich bin staatenlos – was haben die Japaner mit mir vor?

Judy hörte nie wieder etwas von ihren internierten Bekannten. Wieder gab es Lager, und in den folgenden Monaten machten Gerüchte die Runde, wonach die Gefangenen in Elend lebten und wie die Fliegen an Seuchen starben. Auf den chinesischen Märkten wurden herrenlos gewordene Setter, Möpse und Windhunde als Delikatessen angepriesen.

6 Das Schreiben klang höflich, aber die darin enthaltene Aufforderung unmissverständlich: Alle jüdischen Emigranten wurden angewiesen, mit ihren Pässen im deutschen Generalkonsulat zu erscheinen. Judy war die Sache verdächtig. Ihr Pass war ungültig. Was sollte das also? Vorsichtshalber ließ sie ihn zu Hause.

Der Konsulatsangestellte hielt den Kopf beharrlich über ihre Unterlagen gebeugt. Als er schließlich doch seinen Kopf hob, sah Judy in ein Gesicht, das ihr bekannt vorkam. Er war ein Freund ihres Bruder gewesen, ein Mitglied der Clique, die Ralphie gelegentlich angeschleppt hatte: junge Leute, die in Wilhelm Samuels Salon Weinflaschen leerten und hinter den schweren Vorhängen knutschten.

Ich kenne Sie. Sie waren doch öfter bei uns zu Hause in Mainz.

An seine Besuche in einem jüdischen Haushalt erinnert zu werden, war dem Mann äußerst peinlich, und so wollte er sie loswerden, bevor Kollegen etwas von seiner Jugendsünde erfuhren.

Geben Sie mir Ihren Pass, dann können Sie wieder gehen.

Oh nein. Ich bin ausgebürgert. Ich behalte den Pass, für alle Fälle.

Verschwinden Sie!

Monatelang hörte Judy nichts von ihrer Mutter. Verzweifelt schrieb sie an Großmutter Regina in Wiesbaden und erhielt auch von ihr keine Antwort. Sie zerbrach sich den Kopf, wen sie sonst noch einschalten konnte, um herauzubekommen, ob Helene das Kuba-Visum erhalten hatte, aber es fiel ihr niemand mehr ein. Frau Gärtner, da war sie sicher, hätte ihr geholfen, doch wollte sie die Frau, die schon so viel für sie riskiert hatte, nicht erneut in Gefahr bringen.

Im August – endlich! – brachte der Briefträger Post aus Mainz mit einem ihr unbekannten Absender. Der Umschlag enthielt ein zweites Kuvert, darin lag ein Zettel mit der Handschrift ihrer Mutter, hastig geschriebene Sätze auf einem Fetzen Packpapier. Der Brief war in Treblinka abgestempelt. Wo lag das? Die Mutter schrieb an Freunde in Mainz, deren Namen Gudrun nie gehört hatte: *Seit Tagen sind wir in Richtung Osten unterwegs. Es gibt keine Sitzplätze im Zug. Einige sind schon tot. Wir befürchten das Schlimmste.*

Judy tat, was sie sonst nie machte, sie rief Brody in seiner Praxis an. Auch er hatte noch nie von einem Ort namens Treblinka gehört. Am nächsten Tag fuhr er sie in der Mittagspause nach Little Vienna im Stadtteil Hongkew. Er hatte sich mit zwei Bekannten in einem Kaffeehaus verabredet. Was sie berichteten, klang niederschmetternd. Für die Flüchtlinge aus Deutschland und Österreich hatte sich die Lage verschärft. Mit dem Ausbruch des Krieges zwischen Japan und den USA kamen die Hilfslieferungen amerikanisch-jüdischer Organisationen nicht mehr an. Im Lager, das Judy bei ihrer Ankunft in Shanghai gemieden hatte, waren Medikamente, Kleidung und Lebensmittel knapper denn je. Vor allem grassierten die tropische Ruhr und Diphtherie.

Einer von Brodys Bekannten war ein polnischer Rabbi mit Hut und Schläfenlöckchen. Treblinka liege in Polen, erfuhr Judy, die SS habe dort eines ihrer Lager eingerichtet. Genaueres wusste er nicht. Bedrückt fuhren sie über die Garden Bridge zurück. Brody warf eine leere Zigarettenpackung aus dem Wagen. Dann rieb er sich mit dem Taschentuch über Gesicht und Nacken. Eine Stadt wie ein Treibhaus, stöhnte er, ach was, eine Folterkammer. Sie macht einen so mürbe.

Minutenlang klopfte er nervös auf das Lenkrad. Die Nazis würden auch die ungarischen Juden nicht mehr lange verschonen, sagte er schließlich. Seine Eltern lebten auf dem Land. Vom Vater kämen Briefe über den Stand des Weizens und der Bohnenernte. Er kümmere sich nicht um Politik. Er wolle nicht fort aus Ungarn.

Brody zeigte auf die Nobelmeile am Bund. Sag mir, was soll ein ungarischer Bauer in Shanghai? Mein Gott, Judy, sag es mir!

Sie trafen sich wieder häufiger. Ihre Gespräche wurden tiefgründiger, auch ehrlicher. Die Angst um ihre Familien brachte sie einander näher, als Leidenschaft es vermocht hatte. Zwei Monate später kam er morgens überraschend in den French-Club und teilte ihr mit, sie könnten sich nicht mehr sehen. Er habe es seiner Frau versprechen müssen.

Judy litt, doch lange konnte sie sich den Liebeskummer nicht leisten. Der Krieg und die Sorgen um ihre Mutter überlagerten alles. Shanghai war kein Ort der Zuflucht mehr.

Es war schon Winter, als überraschend Kurti Wuchtig auftauchte. Wo er herkam, ob von einer geheimen Mission oder aus dem Knast, darüber schwieg er. Er sah nicht schlecht aus, hatte einige Kilo zugenommen und war gutgekleidet. Wieder trug er schwarzweiße Schuhe und eine goldene Krawatte.

Es wird hier gefährlich für dich, Gleines. Du musst abhauen!

Wie denn?

Ich besorge dir einen falschen Pass.

Ach Kurti, bloß das nicht. Das habe ich schon hinter mir … Ich kann hier nicht fort. Ich muss auf meine Mutter warten.

Schon lange fragte sich Wuchtig, was die Nazis im Generalkonsulat mit den Japanern aussheckten. Er hatte gehört, dass Vertreter beider Seiten regelmäßig hinter verschlossenen Türen konferierten. Seit einiger Zeit häuften sich nun Hinweise, wonach alle Juden in ein Ghetto gesperrt werden sollten. Anfangs hatte er das für Unsinn gehalten. Für die Japaner waren Juden überhaupt keine Kategorie. Sie hatten genug zu tun mit ihren eigenen Internierungscamps. Aber offenbar war man in Tokio geneigt, den Waffenbrüdern in Berlin einen Gefallen zu tun.

Im Lauf der nächsten Monate wiederholte Kurti Wuchtig sein Angebot an Judy.

Danke, sagte sie jedes Mal. Jetzt nicht, vielleicht später.

Im Mai 1943 war es zu spät. Hongkew, wo die meisten jüdischen Einwanderer lebten, wurde zum Sperrbezirk erklärt. Der Begriff »Jude« kam in der Anordnung der Japaner nicht ein einziges Mal vor, stattdessen hieß es, dass sie für alle Bewohner gelte, die nach 1937 in Shanghai eingewandert waren. Sie müssten nun nach Hongkew umziehen. Zur Regelung des Alltags sei eine Hilfspolizei zu bilden – ganz nach dem Vorbild der Ghettos in Europa. Nur dass in Shanghai niemand von einem Ghetto sprach. Man nannte es »Sperrbezirk«, was offenbar leichter zu ertragen war, zumal es sich um ein Wohngebiet ohne Mauern und ohne Stacheldraht handelte. Dennoch gab es kein Entkommen. Posten bewachten die Grenze. Nur Kinder, die einen kleinen Ausflug in die Freiheit machen wollten, ließ man gelegentlich ziehen. Die Japaner mochten Kinder.

Dies alles hatte Kurti Wuchtig so kommen sehen. Er musste wachsam sein – auch seine eigene Sicherheit sah er bedroht. Die SS hatte ihn zweifellos im Visier, es fragte sich nur, auf welcher Liste er stand. Im deutschen Generalkonsulat pflegte er zu einem Angestellten gute konspirative Beziehungen. Als er hörte, dass der Mann von seinem Posten entfernt worden war, ging Kurti kein weiteres Risiko mehr ein. Mit dem nächsten Flugzeug verließ er Shanghai.

GHETTO

1   *Liebes Margotsche, von meiner Mutter höre ich nichts mehr. Sie ist in einem Lager in Polen. In Mainz wissen sie nichts. Ich schreibe Dir umgehend, sobald die Sache geklärt ist. Man kann Menschen ja nicht einfach verschwinden lassen.*

Und wieder bin ich eingesperrt! Fast alle Juden mussten nach Hongkew umziehen, ein Stadtteil gar nicht weit vom Hafen, jetzt Sperrbezirk. Man darf nur noch mit Passierschein raus, es wird streng kontrolliert. Ich habe noch Glück, ich kann tagsüber im French-Club arbeiten.

Ob Du es glaubst oder nicht: Ich habe geheiratet! Er heißt Toni Sonntag und kommt aus Wien. Wir haben die Ehe in einem chinesischen Lokal geschlossen, während der Essenszeit, umgeben von besetzten Tischen. Eine Art Richter hat in den Raum hinein gefragt: ›Hat von den Anwesenden jemand etwas dagegen einzuwenden?‹ Es kam keine Reaktion – ringsum haben alle ungerührt weitergegessen. Das war die ganze Zeremonie. Toni ist kein Mann, der mich unter normalen Umständen interessiert hätte, aber eingesperrt lebt man besser zu zweit als allein. Vielleicht wird es ja noch erfreulicher zwischen uns. Es grüßt Dich von Herzen, Frau Sonntag alias Gudrun Samuel

Toni Sonntag war der Spaßvogel, der Judy bei ihrer Ankunft in Shanghai auf den Lastwagen geholfen hatte. Er war kein Künstler, wie sie aufgrund seiner langen Haare vermutet hatte, sondern Eishockeyspieler. Zuletzt hatte er in der österreichischen

Nationalmannschaft gespielt. Im Sperrbezirk Hongkew war er, wie er häufig klagte, völlig deplaziert.

Toni war mit seinen Eltern und etlichen Verwandten nach Shanghai gekommen. Judy fand die neue Familie unterhaltsam und anstrengend zugleich. Hier gab es kein planvolles Nachdenken und Handeln, sondern nur Dramatik, Verrat und eilige Versöhnung. Keiner hörte dem anderen zu, jeder behandelte den anderen schlecht, dennoch liebten sie sich, und wenn ein Feind auftauchte, bildeten sie eine Mauer. Judys Schwager hatte im International Settlement einen Nachtklub besessen und war eindeutig ein Gauner. Das einzige moralisch einwandfreie Mitglied des ganzen Clans, schien Judy, war ihre Schwiegermutter, eine geistig zurückgebliebene Ungarin.

Der Schwiegervater war ein wortgewandter, witziger Ganove aus Wien, der es auch eingesperrt nicht lassen konnte, seine Schicksalsgenossen übers Ohr zu hauen. Judy mochte ihn, aber es störte sie, ständig auf ihr Eigentum aufpassen zu müssen, wenn er sie und Toni besuchen kam. Sie war sicher, dass er das Zuckerdöschen aus Meißner Porzellan hatte mitgehen lassen. Toni verstand nicht, warum sie sich so aufregte – über den Verlust einer Zuckerdose mit Porzellanröschen auf dem Deckel …

Nimmst halt eine Tasse.

Aber darum geht es nicht. Ohne Zuckerdose ist so ein Service sehr viel weniger wert.

Aha.

Das ist echtes Meißner. Noch nie davon gehört?

Nein. Mein Herz, hör auf, dich zu grämen. Zum Geburtstag schenk ich dir was feines Neues.

Ach Toni, du begreifst es nicht …

Er vergaß die Zuckerdose, wie er auch ihren Geburtstag vergaß. An dem Tag, einem Sonntag, lag Toni verkatert im Bett. Er war erst im Morgengrauen vom Kartenspielen heimgekommen.

Steh auf, du Faultier. Judy hielt ihm einen Becher Tee unter die Nase. Ich habe Geburtstag.

Er gähnte und strich sich eine dunkle Strähne aus den Augen. Geburtstag? Ausgerechnet heute? Können wir den nicht verschieben?

Gute Idee, Toni. Außerdem legen wir Weihnachten in den Sommer. Und wenn wir jemanden beerdigen, feiern wir seine Hochzeit.

Er hockte auf der Bettkante und befühlte seinen Kopf.

Warum aufstehen? Hongkew will mich nicht. Ich will Hongkew nicht. Ob der alte Herr da oben weiß, was er uns damit antut …

Wer wollte schon Hongkew? Viele Juden bewohnten baufällige chinesische Häuser ehemaliger Arbeitersiedlungen. Von außen wirkte alles durchaus anheimelnd. Um die Jahrhundertwende waren die Holzhütten der Chinesen durch meist zweigeschossige Reihenhäuser aus Backsteinen ersetzt worden, ähnlich wie man sie in England kannte. Die Zimmer aber waren klein, feucht und stets überbelegt, entweder mit Chinesen oder nun mit Juden. Der Lebensstandard beider Gruppen unterschied sich kaum noch. Man lebte in enger Nachbarschaft und hatte doch wenig miteinander zu tun. Schon bevor man das Viertel zum Sperrbezirk erklärt hatte, war es mit Chinesen wie Europäern überfüllt gewesen.

Dass Judy und Toni sich gleich zwei Räume leisten konnten, erhob sie in den Rang von Privilegierten. In ihrem Viertel bildeten sieben mal sieben Häuser jeweils ein Quadrat, das von engen Gassen, *lanes*, eingerahmt war. Von der Tong Shang Road bog man in ihre Gasse ein. Nach einigen Minuten Fußweg gelangte man an das Tor zu dem winzigen Hof, wo Judys Fahrrad stand und der abgedeckte Kübel. Eine Tür mit Sprossenscheiben führte zu ihren Zimmern. Es gab ein Waschbecken mit kaltem

Wasser, einen Tisch, vier Stühle. Gekocht wurde mit Holzkohle in einem Blumentopf, der auf einem Schemel stand. Essensgeruch und Qualm hingen noch lange im Zimmer, das kaum zu lüften war. Bei gutem Wetter wurde im Hof gekocht.

Sie schliefen auf einem überbreiten Kanapee, das ihnen die Sprungfedern ins Gesäß drückte. In Judys Kampferkiste lagen neben Kleidung, Schuhen und Taschen ihre ersparten Dollar. Hongkew lag ganz in der Nähe des Elektrizitätswerks, aber durchgehend Strom gab es höchstens fünf Tage im Monat. Man behalf sich mit Petroleumlampen und Kerzen.

2   Über das Ghetto herrschte Mr. Ghoya, ein japanischer Offizier. Er war ein zwergenhafter, geistesgestörter Diktator. Ohne jede Vorwarnung prügelte er auf seine Opfer ein. Manchmal sprang er auf den Tisch und brüllte: Ich bin der König der Juden!

Am besten, man hatte nichts mit ihm zu tun, doch für Judy ließ sich der Kontakt nicht vermeiden, weil sie immer noch außerhalb des Sperrbezirks arbeitete. Um ihn verlassen zu können, brauchte sie alle drei Monate einen neuen Passierschein von Mr. Ghoya. Manchmal ließ er die Bittsteller stundenlang warten. Wer sich ihm schließlich näherte, war um ein möglichst unauffälliges Verhalten bemüht. Davon wusste Judy bei ihrer ersten Begegnung noch nichts. Weil sie ihn nicht auf Anhieb verstand, richtete sie ungefragt das Wort an ihn.

No understand. Please again.

Eine Ohrfeige landete in ihrem Gesicht.

No understand? This understand!, kreischte Mr. Ghoya.

Bei ihrem zweiten Behördengang wurde Judy Zeugin, wie er den Bittsteller vor ihr anschrie: Head down down down! Der Mann gehorchte und beugte sich zu ihm herunter. Mit voller Wucht knallten ihm die Fäuste des Zwergs ins Gesicht, wieder und wieder. Seine Brille flog zu Boden, Ghoya zertrampelte sie. Später kursierte die Nachricht, der selbsternannte Lagerkönig habe einen Österreicher umgebracht. Ganz sicher wusste es niemand, fest stand nur, dass ein älterer Mann brutal zusammengeschlagen und fortgeschafft worden war und dass niemand ihn je wiedersah.

Wer Hongkew verließ, musste sich vor dem Kontrollposten tief verbeugen, sehr tief. Das Schilderhäuschen stand auf der Garden Bridge, die zum Bund führte. Für Judy hieß es jeden Morgen: vom Rad absteigen, Diener machen, Passierschein vorzeigen. Normalerweise verlief die Kontrolle ohne Zwischenfälle. An einem dunstigen Herbstmorgen geriet sie an einen jungen Wachtposten, der begehrlich auf ihre Armbanduhr zeigte. Sie stellte sich dumm. Es war eine billige Uhr, sie sah nur teuer aus, aber Judy dachte: Scheiß Bauernbub, ich hab schon vor dir gebuckelt, das muss reichen. Im nächsten Moment spürte sie sein Bajonett auf ihrem Rücken.

Wenn sie wieder frei wäre, schwor sie sich, würde sie jedem, aber auch jedem, der sie schlecht behandelte, umgehend in die Eier treten! So dachte sie, wenn sie wütend war. Aber meistens leistete sie sich keine heftigen Gefühle, weder zornige noch verzweifelte. Stattdessen hoffte sie mit der ganzen Kraft ihrer Jugend. Sie würde sie alle wiedersehen, ihre Mutter, Martin, Margot. Sie würde wieder frische Brötchen riechen und den Weihrauch im Mainzer Dom.

An ihrem ersten Tag in Freiheit, sagte sie oft, würde sie ein Hotelzimmer mit einem anständigen Bad beziehen. Toni lachte. Judy, die Königin von Saba. Seine Träume sahen anders aus: Ein volles Stadion mit Zuschauern, die es von den Sitzen riss. Menschen, die ihm zujubelten, wenn er, Toni Sonntag, der große Eishockeyspieler, über den Platz fegte.

Gudrunsche, hast Du etwas von Deiner Mutter gehört? Wenn ich an Dich denke, kriege ich ein schlechtes Gewissen, weil meine Lebensumstände so viel besser sind als Deine. Soll ich Dir etwas schicken? Ich könnte jede Menge deutsche Bücher besorgen. Wie lebst Du, wie sieht Dein Tag aus?

An der Universität komme ich gut mit. Medizin liegt mir. In New York fühlt man sich nicht als Ausländer, einfach weil es so etwas wie Einheimische gar nicht zu geben scheint. Die Menschen sind Einwanderer der ersten, zweiten, dritten Generation. Wer hier ankommt, empfindet sich schon nach ganz kurzer Zeit als Amerikaner. Mir geht es jedenfalls so. Meine Mutter und mein Vater sind nicht in gleicher Weise angekommen, und natürlich auch nicht Oma. Sie macht das Stadtleben krank. Aber wir sind alle zusammen und dankbar für jeden Tag. Alles Liebe, Deine Margot.

Mach Dir keine Sorgen, Margotsche, ich komme schon zurecht. Nur was die Japaner angeht, die uns bewachen, da muss man vorsichtig sein. Sie sind unberechenbar. In der Ehe geht jeder mehr oder weniger seiner Wege, aber an unserer Notgemeinschaft halten wir fest. Ich könnte mir auch einen anderen Mann suchen. (In Hongkew herrscht großer Männerüberschuss!) Aber ich lasse es lieber, man wechselt ja vielleicht nur die Fehler. Ich habe jetzt auch eine Katze. Außerdem gibt es hier eine Schneiderin, die zaubern kann. Sie hat meinen teuren roten Schlafrock in ein ärmelloses Kleid verwandelt, einfach und edel im Schnitt. Im French-Club werde ich ständig darauf angesprochen: Könnten Sie mir vielleicht verraten, wer Ihre Schneiderin ist? – Tut mir leid, sage ich dann, aber das bleibt mein Geheimnis. Mein Gruß von Katze zu Katze. In Liebe, Gudrun

Im ersten Jahr war Toni bei der Stadtverwaltung im Straßenbauamt außerhalb von Hongkew beschäftigt und verdiente recht gut. Judy erschien weiterhin morgens im French-Club, wie aus dem Ei gepellt. Sie empfand ihre Arbeit als einen Segen. Den ganzen Tag hatte sie mit Kindern zu tun, sie konnte Sport treiben, das Essen war kostenlos und vorzüglich. Sie hielt sich in einem schönen, gepflegten Ambiente auf, das keinen größeren Kontrast zum Sperrbezirk hätte bilden können.

Dies alles verdankte sie Brody. Er hat vielleicht Pech beim Wetten, dachte sie, aber sonst nicht. Sein Glück war, schon vor 1938 eingewandert zu sein. Er musste nicht ins Ghetto, er konnte weiter seine Geliebten in seinem Angeber-Ford herumfahren.

Aber ganz schlecht sieht es bei dir auch nicht aus, ermunterte sich Judy, während sie an sich herunterschaute. Sie trug einen Khakianzug mit englischen Shorts, sehr gelungen, vor allem, weil er ihre langen Beine zur Geltung brachte, dazu ein gelbes Dreiecktuch mit blauen Glockenblumen. Niemand wäre im French-Club auf die Idee gekommen, dass sie zu Hause statt einer Toilette einen Kübel benutzte, der an einer stinkenden Sammelstelle entleert werden musste. Das war eigentlich Tonis Aufgabe, aber da er morgens so schwer aus dem Bett fand, musste sie es übernehmen. So fing der Tag schon übel an.

Andererseits: Gar kein Mann an ihrer Seite wäre schlimmer. Sie brauchte seine bewundernden Blicke, seine Komplimente. Toni gefiel es, wenn die Männer ihr nachschauten, er mochte ihre auffallende Garderobe. Am liebsten zeigte er sich mit ihr in einem Restaurant mit Biergarten, »Zum weißen Rössl«. Es befand sich in einem alten Haus im Kolonialstil und wurde von zwei Brüdern aus Wien geführt.

Seit den Zerstörungen durch den Krieg wenige Jahre zuvor hatten die Bewohner von Hongkew eine bewundernswerte Aufbauleistung vollbracht. Vier Krankenhäuser waren entstanden, eine Reihe von Schulen, Synagogen, Theater und Orte für Sportveranstaltungen. Viele Bars und Cafés wurden eröffnet, darunter echte Wiener Kaffeehäuser, in denen Gugelhupf und frische Buchteln serviert wurden. Das Kulturleben blühte, es gab Shows, Kabarett und klassische Konzerte, die auch von Mr. Ghoya besucht wurden. Täglich erschienen mehrere Zeitungen.

Doch seit der Einrichtung des Sperrbezirks liefen die Geschäfte immer schlechter. Zwar waren die Kaffeehäuser gut besucht, und es sah so aus, als würde dort immer noch gut verdient, doch blieben die Gäste oft stundenlang vor einem Getränk sitzen. In ihren engen, muffigen Zimmern hielten sie es nicht aus, erst recht nicht die Menschen, die in Lagern zusammengepfercht waren.

3 In Hongkew traf Judy alle wieder. Den Shanghai-Experten vom Schiff, der nun apathisch dahindämmerte. Das Arztehepaar Hahn, das ihr am Tag ihrer Ankunft ein Feldbett angeboten hatte und nun gänzlich mittellos dastand. Den polnischen Rabbi mit den Schläfenlöckchen. Er erkannte Judy auf der Straße wieder und erkundigte sich nach ihrer Mutter. Sie sagte, aus Treblinka sei keine weitere Post mehr gekommen. Sie vermute, dass die Mutter ihren Brief aus dem Zug geworfen hatte in der Hoffnung, ein barmherziger Mensch würde ihn finden und nach Deutschland schicken. Inzwischen habe auch ihr Bruder aus Südafrika bestätigt, dass die Mutter deportiert worden sei.

Sally und ihr schlechtgelaunter Zahnarzt wohnten in der Nachbarschaft, eine Gasse weiter. Judy traf Sally manchmal beim Kübelleeren. Sie sah verhärmt aus. Ihre Tochter Marlene, blond und stämmig, ließ einen denken, die Mutter habe ihre gesamte Kraft auf das Kind übertragen. Über frühere Geschehen wurde zwischen den beiden Frauen kein Wort verloren, schon gar nicht fiel der Name Brody. Wer in Hongkew leben musste, konnte sich keine unnötigen Feinde leisten.

An einem Sonntagmorgen kam Sally mit der kleinen Marlene und bat sie um Hilfe. Sie habe günstig ein eisernes Bettgestell mit Sprungfedern für ihren Schwiegervater erworben, das ins Lager geschafft werden musste. Er könne nicht mit anpacken, er habe ein schlimmes Bein, und ihr Mann leide unter heftigen Depressionen. Judy warf einen Blick auf ihren schnarchenden Toni und meinte, mit ihm sei auch nicht zu rechnen.

Aus der herrschsüchtigen Person, die Judy anfangs das Leben schwergemacht hatte, war eine demütige Frau geworden. Unablässig machte Sally sich Vorwürfe, bat um Verzeihung, auch dann, wenn sie eine Sache überhaupt nicht zu verantworten hatte. Sie entschuldigte sich für Stromausfall oder die Hitze im Zimmer, in der sie zu dritt wohnten. Den Schwiegervater im Lager zu wissen, ließ sie nicht ruhig schlafen.

Aber es stimmt doch, Judy, dass bei uns kein Platz für ihn ist, oder?

Beim besten Willen nicht, bestätigte sie, aber Sally, das wusste sie, war mit freundlichen Worten nicht zu beruhigen.

Judy wandte sich an Marlene. Sollen wir mal »Die Prinzessin auf der Erbse« spielen?

Die Kleine schaute sie verständnislos an. Prinzessinnen waren der Fünfjährigen unbekannt. Was sind das nur für Eltern, dachte Judy. Sie legte ein Stück Pappe auf die Sprungfedern, dann setzte sie Marlene mitten drauf. Deine Mama und ich sind jetzt deine beiden Diener, sagte sie. Wir tragen dich durch die Straßen, und immer, wenn es heftig schaukelt, schreist du: Oh je, oh je. Das tut ja so weh!

Marlene schrie nicht, sondern lachte vergnügt und freute sich, wenn Passanten stehen blieben und ihr zuwinkten. Ihr Anblick entzückte vor allem die Chinesen, für die gutgenährte Kinder etwas so Seltenes waren, dass sie in ihnen Glücksbringer sahen.

Im Lager angekommen, stießen sie als Erstes auf eine Mutter, die ihre beiden Kinder mit einem Entlausungsmittel behandelte. Sally schrie entsetzt auf. Ich hätte Marlene nicht mitbringen dürfen!

Lass das Bett nicht fallen, ermahnte sie Judy, sonst tut sich deine Tochter wirklich etwas. An Läusen ist noch niemand gestorben.

Es war für sie der erste Besuch im Lager. Wieder einmal dankte sie einem ihrer Schutzengel, der sie davor bewahrt hatte. Während es ihr in kürzester Zeit gelungen war, sich eine eigene Existenz aufzubauen, waren die Bewohner der Massenunterkünfte in Hongkew Flüchtlinge geblieben, die unter der Enge und vor allem unter ihrer Untätigkeit litten. Hier, wo sie notdürftig mit Essen und Kleidung versorgt wurden, gab es für sie nichts, rein gar nichts zu tun. Hier schlugen sie die Zeit mit Kartenspielen tot.

Es roch nach Tabak, feuchten Wänden und muffiger Kleidung. Sally fand den Schwiegervater an einem grobgezimmerten Holztisch sitzen, zusammen mit drei weiteren Spielern. Er kam hinkend auf sie zu. Es war ihm peinlich, dass zwei Frauen seinetwegen Männerarbeit verrichteten. In seinem früheren Leben war er ein zupackender Ingenieur gewesen, nun hielt sich der Mann nur noch mühsam aufrecht. Obwohl erst Anfang fünfzig, sah er aus wie ein Siebzigjähriger.

Jemand im Raum rief »Nachrichten!«, und in wenigen Sekunden scharten sich vierzig Menschen um ein Radio. Die BBC-Sendungen lieferten schon lange kein klares Bild mehr zur Lage. Die Flüchtlinge waren es leid, über das Gehörte zu spekulieren. Man wünschte sich nur eines: Der Amerikaner sollte endlich kommen und den Japaner davonjagen. Aber wie es aussah, wurde zunächst in Europa aufgeräumt. Dort konzentrierte sich die Militärkraft der Alliierten.

Fünf Jahre waren ohne eine Aussicht auf Heimkehr verstrichen. Dem endlosen Warten erwuchs eine verzweifelte Sorge um Familienmitglieder, von denen keine Lebenszeichen mehr kamen, aus Deutschland, Österreich, Polen und anderen Teilen Europas.

4 *Meine liebe Margot, danke für die Bücher. Mark Twain habe ich als Erstes gelesen. Ich hake mich einfach bei ihm unter – dann bin ich für ein paar Stunden ein freier Mensch. Die Japaner werden wohl über kurz oder lang unseren Ausgang nach draußen streichen. Dann können wir beide uns nicht einmal mehr schreiben.*

Der Winter ist da. Viele Menschen haben keinen Ofen, sie behelfen sich mit einer offenen Feuerstelle. Sie sitzen ständig im Rauch und laufen daher mit schlimm geröteten Augen herum. Ich selbst besitze einen primitiven Ofen aus Blech, der mit Holzkohle befeuert wird. Er hat sogar ein Ofenrohr. Großer Luxus! Häufig kommen Bekannte vorbei, um sich aufzuwärmen. Margotsche, ich denke an Dich, jeden Tag. Gudrun.

Gudrunsche, bleib stark. Lange kann der Krieg nicht mehr dauern. Kannst Du BBC hören? Die Radioansprachen von Thomas Mann geben den Menschen unglaublich viel Kraft. Das brachte mich auf die Idee, Dir ganz schnell »Buddenbrooks« zu schicken, bevor sich vielleicht die Tore schließen. Halte durch. Ich bete für Dich. In Liebe, Margot.

Ab Frühjahr 1944 waren die jüdischen Flüchtlinge endgültig eingesperrt. Sie durften das Ghetto nicht mehr verlassen und verloren damit ihre Arbeit außerhalb. Judy versank in einem grauen Alltag. Für sie gab es keine Schönheit mehr, keine Kinder, keine exquisiten Mahlzeiten, keinen Sport. Sie konnte sich nicht überwinden, in ihrem winzigen Raum Übungen zu machen, zu sehr erinnerte sie das an ihre Gefängniszelle. Auch der Hof war ungeeignet, da von zwei Seiten einsehbar. Sie konnte nur eines tun, um in Bewegung zu bleiben: noch schneller gehen, als sie es ohnehin schon tat. Toni hatte bald keine Lust mehr, sie irgendwohin zu begleiten.

Als sie sah, wie schnell ihre Ersparnisse schrumpften, forderte sie ihren Mann auf, sich etwas einfallen zu lassen.

Erklär mir mal, wovon wir leben sollen?

Er zuckte nur die Achseln und machte sich zum Fortgehen bereit. Er wollte seine Freunde im Kaffeehaus nicht warten lassen. Judy blieb allein zurück und schaute sich im Zimmer um. Was konnte sie noch verkaufen? An einer Ecke der Tong Shang Road fand täglich Nothandel statt, ein Ausverkauf der letzten Besitztümer. Bewohner trennten sich von Hausrat, Schmuck, sogar von ihren Chanukkaleuchtern. Sie verkauften einzelne Röllchen Nähgarn, Kopfkissenbezüge, ihren Schuhanzieher.

Nichts fürchtete Judy so sehr wie Kälte und Frieren, und da sie vorausschauend war, beschloss sie bereits im Sommer, einen kleinen Handel mit Holzkohle aufzuziehen. Als es kalt wurde, betrat sie den Hof eines Nachbarn, ein chinesischer Händler, mit dem sie schon vor Monaten alles vereinbart hatte. Wong Li gab ihr morgens die Kohle, und sie bezahlte ihn abends. Als Pfand ließ sie ihm ihre goldene Armbanduhr da. Dann griff sie zur gleichen Methode wie der Händler und wässerte die Kohle. Eine Lieferung von sechzehn Pfund wog danach zwanzig Pfund. In den vier Pfund mehr, für die die Kunden zahlten, lag Judys Gewinn. Sie ging von Tür zu Tür und bot ihre Dienste an.

Geben Sie mir rechtzeitig Bescheid. Ich liefere drei Tage im Voraus, erst danach können Sie die Kohle benutzen.

Die Säcke transportierte sie auf ihrem Fahrrad. Anfangs warb sie mit Kleinanzeigen. *Wir liefern Holzkohle. Frei Haus. Reellst!*

Toni Sonntag half dabei nicht mit. Er lebte auf Judys Kosten und schaute großzügig darüber hinweg. Einmal hatte er durch einen Gewinn beim Glücksspiel auf einen Schlag zwanzig Dollar in der Hand, und noch lange danach musste diese Summe als Argument dafür herhalten, dass auch er seinen Teil zum Lebensunterhalt beisteuerte.

Wie so viele Männer kam er nicht mehr vom Kartenspiel los. Sie alle behaupteten, es gebe keine Arbeit, aber das war nur die halbe Wahrheit. Nie wären Toni und seine Kaffeehausfreunde auf die Idee gekommen, Kuliarbeit für Kulilohn zu machen, als Stromtreter zum Beispiel: zwölf Männer nebeneinander, die an einer primitiven Anlage durch Pedalantrieb Elektrizität produzierten.

Toni besaß klare Überzeugungen zum Wert der Völker. Dass die Nazis das Prinzip von Herrenvolk und minderwertigen Rassen auf die Spitze getrieben hatten und Toni deshalb in Hongkew festsaß, statt für die österreichische Eishockey-Nationalmannschaft Tore zu schießen, brachte seine Vorstellungen von einer natürlichen Hierarchie nicht ins Wanken. Weshalb es undenkbar für ihn war, sich bei den chinesischen Arbeitern einzureihen.

Für Toni war die Vorstellung, auf das Niveau der Einheimischen abzusinken, der Albtraum schlechthin. Verhiesigen nannte man den sozialen Abstieg. In Tonis Augen befand sich Judy mit ihrem Kohlenhandel auf dem besten Weg zu verhiesigen. Es war ihr egal, seine Ansichten kümmerten sie wenig. Die beiden lebten mehr nebeneinander her als miteinander. Ihr genügte es. Der Alltag zu zweit machte einiges leichter. Einmal pro Woche sagte sie zu ihm: Es ist wieder so weit, lass uns zu Sally gehen.

Die Nachbarin war im Besitz einer Zinkbadewanne, die Judy sich auslieh und in ihrem winzigen Hof aufstellte. Dann nahm sie die Dienste des Heißwasserhändlers in Anspruch. Sie brauchte das heiße Vollbad auch zur moralischen Hygiene. Um es sich leisten zu können, sparte sie das Geld für den Friseurbesuch und ließ ihre Haare wachsen. Unbeirrt lebte sie nach der Devise, sich gelegentlich etwas zu gönnen und sich nicht gehenzulassen. Die meisten Flüchtlinge hielten sich an irgendwelchen Ritualen fest, um ihren Selbstwert zu bewahren. Aus diesem Grund achteten sie auch die Feiertage, selbst wenn sie nicht religiös waren.

So viel Disziplin brachte nicht jeder auf. Nach einem Jahr im Sperrbezirk sah Judy die Unterschiede deutlich. Einige Männer liefen völlig verwahrlost herum, ungekämmt, in schmuddeligen Unterhemden. Andere bedeckten ihren Oberkörper überhaupt nicht mehr, mit der Begründung, nur so sei die Hitze auszuhalten.

Im Winter lief Judys Geschäft gut, mit Beginn des Frühjahrs ließen die Bestellungen erwartungsgemäß nach. Sie wollte nun Massagen oder Krankengymnastik anbieten und fragte in allen vier Krankenhäusern nach. Das Ergebnis war ernüchternd. Eine steife Schulter, Kreuzschmerzen oder eine Entzündung in den Gelenken galten als Wehwehchen, über die man hinwegging im Kampf ums Überleben. Solange man seine Arme und Beine noch bewegen konnte, war man gesund.

Im Mai bekam Judy Gelbsucht. Besser als Diphtherie, dachte sie. Mehrere Wochen verbrachte sie zu Hause auf dem Kanapee. Sie legte sich ihre Katze auf den Bauch und döste vor sich hin, bis ihr Körper nach und nach wieder zu Kräften kam. Ein guter Dollarvorrat lag in der Kampferkiste. Es hätte sie schlimmer treffen können. Auf dem jüdischen Friedhof in Sichtweite der Garden Bridge häuften sich die Beerdigungen. Manchmal wurde dreimal am Tag das Kaddisch gebetet. Die Kinder waren die Ersten, die starben.

Als der Sommer seine gefürchtete Hitze brachte, kam Judy eine neue Geschäftsidee. Sie entstand, während sie ermattet im Hof saß und sich mit einer Zeitung Luft zufächelte. Das Tor zur Lane stand offen. Viele Menschen gingen vorbei, langsam oder zielstrebig, gedankenversunken oder im Gespräch. Eines war klar: Alle hatten Durst.

Mit Tonis Hilfe schleppte sie ihren Kühlschrank in den Hof und hoffte, dass eine stundenweise Stromversorgung für ihr Vorhaben ausreichte. Dann suchte sie einen Wasserflaschenhändler und einen Eisproduzenten auf und vereinbarte die täglichen Mengen an abgekochtem Wasser und Eisscheiben. Der Aufwand war klein, der Ertrag besser als erwartet. Judy verkaufte eisgekühltes Wasser in Bechern. Ihr Angebot sprach sich schnell herum. Menschen, die in der Tong Shang Road etwas zu erledigen hatten, genossen eine Pause mit Eiswasser in Judys Hof.

5 Gegen Ende des Sommers 1944 bekam Toni Typhus. Weil die Krankenhäuser überfüllt waren, kam er in ein Hospital außerhalb des Sperrbezirks, wo ihn chinesische Ärzte ohne europäische Medikamente behandelten. Judy hatte ihn nicht begleiten dürfen und beim Abschied versprochen, ihn so bald wie möglich zu besuchen. Dafür brauchte sie wieder einmal eine Sondererlaubnis. Mit Schrecken dachte sie an Mr. Ghoya und seine Prügel, aber als sie die Kommandantur betrat, war der Zwerg nirgends zu sehen. Drei blutjunge Japaner befanden sich im Raum, die Judy interessiert betrachteten.

Sie begannen ein langes, für Judy unverständliches Palaver. Schließlich knallten alle drei zur gleichen Zeit die Faust auf den Tisch, was sich ganz nach Abschluss einer Wette anhörte. Dann gab ihr der Ranghöchste zu verstehen, den Passierschein bekäme sie nur, wenn sie ihre Brust sehen ließe.

Judy zögerte nicht eine Sekunde und öffnete ihr Wickelkleid. Bitte sehr, meine Herren.

Schlagartig wurden alle drei verlegen. Mit einer so prompten Bedienung hatten sie nicht gerechnet. Dann packte sie alles wieder ein und die Situation entspannte sich. Einer der Japaner hielt den anderen seine Handfläche hin. Sie legten je einen Schein hinein. Zwei Minuten später wurde Judy die Sondererlaubnis ausgehändigt. In den folgenden Wochen bekam sie den Passierschein ohne jede Verzögerung.

Hol mich hier raus!, war das Erste, was sie von Toni hörte, als sie ihn zwischen chinesischen Patienten entdeckt hatte. Schwach und hilflos, wie er war, hätte er nicht sagen können, was ihn mehr quälte: die Angst zu sterben oder die Angst zu verhiesigen. Tagsüber lagen die Kranken auf Bodenmatten, im Bett hielten sie es vor Hitze nicht aus. Judy wusste, dass Toni, gemessen an den elenden Bedingungen in den Krankenhäusern des Sperrbezirks, hier eindeutig besser aufgehoben war. Am Anfang hatte sie Toni Obst mitgebracht, aber ein älterer chinesischer Arzt hatte sie beschworen, dies nie wieder zu tun. Gegen Typus helfe nur Con-Gee. Das war eine graue Brühe mit einem simplen Rezept: ein halbes Pfund Reis in drei Litern Wasser drei Stunden lang kochen. Der Patient aus Europa bekam drei Wochen nichts anderes zu essen. Während dieser Zeit starben in Hongkew zehn Menschen an Typhus. Toni Sonntag überlebte.

Als er wieder auf den Beinen war, feierten er und Judy zusammen mit der Familie seine Genesung im Weißen Rössl. Nach Einbruch der Dunkelheit wurden die Gäste zu Schatten, denn als Beleuchtung gab es nur noch einzelne Kerzen. Im Biergarten fand man sich dennoch erstaunlich gut zurecht. Manchmal stieß man gegen etwas Warmes, Menschliches, das man für einen Busch gehalten hatte. Es kam vor, dass eine Frau den Falschen küsste, und ihren Irrtum erst erkannte, wenn eine andere sie eifersüchtig an den Haaren zog – oder dass sich eine fremde Hand unter Judys Rock schob und ihr Besitzer dann so tat, als habe er die Haustür verwechselt.

Toni liebte diese Nächte, denn er liebte schlichte, einfallslose Streiche. Es machte ihm Freude, anderen Frauen unerkannt in den Po zu kneifen. Judy blieb das nicht verborgen.

Was bist du nur für ein Ferkel! Zum Kotzen finde ich das!

So eine Schelte war noch die harmlose Variante. Manchmal überschüttete sie Toni mit üblen Knastbeschimpfungen – und verschaffte sich so den Respekt seiner Familie. Hinterher schämte sie sich. Warum konnte sie sich nicht beherrschen? Toni allerdings regte sich nie darüber auf. Über Unangenehmes ging er lachend hinweg. Judys Wutausbrüche quittierte er mit einem Kichern. Je weniger es im Sperrbezirk zu lachen gab, umso mehr wurde jemand wie er gebraucht. Die Leute sagten: Wenn Toni kommt, geht die schlechte Laune. Er war der Sonnyboy von Hongkew.

Judys Nerven lagen oft blank. In ihrem Nachbarhaus war ein Mann eingezogen, der Tag und Nacht hämmerte. In der dritten Nacht hämmerte sie selbst an seine Tür, weil sie endlich schlafen wollte. Aber der Nachbar ließ nicht mit sich verhandeln. Sie nannte ihn ein Arschloch. Danach wechselten sie nie wieder ein Wort miteinander.

Man wird unleidlich und böse, wenn man arm und ohne Zukunft ist.

Der Nachbar produzierte Sandalen aus weichem Holz und alten Gummischläuchen. Seine beiden Söhne verkauften sie in der Tong Shang Road. Sie wurden ihnen regelrecht aus der Hand gerissen, denn an anderes Schuhwerk war nicht mehr heranzukommen. Die Sandalen kosteten fast nichts, aber sie hielten auch nicht lange, es musste ständig Nachschub her. Daher arbeitete Judys Nachbar zu jeder Tages- und Nachtzeit. Es wurde immer lauter im Viertel. Ganz Hongkew hatte sich in einen riesengroßen Rund-um-die-Uhr-Reparaturbetrieb verwandelt. Das höchste Ansehen hatten Männer, die in der Lage waren, kaputte Werkzeuge wieder instand zu setzen.

Unterhielten sich zwei Menschen auf der Straße, fielen zuverlässig diese beiden Sätze:

Irgendwann muss es ja besser werden!

Schlimmer kann es ja nicht mehr werden!

Natürlich wurde es schlimmer. Die Ungewissheit darüber, wie lange der Zustand noch anhalten würde, nahm jede Hoffnung. Eines Tages, als Judy von einem Platz im Kaffeehaus das Geschehen auf der Straße verfolgte, fiel ihr auf, dass die Menschen anders gingen als früher – als wären sie steifer geworden. Ihre Ausbilder in Mainz hatten sie gelehrt, dass Gehen die am stärksten automatisierte Bewegung des Menschen sei. Normalerweise änderte man seinen Gang nicht, es sei denn durch einen Unfall oder durch ein Spezialtraining wie jahrelanges Ballett. Nach einer Weile des Beobachtens hatte Judy die Erklärung dafür: Die Arme der Menschen schwangen nicht mehr aus. Sie blieben dicht am Körper, da alle ständig irgendwelche Taschen oder andere Dinge mit sich herumschleppten. Die Bewohner des Ghettos hatten keine freien Hände mehr.

Die Menschen waren dankbar für jede Ablenkung und für alles, was dem Alltag einen normalen Anstrich gab. Das eigentliche Leben spielte sich in den Cafés ab, untermalt von der Musik einer kleinen Kapelle, einzelner Pianisten oder Stehgeigern. Tanzen galt als Tagesbeschäftigung. Besser tanzen als jammern. Im Kaffeehaus traf man immer vertraute Gesichter oder lernte neue Leute kennen. Hier tauschte man Nachrichten und Ideen aus, hier erfuhr man, wer an Typhus oder Diphtherie erkrankt war, wer überlebt hatte und wer nicht.

Wolkenbruchartige Regenfälle im Herbst brachten eine Feuchtigkeit in Judys Behausung, die nicht mehr wich. Sie schrubbte die schimmelnden Wände mit einer übelriechenden Paste, die eine chinesische Nachbarin ihr gegen zwei Säcke Holzkohle überlassen hatte. Das vertrieb den Schimmel nur vorübergehend, doch sie hoffte, die Paste werde bei regelmäßiger Verwendung vor Krankheit schützen. Gern hätte sie von der Chinesin etwas über deren Zusammensetzung erfahren, aber dafür reichte das Pidgin-English nicht. Die Distanz zwischen Europäern und Chinesen wurde kaum kleiner. Man kannte niemand beim Namen, selbst wenn man sich schon seit langer Zeit täglich über den Weg lief.

In Hongkew traf der Krieg die Ärmsten der Armen. Die Chinesen mussten zusehen, wie mittellose Europäer zu ihren ärgsten Konkurrenten wurden, indem sie noch weniger als den üblichen Kulilohn verlangten. Kam einer der verelendeten Emigranten auf die Idee, dass die chinesischen Nachbarn Schicksalsgenossen waren? Dass auch sie vor Gewalt geflohen waren, dass sie ebenfalls Angehörige, die Heimat und ihre Existenzgrundlage verloren hatten?

Die Massenflucht hatte eingesetzt, als die japanischen Soldaten in Nanking wüteten, als sie mordeten und vergewaltigten. Shanghai war die vorläufige Endstation hunderttausender chinesischer Flüchtlinge. Erst viele Jahre später erfasste Judy die Zusammenhänge. Nie hatte in Hongkew jemand mit ihr darüber gesprochen. Nie hatte ein Chinese sie spüren lassen, dass sie unerwünscht war. Es gab keine Missgunst, keinen Rassismus. Man hielt Abstand, mehr nicht.

Die meisten chinesischen Familien im Sperrbezirk hungerten. Kinder starben oft schon im Säuglingsalter. Man wickelte ihre Körper in Strohmatten und legte sie vor die Tür. Der Anblick dieser kleinen Bündel gehörte zum Alltag. Es gab Gerüchte, wonach es sich in den meisten Fällen um Mädchen handelte. Manchmal wollte jemand sie noch wimmern gehört haben. Die kleine Marlene, die sich sehnlichst eine Schwester wünschte, schlug ihrer Mutter vor, doch einfach ein Baby von der Straße zu holen.

Im Winter löste sich Judys letztes Paar Schuhe auf. Als Ersatz wurden ihr Gummistiefel angeboten, für 20 Dollar. Die Summe war atemberaubend hoch, ein Drittel ihrer Ersparnisse. Allerdings würden Gummistiefel mit Einlagen aus Zeitungspapier ihr dringlichstes Problem am besten lösen helfen. Sie eilte nach Hause, um das Geld zu holen, und stellte fest, dass von den 60 Dollar Rücklage in der Kampferkiste 40 Dollar fehlten.

Sie lief zurück auf die Tong Shang Road, zu dem Mann mit den Gummistiefeln. Er bekam ihre letzten 20 Dollar. Danach stellte sie Toni im Kaffeehaus zur Rede. Er legte nicht einmal die Karten aus der Hand.

Ach geh, Mädel! Was machst du nur für ein Theater. Hab mir das Geld doch nur geborgt.

Geklaut hast du's mir, du faules Schwein!

Keine Sorge. Das hol ich schon wieder rein. Nun lass mich in Ruhe. Hab gerade eine Glückssträhne.

Die Spielschulden waren ihm über den Kopf gewachsen, weshalb er sich bei einer Reihe von Leuten hatte Geld leihen müssen. In Judys Fall hatte er vergessen, es ihr mitzuteilen. Es tue ihm leid, sagte er später.

Judy sagte sich, sie hätte eben besser auf ihr Geld aufpassen müssen. Nur wo versteckt man es, wenn die eigene Wohnung nicht mehr sicher ist? Als sie endlich wieder genug verdient hatte, um ein paar Dollar beiseitelegen zu können, rollte sie die Scheine zusammen und verbarg sie in ihrem Haar, das sie im Nacken fest zusammensteckte. Das verlieh ihr ein strenges Aussehen. Einmal, als sie sich zufällig in einem Kaffeehausspiegel sah, erschrak sie über ihren verhärmten Gesichtsausdruck. Wenn sie in ihren Gummistiefeln durch den Sperrbezirk eilte, schaute sich niemand mehr nach ihr um. Im Frühjahr, als die Menschen sich aus ihren warmen Hüllen pellten, zeigte sich, wie sehr sie abgemagert waren.

KRIEGSENDE

1 Die Nachricht über BBC kam im Morgengrauen. Judy erfuhr sie von Sally, die wie eine Verrückte an ihre Tür hämmerte.
Als sie die Tränen der jungen Frau sah, dachte sie, ihrer Tochter
sei etwas Schlimmes zugestoßen. Aber Sally weinte vor Glück.

Hitler ist tot!

Wer immer seine Füße noch bewegen konnte, lief auf die
Straße, viele im Nachthemd, mit verstrubbelten Haaren, ohne
Schuhe. Alle lagen sich in den Armen, jubelten, weinten, lach-
ten.

Judy umarmte sogar Wong Li, ihren chinesischen Kohlen-
händler.

Hitler dead man!

Plötzlich war Strom da. Plötzlich ertönte Musik. Jedes Grammophon, das die Elendszeit überlebt hatte, wurde angeworfen. In
den Lanes mischten sich chinesische und europäische Schlager.
Judy, die nur eine Wolljacke über ihrem Schlafanzug trug, sah
sich von Wong Li an der Hand gefasst und zu einem Tänzchen
aufgefordert. Dann lief sie auf die Tong Shang Road, hier stieß
sie auf einen johlenden Toni inmitten einer aus Kaffeehausgäs-
ten zusammengewürfelten Musikgruppe, die nach einer langen
Nacht von der frohen Botschaft überrascht worden waren. Als
Toni Sonntag seine Frau sah, die vor Freude ein Rad schlug,
schnappte er sie und wirbelte sie durch die Luft. Arm in Arm
reihten sie sich bei den Musikanten ein.

Die Kapelle bestand aus drei Geigen, einem Saxophon, einer

Blockflöte, zwei Gitarren, einer Trommel und vier mal zwei Topfdeckeln. Mit dem Zusammenspiel tat man sich noch schwer, eine Melodie war oft kaum zu erkennen. Zwei Dutzend Menschen hatten sich schon dem Zug angeschlossen, es wurden ständig mehr. Sie hatten sich untergehakt und klatschten den Rhythmus eines Triumphmarsches.

Irgendwann stimmte jemand »Freude, schöner Götterfunken« an, und alle fielen ein. In den Gesang mischte sich bewegtes Schluchzen, das ansteckend wirkte, bis die Kapelle, die inzwischen dazugelernt hatte, ein Machtwort sprach, indem sie die getragene Melodie in einen schnellen Walzer überführte.

Plötzlich bogen japanische Soldaten um die Ecke und versperrten den Weg. No! No go! Go home! Murrend lösten die Bewohner den Zug auf – um kurze Zeit später hinter dem Rücken der Japaner in einem großen Saal wieder zusammenzukommen. Es begann eine fröhlich-ausgelassene Feier, zu der niemand mit leeren Händen erschien. Man konnte nur staunen, wie viel an Lebensmitteln und alkoholischen Getränken irgendwo gebunkert gewesen waren.

Judy verschwand zwischendurch, um sich etwas Anständiges anzuziehen, und kehrte in ihrem ärmellosen roten Kleid zurück, das einmal ein Schlafrock gewesen war. Sie hatte ihr Haar gelöst und ihre Ersparnisse in den Büstenhalter gesteckt. Dann und wann ergriff jemand das Megaphon und gab weitere Details zur Niederlage Deutschlands durch. Jede Nachricht wurde mit Jubel und Beifallklatschen aufgenommen. Judy hielt sich am Rand der Menge auf. Aber Toni stand mittendrin, singend, mit wirrem Haar und aufgerissenem Hemd, in jedem Arm eine Frau.

Als die Kapelle »Wiener Blut« spielte, war Toni nicht mehr zu bremsen. In der linken Hand eine Schnapsflasche, in der rechten einen Kochlöffel, sprang er auf einen Tisch und sang:

Nazibrut.

Oh wie gut!

Sie ist tot.

Sie ist tot.

Mausetot!

Die Menge sang mit, und nun sprudelte es an Einfällen und Reimen bei den Feiernden. Einer nach dem anderen stellte sich auf den Tisch. Toni dirigierte mit seinem Kochlöffel, bis er erschöpft nach hinten fiel. Zum Glück wurde er aufgefangen. Den Rest der Feier verschlief er auf einer Bank am Rande des Geschehens. Judy tanzte mit irgendwelchen Männern, fand sich selbst in ihren Gummistiefeln auf einem Tisch wieder, wobei eine ungarische Kapelle sie anfeuerte.

Ganz allmählich verlor sich der Rausch. Die Musik nahm sich zurück. Es war unvermeidbar, dass die leiseren Stücke eine starke Sehnsucht nach zu Hause entfachten, aber alle Wünsche verfingen sich in Fragezeichen.

Zu Hause, wo war das? Wo gehörten sie nun hin? Wann würde eine Rückkehr nach Europa möglich sein? Sollte man sich das überhaupt wünschen? Und wie ging es den Angehörigen, den Verwandten, den Freunden daheim? Judy dachte an ihre Mutter, an Martin, sie fing an zu frieren. Sie sah auch andere frösteln, als wären sie in eine kalte Nacht geschickt worden.

Über all dies mit Toni reden zu wollen, der wieder auf die Beine gekommen war, wäre sinnlos gewesen. Stattdessen klammerte sie sich beim Tanzen an ihn.

Nicht wahr, Judy, wir bleiben doch zusammen?

Sie nickte nur und legte ihren Arm um seinen Nacken. Noch einmal landeten sie zusammen im Bett. Judy empfand beim Sex nicht die geringste Lust, aber sie fror wenigstens nicht mehr. Es wärmte und tröstete sie, dass sie sich beim Einschlafen umarmt hielten.

2 Der Krieg war aus, in Europa. Nicht in Asien. Als die jüdischen Flüchtlinge die Nachricht von Hitlers Tod feierten, dachten sie: Jetzt dauert es nur noch ein paar Wochen, dann kommen die Amerikaner und befreien uns.

Die Amerikaner kamen, aber sie kamen mit Bomben. Die Nähe zum Hafen wurde Hongkew zum Verhängnis. In unmittelbarer Nähe lagen die Werften und das Elektrizitätswerk. Mehrfach kam es zu schweren Luftangriffen. Der Traum von der Freiheit wurde zum Albtraum. Nirgendwo gab es Schutz. Nicht anders als in Mainz, im Knast, dachte Judy. Das gleiche Grollen und Fauchen, das grausame Pfeifen, bevor die Bomben auftrafen. Die Detonationen. Das Erzittern der Erde und der Wände. Sie saß allein zu Hause, steckte sich die Finger in die Ohren. In ihrem Körper brodelte es, sie glaubte zu spüren, wie das Blut nach außen drückte. Nicht mehr lange, und es würde aus Mund, Nase und Augen schießen. Die Welt ging unter, und sie würde mit ihr versinken.

Als Judy aus ihrer Ohnmacht erwachte, lag sie auf dem Boden. Wie lange schon, wusste sie nicht. Draußen dämmerte es. Mühsam erhob sie sich, wusch sich im Hof das Gesicht und ging auf die Lane. Sie hatte sich geirrt, es war Mittagszeit – das Dämmerlicht war dem Rauch geschuldet. Dennoch waren keine Feuer zu sehen, keine verwüsteten Häuserreihen. Offenbar war ihr Viertel von Zerstörung verschont geblieben. Die Menschen bewegten sich unruhiger, sie sprachen lauter, sonst hatte sich nichts verändert. Man war mit dem Schrecken davongekommen, das Leben ging weiter. Judy setzte ihren Weg in Richtung Hafen fort. Sie bog in eine Gasse, von der sie wusste, dass dort nur Chinesen lebten. Sie sah eine Reihe Frauen gegen eine Hauswand gelehnt, vor sich ein Topf mit Reis, den sie gerade gewaschen hatten. Alle wachsgelb im Gesicht. Tote Mütter und ihre Babys. Der Druck der Bombardierung hatte ihre Lungen platzen lassen.

Als sie Toni wiedertraf, versetzte ihr seine gute Laune einen

Schock. Für ihn war der Luftangriff nichts als ein Abenteuer gewesen.

Muss man mal erlebt haben, meinte er. Echter Krieg! Den hat man hier überhaupt nicht mitbekommen. Unsereins darf ja nicht mal Soldat werden …

Was bist du nur für ein Idiot!

Er lachte. Meine Güte, Judy, nimm es nicht so ernst. Gerade du müsstest es doch von Mainz gewöhnt sein …

Hat dir schon mal jemand in die Fresse gehauen?

Ganz ruhig, Judy, es ist alles wieder gut. Die Amis haben ihren Spaß gehabt. Oder vielleicht war es ein Versehen. Die werden nicht wiederkommen.

Sie schüttelte nur den Kopf und war froh, als er wieder ins Kaffeehaus verschwand.

Sie glaubte nicht an ein Versehen. Die Bomber würden wiederkommen. Luftangriffe waren keine einmaligen Abenteuer. Sie kamen in Serie. Man gewöhnte sich auch nicht an sie. Im Gegenteil, es wurde mit jedem Mal schlimmer.

Vielleicht würde sie es nicht überleben. Es wäre nicht das Schlimmste. Zum Krüppel werden, das war ihre größte Angst. Und die zweitgrößte? Sie dachte nach. Nicht der Tod. Er machte ihr sonderbarerweise keine Angst. Aber wäre es noch so, wenn der Tod direkt vor einem stand?

Was sie seit den ersten Bombern über Hongkew nicht mehr losließ, war die Sorge um ihre Fotos aus Mainz. Es waren andere Bilder als die ihrer Heimatstadt, die an der Wand hingen. Die Fotos lagen in der Kampferkiste. Sie zu verlieren war ihre zweitgrößte Angst!

Schon sehr lange hatte sie sich die Fotos nicht mehr angeschaut. Wann zuletzt? Bevor die Japaner sie eingesperrt hatten? Als sie noch bei Lisa gewohnt hatte? In der Transsibirischen Eisenbahn? In Mainz? Sie wusste es nicht mehr.

Sie machte sich eine Tasse Tee und nahm eine schmale Ledermappe aus der Kiste. Sie enthielt nur vier Fotos.

Gudrun und Martin beim ersten Schiffsausflug des Tennisklubs. Zimtsternchen …

Ihre Mutter, ihr Vater vor einem Opernbesuch, Helene in Abendrobe – Meine persische Königin, darf ich bitten …

Margot und ihr Dackel am Rheinufer – Ich habe so Angst, dass Schnecke etwas passiert!

Hollunder und Gudrun bei einem Kindergeburtstag – *Guck genau hin.*

Lange saß sie da, über die Fotos gebeugt, jedes Detail sollte sich in ihr Hirn einbrennen. Vielleicht sah sie die Bilder zum letzten Mal.

Die amerikanischen Bomber kamen wieder. Ob dreimal oder zehnmal, Judy wusste es später nicht mehr. Einige hundert Menschen starben, darunter vierzig Juden. Während eines Luftangriffs verlor Toni Sonntag seine Ehefrau. Sie starb nicht. Sie warf ihn aus ihrem Leben. Wieder einmal war sie allein gewesen und hatte es nicht länger ausgehalten. Aber wohin sollte sie gehen? Noch während der Bombardierungen war sie auf der Suche nach Toni durch das Viertel gelaufen und hatte ihn im Bett einer anderen Frau angetroffen. Die Scheidung fand nach der Befreiung durch die Amerikaner in einem Nachtklub statt. Beim Abschied ließ er ihre goldene Armbanduhr mitgehen.

3   *Margotsche! Wir sind frei!! Eines Morgens hieß es: Die Japaner sind abgezogen! Es dauerte zwei Tage, bis ich begriffen habe, es ist wirklich so – kein Traum. Ich stand wohl noch unter Schock, weil die letzten Monate so grauenvoll waren. Die Amerikaner haben uns bombardiert. Bis zum Schluss hat sich im Sperrbezirk das Gerücht gehal-*

ten, sie würden alle Juden auf alte Schiffe verladen und sie dann in
der südchinesischen See in die Luft sprengen.

Hatte ich Dir eigentlich je von Mr. Ghoya geschrieben, unserem
geistesgestörten japanischen Oberaufseher? Wir mussten zu ihm, wenn
wir einen Passierschein brauchten, und wenn ihm danach war, hagelte
es Schläge. Um es kurz zu machen: Vergangene Woche haben sich ein
paar Juden Mr. Ghoya geschnappt und ihn zusammengeschlagen. Es
wird auch erzählt, dass die Männer ihn eigentlich umbringen wollten,
aber sie ließen ihn laufen, weil sich keiner dazu in der Lage sah. In
Liebe, Deine freie Freundin Gudrun

Als die Amerikaner in Shanghai einzogen, war die ganze Stadt
auf den Beinen. Eine unüberschaubare jubelnde Menge säumte
die Straßen. Menschen hockten auf Alleebäumen und Straßenlaternen und drängten sich auf den Vorsprüngen von Häuserfas-
saden. Tausende chinesische Schulkinder winkten mit amerikanischen Fähnchen. Es war die heiterste Militärparade, die man
sich vorstellen konnte. Junge Männer enterten Lastwagen und
ließen sich von gutmütigen GIs eine Strecke mitnehmen. Zwischen Kriegsgerät und Soldaten wanden sich riesige bunte Papier-
drachen. Militärkapellen spielten Swing und Schlager, auf den
Straßen wurde getanzt. Es war ein großes Fest für alle Befreiten,
die Chinesen, die Internierten und die Bewohner des Ghettos.

Jemand klopfte Judy auf die Schulter. Darf ich bitten?

Es war Kurti. Er musterte ihre abgeschnittenen Gummistiefel.
Hör zu, Gleines, an deinen Haaren müssen wir etwas tun, meinte
er und zeigte auf ihren strengen Knoten.

Aber vorsichtig! Das ist mein Safe.

Aha. Und wie viel hast du auf der hohen Kante?

Zwei Dollar.

Mein Gott … Seine Augen wurden feucht.

Dann schob er sie im Foxtrott durch die Menge. Judy drückte

sich an ihn. Er war ein Freund, auf den sie sich verlassen konnte, nicht so ein Mistkerl wie Toni. Kurti sah gepflegt und wohlgenährt aus. Seit ihrer letzten Begegnung im Frühjahr 1943 hatte er erheblich zugenommen. Er hielt sich nur vorübergehend in Shanghai auf. Über seine Reisen und Vorhaben schwieg er sich wie üblich aus. Es blieb bei der Andeutung, er sei dran an einer großen, sehr großen Sache. Judy werde mit hoher Wahrscheinlichkeit davon erfahren. Nun, da Frieden herrschte, war es nicht mehr günstig, Deutscher zu sein. Er zeigte ihr einen amerikanischen Pass. Er war auf den Namen Victor Smith ausgestellt.

Wo hast du den denn geklaut?

Geklaut? Kurti klang empört. Gekauft hab ich ihn. Für 1000 Dollar.

Dann müssen deine Geschäfte ja gut laufen.

Am nächsten Tag zog sie bei ihm ein. In Judys Lieblingsviertel, der French Concession, beschäftigte er zwei chinesische Hausangestellte. Sie versorgten ihn und seine große Wohnung, zu der das schönste Bad gehörte, das Judy je gesehen hatte. Beim ersten Mal blieb sie zwei Stunden in der Wanne sitzen, bis Kurti klopfte, weil er sich Sorgen machte. Dann hüllte sie sich in seinen weißen Bademantel und setzte sich zu ihm in den Wintergarten. Während der Boy ihre Teetassen füllte, legte Kurti Papier und Stift zurecht.

Als Erstes wirst du jetzt anständig angezogen. Lass uns aufschreiben, was du alles brauchst.

Im Unterschied zu früher trug er weiße Wildlederschuhe und maßgeschneiderte, schneeweiße Anzüge aus Sharkskin-Seide. Sie wurden jeden Morgen von der Amah mit Kernseife gewaschen und auf dem Dachgarten zum Trocknen aufgehängt. Ein Boy erledigte die Einkäufe und kochte. Er stotterte. Wenn Kurti und Judy heimkamen, konnte es sein, dass er sie mit den Worten begrüßte: P-P-Police was here.

Kurti war ein Schieber, ein Ganove mittlerer Kategorie, wie Judy ihn einstufte. Er war auch ein Trinker. Heiraten kam für ihn nicht in Frage, er mochte die Abwechslung. Judy gegenüber benahm er sich wie ein wunderbarer großer Bruder. Sie wurde beschützt, ermuntert, getröstet und verwöhnt. Er ging mit ihr zum Friseur und brachte sie zu einer Schneiderin. So kam sie in den Besitz einer neuen Garderobe: ein dreiteiliges türkisfarbenes Kleid mit einem losen Oberteil und einer kragenlosen langen Jacke, ein elegantes Tageskleid aus bunt gemusterter Seide und ein weißes Kleid, hochgeschlossen, durchgeknöpft, klassisch im Schnitt. Judy konnte sich von ihrem Spiegelbild nicht lösen. Sie war über Nacht zur Lady geworden. Zum ersten Mal erkannte sie, wie ähnlich sie ihrer Mutter sah.

Zwei Wochen nach der Siegesparade schleppte Kurti sie abends zum Bund. Dort war ein riesiges Gerüst mit Leinwand und Lautsprechern errichtet worden. Endlich hatten die ersten Filmrollen Shanghai erreicht. Was die Menschen in den amerikanischen Wochenschauen sahen, löste großen Beifall aus: lachende GIs mit italienischen Mädchen, deutsche Soldaten als Kriegsgefangene, befreite Franzosen in Paris. Dazwischen immer wieder Ruinenstädte, in denen Menschen wie abgerissene Bettler herumliefen. Berlin, Hamburg, Dresden, Köln.

Judy klammerte sich an ihren Begleiter.

Wie wird es wohl in Mainz aussehen?

Genauso.

Kurti wandte sich ab, damit sie seine Tränen nicht sah.

Die Wochenschauen wurden in einer Endlosschleife wiederholt. Beim zweiten Mal wurde schon nicht mehr gejubelt. Beklommenheit breitete sich aus. Die Freude darüber, dass Hitler besiegt und Deutschland zerstört war, wich der bösen Ahnung, es werde auch in anderen Teilen Europas nicht mehr so sein wie früher. Es hatte eine Zeit vor dem Krieg gegeben, und nun gab es eine Zeit nach dem Krieg. Auch wer ihn ohne Schaden überstanden hatte, würde ihn künftig in sich tragen.

Judy und Kurti konnten sich nicht von den Bildern lösen, das Ausmaß der Zerstörung erschien ihnen irreal. Sie blieben bis zum Morgengrauen. Nach und nach wurde das Programm durch neu eingetroffene Filmrollen ergänzt. In einer Nacht, in der die Hitze vom Tage kaum abkühlte, ging plötzlich ein Aufschrei durch die Menge, dann lag Totenstille über den Bildern auf der riesigen Leinwand. Gestreifte Jacken. Kahle Schädel. Riesige stumpfe Augen. Wankende Skelette mit eintätowierten Nummern. Leichen. Leichenberge. Ermordete Menschen als Abfall. Geöffnete Massengräber.

Judy, die neben Kurti auf einer Stufe hockte, fiel langsam gegen seine Schulter. Es war keine Ohnmacht. Sie war eingeschlafen.

Kurz danach konnte man in Shanghai die ersten Todeslisten einsehen aus Lagern mit Namen wie Auschwitz, Treblinka, Belzec. Helene Samuels Name stand nicht darauf. Judy hörte, wie Menschen auf sie einredeten, nun hätte sie doch wieder allen Grund zu hoffen, aber die Stimmen kamen von weither. Seit sie im Traum ihre Mutter im Schnee hatte verschwinden sehen, war die innere Verbindung zu ihr abgebrochen. Wenn sie an Helene dachte, irrten ihre Gefühle ziellos umher. Sie schrieb ihrem Bruder nach Südamerika. Ein banger Brief ging an Frau Gärtner, denn auch ihre Gedanken an Martin blieben ohne Resonanz.

Ralphie und Frau Gärtner antworteten umgehend. Die Todesnachrichten aus Buenos Aires und aus Mainz trafen am selben Tag ein. Helene Samuel war ermordet worden. Großmutter Regina hatte sich umgebracht. Martin war in Russland gefallen.

Gudrun hielt sich am Tisch fest, ihr Körper krümmte sich. Jemand hatte ihr das Herz aus der Brust gerissen und weggeworfen.

Dann kam die Wut! Sie packte die beiden Briefe und rannte aus der Wohnung.

Gib zu, Lisa, du hast es gewusst! Gib es zu, verdammt noch mal!

Sie stand in der Tür und zitterte. Lisa wollte sie in den Arm nehmen, sie beruhigen, aber Judy ließ es nicht zu.

Ja, ist wahr, Täubchen. Aber …

Weiter kam sie nicht. Die Freundin hatte sie gepackt und quer durch den Raum auf das Kanapee geschleudert.

Holzkopf, großer!, sagte Lisa scharf.

Es brachte Judy wieder zu sich. Sie warf sich weinend in Lisas Arme. Irgendwann strich ihr die Russin langsam über den Kopf, dann erhob sie sich und machte Tee. Natürlich habe sie Bescheid gewusst, sagte sie, während sie die Tassen auf den Tisch stellte. Auch Martins Tod habe sie gesehen, den Kopfschuss. Aber Hellseher müssten über den Tod schweigen, während Menschen alles tun müssten, um ihre Lieben zu retten.

Menschen nie dürfen aufgeben, auch wenn Karten sagen: zu spät, erklärte sie Judy. Du musstest das Kuba-Visum abschicken, anders du fühlst ein Leben lang Schuld.

Judy hatte Lisa in einer Bar wiedergetroffen. Sie arbeitete dort als Bedienung und schwärmte davon, wie leicht sich auf diese Weise US-Dollar verdienen ließen. Die GIs schienen in Geld zu schwimmen und waren wild entschlossen, es unter die Leute zu bringen. Judy wollte ebenfalls davon profitieren. In einer Bar zu arbeiten war eigentlich nicht das, was sie sich vorgestellt hatte, als Kurti sie wie eine Lady einkleidete. Aber warum sollte sie das schöne Geld liegen lassen – zumal Kurti Shanghai schon wieder verließ. Am Tag seiner Abreise zog sie zu Lisa, die ihr das Kanapee zum Schlafen anbot. Ein Kreis schloss sich. Judy war wieder dort, wo das Abenteuer Shanghai für sie begonnen hatte. Die

Arbeit in der Bar fand sie grässlich. Sie besaß kein gutes Händchen im Umgang mit angetrunkenen amerikanischen Flegeln, ganz anders als Lisa, die mit mütterlicher Autorität auch die Wildesten zu beruhigen verstand.

Neue Verdienstmöglichkeiten taten sich auf. Es ging um Geschäfte mit amerikanischem Kriegsgerät. Der ganze Hafen stand voll mit *military equipment*. Es schlug die Stunde der Schieber. Auch Judy mischte ein wenig mit. Kurti hatte ihr die Grundkenntnisse beigebracht. Ihre Hauptaufgabe bestand darin, Kapital locker zu machen. Sie lieh sich Geld von ihr bekannten Leuten, unter anderem von dem Mainzer Konsulatsangehörigen, der sie drei Jahre zuvor aus seinem Büro geworfen hatte. Nun, beim zufälligen Wiedersehen, begrüßte er sie herzlich und fand nichts mehr dabei, mit Juden Geschäfte zu machen. Am Anfang versprach sie ihm zwanzig Prozent vom Gewinn, am Schluss war er um 500 Dollar ärmer. Judy riskierte nichts, indem sie seinen vollen Einsatz einsteckte, denn wie alle anderen Deutschen wurde er aus Shanghai ausgewiesen. Die Juden durften bleiben. Sie waren staatenlos und besaßen keine legalen Papiere.

Judy wollte einen Weg finden, um nach Südamerika zu gelangen. Aber ihr Bruder hielt nichts von ihrem Plan, er schrieb: Tut mir leid, meine Frau wünscht nicht, dass du kommst. Lange starrte Judy auf seinen Brief. Dann ging sie zum Waschbecken und zündete ihn an. Selbst schuld, hättest nicht so naiv sein dürfen, schließlich hatte er nichts zur Rettung der Mutter unternommen. Ob er unruhig schlief? Sie wünschte es ihm von Herzen.

Judy spülte die verkohlten Papierschnipsel in den Ausguss und schüttelte damit die letzten bösen Gedanken ab. Warum sich den Kopf zerbrechen über Menschen, die nicht mehr zu ihrem Leben gehörten? Es gab Wichtigeres. Sie hatte beschlossen, endlich ihren alten Traum wahr zu machen. Am nächsten Tag erschien sie auf dem US-Generalkonsulat, um sich nach den Einwanderungsbedingungen zu erkundigen. Eine Sekretärin notierte ihre Daten, dann wurde sie zum Sachbearbeiter geschickt.

Es war ein gewisser Mr. Walter, ehemals Vizekonsul in Stuttgart. Der Mann sah sie hereinkommen und bekam einen Tobsuchtsanfall. Er nannte sie eine *bloody bitch*.

Wenn du hier noch einmal auftauchst, lasse ich dich umbringen! Das kostet mich genau zwanzig Dollar. Der Killer schickt mir nachher ein Ohr von dir!

Judy rührte sich nicht vom Fleck.

Verdammte Hexe, kreischte er. Dir habe ich zu verdanken, dass ich in diesem gottverdammten Asien sitze!

Er brüllte die ganze Etage zusammen. Fast fielen ihm seine Kaninchenaugen aus dem Kopf. Aus allen Zimmern strömten die Mitarbeiter herbei. Für sie sah es so aus, als habe Mr. Walter den Verstand verloren. Er nahm die Zeugen gar nicht wahr, er stürzte sich mit geballten Fäusten auf die verhasste Frau, aber drei Männer waren schneller, sie hielten ihn zurück, während ein vierter Judy aus dem Zimmer geleitete. Sie erfuhr, Mr. Walter sei wegen seiner illegalen Geschäfte in Stuttgart degradiert und mit Kriegsende nach Shanghai strafversetzt worden. Wenigstens haben wir etwas gemeinsam, dachte sie, beide sind wir nicht freiwillig hier.

Einen Monat später erhielt sie ein amtliches Schreiben, in dem ihr mitgeteilt wurde, sie sei für die Vereinigten Staaten von Amerika eine *persona non grata*. Sie durfte nie mehr in die USA einreisen, weil sie 1939 einen Vizekonsul bestochen hatte.

4 In einer Shanghaier Tageszeitung entdeckte Judy ein Foto von Brody mit einer jungen Chinesin im Brautkleid. Ein scharfer Schmerz durchfuhr sie. Langsam, sehr langsam ging sie zum

Fenster und hielt die Zeitung in besseres Licht. Also hatte er sich doch von Lana getrennt. Unter dem Bild stand, das junge Paar habe sich christlich trauen lassen und sei nun auf dem Weg nach Amerika. Judy fühlte sich mit einem Mal unendlich müde.

Hättest du *mich* geheiratet, Brody, was wäre mir alles erspart geblieben: Hongkew, Prügel von Mr. Ghoya, ein Tagedieb namens Toni, Schimmel in der Wohnung, Kübel im Hof, tote Babys in der Lane, Kohlenschleppen, Gummistiefel, Bombenangriffe. Derweil war Brody als freier Mann durch Shanghai gefahren, hatte mit seinem Zuhälterwagen angegeben, scharenweise Geliebte betört, hatte noch höhere Schuhabsätze getragen und noch dickeres Gold am Arm und am Hals … Nun bekam Brody auch noch ein neues Leben geschenkt. Als Amerikaner! Er war eben ein Glückspilz, während ihr das Pech an den Fingern klebte. Sie starrte auf ihre Hände. Sie waren abgenutzt. Ausdauerndes Eincremen und die beste Maniküre konnten die Spuren nicht beseitigen.

Auch anderen gelang schnell der Absprung. Toni machte sich mit seiner ganzen Sippe auf den Weg nach Australien. Lisa heiratete Hals über Kopf einen älteren Angehörigen der Navy – sehr gut, aber Nase wie Dose – und folgte ihm nach Florida.

Die jüdischen Flüchtlinge in Shanghai erfuhren, sie würden in absehbarer Zeit die Möglichkeit erhalten, in ihre europäischen Heimatländer zurückzukehren. Doch genau davor graute Judy. Unter keinen Umständen wollte sie in einem großen Sammeltransport zurück nach Deutschland kommen. Nie wieder wollte sie Teil einer Menschenmasse sein, auf Koffern hocken, sich herumkommandieren lassen und warten, warten, warten. Auf der anderen Seite war es ausgeschlossen, als Alleinreisende und zudem noch Staatenlose China zu verlassen.

Sechs Wochen später bestieg Judy in der Dunkelheit ein Schmugglerboot, das sie von Kanton nach Macao bringen sollte.

Sie war die einzige Weiße an Bord. Sie empfand keine Angst, obwohl ihr Vorhaben reichlich verwegen war. Wo immer auch ihre künftige Heimat sein würde – endlich befand sie sich auf der Reise dorthin, und schon das allein gab ihr Kraft.

Sie hatte sich einen Plan zurechtgelegt, den hakte sie nun Punkt für Punkt ab. Innerhalb Chinas konnte sie auch ohne Dokumente reisen. Ein Flugzeug hatte sie nach Kanton gebracht. Von dort musste sie unbemerkt ins portugiesische Macao gelangen, um einen Kandidaten für eine Scheinheirat zu finden. Ein Europäer, glaubte sie, würde sich dazu nicht bereitfinden, deshalb peilte sie die zweitbeste Lösung an. Sie wusste, dass es sich bei den Bewohnern Macaos – wieder einmal ein sonderbares Erbe der Kolonialzeit – überwiegend um portugiesische Chinesen handelte. Judy beschloss also, sich einen chinesischen Ehemann auf Zeit zu kaufen, um Portugiesin zu werden. Ihr Barvermögen, 400 Dollar, versteckte sie wieder in ihrem Haar.

Die Gewässer vor Hongkong wurden von den Engländern kontrolliert, auf Schmuggler wurde geschossen. Sie hatte Glück. Um fünf Uhr morgens legte das Boot in Macao an. Ein Hotelportier öffnete ihr verschlafen die Tür. Er hielt sie wohl für eine Prostituierte. Sollte er denken, was er wollte. Sie brauchte ein Zimmer, von ihm bekam sie es.

Macao war mit seinen fünf Quadratmeilen klein und übersichtlich. Schon am ersten Tag hörte sie jemanden ihren Namen rufen. Hi Judy, was machst du denn hier? John war Kanadier. In Shanghai hatte sie ihn zuletzt völlig pleite und in einem desolaten Zustand erlebt. Kopf hoch, hatte Judy gesagt und ihn in ein Café eingeladen. Inzwischen war er wieder auf die Füße gefallen, als Manager des Elektrizitätswerks von Macao, das einer kanadischen Firma gehörte. Er lud sie zu sich nach Hause ein. John fand ihren Plan miserabel.

Die Chinesen hier haben alle Syphilis, warnte er.

Übertreibung gehörte zu seinem Charakter wie seine Liebe zu Blumen. Ihr Gespräch fand in seinem Atrium statt, das wie ein tropisches Gewächshaus bepflanzt war. Pech für dich, Judy, aber der Generalgouverneur schaut auf Ordnung, sagte John, während er verwelkte Orchideenblüten entfernte. Eine Scheinheirat riecht man doch drei Meilen gegen den Wind. Die kriegst du nicht genehmigt. Nie.

Vierundzwanzig Stunden später präsentierte ihr John einen neuen Plan. Einer seiner Söhne ging häufig mit einem älteren norwegischen Kapitän segeln, einem passionierten Angler, und John meinte, der könnte der richtige Gatte für Judy sein.

Der Norweger hieß Steen Edwinson. Sie hatte einen baumlangen Kerl erwartet, stattdessen traf sie auf einen untersetzten Mittfünfziger mit rötlichgrauem Bart, Bäuchlein und O-Beinen. Selbst mit Strohhut reichte er ihr nur bis zur Nase.

Er gehörte zu den Glücklichen, die selbst während des Krieges ein ruhiges, geschütztes Leben geführt hatten und offenbar keine Zeitung lasen, wie seine Reaktion auf Judys Geschichte nun offenbarte: Nein, das könne er nicht begreifen, dass unschuldige Menschen so gemein behandelt würden … Er schaute erst zu Judy, dann zu John. Und du meinst, es gibt für Mrs. Sonntag keinen anderen Weg, um an neue Papiere zu kommen?

Nein.

John erklärte ihm alles ganz genau, geduldig und drastisch: Judy Sonntag besaß nur ein einziges Dokument, und dieses Papier stufte sie als *bona fide stateless refugee* ein. Damit besaß es in etwa den Wert von Toilettenpapier. Nirgendwo auf der Welt würde sie ein Visum bekommen. Bis an ihr Lebensende würde sie in Macao festsitzen und als Illegale vor sich hin modern. Kein Pass – keine Zukunft. So einfach, so hoffnungslos.

Da beschloss Steen Edwinson, Judy zu retten.

Gesagt ist noch nicht getan, dachte sie. Am besten, ich bringe die Sache unter Kontrolle und ziehe sofort bei ihm ein. Ihre Rolle als Haushälterin gelang ihr perfekt. Sie bekochte ihn, brachte seine Kleidung in Ordnung, vor allem sorgte sie für gute Laune, selbst wenn ihr überhaupt nicht danach war. Ihre Selbstdisziplin erreichte ein Niveau, an dem Mutter Helene ihre helle Freude gehabt hätte. Nie erfuhr er, wie viel Überwindung es sie kostete, in sein Segelboot zu steigen. Geradezu heroisch kam sich Judy vor, der so übel wurde, erst beim Segeln und später, als sie die Fische ausnehmen musste. Gern wäre er mit ihr ins Bett gegangen, aber sie sagte sanft: Besser nicht, Steen. Lieber nicht so nah, denn ich werde bald fortgehen.

Er nickte nur und lächelte bedächtig.

Steen Edwinson war bei einer Reederei beschäftigt und so, wie die Dinge geregelt waren, durfte er nur heiraten, wenn man dort zustimmte. Er schrieb einen Brief an das Büro in Hongkong, in dem er sein Anliegen vortrug und einfach behauptete, Gudrun Sonntag, geb. Samuel, sei eine Österreicherin, die von einem Österreicher geschieden sei. Eine Woche später erhielt der Norweger ein Antwortschreiben, das ihm noch keine Entscheidung mitteilte, nur einen Termin zum persönlichen Gespräch in Hongkong. Das sei eine ernste Angelegenheit, hieß es, viele Fragen seien noch offen.

Steen reiste ab, in Kapitänsuniform, nicht allzu zuversichtlich, was er Judy gegenüber zu verbergen suchte. In zwei Tagen sei er zurück, sie möge sich bitte keine Sorgen machen.

Warten. Achtundvierzig Stunden Warten. Wie sollte sie das aushalten! Judy verkroch sich. Tabletten verhalfen ihr zu einem Dauerschlaf. Als sie aufwachte, stellte sie fest, dass ihr Pillenvorrat zu Ende war. Sie wollte vor die Tür treten, sich irgendwie bewegen, andere Bilder in den Kopf bekommen, aber die Sonne hielt sie davon ab. Sie ging zurück ins Haus, zur Hausbar, zum Whiskey.

Sturzbetrunken stand sie am Pier und wartete auf sein Fähr-
boot. Musste sich an einem Handkarren festhalten. Wollte nicht
mehr leben. Sah nur noch verschwommen. Entdeckte ihren
Kapitän. Der stand an der Reling und machte das Victory-Zei-
chen. Das Nächste, was sie spürte, war seine stützende Hand.

Bist du krank?, fragte er besorgt.

Unn wie, lallte Judy.

Sie heirateten in Hongkong auf dem norwegischen Konsulat.
Man überreichte Judy einen roten Norge-Pass. Mit dem war für
die meisten Länder überhaupt kein Visum mehr erforderlich.
Die Welt stand ihr offen.

Sie war 26 Jahre alt und frei.

BYE SHANGHAI – STOPP – JETZT MACAO – STOPP –
WIEDER GEHEIRATET – STOPP – NORWEGISCHER
PASS – STOPP – KANN ÜBERALL HIN – STOPP – ÜBER-
MORGEN MANILA – STOPP – GUDRUN.

MÄRCHENHAFT – STOPP – WANN KOMMST DU –
STOPP – MARGOT.

FREIHEIT

1   *Ach, Margotsche, es ist so viel geschehen, und es haben mir auch lange, sehr lange die Worte gefehlt. Martin ist gefallen. Mutter starb durch Gas in Treblinka. Meine Großmutter hat sich am Tag vor ihrer Deportation das Leben genommen. Mehr sag ich dazu nicht. Im letzten Jahr in Shanghai habe ich nur noch geguckt, dass ich Geld verdient habe, um endlich wegzukommen. In Macao hat mich netterweise ein älterer norwegischer Kapitän geheiratet. Ich heiße jetzt Gudrun Edwinson. In vier Monaten können wir uns wieder scheiden lassen. Es ist alles schon verabredet, wir machen das in Hongkong. Was für ein gütiger Mensch!*

Die ganzen Jahre habe ich gedacht, wir beide würden uns in Amerika wiedersehen, aber daraus wird nichts. Sie werden mich nie wieder ins Land lassen! Ich bin persona non grata, weil ich in Stuttgart einen Vizekonsul bestochen habe! Absurder geht es nicht, denkst Du vielleicht. Ich habe Mr. Walter auf dem amerikanischen Konsulat in Shanghai wiedergetroffen. Er hat mir gedroht, er würde einen chinesischen Killer auf mich ansetzen. Er findet, ich bin schuld, dass er nach China strafversetzt wurde.

Andererseits: Wir müssen Mr. Walter dankbar sein. Ohne seine gefälschten Einwanderungspapiere hätten die Nazis auch Dich und Deine Familie ermordet. Man darf nicht wählerisch sein, wenn es darum geht, wer einem das Leben rettet. Letztlich haben wir Juden auch den Japanern viel zu verdanken. Sie haben uns eingesperrt – aber sie haben uns nicht umgebracht. Den Gefallen haben sie der Regierung in Berlin dann doch nicht getan. Es heißt, eintausend jüdische Bewoh-

ner von Hongkew seien umgekommen. Aber achtzehntausend haben überlebt.

Von den Philippinen habe ich außer meinem Viertel in Manila noch nichts gesehen. Sightseeing interessiert mich nicht. Ich kann es nicht ertragen, jetzt etwas Schönes anzuschauen. Was mir am meisten hilft, ist arbeiten arbeiten arbeiten, selten weniger als zehn Stunden am Tag. Ich bin hier am amerikanischen Krankenhaus und auch noch im besten Hotel, wo nur Ausländer absteigen. Mein Verdienst ist unglaublich gut.

Liebe Margot, ich weiß noch nicht, wohin mit mir. Nach Deutschland zurück auf keinen Fall. Der Traum von Amerika ist geplatzt. Mein Bruder in Argentinien will mich auch nicht haben. Kannst Du nicht mal eine Weile hier am amerikanischen Krankenhaus arbeiten? Wie weit bist Du überhaupt mit Deinem Studium? fragt Deine Gudrun, die Dich sehr vermisst.

Meine liebe Gudrun, ich weiß nicht, was ich sagen soll. Nur eines weiß ich sicher: Es hat einen Sinn, warum du überlebt hast, da ist ein Plan. Es ist nicht alles vorbei, sondern nur das Allerschlimmste. Du wirst neu anfangen und dich irgendwann in einem schönen Leben wiederfinden. Und ganz am Ende wirst Du zurückschauen und sagen: Es war ein großartiges, gelungenes Leben. Nichts wünsche ich mir mehr, als in diesen Zeiten bei Dir zu sein. Aber ausgerechnet jetzt geht es nicht. Ich stecke mitten im Physikum.

Du musst mir weiter lange Briefe schreiben, versprichst du mir das? Ich möchte haargenau wissen, was Du machst, was Du denkst, wen Du triffst, was Du planst, was Du liest und und und.

Lass mich anfangen beim Physikum. Unglaublich, welche Mengen an Stoff in meinen Kopf hineingehen. Was hatten wir beide nur für miserable Lehrer! Nicht einer hat uns für sein Fach begeistert. Hier treffe ich auf Professoren, die wahre Koryphäen sind. Sie brennen für das, was sie tun, und es gelingt ihnen, ihre Studenten mitzureißen.

Ich habe mir schon einige Gedanken zur Facharztausbildung gemacht, am liebsten Chirurgie, wie Theo, mein Boyfriend. Es ist faszinierend, wenn er davon erzählt. Vor allem das Handwerkliche interessiert mich und das, was sie hier Teamwork nennen. Ich habe bei einer Operation dabei sein dürfen, das wird dich sicher überraschen. Du kennst mich noch als jemand, der kein Blut sehen kann, aber das ist schon lange vorbei. Nun gut – das mit der Chirurgie ist ein Traum. Die Herren Doktoren wollen unter sich bleiben, sie lassen keine Frauen rein.

Wenn Menschen hören, dass ich Medizin studiere, glauben die meisten, ich wolle Kinderarzt werden. Das will ich aber nicht. Als Arzt muss man seinen Patienten manchmal weh tun, und ich kann Kindern nicht weh tun. Demnächst mache ich ein Praktikum in der Psychiatrie. Vielleicht ist das ja etwas, was mich interessiert.

Theo kenne ich aus der jüdischen Gemeinde. Seit einem Jahr sind wir zusammen. Er leidet sehr unter seinen stockkonservativen Eltern. Ich mag sie eigentlich gern, auch wenn sie mit ihren Vorstellungen von Sitte und Anstand im 19. Jahrhundert steckengeblieben sind. Dass ich studiere und Arzt werden will, bereitet ihnen Probleme. Sie sind fest davon überzeugt, dass ich mich damit als Frau unglücklich mache. Sie stammen aus Russland, reden zu Hause Jiddisch, obwohl sie schon vor der Jahrhundertwende als Kinder in die USA eingewandert sind. Theos Vater ist Geschichtsprofessor. Er verehrt Theodore Roosevelt. Nach ihm hat er seinen ersten Sohn benannt. Theos Eltern sind so viel gefühlvoller und auch zuversichtlicher als meine eigenen. Mein Vater arbeitet jetzt als Bibliothekar in der New York Public Library, in der deutschen Abteilung. Mit etwas Glück – an das ich mehr glaube, als er es tut – wird er dort die Kontakte knüpfen, die ihn wieder an eine Universität bringen. Er ist nicht anspruchsvoll, es darf ruhig eine unbedeutende Universität sein, irgendwo in Amerika, Hauptsache, er findet Anschluss an das akademische Leben. In Liebe, Margot.

PS. Du hast nichts mehr über Deine Katze geschrieben. Wo ist sie?

Liebe Margot, ich weiß nicht, wo meine Katze ist. Sie hatte nicht einmal einen richtigen Namen, ich habe sie Katze gerufen. Von meiner Seite war doch recht viel Distanz. Eines Tages ist sie verschwunden, da wohnte ich noch im Ghetto. Vielleicht hat sie Menschen gefunden, die besser zu ihr passen. Schnecke ist das einzige Tier, das in meinem Herzen einen Platz hat. An ihn habe ich öfter gedacht. Ich hoffe, es tut Dir nicht allzu weh, dass ich ihn erwähne, aber wir können nicht ständig die Gedanken an das Verlorene ausklammern, nur weil wir leiden, wenn wir daran erinnert werden. Alle, die wir liebten, haben uns einmal Kraft gegeben und uns zu den Menschen gemacht, die wir heute sind.

Ich kann Dir das so schreiben, weil ich ausnahmsweise einen »hellen Tag« habe. Seit ich aus Shanghai fort bin, reihen sich die »dunklen Tage« aneinander. Nur während der Arbeit kann ich sie einigermaßen auf Abstand halten. Am schlimmsten sind die Feiertage, dann falle ich in ein tiefes Loch und betrinke mich allein in meinem kleinen Apartment. Dir kann ich das ja beichten, Du überschüttest mich nicht mit guten Ratschlägen.

Aber was rede ich da: Vielleicht morgen schon, wenn die dunklen Tage wieder dran sind, könnte ich Dir über den Mund fahren, solltest Du etwas von Dir geben, was mich an Martin oder meine Mutter erinnert. Falls Du etwas in dieser Art einmal in einem Brief lesen solltest, dann stör Dich bitte nicht daran. Du bist meine Schwester, Du bist mein Gedächtnis. In Liebe, Gudrun.

Liebe Margot, ich grüße dich aus London. Manchmal denke ich, mein Leben ist verhext. Es gibt diese Phasen, in denen sich nichts, aber rein gar nichts tut. Und dann geschieht etwas völlig *unerwartet, und ich muss mich hopp hopp hopp bewegen. Seit ich in Stuttgart im Knast war, ist das so. Warten warten warten, dann hopp hopp hopp, raus aus Deutschland. Im Ghetto: warten warten warten, dann hopp hopp hopp Befreiung. Die Amerikaner in Shanghai: warten warten warten,*

dann hopp hopp hopp raus aus China. Macao, Heirat, Ende der Staa-
tenlosigkeit, Manila: warten warten warten, dann hopp hopp hopp
nach London. Man muss sich das mal vorstellen: Da, wo ich her-
komme, in meiner Kindheit in der Kaiserstraße, verlief das Leben in
völliger Regelmäßigkeit. Hätte Hollunder mich nicht immer wieder
mit kleinen Streichen überrascht, ich wäre vor Langeweile gestorben.

Aber vielleicht ist das ja auch gar nichts Besonderes, vielleicht geht
es den meisten Menschen so. Wir kennen nichts anderes mehr als Aus-
nahmezustände. Kannst Du Dir vorstellen, dass unser Leben noch
einmal normal wird? Hier in London deutet noch nichts darauf hin.
Ach, ich muss Dir ja noch erzählen, wie es dazu kam, dass ich hier bin.
In Manila, an meinem Arbeitsplatz im Hotel, war unter der Kund-
schaft ein englisches Ehepaar, beide arbeiten in London im Gesund-
heitswesen. Eines Tages haben sie zu mir gesagt, Frau Edwinson, was
wollen Sie noch länger in Asien? Kommen Sie doch mit nach Großbri-
tannien. Aber überlegen Sie es sich schnell: Auf unserem Schiff gibt es
nur noch eine freie Kabine.

Sage ich: London liegt doch in Trümmern. Sagen sie: Nein nein, so
schlimm ist es nicht, nur Teile der Innenstadt wurden zerstört. Im
nächsten Jahr ist die Olympiade. Wie sollte das gehen in einer Stadt,
die in Schutt und Asche liegt? Einem Freund von uns gehört ein
Wohnhaus in der Nähe des Piccadilly Circus, da ist es heil geblieben.
Ihn könnten wir nach einer Wohnung für Sie fragen.

Da bin ich mitgefahren. Tatsächlich habe ich dann durch diesen
Freund zwei Räume im Souterrain bekommen. In dem einen wohne
ich, im anderen habe ich die Praxis.

Ich fange also wieder von vorn an: Räume einrichten, Kunden-
stamm aufbauen, Kontakte knüpfen und pflegen, vor allem aber Be-
hördengänge. Es ist ein langer, zäher Weg bis zur permanenten Auf-
enthaltserlaubnis, das dürfte Dir aus Deinen Anfängen in New York
nicht unbekannt sein. Aber ich will mich über die Briten nicht bekla-
gen, zu uns Juden sind sie ausgesprochen zuvorkommend. Vielleicht

tut es ihnen heute leid, dass sie nicht mehr Flüchtlinge ins Land gelassen haben.

Ehrlich gesagt habe ich mir von London noch nicht viel angesehen. Es gibt weit mehr dunkle als helle Tage. Die Wohnung ist auch dunkel. Souterrain heißt eben: ohne Sonne. Man schaut nach oben zum Fenster und sieht nur Hunde und die Beine von Menschen. Darum ist die Miete günstig.

Wenn man kaum Arbeit hat, um sich abzulenken, ist das ein großes Problem. Ich schlafe viel, frage mich, warum ich überhaupt aufstehen soll. Vielleicht sollte ich wirklich mal eine Sightseeing-Tour machen, in einem Doppeldeckerbus. Am besten, wir machen sie zusammen. Könntest Du mich nicht mal in London besuchen? fragt Gudrun.

Also bist Du wieder in Europa, liebe Gudrun. Das erleichtert mich sehr. Ich bin sicher, Du wirst Dich in London wohl fühlen und Dir eine solide Existenz schaffen. Dann kommen auch wieder die hellen Tage. Du wirst zur Ruhe kommen und Dich endlich von den Strapazen der vergangenen zehn Jahre erholen. Dann ist Schluss mit hopp hopp hopp. Wie viel leichter habe ich es gehabt im Vergleich zu Dir. Seit ich in New York angekommen bin, ist es mir mit jedem Tag ein kleines bisschen besser gegangen.

Ich habe meine Eltern, meine Oma. Was für ein unbeschreibliches Glück. Ich verdanke es auch dir. Dein Satz: Es wird sich schon ein Weg finden. Dein Satz: Du siehst zum Anbeißen aus, sieh zu, dass dein Polizist etwas für dich riskiert. Nie wäre ich allein mutig genug gewesen, etwas Illegales zu tun. Ohne Deinen Kontakt zu Mr. Walter wären Mutter, Vater, Oma und ich nicht mehr am Leben.

Vielleicht ergibt sich ja mal eine Möglichkeit, dass ich Dich in London besuche, aber in absehbarer Zeit nicht. Es tut mir furchtbar leid. Demnächst werde ich mich sogar noch weiter von Dir entfernen. Theo ist jetzt Facharzt der Chirurgie und hat eine Stelle in der Nähe von San Francisco angenommen. Er sagt, es ist gut, wenn zwischen ihm und seinen Eltern ein paar tausend Meilen liegen. Ich werde mit ihm ziehen, ich kann auch in Kalifornien studieren. Vorher werden wir heiraten – eine richtig große jüdische Hochzeit. Theo sieht es mit Skepsis, aber er macht mit, weil sich seine Eltern sonst etwas antun würden. Ich selbst freue mich richtig drauf. Andererseits: Ich könnte heulen, wenn ich daran denke, dass Du nicht dabei sein wirst. Dass Du mich nicht bei meinem Brautkleid beraten wirst. Ich vermisse Dich. In Liebe, Margot.

Es ist bodenlos, Margotsche, dass ich Dich nicht als Braut sehen werde. Könnte man mal eben zu Dir fliegen, sozusagen als transatlantische Elfe, würde ich mich illegal in die USA einschleichen, nur um Deinen Hochzeitstag mit Dir zu verbringen. Ich hätte ein rosa Kleid an mit weit schwingendem Rock, dazu einen übergroßen Hut mit rosa eingefärbten Fasanenfedern. Ich würde, wenn es die jüdische Zeremonie erlaubt, einen Toast ausbringen, ich würde mir eigens eine Kamera kaufen, um Deinen ersten Kuss als verheiratete Frau festzuhalten. – Well my dear, dass Hitler mir das alles versaut hat, verzeihe ich ihm nie.

Im Herbst wird Prinzessin Elisabeth in Westminster Abbey heiraten. Das wird eine ganz große Sache. In den Zeitungen spekulieren sie jetzt schon über die Länge ihrer Schleppe. Ich kann jetzt, schlecht bezahlt, vorübergehend in einem Krankenhaus arbeiten. Mal gucken, was sich daraus entwickelt. Untätig sein ist das Schlimmste! Grüße bitte unbekannterweise Deinen Theo von mir. Ob ich ihn mal kennenlerne? Mit Liebe, Deine Gudrun.

2 Arbeit war ihre Tankstelle. Aus dem Lob ihrer Patienten schloss sie, dass sie wach und ihnen zugewandt war. Gab es etwas Besseres, als anderen Menschen zu helfen und dafür auch noch bezahlt zu werden? Selbst ein Vierzehnstundentag ließ Judy nie zusammenbrechen. Ganz anders die Abwesenheit von Arbeit,

die machte sie krank. Am Wochenende schob eine bleischwere Müdigkeit sie in einen Dämmerschlaf, aus dem sie in kurzen Unterbrechungen wie gerädert erwachte. Während der Tage zwischen Weihnachten und Neujahr war sie überhaupt nicht aus dem Bett gekommen. So what? Was versäumst du schon, sagte eine Stimme an ihrem linken Ohr. Und eine zweite an ihrem rechten Ohr: Judy, verdammt, krieg den Arsch hoch! Willst du den Rest deines Lebens verschlafen?

Seit sie Shanghai verlassen hatte, war ihr Bewegungsdrang nach und nach versiegt. Nicht einmal die Olympischen Spiele, die es mit sich brachten, dass plötzlich jeder von Sport redete, hatten daran etwas geändert.

Gelegentlich meldete sich Miriam Brock bei ihr, eine Frau um die vierzig mit blonder Ponyfrisur, die sie in Manila kennengelernt hatte und die sie nun in London bei ihrem Neubeginn unterstützte. Im Gesundheitsamt saß sie auf einem verantwortungsvollen Posten. Ihr fröhliches Auftreten ertrug Judy nur in kleinen Dosierungen. Auch setzte ihr zu, dass Miriams sommersprossiges Gesicht, anders als ihr eigenes, fast faltenlos war. Hindernisse waren für sie nichts als Herausforderungen. Für sie hieß Scheitern, dass man sich eben etwas Neues einfallen lassen musste. Sie sagte: Einfach mal ausprobieren! Und schon ging es weiter. In Manila war Judy an Miriam eine leichte Gangunsicherheit aufgefallen, die Folge von Kinderlähmung. Dass sie ein Bein nachzog, war für sie kein Handicap. Glück gehabt, sagte sie dazu, andere sind Krüppel. Bei ihr war das Glas immer halb voll. Im Ghetto war auch bei Judy das Glas halb voll gewesen, doch in England gelang es ihr nicht mehr zu sagen: Es gibt Schlimmeres.

An Miriam schätzte sie die direkte Art – wie sie die Dinge ohne Umschweife auf den Punkt brachte. Sie sagte nein, wenn sie nein meinte, und nicht so indirekt wie die Briten: Ich fürchte, es ist nicht möglich. Sie mochte klare Ansagen. Nein, Miriam, ich mag nicht vor die Tür, vielleicht ein anderes Mal …

Um Judy zum Verlassen ihrer Höhle zu bewegen, ließ sich Miriam einiges einfallen. Sie animierte sie zu kurzen Unternehmungen. Judy sollte sich einfach mit den Sehenswürdigkeiten der Stadt vertraut machen. Der Tower of London, die Tower Bridge, Big Ben und Buckingham Palace waren von deutschen Bomben weitgehend verschont geblieben. An einem wie üblich feuchten Wintertag waren sie auf dem Weg zur St. Paul's Kathedrale, die hinter einem riesigen Trümmerfeld aufragte, als Miriam genug hatte vom versteinerten Gesicht ihrer Begleiterin.

Judy, du solltest etwas unternehmen, sagte sie. Warum suchst du nicht einen Arzt auf? Sie nannte den Namen eines Psychiaters.

Du meinst, ich bin depressiv?

Kann schon sein. Findest du nicht?

Nein. Ich bin einfach nicht besonders gut gelaunt.

Ich nehme an, du warst früher einmal anders.

Vermutlich war das so.

Geh zu diesem Arzt. Probier's wenigstens.

Auch im Gespräch mit dem Psychiater wehrte sich Judy. Sie denken, ich bin depressiv? Was soll denn die Ursache sein?

Sie haben Schlimmes hinter sich.

Sie glaubte nicht an eine seelische Erkrankung. Konnte es etwas Körperliches sein?

Haben Sie Beschwerden?

Nein.

Er gab ihr Tabletten mit, die sie nach zehn Tagen wegen Übelkeit und Schwindel wieder absetzte. Seine Einschätzung zur Ursache ihres Zustands teilte sie in keiner Weise, schließlich war sie kein Einzelfall. In der jüdischen Gemeinde, überwiegend eine Flüchtlingsgemeinschaft, kannte sie viele Menschen mit ähnlicher Vergangenheit. Alex Trost zum Beispiel, dessen Eltern in Auschwitz ermordet worden waren. Andere hatten das KZ überlebt. Sie kamen aus der Hölle, doch sie schauten nicht zurück. Sie sagten: Vorbei ist vorbei. Sie machten Pläne, setzten sich Ziele, bauten etwas auf, gründeten Familien.

Es gab ein Leben nach dem Überleben. Und wie diese Menschen feiern konnten! Bis in den frühen Morgen hinein wurde getanzt, getrunken, gesungen und geflirtet. Nur einmal war Judy bei einem Fest dabei gewesen, dann nie wieder. So viel Lebensfreude ging über ihre Kraft. Alex Trost, ein extrem schlechter Tänzer, war ihr wegen seiner großen Ohren und seines Kicherns aufgefallen. Sorry, sagte er, als er ihr wiederholt auf den Fuß trat, Hitler hat mir keine Tanzstunden gegönnt. Er bezeichnete sich als Stehaufmännchen. Jeden Tag betrachtete er als Geschenk, jede Stunde kostete er aus, war stets voller Pläne und auf dem Sprung, mit seinem technischen Erfindungsreichtum etwas Neues zu wagen.

Manchmal, wenn es sich ergab, dass sie abends nach einer Zusammenkunft in der liberalen jüdischen Gemeinde zusammen das Haus verließen, beschrieb Alex ihr, was er am folgenden Tag alles vorhabe. Wie ein Kind freute er sich schon darauf und fand kein Ende, davon zu berichten. Es konnte dauern, bis er Judy die Autotür geöffnet hatte, denn in seinem Erzähldrang übersah er gern die kleinen Erfordernisse des Alltags. Eine Hand in der Hosentasche stand er vor ihr und schaute selbstbewusst zu ihr auf, während er mit der anderen Hand ständig durch sein schütteres Haar strich. Der fünf Zentimeter kleinere und drei Jahre jüngere Mann wirkte älter als sie, was Judy im Hinblick auf ihr Aussehen wieder etwas beruhigte.

Gelegentlich brachte er sie mit seinem Wagen nach Hause. Mehr passierte nicht zwischen den beiden. Ein halbes Jahr ging es so. Dann wurde eines Morgens neben Judys Praxis damit begonnen, ein komplettes Haus umzubauen. Mit jedem Tag steigerte sich der Krach. Riesige Hämmer zertrümmerten Innenwände, im Treppenhaus ging man mit dieselbetriebenen Bohrmaschinen zu Werke. Bei Judy bebten die Wände wie bei einem Luftangriff. Bauschutt lagerte draußen auf der Straße, der Berg wuchs und wuchs und drohte ihre Haustür zu blockieren. Man hatte sie vorher nicht informiert, sie hatte sich nicht darauf einstellen können. Sie konnte ihre Patienten nicht mehr behandeln.

Alex rettete sie aus dieser Katastrophe. In seinem Haus, auf seiner Etage zog eben ein Mieter aus. Judy und Alex wurden Nachbarn. Nach einem gemeinsamen Abend im Pub wurden sie ein Liebespaar. Zwei Tage später machte er ihr einen Antrag, vierzehn Tage später heirateten sie.

Die Hochzeit fand in einem Londoner Hotel statt, das als Standesamt zugelassen war. Eine Feier im kleinsten Kreis: von Alex' Seite kamen sein Geschäftspartner Bruce und seine Frau, mit Judy erschienen Miriam und Michael Brock. Die Braut trug ein dunkelblaues Kostüm und farbig dazu passend einen flachen kleinen Hut.

Die Garderobenfrage war nicht auf Anhieb zu klären gewesen. Zwei Anläufe hatten Judy und Miriam bis zur Entscheidung gebraucht. Für Miriam kam nur ein Brautkleid im New Look in Frage: weitschwingender Rock, Wespentaille, gepolsterte Schultern.

Ich lasse mich doch nicht einschnüren wie meine Großmutter, empörte sich Judy.

Probier es doch wenigstens mal aus, beharrte Miriam auf ihrer Idee. Ich finde, du hast die ideale Figur dafür. Du hast noch keinen Ehespeck angesetzt wie Michael und ich. Gönn dir den Spaß. Es ist wie Verkleiden.

In der exquisiten Boutique fühlte sich Judy, als würde ihr eine

Rüstung angelegt: erst ein Büstenhalter, festes glänzendes Material, zum Fürchten spitz, wie aus Dosenblech zugeschnitten, dann das Korsett. Obwohl Miriam meinte, es sei angesichts der schmalen Figur nicht nötig, bestand die Verkäuferin darauf. Kräftig und ausdauernd zog sie an den Schnüren und versicherte, jeder Zentimeter weniger mache die Taille kostbarer. Hatte sie wirklich kostbar gesagt? Nur der Panzer verhinderte, dass Judy laut loslachte. An Schultern und Hüften wurden kleine Polster geheftet, dann war der Unterbau des New Look fertig. Sie werden bezaubernd aussehen, versprach die Angestellte, während sie Judy ein Kleid mit einem eng anliegenden Oberteil überzog, das unterhalb der Wespentaille in eine helle Wolke aus Spitzenstoff überging. Die Verkäuferin ging einige Schritte auf Abstand, restlos glücklich über das Meisterwerk, zu dem sie beigetragen hatte.

Ihr Gatte wird sprachlos sein.

Ganz sicher, dachte Judy. Wenn ich mir in der Hochzeitsnacht das Kleid ausziehe, wird er sich nur vor Lachen in die Hose machen.

Liebe Margot, bei mir geht wieder alles drunter und drüber. Nein, keine Angst, ich bin nicht wieder hopp hopp hopp auf und davon. Ich habe mich verliebt! Seine Ohren sind ziemlich groß, genauso wie sein Herz. Er bringt mich zum Lachen, auch wenn es nichts zu lachen gibt. Das hat ihm das Leben beigebracht. Alex heißt er, Alex Trost. Mich nennt er Judy – das ist der Name, den ich in Shanghai hatte. Alex kommt aus Kassel. Seine Eltern starben in Auschwitz. Er und seine beiden Geschwister haben überlebt, weil sie als Jugendliche nach England geschickt wurden. Hier war er während des Krieges interniert und hat furchtbar gehungert. Heute ist es so, dass er nie – wirklich nie – etwas auf seinem Teller liegen lässt. Er isst auch meinen Teller noch leer und nimmt kein einziges Gramm zu.

Alex ist Ingenieur. Ein Freund und er haben eine Firma. An Aufträgen scheint es nicht zu mangeln, er hat ein Auto und ist viel in England unterwegs. Wir haben eine schöne Wohnung. Genau genommen leben wir in zwei Wohnungen nebeneinander, auf einer Etage. Jeder kann sich also zu jeder Zeit in seine eigenen vier Wände zurückziehen. Ich kann Dir nicht sagen, wie froh ich bin, endlich Sonne in den Räumen zu haben. Ich weiß nicht, wie es die Londoner im Souterrain aushalten. Ob sie im früheren Leben Kellerasseln waren?

Bleib gesund, Margotsche und freue Dich an Deinem Leben mit Theo in Kalifornien. Alles Liebe, Deine Gudrun.

PS. Ich heiße Judy Trost-Edwinson.

Meine liebe Freundin Gudrun, ich wünsche Dir Glück und Segen für Deine Ehe. Genieße sie! Bei mir ist sie mit jedem Jahr noch besser geworden.

Ich wünschte, du wärst hier und könntest sehen, was mich umgibt. Belmont ist eine Kleinstadt, aber weitläufig. Ohne Auto könnte man hier nicht wohnen. Nach San Francisco fährt man zwei Stunden. Wir haben ein schönes Holzhaus gekauft. Es liegt am Hang, von dort schauen wir auf die San Francisco Bay. Vor dem Haus steht ein Strommast, manchmal lassen sich darauf Raben nieder. Regelmäßig besuchen uns Waschbären. So goldig! Ich stelle ihnen auf der Veranda Futter hin, was man eigentlich nicht tun sollte. Wenn der Napf leer ist, schauen sie mich durch die Scheibe an: Los, auffüllen!, soll das heißen. Zum Meer fahren wir eine halbe Stunde. Das Wasser ist zum Baden meist zu kalt. Dir würde es vielleicht nichts ausmachen …
Liebe Grüße, Margot.

RÜCKKEHR

1 Judy saß mit Alex beim Frühstück, als es an der Tür klopfte. *There is a letter from Germany, love.* Es war die Stimme der Hausmeisterin, die das deutsche Paar im zweiten Stock in ihr Herz geschlossen hatte. Judy nahm den Brief entgegen.

Danke, Gladys.

Die Hausmeisterin blieb stehen. Sie deutete auf ihre Schulter.

In der Nacht habe ich wieder kaum schlafen können.

Natürlich, Gladys. Kommen Sie heute Abend gegen sieben vorbei.

Die Post kam aus Mainz, von Wilhelm Samuels Steuerberater. Judy las das Schreiben und reichte es dann an Alex weiter. Der setzte seine Brille auf und studierte den Brief bis ins Detail, selbst die Briefmarke.

Mein Huhn, ich muss sagen, das klingt nicht ganz schlecht.

Judy liebte ihren Kosenamen, auch wenn sie anfangs keine Zeugen duldete. Nannte Alex sie *Mein Huhn*, fühlte sich ihre Ehe wie ein sicherer Hafen an. Und wenn er etwas *nicht ganz schlecht* fand, erinnerte es sie daran, dass zehn Jahre England einen Meister der Untertreibung aus ihm gemacht hatten. In Wahrheit war es wohl mehr als eine Attitüde, darunter vermutete Judy seine Angst, den Neid der Götter auf sich zu ziehen. Als könnten ihm die guten Kräfte, die sein Leben endlich bestimmten, jederzeit wieder genommen werden.

Die Steuerakten hätten den Krieg überlebt, stand in dem Brief. Die Vermögenslage sei geklärt. Allerdings müsse Gudrun –

der Steuerberater duzte sie noch aus Kindertagen – persönlich nach Deutschland kommen. Um die Erbschaft anzutreten, sei eine Sterbeurkunde ihrer Mutter erforderlich.

Alex wollte sie auf keinen Fall begleiten. *No way, darling.* Dann wurde er deutlich: Die Deutschen sind doch immer noch braun wie Scheiße. Und was, um Himmels willen, willst du ausgerechnet in Kassel!

Als Judy ihm erklärte, sie müsse in seiner Heimatstadt eine Behörde aufsuchen, um sich den Tod ihrer Mutter bestätigen zu lassen, wandte er sich stumm ab. Danach sprachen sie nicht mehr darüber.

An diesem Morgen nahm Alex Judy fest in die Arme und sagte besorgt, sie sehe erschöpft aus, sie solle die Tage seiner Abwesenheit genießen und sich ausruhen. Die Hälfte des Jahres verbrachte Alex Trost auf Geschäftsreisen. Mal blieb er eine Nacht weg, mal drei, aber nie länger als eine Woche. Jeden Abend telefonierten sie miteinander. Den Wechsel von Nähe und Abstand empfanden sie für ihre Beziehung als ideal.

Als sich die Tür hinter Alex geschlossen hatte, räumte Judy akkurat die Küche auf. Es war früh, sie trug noch einen Morgenmantel und wollte sich anziehen. Vergeblich suchte sie im Schlafzimmer ihre Strümpfe. Danach waren Schwung und gute Absichten für den Tag dahin. Sie setzte sich auf das Bett. Unendlich müde fühlte sie sich. Alles, was sie tat oder auch nur dachte, wog tonnenschwer, war eine Last, die mit jeder Minute zunahm. Ihr Kopf sagte: Steh auf, beweg dich, bring dich in Schwung. Ihr Körper sagte: Du kannst mich mal …

Zusammengesunken hockte sie auf der Bettkante. Ihr Spiegelbild am Schrank gegenüber, die Augenringe, der kraftlose Körper bestärkten sie darin, sich wieder hinzulegen und die Decke über den Kopf zu ziehen. Sie wollte niemanden sehen oder hören. Sie wollte von niemandem gesehen oder gehört werden.

Noch einmal erhob sie sich, um Telefon und Türglocke auszustellen. Sie wollte ihre Ruhe, nur das.

Irgendwann wachte sie von Kindergeschrei auf. In der Schule nebenan war Pause. Wie sie es hasste! Und wie gut sie Menschen verstand, die das Fenster aufrissen und »Ruhe!« brüllten. Sie tastete nach den Ohrstopfen, die neben dem Bett bereitlagen. Lange hatte sie nach ihnen gesucht, viele Modelle hatte sie ausprobiert, bis sie endlich das passende gefunden hatte. Sie formte zwei Kugeln aus dem Wachs und drückte sie in die Ohren, tief, noch tiefer – auf jeder Packung wurde genau davor gewarnt. Endlich Stille.

Sie gönnte sich diese Tage. Sie sehnte sie herbei und hielt sie vor allen Menschen geheim. Sie hätte sie vielleicht auch genießen können, wäre sie sich nicht wie eine Betrügerin vorgekommen, in erster Linie gegenüber Alex. Aber wenn sie es ihm erzählte, was wäre damit gewonnen? Er würde besorgt sein und sie bitten, einen Arzt aufzusuchen. Sie würde ihm den Gefallen tun. Ein Seelendoktor würde ihr Pillen verschreiben, die sie tatsächlich schlucken würde, wieder Alex zum Gefallen, und schließlich das Medikament wegen unangenehmer Nebenwirkungen oder Unwirksamkeit wieder absetzen. Ein Arzt würde sie erneut zur Patientin machen, und dann auch noch zu einer Kranken, der nicht zu helfen war. Dann doch lieber ab und an einige Tage in ihrer Höhle verbringen, sich verkriechen, nichts hören, nichts fühlen.

Alex hegte nicht den geringsten Verdacht. Als er heimkehrte, sah seine Frau durchaus erholt aus, sie war guter Dinge und bereit, Pläne fürs Wochenende zu machen. Sie spielten Tennis, besuchten Freunde, abends gingen sie ins Theater. Judy und Alex, ein normales Ehepaar der Londoner Mittelklasse. Der Krieg lag hinter ihnen. Sie waren jung, hatten Ehrgeiz und das ganze Leben noch vor sich.

Fast zwei Jahre schlug sich Judy mit der Entscheidung herum, ob sie nach Mainz fahren solle oder nicht. Es war nicht lange her, dass sich die schlimmsten Wunden geschlossen hatten. Sie beriet sich mit Alex, auch in Briefen mit Margot. Sie sprach darüber mit Freunden aus der jüdischen Gemeinde. Man riet ihr einhellig, lieber noch abzuwarten.

Was war von so einer Reise schon Gutes zu erwarten? Einige Bekannte von früher hatten in ihren Briefen ein trostloses Bild gezeichnet, immer mit dem Zusatz: Besser du bleibst, wo du bist. Frau Gärtner schrieb: Die Stadt, die du kanntest, ist fast gänzlich zerstört. Ein Wunder, dass der Dom noch steht.

An einem Herbsttag setzte sie sich in den Zug, der sie zum Kontinent bringen sollte. Es waren genau zehn Jahre vergangen, seit sie Deutschland verlassen hatte. Was sie in Kassel über den Tod ihrer Mutter erfuhr, vertraute sie Margot in einem kurzen Brief an.

Für den Mitarbeiter des Treblinka-Archivs war es nur ein Handgriff. Auf der Karte stand: Helene Berta Samuel, geborene Trittner, am Deportationstag waren noch soundso viel Reichsmark auf dem Konto. Vergast wurde dann und dann: Datum, Uhrzeit. Das hat er mir dann mitgegeben. In diesem Augenblick dachte ich, nichts wie weg, zurück nach London, da bist du in Sicherheit.

Anschließend fuhr sie weiter nach Mainz.

2 Sie hatte sich danach gesehnt, den Taunus im bunten Laub wiederzusehen, doch während die Dampflok durch die Hügellandschaft schnaufte, fand sie keine Ruhe. Ständig musste sie auf die Toilette. Hatte sie sich verkühlt? Alles deutete auf eine Entzündung hin. Ausgerechnet jetzt. Sie konnte sich keine Krankheit leisten, schon gar nicht die Angst, plötzlich in die Hose zu machen.

Als sie in Mainz ankam, war es schon dunkel. Nur wenige Straßenlaternen funktionierten. Dennoch sah sie genug. Der Weg vom Bahnhof zum Hotel führte an einem riesigen Trümmerfeld entlang. Es gab notdürftig wieder hergerichtete Häuser und sogar zwei Neubauten. Die Menschen waren zu Fuß oder mit dem Fahrrad unterwegs, Autos sah man kaum. Judy erkannte das Klingeln der Straßenbahn. Das wenigstens war wie früher. Das erste bekannte Gesicht, dem sie am nächsten Morgen auf der Straße begegnete, war das ihres alten Englischlehrers.

Ei, Samuel, wo kommen Sie denn her?

Aus London, Herr Tonkel.

Sie leben in London?

Ja.

Erzählen Sie mir nichts – Sie können doch überhaupt kein Englisch.

Er grüßte knapp und ging weiter.

Judy traf noch viele weitere Bekannte, die meisten zufällig. Ein Mainzer Mädel war zurückgekehrt – die Nachricht machte blitzschnell die Runde. Sie war eine von ihnen. Aber zur Ermordung ihrer Mutter fiel kein einziges Wort. Kein Beileid, kein Mitgefühl. Niemand sagte: Erzähl doch mal, wie ist es dir ergangen?

Die Daheimgebliebenen sprachen über gefallene Väter, Brüder, Ehemänner und Söhne, über ausgebombte Wohnungen und Jahre in der Gefangenschaft, sie klagten über Hunger und erbärmliche Wohnverhältnisse.

Judys Not mit der Blase hörte nicht auf. Sie ging zu einem Arzt, eine Entzündung konnte er nicht feststellen. Das Schlimmste war, dass sich der Harndrang in keiner Weise vorausberechnen ließ.

3   Ei, Gudrunsche, bist du in anderen Umständen?

Wie kommst du denn darauf?

Du bist jetzt in einer Stunde zweimal Austreten gewesen.

Blasenschwäche, erklärte Judy. Oder sieht so eine werdende Mutter aus? Sie zeigte auf ihre schmale Taille. Im Café am Dom fand ein Klassentreffen statt. Die meisten Mitschülerinnen waren Judy als pummelige Backfische im Gedächtnis geblieben. Nun waren fünfzehn Frauen gekommen, alle überschlank, und sie saß als einzige Jüdin mitten unter ihnen. Sie alle, die Judy aus ihrer langweiligen Schulzeit kannte, waren begeisterte BDM-Mädels gewesen. Während ihres Treffens tauschten sie sich über gemeinsame Erlebnisse aus, über die Schule, die Lehrer, den Tennisklub, das Schwimmbad, die Jungs, die Schwärmereien, den ersten Kuss. Gudrun genoss die Stimmung, den vertrauten Tonfall, das gemeinsame Lachen.

Zu vorgerückter Stunde wurde das übliche Klagelied angestimmt, das alle Deutschen miteinander verband. Wobei Gudrun nicht bedauert wurde, sondern beneidet. Einmal wandte sie ein: Was glaubt ihr eigentlich, was bei *mir* los war? Wie lange *ich* ohne Geld gelebt habe …

Keine Reaktion, es zählte nur noch die Gegenwart. In den Augen der anderen hatte Gudrun alle Vorzüge auf ihrer Seite. Sie lebte in einer fast unzerstörten Stadt im Ausland, war gut gekleidet und verbreitete den Duft eines teuren Parfums. Von den ehemaligen Mitschülerinnen waren einige verwitwet, standen da mit kleinen Kindern und dürftigen Einkommen. In ihren Köpfen hatte sich das Bild der reichen Gudrun Samuel aus der Kaiserstraße erhalten.

Der Steuerberater hatte Judy über ihre finanzielle Lage aufgeklärt: Natürlich seien sie und ihr Bruder in Argentinien die Erben des von den Nationalsozialisten beschlagnahmten Vermögens. Wie viel ihnen davon letztlich einmal zur Verfügung stehen würde, könne derzeit niemand sagen. Doch ein begrenzter Zugriff auf das Erbe bestehe schon jetzt, achtzig Mark pro Tag. Eine Riesensumme. Damit müssten deutsche Familien einen halben Monat auskommen.

Judy ging mit dem Steuerberater die Bedingungen durch, unter denen ihr Vater seine zwei Häuser verkauft hatte. Sie kamen zu der Einschätzung, dass das, wofür sich die Nazis den Begriff Arisierung ausgedacht hatten, im Fall Samuel erstaunlich korrekt abgewickelt worden war. Zwar lag der Verkaufspreis deutlich unter dem Wert der Häuser, aber man hatte Gudruns Vater auch nicht ausgepresst wie eine Zitrone. Sie sah keinen Grund, die neuen Besitzverhältnisse anzuzweifeln oder Nachzahlungen zu verlangen. Damit löste sie bei Frau Dietrich, Samuels ehemaliger Angestellten, die das Geschäftshaus in der Innenstadt übernommen hatte, große Erleichterung aus. Auch dem Juwelier, der das zweite Haus gekauft hatte, konnte Gudrun bei einem kurzen Gespräch vor seiner Verkaufsvitrine anmerken, wie ihm ein Stein vom Herzen fiel.

Sie hatte immer wieder gehört, in Mainz werde mehr Schmuck verkauft als gekauft, aber das stimmte nicht, wie der Juwelier ihr versicherte. Auch in Deutschland gab es Kriegsgewinnler, die nun, da man auf der Verliererseite stand, beileibe nicht verarmt waren, und es gab die Schieber, die sich in Schwarzmarktzeiten die Taschen gefüllt hatten. Während Judy ihm zuhörte, trat eine Kundin ein, lachte sie an und fiel ihr um den Hals.

Christiane!

Gudrun! Ich hab dich durchs Schaufenster gesehen.

Immer wieder drückten sich die beiden Frauen aneinander und streichelten sich gegenseitig die Wangen.

Wir haben es geschafft, Christiane! Nie mehr Tüten kleben!

Nie mehr Salzhering mit Eingeweiden!, tönte die Bierkutscherstimme.

Nie mehr Bombenalarm!

Nie mehr zentnerweise Zwiebeln schälen!

Wissen Sie, wir zwei sind nämlich Knastschwestern, erklärten sie dem Juwelier, dann hakte sich Gudrun bei Christiane ein. Lachend überquerten sie die Straße. Judy war überrascht, wie wohlhabend Christiane aussah. Abgesehen von einer mit Nagellack zum Stillstand gebrachten Laufmasche an der Wade war ihre Erscheinung tadellos. Gudrun befühlte den Stoff ihres braunen Winterkostüms.

Nobel. So was gibt es bei euch also wieder.

Von wegen, das ist Vorkriegsware, röhrte Christiane und blieb stehen, weil sie das Weinlokal erreicht hatten. Das war mal ein Mantel von meinem Vater, den die Schneiderin gewendet hat. Aber du, du riechst nach Friedensseife. Das letzte Stück habe ich im Sommer 45 verkauft, das ist schon fünf Jahre her. Unfassbar. Nach meinem Gefühl ist der Krieg erst vorgestern zu Ende gegangen.

Es war erst früher Abend, als sich die beiden nach der ersten gleich noch eine zweite Flasche Wein bestellten, aber Christiane meinte vergnügt, sie kenne keine Hemmungen mehr, das Leben sei ohnehin auf den Kopf gestellt. Die Schwiegermutter gehe putzen, die Tochter sei von einem amerikanischen Soldaten geschwängert worden. Ihre Stimme beschallte das ganze Lokal.

Jetzt hat sie einen Negerbub, aber eher Mokka. Einfach wonnig, sag ich dir.

Wie Gudrun weiter erfuhr, hatte sich ihr Mann scheiden lassen und war nach Brasilien ausgewandert. Von dort kam unregelmäßig ein bisschen Unterhalt. Ansonsten lebte Christiane davon, dass sie die Hälfte ihrer Wohnung an möblierte Herren vermietete, denen sie morgens das Frühstück richtete. Angesichts der Männerknappheit, die der Krieg über Deutschland gebracht hatte, fand sie, könne sie sich dazu nur beglückwünschen.

Du schläfst mit ihnen?

Christiane nickte zufrieden. Ja, einer ist immer drunter.

Dann berichtete sie Gudrun, wie es den anderen aus ihrer Gefängniszelle ergangen war. Annegret, die ihr Kind umgebracht hatte, lebte nicht mehr. Eines Nachts war die junge Frau still gestorben. Maria, das Zigeunermädchen, kam ins KZ – man hörte nie wieder von ihr. Mit der dicken Gisela, die nun auch nicht mehr dick war, aber wieder auf den Strich ging, traf sich Christiane hin und wieder in einem Café hinter dem Bahnhof.

Sie klagte nicht. Es klagten auch nicht die anderen Menschen, die Judy aufsuchte, um sich zu bedanken und ihnen bei dieser Gelegenheit finanziell etwas unter die Arme zu greifen. Friseur Schnauder gehörte dazu sowie die Familie des Staatsanwalts, der sie vor dem KZ bewahrt hatte und nun in sowjetischer Gefangenschaft war. Frau Gärtner weinte vor Freude, als sie sich wiedersahen. Gudrun traf sie in ihrem Kiosk an, der den Krieg heil überstanden hatte. Sie wohnte in einer Baracke mit undichten Fenstern. Es bedrückte sie, dass Martins Album mit den zwei Herzen den Bomben zum Opfer gefallen war.

So ist es, Gudrunsche, im Krieg darfst du nicht in einer Mansarde leben. Es klang wie ein guter Rat fürs weitere Leben.

Hilde, die ehemalige Köchin der Samuels, machte Judy in einem Dorf im Rheingau ausfindig, wo sie auf einem Bauernhof in der Küche stand. Sie war inzwischen 65 Jahre alt, krank, hinkend und bettelarm. Judy kaufte ihr einen Hut und einen warmen Mantel.

Nach der Begegnung mit Christiane war Judys Druck auf der Blase noch quälender geworden. Sie ging zu einem zweiten Arzt, auch er zeigte sich ratlos. Alex sagte am Telefon: Pass auf dich auf, Darling. Deutschland bekommt dir nicht.

Mag sein. Aber jetzt bin ich einmal hier und bringe die Sache zu Ende. Es gibt noch viel zu tun.

Sie hatte einen Termin bei einem Hellseher vereinbart. Es war ein älterer Herr, den schon Helene Samuel gelegentlich aufgesucht hatte. Bei ihrem letzten Besuch 1942, so erfuhr Gudrun nun, hatte sie wissen wollen, wie es ihrer Tochter in Shanghai ergehe, und er hatte ihr gesagt: Machen Sie sich keine Sorgen, sie kommt durch.

Judy fragte ihn, ob er ihr behilflich sein könne, einige Gegenstände aus ihrem Elternhaus zu finden. Dabei hatte sie nichts Bestimmtes im Sinn – sie wollte einfach nur das eine oder andere Erinnerungsstück besitzen. Der Wahrsager, der an einem Küchentisch arbeitete, sah eine ganze Menge, und Judy schrieb eilig mit: Gehen Sie vom Bahnhof aus weiter bis zur fünften Kreuzung, dann links in eine Straße ohne Bäume, hier gehen Sie so lange, bis Sie eine ehemalige Tankstelle erreichen. Biegen Sie rechts ab, gehen Sie in das Haus, von dem ich denke, dass Sie dort früher gewohnt haben. Gehen Sie in die Wohnung hinein. Eine Person wird das nicht wollen, aber lassen Sie sich nicht abweisen. Drängen Sie sich hinein. Gehen Sie in das Zimmer, in der diese Person heute wohnt. Schauen Sie sich die Möbel an.

Judy war übel vor Anspannung, als sie das Haus betrat, in dem sie die letzten Jahre mit ihren Eltern verbracht hatte. In der Mieterin erkannte sie eine Frau wieder, die damals die einzige nicht-jüdische Bewohnerin des Hauses gewesen war. Als sie Gudrun Samuel sah, wollte sie ihr die Tür vor der Nase zuschlagen, aber Judy war schneller.

Was erlauben Sie sich … rief die Frau, als Gudrun sie energisch beiseiteschob. Aufgrund der Wohnungsnot stand ihr nur ein einziger Raum zur Verfügung. Es war, wie der Hellseher es gesagt hatte, Gudruns ehemaliges Zimmer. Hier fanden sich der gotische Tisch ihres Vaters und ein Bücherregal mit den Werkausgaben von Ibsen, Schiller, Goethe, Lessing, jeder Band mit dem Ex libris von Wilhelm Samuel versehen. Judy war sprachlos.

Nicht aber die Hausbewohnerin: Ihre Mutter hat mir die Sachen gegeben, am Tag vor der Deportation, behauptete sie.

Es war dreist gelogen. Gudrun wusste es inzwischen besser. Helene Samuel hatte nichts mehr weggeben können. Tatsächlich war sie gezwungen worden, eine Inventarliste zu erstellen und diese Liste deutlich sichtbar zusammen mit den Schlüsseln auf den Tisch zu legen, bevor sie ihre Wohnung verließ und unten auf der Straße die Ladefläche eines Kleinlasters bestieg.

Judy wollte Ärger vermeiden und bot der Frau an, ihr ein neues Regal und einen neuen Schreibtisch zu kaufen im Tausch gegen die Möbel ihres Vaters. Die Frau weigerte sich. Sie zeterte noch, als Judy im Treppenhaus nach unten ging. Drei Tage später kam Judy zurück, mit zwei Polizeibeamten und der Köchin Hilde, der die Rolle zufiel, die Eigentumsverhältnisse zu bezeugen. Die Mieterin ließ sich davon nicht beeindrucken, sie behauptete, es seien gar keine Möbel der Samuels, sondern Erbstücke ihrer Großmutter. Die Bücher mit dem verräterischen Ex libris hatte sie fortgeschafft.

Da wollen wir doch mal in Ihrem Keller nachsehen, meinte einer der Polizisten. Sie entdeckten die Bände mit Goldschnitt hinter einem Stapel Briketts. Der Raum war voll mit Sachen, die offenbar aus jüdischen Haushalten stammten. Sorgfältig gestapelt lagerten hier Perserteppiche, Tafelsilber, zwei Gemälde von Max Liebermann und die feinste Bettwäsche mit handgesticktem Hohlsaum.

4   An einem Sonntag erlebte Judy, was im Shanghaier Ghetto ihr großer Traum für die Zukunft gewesen war – ein Pontifikalamt im Mainzer Dom. Sie kniete nicht und sie betete nicht, saß nur in der Bank, roch den Weihrauch und folgte den Ritualen. Von ihrem Kinderglauben war ein warmes Gefühl der Gebor-

genheit übriggeblieben. Sie sah sich weder als Christin noch als Jüdin. Sie besaß überhaupt keinen Glauben. Nur manchmal, während sie sich vor Augen führte, aus wie vielen ausweglosen Situationen sie gerettet worden war, fragte sie sich, ob es wirklich alles nur Zufall gewesen sein konnte, und wenn nicht, wer diese unsichtbare Instanz war, die ihr einen Schutzengel nach dem anderen geschickt hatte. Der erste Engel war ihre Kinderfrau Hollunder gewesen. Hollunder hatte sie nicht gefunden. Niemand, der Gudrun seit ihrer Kindheit kannte, hatte je wieder etwas von Annemarie Holl gehört.

An einer Haltestelle fiel ihr ein Kriegskrüppel auf, dem es nur mühsam gelang, aus der Straßenbahn zu steigen. Ihm fehlte ein Bein. Es war Klausi – jener Klausi, der ihr hinterhergerufen hatte: Du dreckige Judensau, hoffentlich verreckst du bald.

Er humpelte auf sie zu. Gudrun, bist du auch wieder da! Guck dir das an: Ich hab in Russland mein Bein verloren.

Für mich hättest du nicht nach Russland gehen müssen, sagte sie und ließ ihn stehen.

Der schwerste Gang stand ihr noch bevor. Sie hatte Beate Schubert geschrieben und darum gebeten, sie besuchen zu dürfen. In den Tagen, während Gudrun auf Antwort wartete, wurde der Druck auf ihre Blase einfach unerträglich. Sie erwog, ihren Aufenthalt abzubrechen und zurückzufahren. In London kannte sie einen Heilpraktiker, dem man wahre Wunder zuschrieb. Alex hatte ihr am Telefon dringend zu diesem Schritt geraten.

Deutschland macht dich krank, Judy. Komm nach Hause.

Nach Hause? In London lebte Alex, dessen Umarmungen ihr mit jedem Tag mehr fehlten, aber die Stadt war nicht ihr Zuhause geworden. Als sie den Hörer aufgelegt hatte, beschloss sie, noch einmal das Viertel ihrer Kindheit aufzusuchen. Bislang war sie nur dort gewesen, wenn sie mit Bekannten verabredet war. Nun spürte sie, dass es an der Zeit war, sich ohne Eile, ohne Plan und ohne Begleitung umzuschauen. Das Wetter hatte sich verschlechtert, es war kalt und stürmisch geworden. Sie hüllte sich in ihren warmen Mantel und lief los.

Als Erstes ging sie zur Kaiserstraße. Das Haus sah völlig intakt aus, nur an der Fassade entdeckte sie einige durch Bombensplitter verursachte Schäden. Im Hinterhof traf sie an den Mülltonnen eine ältere, ihr fremde Hausbewohnerin, die ihr einige Auskünfte gab: Ja, der Außenfahrstuhl funktioniere noch. Das Dach sei undicht, auch eine neue Heizung müsse her. Die Wohnungen seien inzwischen geteilt worden. Auf jeder Etage lebten nun zehn bis fünfzehn Menschen, Flüchtlinge.

Als Gudrun wieder auf die Straße trat, fiel der erste Schnee des Winters, der laut Kalender noch gar nicht begonnen hatte. Sie wickelte ihren Wollschal um den Kopf und schlug den Mantelkragen hoch. Alle Stationen ging sie ab, sah Erhaltenes und Zerbombtes. Die meisten Ruinen befanden sich jenseits des Hindenburgplatzes. In halb zusammengestürzten Häusern waren Elendsquartiere entstanden. Auf den Trümmern der Synagoge wuchsen Büsche und kleine Bäume. Kinder spielten zwischen ihnen, sie lachten und liefen den Schneeflocken nach.

Von der Kaiserstraße aus ging Gudrun in Richtung Rhein. Es war nicht zu fassen: Selbst die Schule gab es noch – hier hätten die Bomber nachts ruhig zuschlagen können. Sie hatte sich vorgenommen, zu Fuß bis zum Strandbad zu gehen. Eine Strecke von zehn Kilometern führte überwiegend am Rhein entlang. Hier war sie früher mit Martin um die Wette geradelt. Der Wind war scharf und eisig. Sie fror. Auf halber Strecke kehrte sie um und nahm für den Rückweg die Straßenbahn. Die Wintermäntel der vom Kälteeinbruch überraschten Fahrgäste rochen nach Mottenkugeln. Sie beschloss, den Hellseher ein zweites Mal aufzusuchen. Was genau sie dort wollte, hätte sie nicht sagen können, er aber zeigte sich von ihrem Besuch nicht überrascht und führte sie zu seinem Küchentisch. Dann konzentrierte er sich und sagte: Gehen Sie in die Gasse links neben der Rheinbrücke, da sind kleine Geschäfte. Schauen Sie sich dort mal um.

Auf diese Weise entdeckte sie den Bischof zum Aufklappen aus dem Arbeitszimmer ihres Vaters.

Ein bekannter Mainzer Antiquitätenhändler hatte in einem Provisorium aus Holz sein Geschäft wiedereröffnet. Judy verhielt sich zunächst wie eine interessierte Kundin. Sie sei mit einem Amerikaner verheiratet. Man werde jetzt in die USA ziehen und ihr Mann wolle diese Statue kaufen.

Der Händler lehnte rigoros ab: Dieses wunderschöne mittelalterliche Kunstwerk geht nicht nach Amerika, dort hat man für so etwas doch überhaupt keinen Sinn! Für einen Ami ist eine Barocktischgruppe genau das Richtige.

Zwei Tage später kam Judy mit Frau Dietrich und der Kopie einer eidesstattlichen Erklärung zurück, die Wilhelm Samuels ehemalige Angestellte bei der Polizei abgegeben hatte.

So eine Frechheit, schimpfte der Händler. Erst sagen Sie, es geht nach Amerika. Jetzt wollen Sie angeblich zurück nach London. Wer soll Ihnen denn noch glauben? Ich habe die Statue teuer bezahlt. Wer hat denn mit so was gerechnet?

Schließlich sah er ein, dass er schlechte Karten besaß. Judy ging mit dem Bischof im Arm zurück in ihr Hotel.

5 Nie hätte sie Beate Schubert erkannt, wäre sie ihr zufällig auf der Straße begegnet. Martins Mutter, obwohl erst Anfang sechzig, war eine alte, weißhaarige Frau geworden, die sich mit strengster Disziplin aufrecht hielt. Sie begrüßte ihren Besuch sehr formell und führte ihn in den Salon. Der Raum war mit Topfpflanzen überladen und dämmrig. Gudrun erkannte das Jugendbildnis, von dem Martin ihr vorgeschwärmt hatte: seine

Mutter als zauberhaftes junges Mädchen mit pastellfarbenem Sommerkleid in einem Garten.

Auf einem geflochtenen Korbtisch stand Tee bereit. Gudrun wagte es nicht, als Erste von Martin zu sprechen. Sie unterhielten sich über Belangloses. Frau Schubert meinte, es sei sicher interessant, in London zu leben, sie erwähnte Big Ben, den Tower und andere Sehenswürdigkeiten, die sie aus Reisebeschreibungen kannte. Auch stellte sie Fragen zur Königsfamilie. Gudrun konnte sie nur ungenau beantworten.

Von der alten Wohnung, in der sie ihre vier Söhne hatte aufwachsen sehen, waren ihr drei Zimmer geblieben, die sie sich mit einer fast tauben Freundin teilte. Am Erkerfenster des Salons standen zwei zerschlissene Sessel und eine Stehlampe. Dem Fenster gegenüber befand sich eine Anrichte, darauf eine Porzellanschale mit Post, ein Grammophon und viele gerahmte Bilder, vor allem von Kindern, alte und neue Fotos.

Beate Schubert hatte ihren Mann und alle vier Söhne verloren. Ihr Mann war noch während des Krieges einem Herzinfarkt erlegen. Drei Söhne waren gefallen. Matthias galt seit Kriegsende als verschollen. Nun lebte sie nur noch für ihre drei Enkelkinder. Mehr als Tee konnte sie nicht anbieten. Das schönste Porzellan stand auf dem Tisch, dazu winzige silberne Löffel.

Gudrun wollte sich schon wieder verabschieden, da begann ihre Gastgeberin über Martin zu reden. Offenbar hatte er seiner Mutter viel von ihr erzählt. Sie wusste von einem Streit, in dem Martin gekränkt seine Ehre hochgehalten hatte. Dass Gudrun seine große Liebe gewesen war, daran zweifelte Beate Schubert keinen Augenblick. Sie konnte sich noch genau an den Tag erinnern, an dem ihr verliebter Sohn sich den Makoschu-Pfiff ausgedacht hatte. Die Kugel, die ihn tötete, war ein Kopfschuss gewesen. Er hatte nicht mehr gelitten.

Gudrun und Martins Mutter fanden als Trauernde zusammen.

Es war für beide das erste Mal, dass sie sich ohne Scheu und Vorsicht ihren Erinnerungen überließen. Martins Leidenschaft für das Theater. Seine wunderbaren, oft witzigen Zeichnungen. Das Hemd, das ihm hinten aus der Hose hing. Über seinen Hang zu hochtrabenden Worten, wenn er sich unsicher fühlte, konnten beide lachen.

Drei Wochen dauerte Judys erster Aufenthalt in Mainz. Als sie zum zweiten Mal Frau Schubert besuchte, bot die ihr das Du an und sagte, sie könne jederzeit ohne Voranmeldung vorbeikommen. Judy fand bei ihr ein Stück Heimat wieder. Beates Wohnungseinrichtung, vor allem ihre Umgangsformen erinnerten sie an Vertrautes aus ihrer Kindheit in der Kaiserstraße. Beate Schubert und Helene Samuel hätten Schwestern sein können.

Den Holocaust leugnete sie nicht, aber sie übersah ihre eigene gläubige Unterstützung, die dazu beigetragen hatte, ein mörderisches Regime stark und unkontrollierbar zu machen. Was den Juden geschehen war, fand sie grauenvoll und nannte es eine Schande für Deutschland.

Ohne Bedenken empfing sie alte Nazis wie Herbert Krings, der ein Freund ihres Sohnes Matthias gewesen war, jener SS-Mann Krings, der zusammen mit den Samuels in der Kaiserstraße gewohnt, sie im Treppenhaus aber nie gegrüßt hatte. Ihn traf Judy in Beates Salon wieder. Er kam auf sie zu, als sei sie eine gute alte Bekannte: Frau Samuel, wie schön, Sie hier in Mainz zu sehen. Judy wandte sich ab und verabschiedete sich kurz darauf von der Gastgeberin.

Bei einem anderen Besuch sprach Beate Schubert auch über ihren zweiten Sohn. Nie hörte sie auf zu hoffen, dass eines Tages ein Brief von ihm käme. Sie vermutete Matthias in Südamerika, unter falschem Namen. Was genau seine Position in der SS gewesen war, blieb verborgen. Im Zusammenhang mit Himmler tauchte sein Name nirgendwo auf. Offenbar war er keineswegs die bedeutende Figur gewesen, als die er sich dargestellt hatte, um seine Familie zu beeindrucken.

Was Gudrun seit ihrem Aufenthalt in Mainz wieder deutlich spürte: Martins Liebe stärkte ihr noch immer den Rücken. Sollten wir eines Tages einen Sohn bekommen, sagte sie zu Alex, dann möchte ich, dass er Martin heißt. Ihr Mann war einverstanden.

Beate Schubert wuchs ihr mehr und mehr ans Herz. Sie wurde eine liebe Verwandte. Nie vergaß Gudrun, ihr zum Geburtstag ein Geschenk zu schicken oder ihn in Mainz mit ihr zu feiern. Als Martins Mutter alt wurde, verbrachte Judy alle Jahre wieder wenigstens einen Weihnachtstag bei ihr. Beates Enkelkinder, inzwischen Jugendliche, nannten sie Tante und besuchten sie in London. Später wurde Gudrun Taufpatin. Bei Familienfeiern durften sie und Alex, die englische Verwandtschaft, nicht fehlen.

Beate weigerte sich bis an ihr Lebensende, Gudrun, die sie ihre liebste Schwiegertochter nannte, in London zu besuchen. Sie wollte sich nicht zu einer Reise einladen lassen, die sie sich selbst nicht leisten konnte. Allenfalls Theater- oder Konzertkarten nahm sie an. Sie war arm und blieb es. Es wäre ihr erheblich besser ergangen, hätte sie es verstanden, mit Geld umzugehen. Sie aß nur Eintopf und spendete das Eingesparte sofort, wenn sie hörte, dass andere Menschen in Not waren. Weiterhin las sie viel, aber nie Bücher über die Hitlerzeit.

Mit ihrem ersten Besuch in Mainz hatte Judy in ihrer Vergangenheit gründlich aufgeräumt. So empfand sie es nach ihrer Rückkehr in London. Keiner schmerzhaften Erinnerung war sie aus dem Weg gegangen. In Christiane hatte sie eine neue Freundin gefunden und in Beate Schubert eine neue Verwandte. Über kurz oder lang würde sie über ein beachtliches Vermögen verfügen. Ihre Geburtsstadt war trotz Zerstörung und trotz der Irritationen, die sie auslösen konnte, ein Teil von ihr und würde es immer bleiben. Sie liebte die Stadt ihrer Herkunft wie ein Kind, das nicht aufhört, seine ramponierte Puppe zu lieben. Keine Frage, Mainz war ihre Heimat. London würde es nie werden.

Nichts, was sie seither bewegte, konnte sie mit jemandem teilen. Sie kannte keinen Exilanten, der ähnliche Erfahrungen mit der alten Heimat gemacht hatte. Man scheute Reisen in die Vergangenheit. Sie hatte Alex einige Fotos mitgebracht. Er schaute sie sich mit der ihm eigenen Gründlichkeit an, dann legte er sie wortlos beiseite. Judy fühlte sich verletzt. Du könntest doch etwas dazu sagen ... Alex blieb stumm. Dann nahm er sie in den Arm. Das konnte er auf unnachahmliche Weise. Alex hielt sie so lange, bis sie in seinen Armen Ruhe gefunden hatte. Für Gespräche über Mainzer Erlebnisse dagegen stand er nicht zur Verfügung, schon gar nicht, wenn es dabei um Beate Schubert ging. Judy verstand, dass sie damit zu viel von ihm verlangt hätte.

Einmal hatte sie gehört, wie Beate zu ihrer schwerhörigen Freundin sagte: Hör mal, Gretchen, wie hieß denn noch dieser Verein, wo Matthias drin war? Die SS war also nichts als ein Verein gewesen. Gudrun reagierte nicht entsetzt, wie sie Margot schrieb. Eher staunte sie darüber, wie tadellos das Prinzip der Abspaltung bei der ehemaligen Nazi-Dame funktionierte.

Ich bin mir sicher, Beate Schubert hat mir kein Theater vorgespielt. Würde sie sich an ihre Haltung in der Nazizeit erinnern, würde sie es mir sagen. Unser Verhältnis ist so vertrauensvoll, dass sie mir keinen Gedächtnisschwund vorzutäuschen braucht. Das hätte ich auch gemerkt. In diesem Fall wäre ich das letzte Mal bei ihr gewesen.

Grundsätzlich trifft man keinen, der sich persönlich schuldig fühlt. Ich saß mit den alten BDM-Mädels im Café. Ich gehöre jetzt wieder zu ihnen, sie sind völlig unbefangen. Wenn sie von damals reden, wird deutlich: Es war ihre beste Zeit. Sie persönlich haben niemanden umgebracht – so what? Gelegentlich hört man so etwas Pauschales wie: Wir sind doch alle schuldig. Aber damit sind auch alle entschuldigt. Am Ende ist es niemand gewesen.

Liebe Gudrun, was Du da schreibst, ist schwer zu verdauen. In den letzten 24 Stunden habe ich kaum an etwas anderes denken können. Wie soll man verzeihen, wenn niemand bereut? Für mich klingt es fast so, als hättest Du die Haltung Deiner Bekannten aus Mainz übernommen: Wir alle haben Schlimmes erlebt. Schwamm drüber, nach vorn schauen. Ich habe hier in der Psychiatrie mit zwei erfahrenen Kollegen darüber gesprochen. Sie haben mir noch einmal erläutert, was Freud unter der Identifikation mit dem Aggressor versteht. Ich weiß, Du hältst nicht viel von Psychoanalyse. In Liebe, aber auch in großer Sorge, Deine Margot.

Liebe Margot, der Versuch, Axel meine Beziehung zu Beate Schubert zu erklären, ist – genauso wie bei Dir – gescheitert. Und es ist auch nicht verwunderlich. Ihr beide wollt ja nie wieder einen Fuß in dieses Land setzen. Ich weiß nicht, warum es bei mir anders ist. Etwas in mir hat mich so lange gedrängt, zurückzufahren, bis ich es schließlich getan habe. Es war ja weiß Gott kein spontaner Entschluss. Furchtbar war es dort – aber auch schön. Und ich habe gemerkt: Ich kann meine Heimat nicht vollständig aufgeben. Für mich wäre es eine Amputation. Mich würde interessieren, wie Du es hinkriegst. Vielleicht schaffen wir ja irgendwann mal das Gespräch darüber. Ich fühle mich mit der Sache ziemlich allein. Meine jüdischen Freunde wissen davon nichts, sie hätten genauso wenig Verständnis wie ihr. In Liebe, Deine Gudrun.

PS. Jetzt wirst du lachen: Ich gehe hier in London in der Tat zu einem Psychoanalytiker. Er ist achtzig Jahre alt, ein Jude aus Wien. Auf der Couch liege ich aber nicht, wir unterhalten uns nur über Dinge, wie sie zum Beispiel in diesem Brief stehen.

Als Judy nach London zurückkehrte, hoffte sie, die dunklen Tage endgültig überwunden zu haben. Das Gegenteil traf ein. Nachdem sie sich einige Monate lang wie befreit gefühlt hatte, kehrten die Schatten zurück. Sie erschienen häufiger, und sie wurden noch dunkler. Alex war dies nicht mehr zu verheimlichen. Sie brauchte seine Umarmungen mehr denn je. Sie litt an Albträumen. Alex wurde von ihren Schreien geweckt und nahm sie fest in den Arm.

Sind sie wieder hinter dir her?

In ihrem schlimmsten Traum, der sie immer wieder heimsuchte, wurde sie von Schäferhunden gehetzt. *German Shepherd dogs.* Alex benutzte die amerikanische Rassebezeichnung.

Es folgten schwierige Jahre für sie beide, denn Judys Zustand blieb schwankend. An Selbstmord dachte sie nicht. Er kam für sie nicht in Frage, weil ihr Vater und ihre Großmutter Zyankali geschluckt hatten. Ärztliche Behandlungen in London halfen nicht weiter, auch nicht mehrere Aufenthalte in Sanatorien, zunächst in England, später in der Schweiz. An ihren Besuchen in Mainz hielt sie fest. Sie taten ihr gut – auf eine Weise, die sie ihrem Mann nicht erklären konnte, denn er nahm etwas ganz anderes wahr.

Du kommst jedes Mal aufgewühlt aus Mainz zurück, sagte er verärgert. Erst bist du ganz oben, dann geht's wieder ab in den Keller. Wann begreifst du das endlich!

Oder er bat: Mach es dir nicht so schwer, Judy. Denk an die Nazihunde. Vor deiner Rückkehr nach Mainz haben sie dich in Ruhe gelassen.

Gudrun und Margot blieben in Verbindung, aber sie schrieben sich selten. Ganz gelegentlich telefonierten sie, wegen der Kosten nie lange, nie entspannt. Kleine Lebenszeichen, mehr nicht. Ob Margot glücklich war? Sie bekam zwei Söhne und arbeitete nach einer längeren Mutterpause als Psychiaterin in einem

Krankenhaus mit entsprechender Fachabteilung. Sie und ihr Mann führten, wie Fotos zeigten, ein ganz normales amerikanisches Familienleben.

Judy und Alex wurden britische Staatsbürger. Geldsorgen hatten sie dank der Erbschaft nicht, auch verdienten beide gut. Alex hatte Erfindungen gemacht, für deren Patente die Automobilindustrie hohe Summen zahlte. Sie erwarben ein Townhouse in Notting Hill, und alle zwei bis drei Jahre fuhr Alex mit einem neuen Wagen vor. Ihr Lebensstil blieb, gemessen am Bankkonto, bescheiden. Sie hatten keine Lust, ihre Zeit mit dem Kauf, der Pflege und dem Zurschaustellen von Dingen zu vergeuden, an denen ihnen nicht sonderlich viel lag.

Gern hätten sie Kinder gehabt. Doch nach zwei Fehlgeburten wollte Judy eine dritte Schwangerschaft nicht mehr riskieren. Sie sagte, sie habe in ihrem Leben genügend Verluste erlitten.

FREUNDINNEN

1 Die Zeit heilt alle Wunden, heißt es. Tut sie das wirklich? Judy stellte sich diese Frage im Lauf der Jahre immer wieder. Mit der Zeit neigte sie mehr und mehr dazu, dem Sprichwort zuzustimmen. Ihr Zustand besserte sich tatsächlich, langsam, fast unbemerkt. Es dauerte lange, sehr lange, bis sie nicht mehr übersehen konnte, dass sie sich auf dem Weg einer Heilung befand. Nur hielt sie es für ausgeschlossen, auf diesem Weg jemals an einem Ziel anzukommen. Ich habe nicht die Absicht, wie aus dem Lehrbuch gesund zu werden, sagte sie. Es genügte ihr, dass die hellen Tage sich häuften und mit der Zeit eine Kette bildeten, die ihr selbst dann noch Halt gab, wenn wieder dunkle Tage nach ihr griffen. Schäferhunde hetzten sie nicht mehr. An die Stelle dieses Albtraums trat auch kein anderer.

Sie erweiterte ihre Praxis, mietete größere Räume an und beschäftigte zwei Angestellte, mit der Zeit wurden es zwölf. »Krankengymnastik« war ein Begriff, der eine ganze Reihe von Behandlungen zuließ, ohne dass allzu streng kontrolliert wurde. Durch ihre guten Beziehungen zu Miriam und andere Kontakte im Londoner Gesundheitsamt umschiffte sie alle Vorschriften, die ihr ein Diplom abverlangt hätten. Was in Mainz in den dreißiger Jahren begonnen hatte, setzte sich in London fort. Judys Neugier auf neue Behandlungsmethoden blieb wach. Da sie nicht aus Büchern, sondern nur von Menschen lernen konnte, suchte sie den Austausch mit Krankengymnasten, die ebenfalls über den Tellerrand ihres Faches hinausschauten und am anregenden Gespräch mit Judy Trost-Edwinson interessiert waren. Vor allem Erkrankungen, die Körper und Seele zugleich betrafen, nahmen dabei großen Raum ein.

Einmal besuchte sie einen Vortrag über Jesus und seine Wunderheilungen, über seine Frage, die er einem Kranken als Erstes stellte: Willst du wirklich gesund werden?

Ach ja, Jesus hat es also gewusst, dachte Judy. Nicht alle Kranken, die Hilfe suchen, wollen, dass es ihnen am Ende bessergeht. Bei manchen Patienten, vor allem jüdischen Einwanderern aus Deutschland, Österreich und Polen, empfand sie eine gravierende Entscheidungsschwäche, die den Heilungsprozess behinderte.

Während der Behandlung achtete Judy auf die Details, die sie ihr aus dem Alltag erzählten. Häufig zeigte sich das Muster, dass Menschen etwas einmal Angefangenes nicht zu Ende führten, zum Beispiel Gegenstände nach Gebrauch nicht zurück an ihren Platz legten. So waren sie ständig auf der Suche nach der Brille, den Tabletten, dem Schlüsselbund. Von außen sah es so aus, als sei jemand einfach nur unordentlich oder schusselig. Manchmal wurde Judy gefragt, wie ihr der reibungslose Ablauf in ihrer Praxis gelinge, während man selbst im Alltag so schnell konfus werde. Auf Nachfragen erfuhr sie, dass im Kopf der Patienten viel Ungeklärtes und Unerledigtes herumspukte, eigentlich banale Dinge, ob die Topfpflanzen versorgt waren, ob man den Nachbarn auch freundlich genug gegrüßt hatte.

Wurde sie gefragt, ob man etwas dagegen tun könne, antwortete Judy mit einem kleinen Vortrag: Mir hilft es, Zyklen abzuschließen. Alles hat einen Anfang, eine Mitte und einen Schluss. Was ich einmal angefangen habe, bringe ich auch zu Ende. Bei mir fliegt nichts mehr herum, wenn ich das Haus verlasse. Wenn ich viel zu erledigen habe, schreibe ich mir einen Zettel. Alles in allem nichts Besonderes, oder? Aber es ist nicht Disziplin um der

Disziplin willen. Mir macht es den Kopf frei, und das hilft mir bei kleinen wie auch großen Entscheidungen.

Nun ja, bei Ihnen, liebe Mrs. Trost-Edwinson, klingt alles so einfach. Ich selbst wüsste gar nicht, womit ich anfangen sollte.

Mit kleinen Übungen. Machen Sie jedes Mal, wenn Sie sich morgens angezogen haben, die Schranktür wieder zu.

Wenn Patienten nach Jahren wiederkamen, hörte sie überraschend oft, wie nützlich der Hinweis auf Zyklen, die einen Abschluss brauchten, gewesen sei. Das ganze Leben habe sich damit positiv verändert. Es habe ihnen mehr geholfen als eine Psychoanalyse.

Das solltest du dir patentieren lassen, meinte Alex. Nein, im Ernst, Judy, ich glaube, letztlich hast du ihnen einen Weg aufgezeigt hin zu der wichtigsten Entscheidung überhaupt – ob sie leben oder sterben wollen.

Meine liebe Gudrun, schon so lange habe ich nichts mehr von mir hören lassen. In letzter Zeit habe ich viel an Dich gedacht. Ich bin in einer Klinik. Was ich Dir nie erzählt habe: Seit ich in Amerika bin, habe ich Depressionen, mal schwächer, mal stärker. Besonders schlimm wurde es, als meine Söhne alt genug waren für Kindergarten und Schule. Wie so viele Psychiater habe auch ich mich über die Jahre selbst behandelt. Ich weigerte mich einfach, mich als Patientin zu sehen. Mit der Zeit tauchten häufiger Angstzustände auf, zum Schluss habe ich Valium genommen. Ich weiß nicht, ob es in England zugelassen ist. Bei uns sehen die wenigsten Ärzte, wie abhängig Diazepam macht. Ich kann von Glück sagen, dass ich in eine sehr fortschrittliche Klinik kam und hier einen Medikamentenentzug machen konnte. Es gibt einen Psychologen, zu dem ich viel Vertrauen habe. Er hat mir dringend geraten, endlich nach Europa zu fahren. Also habe ich mich zu einem Psychiatriekongress in St. Moritz angemeldet. Sollen wir uns vielleicht in der Schweiz treffen? fragt Margot.

PS: Seit gestern habe ich Henna in den Haaren, sie werden schon grau.

Liebes Margotsche, was für ein Brief! Meine Güte, also auch Du ... Aber das Wichtigste zuerst: Ich stehe kopf, weil wir uns endlich wiedersehen werden! St. Moritz kenne ich gut, Alex und ich sind dort öfter im Skiurlaub. Bring genug Zeit mit. Ich wünsche mir, dass wir einige Tage im benachbarten Sils Maria im Hotel Waldhaus verbringen. Als Kind war ich dort einmal mit meiner Mutter. Du glaubst nicht, wie viele berühmte Leute dort abgestiegen sind, Thomas Mann, Albert Einstein ... Bitte lass mich Dich einladen. Du weißt ja, ich habe gut geerbt. Friedrich Nietzsche hat sich übrigens auch oft in Sils Maria aufgehalten. Es hat ihm geholfen gegen Migräne und Depressionen. Da passen wir beide gut hin ... In Liebe, Gudrun

2 Judy wartete auf die Propellermaschine aus Zürich. Sie war am Vorabend angereist und freute sich über den wolkenlosen Oktobertag. Margot wusste noch nicht, was sie erwartete. Die Freundin aus Amerika würde noch ihren Enkelkindern von einem kühnen Anflug auf den höchstgelegenen Flugplatz Europas erzählen.

Der Lautsprecher hatte eine Verspätung von dreißig Minuten angekündigt. Judy blätterte in einer Zeitung. Ihr Blick fiel auf das Foto zweier älterer Männer, über die in England schon eine ganze Weile berichtet wurde. Die Schweizer Reaktion auf die Entlassung der Spandauer Häftlinge Speer und Schirach nach zwanzig Jahren interessierte sie. Die »Neue Zürcher Zeitung« widmete den beiden Männern aus Hitlers engstem Kreis eine ganze Seite, wobei sie ausführlich auf den Nürnberger Prozess und seine Folgen einging. Judy fragte sich, wie man wohl in Deutschland das Ereignis aufnahm. Wie Alex machte sie sich keine Illusionen über die Deutschen. Gewiss bestand mehr Interesse an einstigen Nazigrößen als an Zeugen aus Amerika, Israel und anderen Teilen der Welt, die vor Gericht in Frankfurt zu ihrer Zeit als Gefangene in Auschwitz ausgesagt hatten.

Gudrun erkannte Margot, die inmitten von Passagieren über das Rollfeld kam, an ihrem hennaroten Schopf. Sie trug eine Pillbox à la Jackie Kennedy am Hinterkopf. Ihre Haut war immer noch sehr hell, scheinbar unberührt von der kalifornischen Sonne. Sie war eine elegante Erscheinung mit einem halblangen Mantel über dem engen Rock, der eine Handbreit unter dem Knie abschloss. Da wo sie herkam, dachte Judy, reisten die Leute wohl noch immer in Sonntagskleidung. Oder entsprach es einfach Margots Stil?

Als Zwanzigjährige hatten sich ihre Lebenswege getrennt, jetzt sahen sie sich im Alter von 47 Jahren wieder. Was sagt man da? Gudrun fiel nichts Originelles ein.

Dich hätte ich überall erkannt! – Ich dich auch!

Dein Gesicht ist faltiger geworden. – Deines auch, du unverschämte Person.

Du hast zugenommen. – Du auch.

Hattest du eine gute Reise?

Margot sah keinen Grund zu klagen. Sie hatte sich alles viel anstrengender vorgestellt, auch den Besuch bei Morris, dem ältesten Sohn, der in New York Architektur studierte. Die Familie, so berichtete sie, befinde sich in einer guten Phase. Ihre Eltern seien als Ruheständler nach Kalifornien gezogen und lebten eine Autostunde entfernt, alte Menschen, verblüffend gesund, aber resigniert und misstrauisch. Ihr Vater habe während seiner letzten Berufsjahre noch als Dozent an einer kleinen Universität in Oregon gearbeitet. Mutter und Vater wie auch die Großmutter, die vor zehn Jahren gestorben sei, hätten es strikt abgelehnt, noch einmal nach Deutschland zu reisen.

Und was ist mit dem Haus deiner Oma?

Das gehört mir.

Was hast du damit vor?

Es ist vermietet.

Auf dem Weg zum Parkplatz zündete sich Gudrun eine Zigarette an. Hör zu, jetzt ist es vier Uhr. Wir könnten in Sils Maria noch die Zeit am See genießen, bevor alles im Schatten liegt. Einfach in Ruhe ankommen.

Sie verstaute Margots Koffer, startete den Leihwagen und bog rechts ab in ein enges Tal. Es lag knapp unterhalb der Baumgrenze, Bergketten zu beiden Seiten, mit ausgedehnten gelbbraunen Hängen und verschneiten Spitzen vor einem übertrieben blauen Himmel. Gudrun wies auf einen Fluss, der eigentlich mehr ein Bach war.

Das ist der Inn.

Der Inn?

Du kannst es mir glauben. Er entspringt nur wenige Kilometer von hier. Weißt du noch? Iller, Lech, Isar, Inn …

… fließen rechts zur Donau hin. Oder heißt es … fließen links zur Donau hin?

Margot kannte Aspen in den Rocky Mountains, und so ähnlich stellte sie sich St. Moritz vor. *Oh my goodness*, rief sie, als der Urlaubsort nach einer langen Kurve unerwartet vor ihr auftauchte. Das ist Wiesbaden, Wiesbaden an einem Steilhang … Sie lachten, und Gudrun meinte, die Leute, die hier wohnten, seien vielleicht hundertmal reicher.

Stimmt, hab davon gehört, sagte Margot. Aber was mich hier wirklich schockiert, sind eure kleinen Autos.

Die Straße führte an einem Bergsee vorbei. Ein zweiter und dritter würde noch kommen, sagte Gudrun, diese Kette von Bergseen mache den besonderen Reiz des Oberengadin aus. Nachdem sich das Tal zu einem Plateau erweitert hatte, ging es nach einem weiteren See links ab. Hier verabschiedete sich der Waldsaum mit Fichten, Arven und Lärchen, deren feine gelbe Nadeln den Herbst feierten.

Sils Maria hatte den Charakter eines ursprünglichen Bergdorfes bewahrt. Es gab auf den ersten Blick nicht mehr als ein halbes Dutzend Hotels, teilweise zu Anfang des Jahrhunderts gebaut. Aus dieser Zeit stammte auch das Hotel Waldhaus. An einem Hang errichtet und von weitem sichtbar, mit Schweizer Fahne oben auf einem der Türme, ähnelte es einer kompakten Burg. Ein nicht weiter auffälliger Gebirgsbach zog durch den Ort, von dem Gudrun wusste, dass er manchmal, wenn im Frühjahr die Schneeschmelze einsetzte, mit seinen Wassermassen für böse Überschwemmungen im Dorf sorgte.

Beide hatten sich vorgestellt, sie würden beim ersten Wiedersehen nach so langer Zeit ohne Pause reden. Nun saßen sie schweigend am Seeufer auf einer Bank. Wie ein Liebespaar hielten sie sich umarmt. Margot lehnte ihren Kopf an Gudruns Schulter. Der See lag vor ihnen wie eine Kostbarkeit, eingefasst von zwei Bergreihen, die zum Horizont hin flacher wurden und dem Himmel die Bühne überließen. Wolken bedeckten die Abendsonne und gaben sie wieder frei, ein Spektakel in Gelb, Rot und Türkis. Irgendwann sagte Gudrun: Schau doch mal hinter dich.

Eine weiße Bergspitze schien von innen heraus zu glühen, ein letzter Gruß der Sonne, der nach wenigen Minuten verblasste. Am Seeufer war es kühl geworden. Dunst zog auf.

Sag doch mal, Margotsche, nehmen wir ein oder zwei Zimmer?

Bist du verrückt? Soll ich mich vorm Einschlafen mit der Wand unterhalten? Aber sag du mir auch etwas.

Was denn?

Meinst du, sie lassen dich mit deinem *outdoor look* in ihr feines Hotel?

Gudrun, die eine englische Wetterjacke und Jeans trug, beruhigte sie. In der Schweiz sei man auf Wanderurlauber eingestellt. Selbst in London sei nun lässige Kleidung angesagt. Sie und Alex trügen schon eine ganze Weile keine Hüte mehr.

Im Hotel Waldhaus war die großbürgerliche Welt einer vergangenen Epoche bis in die liebevollsten Details weitgehend erhalten geblieben. Für das Wiedersehen mit Margot schien es Gudrun der passende Rahmen zu sein. Ihr gefiel der Gedanke, diesen Ort als Ausgangspunkt für eine Reise in die Vergangenheit zu nehmen. Sie sah sich, wie sie, klein, pummelig, mit Strohhut und einem hellen Hängerchen gekleidet, an der Hand ihrer Mama die ausgedehnte ovale Hotelhalle betrat, wo am anderen Ende hinter einer gewaltigen Fensterfront die unberührte Natur begann, über ihnen eine ovale Stuckdecke, deren klare Strukturen Helene jedes Mal, wenn sie sich dort niederließ, aufs Neue lobte. Der Kellner brachte Tee in einem versilberten Kännchen und der kleinen Tochter eine Tasse Schokolade, dazu ein Stück Nusstorte.

Während Gudrun und Margot auf dem Zimmer ihre Koffer auspackten, kam ihnen die Idee, so wie früher Kleidungsstücke zu tauschen. Es machte sogar mehr Spaß als früher, weil die Sachen nun in einem Alter, das sie als ihre besten Jahre empfanden, besser an ihnen aussahen. Sie waren zwei Frauen, die auf gutes Make-up und schöne Garderobe Wert legten und sich trotz hoher Absätze ungezwungen bewegten.

Als sie in dem großen Speisesaal unter Kronleuchtern auf ihren Tisch zugingen, folgten ihnen die Blicke. Margot hatte sich von Judy einen schwarzen Satinrock ausgeliehen, dazu eine engsitzende buntbestickte Weste über einer strengen weißen Bluse. Judy trug einen mit Silberfäden bestickten Pullover, der im Licht glitzerte, und einen langen, weitschwingenden Rock aus einer doppelten Lage dunkler Seide.

Die Vorbereitung für ihren Auftritt im Speisesaal hatte sich hingezogen, und so hielten sie sich nicht lange mit dem Abendessen auf und wählten nur einen Hauptgang. Ihr Doppelzimmer lag in der neunten Etage. Hinter den Scheiben war es stockdunkel. Todmüde sanken sie in den Schlaf.

Am Morgen weckte sie die Sonne, die hinter den Bergen des Fextals hervorkam. Geplant war eine längere Wanderung. Im Grunde sei es egal, glaubten sie, in welche Richtung sie gingen. Jeder Weg, jedes Ziel sei mit so viel Schönheit gesegnet, wie sie es noch nie auf einem so kleinen Fleck Erde erlebt hätten.

Nach zehn Minuten ließ sich Gudrun auf eine Bank fallen.

Ich kann nicht mehr!

Mir geht es auch so komisch! Was ist das?

Ich weiß nicht. Doch ich weiß es. Gefühle sind anstrengend. Als hätte ich eine Stunde Holz gehackt.

Hast du schon mal?

Nein. Aber genauso anstrengend stelle ich es mir vor.

Sie nahmen die Seilbahn und verbrachten den ganzen Tag oberhalb des Tals, mit einem Ausblick auf das Bergmassiv hinter St. Moritz und zwei Seen, die türkisgrün um die Wette leuchteten. Sie machten ein Picknick, verbrauchten viel Sonnenlotion und schliefen zwischendurch ein. Ihre Gespräche drehten sich um Alltägliches und Kulturelles. Berufsverkehr, Arbeit, Wechseljahre, die Erfindung der Strumpfhose, den Vergleich amerikanischer und englischer Gewohnheiten, vor allem beim Essen. Margot war begeistert von Antonionis *Blow Up,* Gudrun hatte der Film gelangweilt. Kriegsfilme lehnten sie beide ab, nicht einmal *Die Brücke am Kwai* hatten sie gesehen. *Ben Hur* gehörte zu ihren unvergesslichen Kinoereignissen.

Einmal fragte Margot die Freundin, ob sie etwas in ihrem Leben bereue, und Gudrun entfuhr: Dass Martin und ich nicht miteinander geschlafen haben.

Habt ihr nicht?

Sage ich doch. Wir waren so blöd und haben gemeint, wir dürften es unseren Eltern nicht antun.

Daran und an vieles mehr wurde sie in letzter Zeit häufig erinnert. London war aufgewacht, nun drängte die Jugend laut nach vorn. Was bis dahin als gute Tradition und Anstand galt, wurde einfach vom Tisch gefegt, als Erstes die verklemmten sexuellen Normen der Alten. Das Leben wurde bunter und leichter. Selbst das Wetter habe sich seitdem gebessert, behauptete Gudrun.

Margot schälte einen Apfel und meinte beiläufig: Ich habe mit Hans geschlafen.

Mit wem?

Mit Hans, dem Polizisten. Der dir den französischen Pass besorgt hat.

Bist du wahnsinnig? Das war Rassenschande!

Weiß ich. Aber es hat ja keiner gemerkt.

Und das hast du mir nie erzählt!

Wann denn?

Gudrun stand auf und ging langsam zu einer Felskante, die einen weiten Blick ins Tal erlaubte. Sie verfolgte die Straße, die sie gekommen waren. Lange blieb sie stehen, rauchte eine, dann eine zweite Zigarette, bis es in ihrem Kopf wieder ruhiger wurde. Sie schaute zu Margot hin. Ihr Gesicht unter dem Sonnenhut sah verschwitzt und ratlos aus.

Ach, Margotsche, stille Wasser sind tief, hm?

Die Freundin lächelte. *You can say that again.*

Hans war der Polizist, den Schneckes Tod so sehr erschüttert und beschämt hatte, dass er sich unerschrocken als Beschützer an Margots Seite stellte. Er war ein netter Mann, schon über dreißig, ein bisschen verträumt, ganz anders, als man sich einen Polizisten vorstellte. Sein Langhaardackel hieß Bella und war schon zwölf Jahre alt. Als Margot ihm bei einem Treffen einen Umschlag mit Fotos für die zu fälschenden Pässe zusteckte, erfuhr sie, dass er Bella krank zu Hause habe zurücklassen müssen. Der Polizist begann sich Sorgen zu machen. Sein Tierarzt hatte die Praxis vorübergehend geschlossen. Ohne groß zu überlegen begleitete Margot ihn in seine Wohnung. Der Dackeldame ging es nicht gut, sie verweigerte das Futter, aber Margot fand ihren Zustand nicht besorgniserregend – sie hatte sich vielleicht nur den Magen verdorben. Kaum hatte sie ihren Verdacht geäußert, schlich der Hund langsam, den Schwanz zwischen den Hinterbeinen, durch die kleine Wohnung, würgte und übergab sich in einer Ecke der Küche. Danach schlappte er eine Menge Wasser, dann war alles wieder in Ordnung. Bella sprang zu Margot auf das Sofa.

Eine Hand strich über ihren Kopf. So schönes rotes Haar ... So hatte es mit Hans angefangen. Über mehrere Monate kam sie zu ihm, nicht oft, alle paar Wochen. Als der Krieg ausbrach, hielt sich Familie Weißkamp schon in England auf. In den fünfziger Jahren hatte Margot Nachforschungen zu Hans Schulte angestellt, ohne Ergebnis.

Danach erzählte auch Gudrun ihrer Freundin vieles, was nicht in den Briefen gestanden hatte: die Geschichte von Buchmann und Faust, die Bombenangriffe im Knast, Judys Alleinsein in Shanghai und die Erlösung, als Brody in ihr Leben trat. Margot erfuhr manches zu Seuchen und Hunger im Ghetto, zur Befreiung durch die Amerikaner, zu den wunderschönen neuen Kleidern von Kurti, zum Schmugglerboot vor der Küste Macaos, zu den Besuchen in Mainz und der für sie nach wie vor schwer verdaulichen Freundschaft mit Martins Mutter. Gudrun sprach über ihre Blasenschwäche in ihrer Jugend, die beim ersten Besuch in Mainz erneut auftrat – danach nie wieder – und die sie heute ihrer Angst vor Nazi-Hausmeister Scherfke zuschrieb.

Margot hörte von ihren Fehlgeburten und Einzelheiten zu den Depressionen, die in Manila begonnen hatten und sich, seit Gudrun Alex kannte und als Krankengymnastin eine große Praxis aufgebaut hatte, immer seltener meldeten.

Margot meinte, ihr eigenes Leben sei dagegen so langweilig wie eine amerikanische Kleinstadt. Die Ehe sei aus Krisen, sprich: Seitensprüngen gestärkt hervorgegangen. Während der Pubertät ihrer Söhne hätten sie und Theo eine harte Zeit durchlebt, dann aber seien aus zwei schlechtgelaunten Wesen wache, originelle junge Männer geworden. Sie hätten schwierige Beziehungen zur Familie ihres Mannes, die *thank god* in New York lebte, anregende Freunde und eine gute Nachbarschaft. Darüber hinaus gebe es ein schönes Haus in einer Lage, wie sie besser kaum sein könne. Ihre Arbeit als Psychiaterin liege ihr sehr am Herzen. Sonderbarerweise sei sie trotz der Depressionen ihren Patienten gegenüber aufmerksam und empathisch gewesen. Nur ihre Familie habe zunehmend darüber geklagt, dass sie mit ihren Gedanken immer woanders gewesen sei.

Wo warst du denn?

Frag mich nicht. In meinem Kopf lief ständig ein Film ab.

Seit ihrer Zeit in der Suchtklinik ginge es ihr sehr viel besser, erzählte sie. Dort erst habe sie begriffen, dass sie sich mit Depressionen herumschlug. Ihr Fachwissen sei keine Hilfe gewesen.

Das heitere Herbstwetter hielt an. Sie wanderten, genossen die Ausblicke und setzten sich für eine Pause in das warme braune Gras. Margot wies auf die Herbstzeitlosen, die sie zart und scheu nannte, im Unterschied zur berauschenden Pracht des Bergfrühlings, wie sie ihn von den Wiesen am Haus ihrer Großmutter kannte.

Du könntest sie mir zeigen, sagte Gudrun. Warum fahren wir nicht einmal gemeinsam hin?

Margots Gesicht rötete sich bis zum Hals.

Theo und meine Söhne wünschen es sich auch. Aber ich kann nicht!

Sie setzten ihren Weg am See entlang fort nach Maloja, dem letzten Ort, bevor die Straße nach Italien in Serpentinen abwärts führt. Inmitten dunkler Nadelbäume bildeten gelbe Lärchengruppen leuchtende Inseln. Auch auf Landzungen standen sie, von der Sonne beschienen, umgeben von einem See, auf dem sich kein Windhauch zeigte, eine Glasscheibe in wechselndem Blau, die sich immer weiter auszudehnen schien. Dahinter die Berge, oben schon wieder leicht mit Schnee bedeckt.

Am dritten Morgen betraten sie einen kleinen Andenken- und Buchladen, in dem Margot nach Lektüre für ihren langen Rückflug suchte. Derweil unterhielt sich die Inhaberin, eine jüngere Frau, mit jemandem in einer Sprache, die Margot und Gudrun fremd erschien. Es sei Rätoromanisch, bekamen sie erklärt, so redeten die Einheimischen. Dann wandte sich die Inhaberin wieder ihrer Bekannten zu.

Margot machte Gudrun auf das Tagebuch der Anne Frank aufmerksam.

Du hast das sicher gelesen, ja? Ich nicht, ich traue mich einfach nicht.

Sie legte das Buch wieder aus der Hand.

Ich habe sie gekannt, sagte die Frau neben der Ladenbesitzerin.

Wen?

Anne Frank. Sie kam oft nach Sils.

Wirklich? Anne Frank?

Ja. Wir haben als kleine Mädchen miteinander gespielt.

Ihrem Aussehen nach hätte die Frau eine Italienerin sein können. Ein dunkler Typ, klein, Augen mit Lachfalten. Sie trug ein blaues Kostüm und unter dem Arm eine Aktentasche. Offenbar war sie geschäftlich unterwegs.

Wir haben sie Änn genannt. Änn und ich waren Ferienfreundinnen. Als wir uns zum letzten Mal sahen, hat sie mir eine kleine Vase geschenkt. Tosca, hat sie gesagt, die Vase soll dich an mich erinnern. Du musst sie immer behalten. Ja, das hat sie gesagt. Ich besitze die Vase heute noch. Ich kann sie Ihnen gern zeigen.

Sie verließ den Laden und kam nach zehn Minuten zurück. Ihrer Aktentasche entnahm sie eine in ein Tuch gewickelte kleine Vase mit graubrauner Glasur und blauen Strichen.

Schauen Sie mal. Ich nehme sie sogar auf Reisen mit.

Unwillkürlich streckte Margot ihre Hand danach aus. Vertrauensvoll legte die freundliche Schweizerin Anne Franks Vase in Margots Hand.

Meine liebe Gudrun, ich dachte, ich würde Dir schreiben, sobald ich wieder zu Hause bin, aber es ging nicht. Unser Wiedersehen hatte eine so vehemente Wirkung auf mich, dass mich erst einmal eine üble Erkältung zwei Wochen ins Bett gestreckt hat. Aber eines weiß ich jetzt schon, diese Reise war ein Wendepunkt. Noch immer, täglich, fühle ich die kleine Vase in meiner Hand. Ich habe Annes Tagebuch gelesen. Du kannst Dir meine vielen Tränen vorstellen. Erst jetzt bekomme ich ein Gefühl dafür, was mir alles erspart geblieben ist!

Ich habe vor, nächstes Jahr nach London zu kommen. Dann findet dort wieder ein Psychiatriekongress statt. Das Meeting in St. Moritz hat mir Appetit auf mehr gemacht, es war wirklich hochinteressant. Man muss unbedingt manchmal über die Grenzen schauen, um sich anregen zu lassen. Als Amerikanerin verliert man etwas so Selbstverständliches leicht aus dem Blick.

Ich bin so froh, dass ich Dich wiedergesehen habe. Immer und immer wieder denke ich an unsere Gespräche in Sils Maria. Unsere Freundschaft, die schon so früh begann, hat eine Vertrautheit, wie ich sie nie wieder mit einem anderen Menschen aufbauen konnte. Du

bist mein Gedächtnis, hast Du mir einmal geschrieben. Genauso geht
es mir jetzt mit Dir. In Liebe, Margot

Liebe Margot, mir ist heute Morgen eine Idee gekommen. Sagtest Du
nicht, dass auch Dein Mann Skiläufer ist? Wir könnten uns doch zu
viert im Winter in der Schweiz treffen. Sils Maria hat wunderbare
Winterwanderwege. Wie findest Du meinen Vorschlag? fragt Gudrun.

Theo fand Deine Idee im Prinzip auch gut, ich sowieso, aber im kom-
menden Winter geht es nicht. Er baut gerade in San Francisco eine
chirurgische Abteilung auf, deren Leitung er übernommen hat. Es
wird sich also zeitlich nicht machen lassen. Dieser Tage kam dann die
Nachricht, dass London gestrichen wurde. Aus Gründen, die ich nicht
verstanden habe, findet der Psychiatriekongress nun in Vancouver
statt. Ich bin enttäuscht und muss schauen, wann sich für Dich und
mich eine andere Gelegenheit ergibt.
Zurzeit probiere ich ein neues Antidepressivum aus, keine gute
Phase. Ich überlege, ob ich wieder in eine Klinik gehen sollte. Ich
denke an Dich und weiß, dass Du auch an mich denkst. Alles Liebe,
Margot

Hör mal, Margotsche, wir könnten einen Campingbus mieten und
uns gemeinsam eine Woche an der kanadischen Westküste umsehen.
Konkret: Warum treffen wir uns nicht in Vancouver? fragt Gudrun.

Den Vorschlag mit Vancouver nahm Margot offenbar nicht
ernst, jedenfalls reagierte sie nicht darauf. Ihre Briefe wurden seltener und uninteressanter. Sils Maria erwähnte sie nicht mehr.
Judy verlor die Hoffnung, sie in absehbarer Zeit wiederzusehen.
So trat Margot nach und nach wieder in den Hintergrund. Trotz
aller Enttäuschung glaubte Gudrun nicht an ein Ende ihrer
Freundschaft. Eher vermutete sie, dass Margot ein Wiedersehen

mied, um nicht an ihre gemeinsamen Jahre in Deutschland erinnert zu werden. Vielleicht hatte sie in Sils Maria eine Überdosis Vergangenheit zu sich genommen. Auch im Fall von Margot hoffte Gudrun, dass die Zeit helfen würde, noch nicht verheilte Wunden zu schließen.

DILEMMA

1 *Liebe Margot, heute Nacht träumte ich, wir wären uns zufällig vor dem Buckingham Palace begegnet. Es war schön und leicht mit Dir. Am Morgen musste ich immer wieder daran denken. Es fielen mir auch eine Reihe anderer Begegnungen ein. Zu den Auffälligkeiten meines Lebens gehört ja, dass ich so viele Menschen von früher irgend-wann wiedergesehen habe, ohne mich darum zu bemühen. Der tobende Mr. Walter in Shanghai. Gisela, meine Knastschwester. In München in der Fußgängerzone lief mir Lisa aus Shanghai in die Arme: Ich er-kannte sie an der Art, wie sie ihre Zigarette hielt, nach zwanzig Jah-ren! Mein Nachhilfelehrer, der mir beigebracht hatte, wie man auf Lunge raucht, besuchte mich vor einiger Zeit hier in London. Hedda aus Norwegen, mit der ich durch die Sowjetunion reiste, traf ich auf dem Flughafen von Paris wieder. Anfang der sechziger Jahre erkannte ich Kurti auf dem Titelblatt von Newsweek. Er sollte der größte und meistgesuchte Wirtschaftskriminelle der Vereinigten Staaten sein. Hat er also doch noch Karriere gemacht.*

Aber nie hätte ich mir vorstellen können, dass ausgerechnet Buch-mann noch einmal in meinem Leben auftauchen würde. Er hat mir geschrieben. Keine Ahnung, was er von mir will. Wir haben für kom-mende Woche ein Treffen in Frankfurt vereinbart. Wie geht es Dir in Kalifornien? Gibt es Neuigkeiten? Alles Liebe, Gudrun

2 Dreißig Jahre konnten das Gesicht eines Menschen völlig verändern, auch seinen Charakter, nicht aber, glaubte Judy, sei-

nen Gang. Ganz sicher würde sie Buchmann erkennen. Sie wartete auf ihn in der Lobby des Hotels Frankfurter Hof, erst angespannt, dann zunehmend gereizt. Vermutlich hatte er nach dem Krieg als Beamter reibungslos Karriere gemacht, Chefposition mit dreißig Untergebenen, dachte sie, so jemand hat gründlich gelernt, andere warten zu lassen.

In der Hotelhalle gab es niemanden außer ihr selbst, der nach anderen Ausschau hielt. Am auffälligsten benahm sich eine Familie, die bereits mehrfach im Gänsemarsch an ihr vorbeigegangen war, ohne sie eines Blickes zu würdigen. Beim dritten Mal sah sie den Vater im Profil. Da erkannte sie ihn. Sie hatte nicht erwartet, dass er seinen ganzen Anhang mitbrachte.

Herr Buchmann?

Er drehte sich um, riss die Augen auf und seinen Hut vom Kopf. Sein Haar war schütter und fast weiß.

Frau Trost-Edwinson!

Er verbeugte sich tief und überreichte Judy einen, wie sie fand, perfekten Nelkenstrauß.

Oh wie schön, SS-Nelken!, entfuhr es Judy.

Dann erklärte sie ihm, er möge es bitte als Kompliment nehmen, da doch die SS immer im Besitz des Allerfeinsten gewesen sei. Buchmann überhörte es.

Gnädige Frau, wir danken Ihnen von ganzem Herzen, dass Sie diese Begegnung ermöglicht haben. Darf ich vorstellen: Meine Frau Doris. Cornelia, 17 Jahre, und Michaela, vier Jahre, unser Nesthäkchen.

Judy, die sich nur noch selten in Deutschland aufhielt, hätte nicht geglaubt, dieses zeitlose Bild einer deutschen Familie im Jahr 1969 noch anzutreffen, als sei die Uhr zurückgestellt worden: Buchmann in Lodenzivil und mit Jägerhut, seine Frau im taillierten Mantel, knieumspielend, ebenfalls mit Hut, ein süßes kleines Mädchen mit Zöpfen und die pummelige halbwüchsige

Tochter mit aufgestecktem, blondem Haar, die sich gerade noch zurückhalten konnte, einen Knicks zu machen.

Herr Buchmann legte etwas umständlich Hut und Mantel ab und reichte sie dem Kellner, der neben ihm wartete, um die Sachen zur Garderobe zu bringen. Schließlich hatten alle Platz genommen. Die Erwachsenen tauschten Höflichkeiten aus, während Buchmanns Töchter stumm in ihren zugeknöpften Wintermänteln auf der Sofakante saßen und die Dame aus England anstarrten. Sie schien von einem anderen Stern zu kommen: eine Fünfzigjährige mit leuchtend roten Fingernägeln und einem burschikosen Haarschnitt, die an Stelle einer Handtasche ein Einkaufsnetz aus Silberkordel benutzte, darin ein Päckchen Papiertaschentücher, Portemonnaie, Brillenetui und eine Zeitung. Judy trug Jeans, darüber eine weite, lange Bluse aus indischem Stoff. In London war sie in ihrem Edelhippie-Look nicht weiter aufgefallen. Dass die Kinder den Blick nicht von ihr abwenden konnten, schien Frau Buchmann peinlich zu sein.

Guckt doch mal, da drüben, der Mann mit den langen Haaren.

Männer haben keine langen Haare, verbesserte die kleine Michaela ihre Mutter. Das ist eine Frau.

Aber er hat doch einen Bart!, warf ihre ältere Schwester ein.

Das war nun wirklich hochinteressant. Die Kleine rannte dem unbekannten Wesen hinterher. Schwester und Mutter folgten ihr.

Wir leben in einer abgelegenen Kleinstadt, meinte Buchmann mit entschuldigendem Lächeln. Da spricht sich nur langsam rum, dass die Zeiten sich geändert haben. Aber wenn ich Sie ansehe, gnädige Frau: Sie haben sich so gut wie gar nicht verändert.

Warum wollten Sie mich treffen?

Er räusperte sich, suchte nach Worten. Judy legte einen Briefumschlag auf den Tisch.

Hier hatten Sie geschrieben – ich zitiere: ›… falls Sie die Dame sind, die ich 1939/40 in Stuttgart beruflich kennengelernt habe‹ – also, auf diese Formulierung muss man erst mal kommen, Herr Buchmann.

Er reagierte nicht, sondern ließ seinen Blick durch die Hotelhalle schweifen.

Sind Sie in Unruhe wegen Ihrer Frau und den Kindern?

Er stöhnte. Sie sagen es, Frau Trost-Edwinson. Die vergangenen Monate waren schlimm, weil man sich natürlich ständig fragt: Wie hält man seine Angehörigen da raus?

Ein Missverständnis, Herr Buchmann. Ich dachte, Sie fragen sich, warum Ihre Frau noch nicht mit den Kindern zurück ist.

Ach so? Nein, nein. Es ist alles in Ordnung. Meine Frau hat mir einen Wink gegeben. Sie und die Mädchen werden sich eine Weile in Frankfurt umschauen.

Er rieb sich verlegen die Hände. Wieder ging sein Blick in die Ferne.

Dann hätte ich jetzt eine Frage. Wie sind Sie an meine Adresse gekommen?

Ach so, ja, über die Wiedergutmachungsstelle.

Ärger stieg in ihr hoch. Das ist aber nicht korrekt, Herr Buchmann. Man hätte Ihnen dort meine Anschrift nicht geben dürfen.

Sie haben vollkommen recht, gnädige Frau. Seine Stimme klang hell und angespannt. Aber wie Sie wissen, bin ich einmal Polizist gewesen. Und ich habe das Dringende der Angelegenheit deutlich machen können. Ich bitte Sie: Lassen Sie es als Ausnahme gelten.

Wieder stöhnte er und strich sich mit gesenktem Kopf über die Stirn.

Es waren deprimierende vier Monate in der Untersuchungshaft. So grausam! Eine Einzelzelle! Er schloss die Augen. So grausam, wiederholte er.

Sie lachte bitter auf. Lieber Herr Buchmann, tun Sie mir einen Gefallen und reißen Sie sich zusammen.

Er wollte etwas sagen, aber sie ließ sich nicht unterbrechen.

Mir haben Sie damals nicht geglaubt, wie fürchterlich es im Gefängnis war. Gab es in Ihrem Knast auch praktisch Besuchsverbot? Gab es bei Ihnen Toiletten mit uraltem Urinstein? Mussten Sie sich Ihre Fingernägel abbeißen, weil man Ihnen die Nagelfeile weggenommen hatte?

Er seufzte schwer.

Ein bisschen mehr Haltung, Herr Buchmann! Wenn Sie jetzt weiterjammern, stehe ich auf und gehe.

Er sprang hoch, als hätte sie ihre Drohung bereits wahr gemacht.

Sie haben vollkommen recht, gnädige Frau, sagte er ein zweites Mal. Die Dinge sind, wie sie sind, und man muss schauen, wie man da mit Anstand wieder rauskommt.

Judy schwieg. Sie brauchte eine Tasse Kaffee und winkte den Kellner herbei. Buchmann fügte ihrer Bestellung eine Flasche Mineralwasser hinzu.

Bitte sagen Sie mir eines, gnädige Frau: Haben Sie den Eindruck, dass ich Ihnen damals geholfen habe?

Durchaus. Sonst wäre ich heute nicht hier.

Dann ist es gut.

Kommen Sie jetzt bitte zum Punkt, Herr Buchmann. Warum sitzen wir hier zusammen?

Endlich berichtete er: Ihn erwarte ein Prozess. Einige Menschen, die ihm übelwollten, hätten schlimme Dinge über ihn verbreitet. Nein, es betreffe nicht die Zeit in Stuttgart, sondern die Jahre danach, als er im Generalgouvernement die Leitung einer Sicherheitspolizeiaußendienststelle innegehabt habe.

Was für ein unhandliches Wort, warf Judy ein. Früher sagte man Gestapo, nicht wahr?

Er zuckte leicht zusammen, dann fuhr er fort: In dieser Kreis-stadtbehörde seien offenbar einige unschöne Dinge vorgekom-men. Gerüchten zufolge seien jüdische Mitbürger bei der Ver-nehmung misshandelt worden. Mehr wisse er davon nicht, aber nun solle ausgerechnet ihm die ganze Sache in die Schuhe ge-schoben werden.

Herr Buchmann, was waren das für unschöne Dinge? Solche Prozesse, in denen NS-Verbrechen verhandelt werden, sind doch, wenn ich nicht irre, äußerst selten. Wie lautet die Anklage?

Nun ja, Mord eben.

Sein Wunsch war, sie möge als Zeugin auftreten.

Ich denke, ich habe mich Ihnen gegenüber stets korrekt ver-halten, gnädige Frau. Und Sie könnten das bezeugen – selbstver-ständlich nur, was unsere gemeinsame Zeit in Stuttgart betrifft. Wäre Ihnen dies möglich? Sagen Sie jetzt bitte nichts. Eine solche Entscheidung will überschlafen werden.

Mühelos schaffte er den Übergang zum Plauderton: Er habe in all den Jahren immer wieder an sie denken müssen. Natürlich habe er sich gefragt, ob und wie Gudrun Samuel die bösen Jahre überstanden habe. Ganz besonders freue er sich, sie so wohl anzutreffen. Wobei er offensichtlich wohlhabend meinte, denn beim letzten Satz machte er eine Geste, die das Ambiente des First-Class-Hotels mit einbezog. Dem folgte ein Blick auf ihren Ehering. Ihr Gatte sei zu beneiden. Er selbst habe damals im Osten eine Polin kennengelernt, die ihn an Gudrun Samuel er-innert habe.

Ich bin mit ihr ausgeritten. Sie sah Ihnen wirklich verblüffend ähnlich, gnädige Frau. Reiten Sie?

Nein.

Wie ich Ihrem Brief entnahm, nennen Sie sich jetzt Judy. Ein schöner Name – wenn ich mir erlauben darf, das zu sagen.

Wirklich? Und so passend zu meiner Herkunft, nicht wahr?

Er reagierte gekränkt. Gnädige Frau, es käme mir nie in den Sinn …

Da kommt Ihre Familie!, unterbrach sie ihn.

Frau Buchmann winkte vom Eingang her. Als sie mit den beiden Töchtern näher kam, sah Judy ihre geröteten Gesichter.

Es ist kalt in Deutschland.

Sehr, bestätigte Frau Buchmann mit einem verlegenen Lächeln und zog ihre Handschuhe aus. Die Vierjährige war geradewegs auf Judy zugelaufen und auf ihren Schoß geklettert.

Du riechst gut.

Michaela! Komm da sofort runter! Buchmanns Stimme klang, als befehlige er einen Polizeihund.

Nein, nein. Judy zog die Kleine an sich und strich über den blonden Kopf. Lassen Sie das Kind ruhig bei mir sitzen.

Michaela kuschelte sich in ihren Arm. Nach einer Weile spürte Judy, wie die kleinen Finger versuchten, ihren Nagellack abzureiben.

Meine Güte. Sie lachte auf. Wenn Onkel Adolf uns so sehen würde …

Papa, wer ist Onkel Adolf?

Judy beugte sich zu ihr herunter. Das ist ein lieber alter Freund von deinem Vater.

Der Prozess fand in Bochum statt und dauerte acht Monate. Judy war als Zeugin angereist. Als sie vor der Tür zum Gerichtssaal darauf wartete, aufgerufen zu werden, stand plötzlich Frau Buchmann vor ihr.

Darf ich?

Bitte. Setzen Sie sich.

Sie sagte, sie könne wegen der Kinder nicht bei jedem Verhandlungstag dabei sein, aber heute sei sie gekommen, weil sie Frau Trost-Edwinson noch einmal danken wolle. Doris Buchmann hatte graue Löckchen, war ungeschminkt, trug ein helles Kostüm zu festen Schuhen. Judy fand, dass sie erstaunlich entspannt aussah. Von der Unschuld ihres Mannes war sie zutiefst überzeugt: Es gebe einfach Leute, die ihm etwas missgönnten und danach trachteten, seine Existenz zu zerstören.

Es wunderte Judy, wie ruhig sie selbst war, als sie den Gerichtssaal betrat. Bei ihrer Aussage betonte sie mehrfach, es ginge ausschließlich um die Zeit 1939/40 in Stuttgart. Damals hätte Werner Buchmann sie korrekt behandelt. Was davor oder danach geschehen sei, darüber könne sie nichts aussagen.

Nicht Buchmann war der Hauptangeklagte, sondern sein Vorgesetzter. Zu dessen Verurteilung kam es nicht, er hatte sich in seiner Gefängniszelle erhängt. Alles deutete darauf hin, dass Buchmann aus Mangel an Beweisen freigesprochen würde.

Als Judy aus ihrer Vernehmung entlassen war, sprach sie im Flur des Gerichtsgebäudes eine Journalistin an. Irene Wetz schrieb für eine Wochenzeitschrift, sie wollte den gesamten Prozess vor Ort beobachten und gründlich analysieren. Ihre Zeitung werde ihr dafür zwei Seiten einräumen. Als Jurastudentin habe sie in Frankfurt einen großen Teil der Auschwitzprozesse mitverfolgt und darüber geschrieben. Sie fragte Judy, ob sie sich später mit einigen Fragen an sie wenden dürfe. Dass eine jüdische Zeugin vor Gericht zugunsten eines SS-Mannes aussagte, irritierte sie, die mit Nazi-Eltern aufgewachsen war und sich, wie es Judy vorkam, an Stelle ihrer Eltern schuldig fühlte. Sie lud die Frau ein, sie in London zu besuchen, sollten dies ihre Recherchen erforderlich machen.

3   Judy hatte schon lange nicht mehr an die junge engagierte Journalistin gedacht, als sie einen Anruf von ihr erhielt. Sie habe sich nun mit der Anklageschrift und der Urteilsbegründung be-

fasst, sagte Irene Wetz. Es gebe dazu von ihr eine Sammlung der wichtigsten Abschnitte. Ob Frau Trost-Edwinson daran interessiert sei?

Eine Woche später nahm Judy einen dicken Brief aus Deutschland in Empfang.

Liebe Frau Trost-Edwinson,

hier kommt wie abgesprochen das aus meiner Sicht Wesentliche aus den Gerichtsakten im Fall Werner Buchmann. Vielleicht ist es für Sie zunächst verwirrend, es zu lesen. Man findet sich aber mit etwas Übung hinein. Zur besseren Orientierung werde ich mich hin und wieder mit Kommentaren einschalten.

Werner Buchmann – im Folgenden der Angeschuldigte oder auch A. oder B. bzw. A. B. genannt – wird beschuldigt, 1940–41

durch sieben selbständige Handlungen zusammen mit anderen Personen vorsätzlich und mit Überlegung und aus niedrigen Beweggründen, in zwei Fällen auch grausam, mindestens 112 Menschen getötet zu haben,

und zwar

1. durch fünf selbständige Handlungen an mindestens 110 Menschen.

Im genannten Zeitraum soll B. als Kriminalkommissar und Leiter der Sicherheitspolizeiaußendienststelle T. des Kommandeurs des SP und des SD im Distrikt Krakau mit dem Angleichungsgrad eines SS-Obersturmführers in wenigstens fünf Fällen die Erschießung von Juden angeordnet haben. Aus diesem Anlass sollen auf Befehl des Angeschuldigten durch Angehörige der von ihm geleiteten Dienststelle mindestens 110 Juden in den Häusern, auf den Höfen und Straßen, auf dem jüdischen Friedhof und in einem Waldgelände in der Nähe von T. erschossen worden sein.

2. am 16.4.1941

einen Menschen

– in diesem Falle auch grausam –

An diesem Tage soll auf Veranlassung des Angeschuldigten der jüdische Rechtsanwalt Dr. S. von Angehörigen der Gestapo-Dienststelle zunächst misshandelt und dann durch eine auf seinen Körper gelegte Planke zu Tode gedrosselt worden sein.

3. in der zweiten Aprilhälfte 1941

einen Menschen

– in diesem Falle auch grausam –

Kurze Zeit nach der Tötung des Dr. S. soll auf Anordnung des A. der jüdische Tischler F. durch schwere Misshandlungen in der Gestapodienststelle getötet worden sein, wobei ihm angeblich die Hoden zerquetscht worden sind, weil F. die Misshandlungen des Dr. S. in dem Dienstgebäude der Gestapo gesehen und seine Beobachtung dem Judenratsvorsitzenden V. mitgeteilt hätte, der daraufhin den A. gebeten haben soll, das Leben des Dr. S. zu schonen.

Im Frühjahr 1942 wird B. nach Athen abgeordnet, als Leiter der dortigen Dienststelle des Chefs der Sicherheitspolizei und des SD.

Im Befehlsblatt des Chefs der Sicherheitspolizei und SD Nr. 23 vom 6.6.1942 – das Blatt erschien an jedem Sonnabend – ist dies unter dem Abschnitt Personalmitteilungen wörtlich aufgeführt.

Am 20.9.41 stand im Befehlsblatt: B. bekam für besonders herausragende fachliche Leistungen eine Anerkennung durch ein persönliches Schreiben des Reichsführers SS Himmler.

Im Frühjahr 45 setzte er sich nach Süddeutschland ab und lebte mehrere Jahre, bis 1950, unter dem Namen Wilhelm Baden mit falschen Papieren. Er arbeitete in der Landwirtschaft. Am 1.11.1950 meldete er sich unter seinem richtigen Namen im Kreise W. an.

B. war dann als Referent für Kommunal- und Rechtsfragen beim Kreisverband N. tätig. Ab Februar 53 in der Württembergischen Prüfungsanstalt für Körperschaften in S., dabei Berufung in das Beamtenverhältnis auf Lebenszeit. Zum Amtmann ernannt.

1960: Verwaltungsrat

1963: Oberverwaltungsrat.

Am 13.10.52 ist das Entnazifizierungsverfahren gegen B. auf Kosten der Staatskasse eingestellt worden.

Er ist nicht vorbestraft.

Zeuge S.:

Ein polnischer oder jüdischer Häftling habe während der Vernehmung durch O. laut geschrien und sei mit blutunterlaufenen Stellen am Kopf aus dem Dienstzimmer herausgekommen. Nachdem er, S., dem Zeugen O. wegen der Misshandlung des Häftlings Vorwürfe gemacht habe, sei er, S., zu B. befohlen worden, der ihm erklärt habe, die Art und Weise der Durchführung der Vernehmung sei Sache des jeweiligen Gestapobeamten.

Nach Aussagen des Hausmeisters des Gestapogebäudes F. ist mit den Misshandlungen und dem Zusammenschlagen von Häftlingen bei Vernehmungen begonnen worden, nachdem der A. die Leitung der Dienststelle übernommen hatte ... F. habe das Schlagen und das Schreien der Vernommenen gehört und gesehen, wie die misshandelten Häftlinge in die im Kellergeschoss befindlichen Zellen geführt worden seien. In den Vernehmungsräumen hätten sich mit Blut besudelte Ketten, Gummiknüppel und Stöcke befunden. An den Türen seien Stricke befestigt gewesen, an denen Häftlinge hochgezogen worden seien, um die vernehmenden Gestapoangehörigen nicht angreifen zu können. Ferner habe er in den Diensträumen Masken gesehen, die seines Erachtens den Vernommenen über das Gesicht gestülpt worden seien, damit die Schreie der Geschlagenen gedämpft wurden. Häufig habe er Blutspuren auf den Fußböden, an den Wänden und Türen, in dem Waschraum und auf den Fluren gesehen. Leichen wurden in der Dunkelheit im Wäschekorb aus der Dienststelle herausgetragen und vom jüdischen Droschkenkutscher zum Friedhof gebracht.

Zeuge H., der Installateur im Gestapogebäude war:

Er habe beobachtet, wie ein Jude, der wegen Besitzes arischer Ausweispapiere festgenommen worden war, in Gegenwart des A. B. schwer misshandelt worden sei. Die jüdischen Opfer habe man in der ersten Zeit häufiger zu Tode gequält als erschossen. Er, der Zeuge, habe die Schreie der Häftlinge gehört und die zerschundenen Leichen gesehen. Sehr oft, und zwar bereits von Mitte des Jahres 1940 an, sei er gezwungen worden, die mit Blut beschmierten Wände zu säubern und die zu Tode gequälten Opfer zum Friedhof zu bringen und zu beerdigen.

Bezüglich der verschärften Vernehmungen hat B. angegeben, er erinnere sich nicht, dass in T. derartige Vernehmungen vorgekommen seien.

Zeuge H. hat ausgesagt, schon in der ersten Zeit seines Aufenthaltes in T., also von 1940 an, sei es an der Tagesordnung gewesen, dass Juden völlig willkürlich auf den Straßen von Gestapo-Angehörigen erschossen worden seien. Dies habe zum alltäglichen Bild gehört.

Der Zeuge M. hat berichtet, im Frühjahr 1942 sei ein Jude beim Überqueren der Legionowastraße in T. einem Gestapoangehörigen begegnet, der den Juden zunächst habe vorbeigehen lassen, ihn danach aber von hinten erschossen habe.

Zeuge W. hat ausgesagt, dem Judenrat sei häufig befohlen worden, innerhalb einer bestimmten Frist eine vorgeschriebene Menge Geld und Wertsachen wie Devisen, Schmuckstücke, Fotoapparate und sonstige Gegenstände bei der Gestapodienststelle abzuliefern. Als Druckmittel für diese Erpressung seien willkürlich Erschießungen von Juden durchgeführt worden ... Seine Beobachtungen in diesem Zusammenhang bezögen sich, wie der Zeuge weiter bekundet, auf das Jahr 1941.

Zeuge Dr. A.:
   Seine nicht mehr lebende Ehefrau habe das gesamte Vermögen, und zwar Gold und Brillanten, dem A. B. übergeben müssen.

Zeuge K., der nach seinen Angaben mehrfach Reparaturarbeiten in der Wohnung des angeschuldigten B. ausführen musste, hat ausgesagt, bei diesen Gelegenheiten habe er gesehen, wie Mitglieder des Judenrates verschiedene Geschenke in die Wohnung des A. B. gebracht hätten. Geschenke seien von den Juden gern gegeben worden, weil sie gehofft hätten, dadurch ihr Leben zu erhalten.

Zeuge F.:
   Der Angeklagte und andere Gestapoangehörige haben ständig vom Judenrat Geschenke gefordert und erhalten.

Zeuge G. hat bekundet, B. sei korrupt gewesen ... Er habe nicht nur Lebensmittel, sondern auch wertvolle Geschenke verlangt.

Zeuge P., Kraftfahrer der Sicherheitspolizei:

In der Regel seien jüdische Häftlinge, so meine er, gruppenweise in einem Waldgelände erschossen worden. Mindestens zwei oder drei solcher Erschießungen habe er miterlebt. Bei dieser Gelegenheit habe er die Dienststellenangehörigen zur Erschießungsstelle gefahren ... Der A.B. habe jeweils den Einsatz befohlen und die mit der Exekution verbundenen Aufgaben mit den Dienststellenangehörigen besprochen.

Irene Wetz

Ich habe nicht nachgezählt, wie viele Zeugen auftraten, darunter auch Nichtjuden – es wurde ja gleichzeitig auch gegen seinen Vorgesetzten ermittelt. Die Staatsanwaltschaft war zur Anhörung nach Israel und in die USA gereist. Eine Reihe von Zeugen waren auch persönlich aufgetreten. Es hatte sich dann während der Verhandlung gezeigt: Wenn ein Zeuge einmal gesagt hatte, nach so langer Zeit sei es natürlich schwer, sich genau zu erinnern ..., dann war seine Aussage eigentlich schon nicht mehr glaubwürdig. Die Aussagen einiger Zeugen aus Israel wurden schon deshalb angezweifelt, weil es dort inzwischen ein Buch über das ganze Geschehen in T. gab. Und daher hieß es: Jetzt lässt sich nicht mehr genau unterscheiden, ob Zeuge Soundso etwas selbst erlebt oder in diesem Buch gelesen hat.

In seinem Urteil hat das Schwurgericht dann festgestellt: Es hat in T. Misshandlungen von Juden und willkürliche Erschießungen gegeben. Die Massenerschießungen sind auch nach damaligem Recht illegal gewesen.

Wenn sich hierbei die Angehörigen der Sicherheitspolizeiaußendienststelle auch besonders hervorgetan haben sollen, so hat die Beweisaufnahme doch keine sicheren Anhaltspunkte dafür ergeben, dass der Angeklagte B. – mag er auch eine Vielzahl von Anweisungen zur Aufnahme in das Gefängnis unterschrieben haben – an irgendwelchen derartigen rechtswidrigen Tötungshandlungen beteiligt gewesen ist. Zumeist konnte noch nicht einmal geklärt werden, ob sich solche Vorfälle überhaupt während der tatsächlichen Amtszeit B.s in T. ereignet haben.

B. ist im April 36 in die SS eingetreten.

B. entschied in St. über jüdische Veranstaltungen. Er leitete die Anmeldungen an den Reichskulturverwalter in Berlin weiter. Er hatte jüdische Veranstaltungen zu beobachten, ob da auch nichts gegen die Partei gesagt wurde.

Er, der Musikliebhaber, zeigte besonderes Verständnis für die künstlerischen Anliegen der Juden. Soweit ihm noch ein Ermessensspielraum verblieben war, schöpfte er diesen durchweg großzügig zu ihren Gunsten aus.

B. ist in der Reichskristallnacht eingeschritten, als NSDAP-Angehörige gegen Juden wüteten.

Schließlich ermittelte er im Jahr 1939 im Fall eines wegen Devisenvergehens verhafteten jüdischen Mädchens namens Gudrun Samuel. Auch während der mehrmonatigen Haftzeit hatte er die Zeugin – mochte sie ihm auch persönlich nicht gleichgültig gewesen sein – stets fair behandelt.

An dieser Stelle ist nunmehr festzuhalten, dass B. in den Augen der Dienststellenangehörigen und auch des Leiters des SD in T. als zwar zurückhaltender, auf Abstand bedachter, aber stets korrekter und gerechter Beamter erschienen ist, der Gewalttätigkeiten verabscheute und seine Untergebenen bei Dienstbesprechungen stets pflichtgemäß dazu ermahnte, die bestehenden Anordnungen einzuhalten. Einige Male kam ihm der unbestimmte Verdacht, dass einzelne Sachbearbeiter der Außenstelle eigenmächtig und in unerlaubter Weise gegen die Bevölkerung vorgegangen waren, so etwa, wenn sich Meldungen auf der Flucht erschossen auffällig häuften. Er bemühte sich dann – allerdings vergeblich – beim KdS in Krakau um Abberufung des Betreffenden.

Irene Wetz

Buchmann wurde, wie Sie wissen, aus Mangel an Beweisen freigesprochen. Im Urteil war dann noch zu lesen, er hätte aus gesundheitlichen Gründen seine vorzeitige Pensionierung beantragt. Über Werner Buchmanns Charakter gab es folgende Einschätzung:

überdurchschnittlich intelligent,
strebsam,
stets auf peinlich korrekte Pflichterfüllung bedacht.
Er verabscheute Gewalttätigkeit und
war stets um Gerechtigkeit und Menschlichkeit bemüht.

Irene Wetz

Ein Reclamheftchen ist in den Prozessakten aufgetaucht. Es war vom Gericht positiv bewertet worden, dem Sinne nach: Der Angeklagte war ein kultivierter Mann, schließlich hat er den ganzen Krieg über den Faust bei sich getragen.

4 Anfang 1970 reiste Irene Wetz nach London, um mit Judy ein Interview zu führen. Als Alex hinterher wissen wollte, wie es ihr damit ergangen sei, sagte Judy nur: Frag mich nicht. Später am Abend erzählte sie, die Journalistin sei sehr an ihrer Familienvergangenheit und persönlichen Überlebensgeschichte interessiert gewesen, doch zu ihrem eigenen Hintergrund, zur Vergangenheit ihrer Eltern habe sie kein Wort gesagt. Offenbar musste der Hinweis reichen, dass sie aus einer Nazifamilie kam. Judy habe sich in diese angespannte junge Frau nicht hineinzu-

denken vermocht und daher zur Bedingung gemacht, dass sich die Fragen auf den Fall Buchmann beschränkten.

Frau Wetz hatte versprochen, es ihr zur Autorisierung zu schicken. Danach erst wollte Judy entscheiden, ob es veröffentlicht werden konnte oder sie es zurückzog.

Fragen an Judy Trost-Edwinson, geborene Samuel, eine der Überlebenden des Naziterrors, zu ihrer Zeugenaussage in der Causa Werner Buchmann.

Von Irene Wetz.

Irene Wetz: Frau Trost-Edwinson, Ihre Eltern starben als Opfer der Verbrechen des Nationalsozialismus. Sie selbst haben im Exil in Shanghai überlebt. Dem war vorausgegangen, dass Sie wegen Devisenvergehen neun Monate im Gestapogefängnis saßen. Der Sie vernehmende Kommissar, Werner Buchmann, hat kurz darauf in einer Stadt in Polen in leitender Position die Vernichtung der Juden vorbereitet. Im vergangenen Jahr wurde er wegen hundertfachen Mordes angeklagt. Das Schwurgericht hat ihn wegen Mangel an Beweisen freigesprochen. Wie kam es dazu, dass Sie als Zeugin auftraten und zu Werner Buchmann eine positive Aussage machten?

Judy Trost-Edwinson: Es ist richtig, ich war Buchmanns Gefangene. Er wusste, dass ich später, nach einem Prozess und nach Ende einer Haftstrafe, in Schutzhaft genommen und in ein KZ kommen würde. Er hat alles getan, um meine Zeit in Stuttgart auszudehnen, wohl in der Hoffnung, dies könnte meine Chancen auf Rettung erhöhen.

Hat er Sie tatsächlich gerettet?

Das kann niemand sagen. Dass ich heute noch lebe, verdanke ich einer ganzen Reihe von Menschen. Vielleicht hat der Aufschub etwas bewirkt, vielleicht auch nicht. Allein dass jemand versucht hat, mich zu retten, löst bei mir Dankbarkeit aus.

Ihre Mutter wurde im KZ Treblinka umgebracht. Wie war es Ihnen da möglich, zugunsten eines Mannes, der wegen NS-Verbrechen angeklagt war, vor Gericht auszusagen?

Sie können mir glauben, dass ich mir die Sache gut überlegt habe. Meine Eltern, meine Großmutter, sie alle sind tot. Daran kann ich nichts mehr ändern. Aber ich muss weiterleben. Falsch: Ich will weiterleben.

Sie haben überlebt, Sie leben weiter. Was hat das mit dem guten Zeugnis zu tun, das Sie Werner Buchmann vor Gericht ausgestellt haben?

Es ist sehr schwer zu erklären, lassen Sie es mich versuchen. Ich habe gelegentlich gesagt: Man kann sich den Charakter seiner Retter nicht aussuchen. Das weiß jeder, der in Gefahr ist. Wer das Glück hatte, in friedliche Lebensumstände hineingeboren zu sein, kann das vermutlich nicht nachvollziehen. Das ist die eine Ebene, nennen wir sie die soziale Ebene. Darüber hinaus gibt es aber noch eine seelische Ebene.

Und die ist entscheidend?

In meinem Fall ja. Mit einer schwierigen Vergangenheit geht jeder anders um. Ich habe mich, als Buchmann mich bat, als Zeugin über meine Zeit mit ihm in Stuttgart auszusagen, gefragt: Kann ich ihm das abschlagen? Er hat offenbar alles getan, um mein Leben zu retten, vielleicht hat er sogar etwas riskiert.

Aber er war ein SS-Mann, und Sie wussten durch seinen Anwalt, welche Taten ihm der Staatsanwalt vorwarf. Ist Ihnen nicht die Idee gekommen, Sie könnten die jüdischen Opfer, die ja auch als Zeugen geladen waren, zutiefst verletzen? Haben Sie nie gedacht, dass Sie Verrat begehen, dass Sie mit einem Täter paktieren?

Das habe ich, und zwar oft. Aus der jüdischen Gemeinde und meinem Bekanntenkreis hier in London sind mir entsprechende Kommentare bekannt.

Man hat es Ihnen als Geste der Versöhnung ausgelegt. Es heißt: Wie kann man einem NS-Täter die Hand reichen? Sie wussten, welche Vorwürfe auf Sie zukommen würden. Wie kam es, dass Sie sich dennoch anders entschieden haben?

Mir war es wichtiger, mit mir selbst im Reinen zu sein. Und hier stellte ich mir zwei Fragen. Erstens: Wie soll ich mit mir ins Reine kommen, wenn ich einem Menschen, der mir das Leben gerettet hat, Hilfe verweigere, wenn er selbst in Not ist? Zweitens: Wie kann ich mit mir ins Reine kommen, solange ich ausgerechnet einem SS-Mann, der im Osten die Vernichtung vorantrieb, etwas schuldig bleibe? Jemandem etwas schuldig zu bleiben heißt nach meinem Verständnis, von dieser Person abhängig zu bleiben. Ich wollte einfach nicht, dass mich dieses Dilemma ein Leben lang beschäftigt. Ich habe keinen faulen Frieden geschlossen. Ich wollte eine Phase meines Lebens abschließen und zur Ruhe kommen.

Wenn ich Sie richtig verstehe, sind Sie mit Ihrer Aussage vor Gericht einer Verpflichtung nachgekommen.

Ich weiß nicht, ob das, was Sie da sagen, für Sie etwas Positives oder Negatives ist. Hören Sie, ich glaube, wir drehen uns im Kreis. Im Leben sind 2 mal 2 nicht immer 4. Wenn Sie mir irgendwann verraten können, wie man aus einem solchen Dilemma herauskommt, ohne dass man eine große Zahl von Menschen gegen sich aufbringt, dann melden Sie sich bitte wieder bei mir.

Frau Trost-Edwinson, wir danken Ihnen für dieses Gespräch.

Judy schickte Irene Wetz ihr Einverständnis zum Abdruck. Eine Woche später erfuhr sie, dass das Interview nicht erscheinen werde. Begründung der Chefredaktion: Der Inhalt sei für die Leser nicht nachvollziehbar.

… und ich schreibe es Dir lieber, bevor Du es von Dritten erfährst. Mit dem, was ich getan habe, wirst Du nicht einverstanden sein. Einige

Leute in London reden nicht mehr mit mir. Ich hoffe, meine liebe Margot, dass nicht auch Du Dich von mir abwendest. Bitte lies die Zeitungsberichte zum Prozess Werner Buchmann, die ich dir mitschicke. Vor allem aber lies das Zeitungsinterview mit mir, das nicht gedruckt wurde. Vielleicht wird sich wenigstens eine der vielen Stimmen in Dir zu Wort melden und sagen: Ich verstehe Gudrun. Oder: Ich möchte lernen, sie zu verstehen. In Liebe, Gudrun.

Meine liebe Gudrun, natürlich bleiben wir Freundinnen. Aber ich denke, wir sollten unsere Freundschaft nicht überstrapazieren. Wir müssen das, was uns trennen könnte, ausklammern. Du warst immer schon radikal, im besten Sinne, bist Deinen Weg gegangen, auch dann, wenn es anderen Leuten nicht gepasst hat. Du und ich, wir gehen mit unseren Vergangenheiten unterschiedlich um, und das sollte nicht erstaunen, da es sehr unterschiedliche Erfahrungen sind. Jeder macht, was ihm entspricht. Ich habe die Berichte und das Interview nicht gelesen. Ich kann es einfach nicht, es würde zu viel aufwühlen. Da bitte ich Dich um Dein Verständnis. Es geht mir so gut wie schon seit sehr vielen Jahren nicht mehr, und diesen Zustand möchte ich mir erhalten, da ich nichts riskieren will.

Ich bin Großmutter! Mein Enkel ist sieben Monate alt und heißt Jonathan – eins von diesen wunderbar prallen, lange mit Muttermilch gestillten Babys. Im nächsten Brief schicke ich dir ein Foto (ich habe gerade das letzte weggegeben).

George, mein Jüngster, wurde als Erster Vater. Er ist, wie sein Großvater, Historiker. Seine Frau ist Schauspielerin auf dem mühsamen Weg zum Erfolg. Ich mag Eileen von Herzen gern. Sie hatte eine schwierige Kindheit, die Eltern hatten sich schon früh scheiden lassen, sie wuchs bei ihrer Mutter auf, mit der sie sich aber nie gut verstand. In mir sieht sie so etwas wie die »gute Mutter«. Sie sucht meinen Rat und ist froh, wenn ich ihr den kleinen Jonathan für einen halben oder ganzen Tag abnehme.

Für mich ist Eileen die Tochter, die ich nicht hatte. Meine Freundin-
nen bzw. Kolleginnen in der Psychiatrie raten mir, wachsam zu blei-
ben, so eine Beziehung dürfe sich nicht zu schnell entwickeln. Aber es
ist schon längst passiert. Es ist doch schon alles auf den Kopf gestellt!
Durch die Ankunft des Enkels hat unsere Familie plötzlich ganz
andere Themen. Zurzeit überlegen wir, ob wir nicht anbauen sollen,
damit wir alle zusammen auf einem Grundstück wohnen können.
Du siehst also, liebe Gudrun, bei mir hat sich viel geändert. Man
könnte es einen Neubeginn nennen. Liebe Grüße, Deine Margot.

Im Jahr 1973 beschlossen Judy und Alex, nach Mainz zu ziehen.
Er hatte sich überzeugen lassen, dass seine Frau – anders als er
selbst, der Heimatlose – dort leben musste, wo ihre Wurzeln
waren. Auch meinte er, es werde keinen großen Unterschied
machen, ob er seine vielen Auslandsreisen nun von Heathrow
oder vom Frankfurter Flughafen aus antrete. Zudem: Niemand
zwang sie, in Mainz zu bleiben, wenn es ihnen dort nicht gefallen sollte. Sie behielten ihre englischen Pässe, auch änderte sich
wenig an ihren Gewohnheiten. Wieder mieteten sie zwei Eta-
genwohnungen. Nie ließ Alex etwas auf seinem Teller zurück, er
aß weiterhin die Reste von Judy. Noch immer nannte er sie mit
ihrem vollsten Einverständnis *Mein Huhn*. Andere Menschen
durften es nun ruhig mitbekommen.

Zum dritten Mal baute Judy eine Praxis auf. Was ihre alten
und neuen Freunde verwunderte, war, dass sie sich in all den Jahren im Ausland nicht nur ihre Liebe zu Mainz, sondern auch
den Mainzer Dialekt bewahrt hatte. Margot beglückwünschte
sie ausdrücklich zu ihrem Einschluss.

Ich weiß, du musstest zurückkehren. Das werden immer noch viele
deiner jüdischen Bekannten verurteilen, aber daran lässt sich nichts
ändern. Nur, bitte, grüße nicht die BDM-Mädels von mir. Da sind

einige Nette drunter, das kann ich mir gut vorstellen. Aber, sorry, ich werde mich an ihre Unbekümmertheit, was die Hitlerzeit angeht, niemals gewöhnen. Die Vorstellung, sie könnte mir eines Tages eine von allen unterschriebene Ansichtskarte mit dem Mainzer Dom schicken, ist für mich nicht zu ertragen.

MARGOT

1 *Liebe Margot, ich bin wieder in meiner Stadt, ich kenne die Stra-*
ßen, ich bin wieder in meiner Sprache. Mehr ist es nicht. Und doch ist
es ganz viel. Ich bin wieder auf meinem vertrauten Planeten gelandet.
Deutschland dagegen ist für mich in vieler Hinsicht neu. Das Deutsch-
land, das wir beide kannten, existiert nicht mehr, das kann ich Dir
versichern. Die schönen alten Städte sehen nach ihrem Wiederaufbau
unharmonisch und unordentlich aus. Das gilt auch für Mainz.

Seit der Studentenrevolte weht in Westdeutschland ein frischer
Wind. Eine andere Kultur ist entstanden. Dass sich die Deutschen
selbst als Opfer sehen, wie sie es seit Ende des Krieges taten, gilt kultu-
rell als nicht mehr erwünscht. Diejenigen, die in der NS-Zeit erwach-
sen waren, halten inzwischen den Mund. Das ist sehr wohltuend für
jemanden wie mich.

Bitte überleg doch mal, ob Du unter diesen Voraussetzungen nicht
doch eine Reise nach Deutschland wagen willst. Am besten, du bringst
Jonathan mit, ich würde so gern einmal mit ihm Eis essen gehen ...

Liebe Gudrun, ich denke über eine Deutschlandreise nach. Mein
jüngster Sohn, der Historiker, drängt mich geradezu, ihn mitzuneh-
men. George interessiert sich für alles im Zusammenhang mit dem
Nationalsozialismus. Ich habe ihm Deine Unterlagen zum Fall Buch-
mann zu lesen gegeben. Seitdem will er Dich unbedingt kennenler-
nen. Auch bittet er mich, Dich zu fragen, ob Dir bekannt ist, wie es
mit Buchmann nach seinem Freispruch weiterging. Also, wenn Du
etwas weißt, dann schreib mir doch bitte dazu ein paar Zeilen.

Mein Enkelsohn hat ein Brüderchen bekommen, Jeremy. Gut, dass wir angebaut haben. Ich arbeite nur noch halbe Tage und kann mich viel um die Kinder kümmern, deren Eltern weiter an ihrer Karriere basteln wollen und sollen. Lass es Dir gut gehen. In Liebe, Margot

Margotsche, Du Liebe, meinen herzlichen Glückwunsch zu Jeremy. Also warte ich darauf, dass du eines Tages mit Deinem Sohn, vielleicht auch mit Schwiegertochter und zwei Enkelkindern vor meiner Tür stehst.

Deine Fragen zu Buchmann kann ich Dir deshalb beantworten, weil ich mit seiner Frau in Kontakt stehe. Sie hat immer gesagt: Damit hat mein Mann nichts zu tun gehabt, darauf kann ich schwören. – Also, bei Buchmann war nach dem Freispruch wieder alles in Ordnung, beruflich und finanziell, er war ja Beamter. Kurz nach Ende seines Prozesses ging er vorzeitig in Pension. Und da kamen dann die Wahnvorstellungen. Seine Frau rief mich an, sie sagte: Er denkt, man will ihn vergiften. Mich verdächtigt er auch. Bei jeder neuen Tube Zahncreme musste ich mir vor seinen Augen als Erste die Zähne putzen. Ich habe all das nicht mehr ausgehalten und bin ausgezogen. Jetzt weiß ich, dass er an den Verbrechen beteiligt war.

Wie ich später von seiner Frau hörte, hat er wohl nur noch mit einem Beil neben dem Bett geschlafen. Eine Verwandte hat ihn gepflegt. Die große Tochter hat sich auch von ihm abgewendet. Er ist dann irgendwann in geistiger Umnachtung gestorben.

Buchmann ist mit Sicherheit nicht der Schlimmste gewesen. Wahrscheinlich hat er mal ab und zu nachgedacht über das, was damals in Polen geschehen ist. Vielleicht wäre es ihm besser ergangen, wenn er eine gerechte Strafe erhalten hätte. Jemand hat mal gesagt: Wir werden nicht für unsere Sünden bestraft, wir werden durch unsere Sünden bestraft. Mir ist das zu pauschal, aber auf jemanden wie Buchmann könnte es zutreffen.

Dir, liebe Margot, wünsche ich eine glückliche Zeit mit Deiner Familie, vor allem mit den Enkeln. Alles Liebe, Gudrun

Am 2. Januar 1974 starb Margot an Bauchspeicheldrüsenkrebs, nur drei Monate nach der Diagnose. In ihrem Testament hatte sie Gudrun Trost-Edwinson, wohnhaft in Mainz, Stephansplatz, als Erbin des Hauses ihrer Großmutter eingesetzt. Dem Schreiben des Testamentsvollstreckers war ein Brief beigefügt.

Meine liebe Gudrun, in letzter Zeit habe ich mir häufiger vorgestellt, wir würden zusammen nach Bayern zu Omas Häuschen fahren. Es beruhigt mich zu wissen, dass wenigstens Du es tun wirst. Meine Familie ist vollkommen damit einverstanden, dass Du es erbst. Was soll man auch von Kalifornien aus mit dem Haus machen? Es reicht meinen Lieben zu wissen, dass sie dort willkommen sind.

Wir beide waren räumlich weit voneinander entfernt, aber letztlich sind wir uns nah geblieben. Du hast mir so viel geschenkt. Du bist mehr als eine Freundin. Ich habe alle Deine Briefe aufgehoben. Bitte wende Dich an meinen Sohn George, wenn Du sie haben möchtest.

In meiner Familie kümmern sie sich mit viel Liebe um mich. Ich kann nicht in Worte fassen, wie dankbar ich ihnen bin. Ja, ich habe auch gelitten. Aber das ist jetzt vorbei. Ich gehe ruhig auf meine letzte Reise, in guter Gesellschaft. Meine Engel sind auch Deine Engel. Mögen sie Dich weiter begleiten. Ich schließe Dich in meine Arme, liebste Schwester. Margot.

Mitte April fuhren Judy und Alex nach München. Am Abend gingen sie in die Oper. Am nächsten Morgen am Flughafen wünschte Alex ihr *Good luck* für das, was sie in Margots Haus erwarten würde, und stieg in eine Maschine nach Madrid.

Margots Sohn, der Historiker, hatte ihr Unterlagen zum Haus geschickt, dazu einen Brief, der sehr herzlich klang, fast so, als sei

Judy schon ein Teil der Verwandtschaft. George schrieb, wie traurig es für sie gewesen sein müsse, nicht beim Begräbnis Abschied von Margot nehmen zu können. Er wünsche Judy, dass sie sich in dem Häuschen eng mit ihr verbunden fühlen werde.

Ein Foto lag bei. Sie war erleichtert. Wenn sie sich ein bayerisches Haus auf dem Land vorstellte, dann eines mit Lüftlmalerei, einer Fassade mit viel Holz und einem großen Balkon, auf dem Geranien blühten. Doch dieses Haus war so schlicht, wie Kinder Häuser malen: Es hatte ein flaches Satteldach, einen Schornstein, an der Giebelseite eine Tür und zwei Fenster. Fertig. Bei genauerem Hinsehen entdeckte sie die Natursteinwände, die über einem Sockel weiß gekalkt waren. Auf der linken Seite befand sich der Garten, rechts stand ein Nussbaum, neben der Haustür eine Bank.

2 Judy verließ das Flughafengelände und entschied, auf ihrer Fahrt nach Süden nur Landstraßen zu nehmen. Auf ungemähten Wiesen blühten Kirschbäume, in den Vorgärten Vergissmeinnicht und Tulpen. Sonne und Wolken wechselten sich ab, im Westen wurde es dunkler. Aprilwetter. Nach zwei Stunden kam sie an, wo Margots Erbschaft sie hingeschickt hatte.

Die Mieterin hieß Monika Koerbl, eine alleinstehende Lehrerin, die in München arbeitete. Es war ihr Wochenendhaus. Sie sei eine leidenschaftliche Gärtnerin, hatte sie Judy am Telefon gesagt, und dass die neue Eigentümerin hoffentlich nicht an einen Verkauf denke.

Frau Koerbl, eine kleine drahtige Frau, trug Gartenkleidung. Die Haare hingen ihr in grauen Strähnen tief in die Stirn, sie hatte ein offenes Gesicht.

Ich habe heute die erste Schwalbe gesehen, ein gutes Zeichen. Ohne darüber nachzudenken gingen die Frauen zum Du über. Die Küche betrat man ohne Übergang durch die Haustür. Dahinter lagen zwei Wohnkammern und über eine Holztreppe zu erreichen eine weitere Kammer unter dem Dach. Alles im Haus schien für kleine Menschen gemacht. Auch die zwei Betten, von Hand gezimmert, waren kürzer als das übliche Maß. In den beiden unteren Räumen waren die Wände bis auf halbe Höhe mit dunklem Holz verkleidet. Es nahm ihnen Licht, hielt aber die Wärme. Geheizt wurde mit einem Kohleofen. Toilette und die Dusche befanden sich im Keller neben einem Abstellraum.

Die Lehrerin schlug vor, sich vor das Haus in eine windgeschützte Ecke zu setzen. Dann verschwand sie und kam mit einer Thermoskanne Kaffee und Marmorkuchen zurück. Im Gespräch stellte sich heraus, dass Monika, Margot und Judy demselben Jahrgang angehörten. Monikas und Margots Großmütter waren Freundinnen gewesen. Zum letzten Mal hatte sie Margot 1939 gesehen, als sie ihre Oma abholte, angeblich für einen Urlaub an der Ostsee. Dass sie auswandern könnten, so Monika, sei ihr damals nicht in den Sinn gekommen. Die Großmutter habe sich immer gewünscht, einmal das Meer zu sehen. Danach sei das Häuschen von einem Nazi, der in der Kleinstadt das große Wort schwang, für fast nichts ersteigert und an Sommergäste vermietet worden. Nach dem Krieg habe sich Margots Großmutter aus den USA als die frühere Besitzerin gemeldet. Haus und Grund seien mit Hilfe eines Münchner Anwalts in die, wie es hieß, rechtmäßigen Eigentumsverhältnisse überführt worden.

Seit 25 Jahren bewohnte sie das Häuschen, zunächst war die Miete an Margots Großmutter überwiesen worden und nach deren Tod dann an Margot, die sie seit Kindertagen kannte.

Sie hatte so schöne rote Haare, sagte nun auch Monika. Margot hat öfter gesagt: Vielleicht liegt es ja allein an Oma, aber nur in diesem Haus fühle ich mich behütet.

Während Judy sich draußen umschaute, fragte sie sich, ob sie vielleicht doch eine eigene Verwendung für das Haus hätte, aber es fiel ihr nichts ein. Später vielleicht, wenn sie nicht mehr arbeitete und sich einen Hund zugelegt hätte. Vorerst würde alles so bleiben, nur müsste Monika das Häuschen vorübergehend Margots Familie überlassen, falls diese es wünschte.

Es zog Judy weiter, hinaus in die Wiesen, ein gelbes Meer von Löwenzahn. In einiger Ferne begannen die Blütenwolken der Kirschbaumwiesen. Es sah nach Regen aus. Sie setzte ihren Weg fort. Was sie umgab, war schön, ruhig und duftete. Einmal, als die Sonne kurz den Frühling zum Leuchten brachte, entfuhr ihr ein Halleluja. Sie fühlte sich leicht, wie beschwipst, während sie auf immer neuen Feldwegen den noch schneebedeckten Alpen entgegenging, ohne ihnen näher zu kommen. Als es zu regnen begann, drehte sie um.

Von weitem, fand sie, hatte das einsame Häuschen etwas Einladendes, etwas durch und durch Vertrauenswürdiges. In alten Zeiten mochte es einem müden Wanderer zugerufen haben: Komm her, ruh dich aus, trink etwas. Es war ein Haus, das Schutz gab. Margots sicherer Ort. Ihre Zuflucht.

Wände, Türen und Fensterläden hatten einen Anstrich nötig, auch waren einige Reparaturen fällig. Mit Monika würde sie sich schon einig werden. Beim Eintreten roch sie das Brikettfeuer. Monika rief aus der Wohnstube: Häng deine Jacke an den Ofen, es wird gleich warm. Setz dich, ich möchte dir etwas zeigen.

Sie saß am Tisch und rückte ihre Lesebrille zurecht. Vor ihr lag ein altes, schmales Fotoalbum im Querformat mit ledernem Einband und fast durchsichtigen Trennseiten aus Papier.

Ist das von deiner Großmutter?, fragte Judy.

Nein. Es ist von Margot.

Woher hast du das?

Ich habe es erst vor kurzem gefunden, zwischen Schrank und

Wand. Die Holzverkleidung hatte sich gelöst, ich wollte schauen, wie man sie wieder befestigt. Sie muss das Album versteckt haben, als sie ihre Oma abholte.

Es war ein Buch über Margots Kindheit in München. Die Kommentare zu den kleinen Fotos mit gezacktem Rand stammten von ihrer Mutter. Baby Margot im langen Taufkleid, Mama füttert ihr Kind, ein kleines Mädchen auf Papas Schoß, Geburtstagsfeiern, Margot mit Schultüte, im Schnee auf einem Schlitten, als Schülerin beim Theaterspiel. Bei jedem feierlichen Anlass sah man sie von zahlreichen Verwandten umringt. Auch deren Familienfeste hatte sie mit ihren Eltern besucht, wie Gruppenfotos zeigten.

Ich wusste nichts von dieser großen Familie, sagte Judy. Was wohl aus ihnen geworden ist?

Monika zog das Album an sich heran.

Margot hat es mir mal geschrieben: Beinahe alle fünfunddreißig Verwandten wurden ermordet, die Hälfte stammte aus Österreich.

Und das hat sie dir einfach so erzählt?, brachte Gudrun mühsam hervor.

Ja. Ich habe sie einmal gefragt, wie es ihrer großen Verwandtschaft ergangen ist. Sag mal, wusstest du wirklich nichts davon?

Nein. Ich habe sie nie gefragt.

Die Nacht verbrachte sie in ihrem Münchner Hotel. Ursprünglich hatte sie vorgehabt, nach dem Frühstück einen Einkaufsbummel zu machen – sie hatte genug Zeit, bevor sie Alex am Flughafen abholte. Trotz Regenschauer entschied sie sich für den Englischen Garten. Sie musste sich bewegen, einfach nur schnell bewegen.

Manchmal liefen ihr Tränen über das Gesicht und vermischten sich mit dem Regen. Viele Kilometer legte sie zurück, bis sie restlos erschöpft in einem fast menschenleeren Biergarten eine Pause machte.

Dann sah sie Margot.

Wie sie auf einer Frühlingswiese mit Schnecke um die Wette rannte. Wie sie Gudrun unter der Bank ein Briefchen zuschob. Wie ein Polizist sie umarmte. Wie sie mit ihrer Familie einen Überseedampfer bestieg. Wie sie über einer Todesliste weinend zusammenbrach. Wie sie und Theo unter einem weißen Hochzeitsbaldachin getraut wurden. Wie sie sich in ihrem Bett vergrub. Wie sie mit Doktorhut von ihren Eltern beglückwünscht wurde. Wie sie hastig eine Handvoll Tabletten schluckte. Wie sie auf ihrer Veranda Waschbären fütterte. Wie sie dort einen Brief schrieb. Wie sie ihre beiden kleinen Söhne gleichzeitig im Arm hielt, wie sie ihre beiden Enkel gleichzeitig im Arm hielt ...

Manche sagen, Trauer bedeute, seine Toten loszulassen. Aber muss am Ende immer ein radikaler Abschied stehen? Was hätte sie davon, diese Bilderflut zu stoppen, die Margot ihr schickte? Im Gegenteil, sie wünschte sich mehr davon. Seit vielen Jahren schon trug sie doch auch die anderen Bilder in sich: die von Martin, von ihrer Mutter, von Hollunder, von ihrem Vater. Auch wenn sie tot oder verschwunden waren, auch wenn es kein Grab gab – die Beziehung zu ihnen bestand weiter. Judy holte sich am Ausschank des Biergartens einen Kaffee und setzte sich auf ihre Bank, mit dem Rücken zum Tisch, die Beine weit von sich gestreckt.

Sag mal, Margotsche, was haben wir beide eigentlich aus unseren Leben gemacht? Einmal hast du mir geschrieben: Am Ende wirst auf ein großartiges, gelungenes Leben zurückblicken. Ist es bei dir so gewesen? Deine Kinder, deine Familie, sie haben dir alles bedeutet. Es gibt mehr als eine Variante des Ankommens, des Heimkommens. Und wie findest du mein Leben? Ist es bislang wenigstens teilweise gelungen? Machen wir uns nichts vor, der Zenit ist überschritten. Was, denkst du, habe ich noch vor mir? – Gut, ganz praktisch, ich muss ins Hotel, duschen, mich umziehen und zum Flughafen fahren.

Judy ging durch den verregneten Park zurück. Recht besehen, dachte sie, waren es bei ihr drei Leben. Mainz – Exil – Mainz. Das war doch schon mal ein gutes Ergebnis. Wer hat schon drei Leben?

3 An ihrem siebzigsten Geburtstag fand Judy, es sei Zeit, an den Ruhestand zu denken. Ein halbes Jahr später übergab sie ihre Praxis an eine Angestellte, die schon viele Jahre bei ihr arbeitete. Alex, dem eine solche Entscheidung völlig fernlag, hatte nicht daran geglaubt, dass seine Frau ihren Beruf aufgeben würde, ohne dass ernsthafte gesundheitliche Probleme sie dazu zwangen. Er bewunderte ihren Entschluss. Am ersten Tag ihres Rentnerlebens überreichte er ihr Karten für einen gemeinsamen Konzertbesuch mit Tina Turner, obwohl er ihren Musikgeschmack keineswegs teilte. Einen Tag später legte er ihr einen Welpen, einen kleinen Terrier, in die Hände.

Judy war entzückt und nannte ihn Rocky.

Wieso gerade Rocky?

Ein Terrier hat Charakter. Der ist und bleibt ein Rocker. Gibt es zu, darum hast du ihn doch für mich ausgesucht.

Alex kicherte. Sein Schädel war über die Jahre kahl geworden und seine Ohren noch größer. Judy trug ihr weißes volles Haar kurzgeschnitten und aus der Stirn gebürstet, ihre Frisur, seit sie ein junges Mädchen war. Man sah dem Ehepaar Trost das Alter nicht an. Eine Brille brauchten sie nur zum Lesen. Allerdings hörte Judy schlecht, weshalb sie auf ihren Mann gereizter reagierte als früher. Es fehlte ihr die Geduld, sich auf ein Hörgerät umzustellen. Sich zu beherrschen, fand sie nicht mehr so wichtig. Wenn sie ihn zu Unrecht attackierte, sagte sie vielleicht irgendwann später: Sorry, man ist nicht mehr die Jüngste … Gegenseitig warfen sie sich Rechthaberei vor: Alex, weil Judy immer das letzte Wort haben wollte, und Judy, weil Alex jedem Streit mit einem Lachen aus dem Weg ging und stur bei dem blieb, was er für richtig hielt. Du hast ja so recht, mein Huhn, sagte er und handelte genau entgegengesetzt.

Ihren jüngeren Freunden gegenüber sprachen sie ohne Scheu von den Ärgernissen des Alters, nun, da die Kontrolle über den Körper abnahm. Aber sie klangen nicht larmoyant oder resigniert, sondern eher belustigt. Sie freuten sich daran, wenn Missverständnisse, Irrtümer und Schwächen eine absurde Dynamik entfachten, was gute Geschichten und viel Gelächter hervorbrachte. Bei Judy und Alex Trost war es nie langweilig.

Als Rocky schon eine ganze Weile seine Milchzähne verloren hatte und in die Flegeljahre kam, konnte Gudrun sich nur mit Mühe an sein Terriergebiss gewöhnen. Wenn er das Maul aufriss – was er gern tat, wenn er bellte oder guter Laune war –, ging sie reflexhaft auf Abstand zu ihm. Keine Angst, Judy, redete sie sich gut zu, er meint es nicht so. Rockys Eckzähne waren schlichtweg zum Fürchten und wie alle anderen auch sehr spitz und sehr weiß. Aber nie biss er zu. Wenn man ihm die Hand ins Maul hielt, knabberte er zärtlich daran. So gewann er nach und nach ihr Vertrauen.

Daran sieht man erst, wie grau *unsere* Zähne geworden sind, sagte sie zu Alex. Glaubst du, er wird uns überleben?

Bestimmt. Du siehst doch, wie der sich in Form hält.

Alex hatte seine Wollhandschuhe ausgezogen und hielt ein gelbes Bällchen über den Kopf. Rocky bellte auf höchster Erregungsstufe. Einmal, zweimal, dreimal sprang er aus dem Stand zu ihm hoch bis zur Schulter.

Nun quäl ihn doch nicht so. Wirf endlich das Bällchen.

Das muss er von dir haben, Judy. Der gibt nicht auf.

Spielen in frischer Winterluft machte alle drei glücklich. Als sie das Rheinufer vor sich sahen, rannte Rocky voraus. Er liebte Wasser und hatte den Fluss schon von weitem gerochen. Ein kleiner von Weiden und Erlen eingerahmter Strand lag vor ihnen. Im Sommer machten hier Familien Picknick. Weiter draußen, in der Fahrrinne, kämpfte sich ein Gastanker stromaufwärts. Alex, der nie aufgehört hatte, wie ein Kind zu staunen, konnte sich stets aufs Neue für den Rhein begeistern.

Sag mal, bist du hier wirklich zu Schleppern geschwommen?

Hier nicht, weiter südlich. Glaubst du es immer noch nicht?

Doch, seit gestern schon.

Ein Brief war eingetroffen. Ein Enkel von Beate Schubert schrieb, er habe über lange Zeit einen Umschlag übersehen, der vermutlich aus dem Nachlass seiner Großmutter stammte. Ob die Zeichnung wohl von seinem gefallenen Onkel Martin sein konnte? Einem zweiten Kuvert entnahm Judy eine kleine Bleistiftskizze. Auf der Rückseite stand in Martins Schrift: Die Schlepperschwimmerin 1932.

Ihre Jugendliebe hatte genau jenen Moment festgehalten, wie Gudrun mit gekreuzten Beinen auf dem Deck saß und entdeckte, dass Teer ihren Lieblingsbadeanzug ruiniert hatte.

Meine Schlepperschwimmerin, sagte nun auch Alex und legte seine Arme um sie. Judy schaute ihn verliebt an. Dachte er. Dann sah er, dass hinter ihm ein nasser Hund angelaufen kam. Er seufzte.

Nun denn – die letzte Liebe meiner Frau hat Fell.

Stimmt. Man muss nehmen, was man woanders nicht mehr kriegen kann.

Liebevoll strich sie ihm über die Glatze und hakte sich bei ihm unter.

Komm, alter Jud, lass uns heimgehen.

Da hatte Rocky eben zwei Hunde entdeckt. Er sprintete los. Der Terrier gehorchte nur, wenn ihm danach war. Nichts zu machen. Judy und Alex setzten sich auf einen Baumstamm und schauten drei Hunden zu, die im seichten Wasser Nachlaufen spielten.

ENDE